FACE MORT

STÉPHANE MARCHAND

FACE MORT

fleuvenoir

MIXTE
Papier issu de sources responsables
FSC® C003309

Fleuve Éditions, une marque d'Univers Poche,
est un éditeur qui s'engage pour
la préservation de l'environnement
et qui utilise du papier fabriqué à partir
de bois provenant de forêts gérées
de manière responsable

ISBN : 978-2-265-14397-5

Dépôt légal : octobre 2020

Pour Pierre, le frère de mon père.
Il a toujours fait ce qu'il a voulu.

L'immense grotte était plongée dans la pénombre, à l'exception d'une faible lueur grise. Elle provenait d'une anfractuosité dans la roche qui formait comme une alcôve. Le mur de Plexiglas séparant l'alcôve de la grotte avait été si parfaitement scellé qu'aucun son ne filtrait. Les jeux désordonnés des trois chiots, leurs jappements muets prenaient donc une allure irréelle d'apesanteur dans la quasi-obscurité de l'aube. C'étaient des chiots sains, déjà forts, le poil lisse et l'œil vif. Les deux plus grands avaient une petite tache noire sur le haut de la tête, le troisième une large tache brune sur le dos. Leur énergie semblait sans limites, ils bondissaient de pierre en pierre sur le sol inégal, trébuchant parfois, mais se relevant aussitôt, se poursuivant les uns les autres entre la paroi rugueuse et le mur transparent. Trois jeunes mâles, insensibles au froid du désert, entièrement concentrés sur le bonheur pur de jouer. Indifférents aux deux silhouettes en combinaison blanche qui les scrutaient de l'autre côté du Plexiglas. Comme pour donner à l'endroit un caractère plus ludique, le mur translucide était strié de bandes peintes de couleur jaune, espacées de manière régulière, sur une hauteur d'environ un mètre. Un jaune pétard, comme dans un jardin d'enfants.

— Alors, c'est pour quand ? murmura la femme d'une voix à la fois rauque et impérieuse, parlant bas, comme si les chiots pouvaient l'entendre.

C'était le ton d'une femme de pouvoir, et pourtant on y décelait une tension qu'elle ne parvenait pas à dissimuler.

Tout à sa tâche, l'homme debout à côté d'elle ne tourna pas la tête. Il était grand, avec une panse proéminente. Sa barbe poivre et sel débordait du masque de gaze. Il scrutait un écran accroché au mur du laboratoire où les mouvements des trois chiots étaient parfaitement visibles.

— Bientôt. Le jour s'est levé à 6 h 05. C'est une question de minutes. À cette époque de l'année, le soleil monte très vite.

Comme la femme, il avait parlé en français, mais lui avec un fort accent italien.

Il avait vu juste. Quelques instants plus tard, une lueur aveuglante pénétra soudainement dans la grotte par l'ouverture, chassa la pénombre et révéla les conditions spartiates du laboratoire. Après une nuit glaciale, le premier rayon de soleil de la journée perçait jusqu'à eux, faisant immédiatement grimper la température. Les chiots s'excitèrent de plus belle et flairèrent l'air du matin. Comme s'ils étaient sur ressorts, ils se mirent à bondir pour attraper les poussières en suspension qui dansaient dans la lumière du soleil levant, et chahutèrent autour d'un étrange appareil en forme de microscope monté sur un trépied et qui tournait lentement sur lui-même. Le rayon matinal grossissait presque à vue d'œil. En dépit de l'épaisseur de la vitre, l'homme et la femme en sentaient la chaleur. Après avoir tenté plusieurs fois de saisir la lumière entre leurs pattes, les chiots étaient maintenant couchés, haletants, fascinés par le spectacle de la réverbération. Quand le soleil la frappa, la première bande jaune illumina la grotte d'une lueur intense. Les chiots sursautèrent, et celui avec la tache brune se mit à japper, avançant avec un air comiquement menaçant vers la paroi translucide qui lui blessait les yeux.

Il ne vit donc pas que ses congénères, eux, avaient reculé d'un pas, le poil hérissé, leurs têtes oscillant frénétiquement de gauche à droite, à la recherche de quelque chose qu'ils ne voyaient pas, qu'ils ne comprenaient pas. Quelque chose comme un danger. Les deux animaux butèrent rapidement contre le fond de la caverne. Alors, avec leurs griffes, comme si leur instinct leur intimait de disparaître, ils entreprirent de creuser le sol. Mais leurs muscles, soudain lourds et rigides, ne leur obéissaient plus. Le premier bascula sur le côté et laissa échapper un cri étranglé. Ses petites pattes, devenues inutiles, fouettèrent l'air, ses babines s'ouvrirent et se fermèrent dans un spasme interminable. Son cou fut alors agité d'un tremblement si fort qu'il déplaça l'animal de quelques centimètres. Puis, au bout d'une poignée de secondes, le tremblement cessa. Son compagnon, celui auquel il ressemblait tant, se rapprocha de lui, en dépit de ses deux pattes arrière paralysées. Il lécha le museau ensanglanté du chiot mort, émit une plainte que les deux spectateurs n'entendirent pas et se coucha près du cadavre. Le même tremblement secouait son petit corps martyrisé, comme s'il avait abrité un volcan. Le chiot indemne, lui, ne bougeait pas. Dans ses yeux sombres se lisait une terrible incompréhension.

La femme qui se faisait appeler Ibtissam chercha le regard de l'Italien, mue par le réflexe de partager la stupeur qu'elle éprouvait. Le sentiment qu'ils venaient de basculer tous les deux de manière irréversible dans un monde nouveau. Elle vivait depuis des années au beau milieu d'une guerre atroce, elle n'avait jamais hésité à éliminer ses ennemis, mais rien ne l'avait préparée à cette expérience de mort invisible venue de nulle part. Les blessures du champ de bataille, même les plus graves, au moins, se voyaient. Une intimité qui permettait d'apprivoiser la violence et le sang. Cette mort-là défiait l'entendement. On ne pouvait tout simplement pas s'y faire. Elle en avait la chair de poule.

Il ne la regardait pas, comme fasciné par l'affreux spectacle qui s'offrait à lui. Elle bredouilla :

— Mais c'est quoi ? Qu'est-ce qui s'est passé ?

Sa voix, d'ordinaire autoritaire, tremblait légèrement. Elle inspira profondément pour calmer les battements de son cœur. Pas question de passer pour une âme sensible auprès de l'Italien. Elle n'avait vraiment rien d'une âme sensible.

L'Italien se tourna enfin vers elle, et son excitation était perceptible.

— C'est l'avenir. L'avenir de votre guerre.

— Mais qu'est-ce que c'est ? Un gaz ?

— C'est une solution, tout simplement. *La* solution.

Elle prit conscience que sa propre voix dérapait dans les aigus. Elle devait à tout prix parler plus lentement. Elle cherchait ses mots, une idée, pour se donner une contenance. Après tout, c'était elle, la cliente.

— Les bêtes ne meurent pas tout de suite. Ce n'est pas vraiment au point.

Elle retrouvait son ton hautain.

— Nous n'allons pas payer pour ça. Et nous sommes pressés.

— Il y a encore des petits réglages à faire. Soyez patiente. L'expert que nous attendons sera bientôt là. Mais détrompez-vous, ça ne fonctionne pas si mal. Un des chiots a survécu sans aucune séquelle, comme prévu. Grâce à son patrimoine génétique.

Après une courte pause, il ajouta :

— Mais vous savez, dans la guerre psychologique, détruire les fonctions motrices, c'est pire que la mort. Les traces sont bien plus durables.

À peine dix minutes s'étaient écoulées depuis le premier rayon du soleil, mais la chaleur était déjà intense. L'implacable fournaise du désert s'infiltrait par l'ouverture et percutait de plein fouet le Plexiglas. Il regarda sa montre.

— Vous pouvez retirer votre combinaison. Il n'y a plus de danger, mais faites attention à ne pas en toucher l'extérieur.

Une fois ces mots prononcés, l'Italien entreprit de se déshabiller en commençant par ses surbottes imperméables, puis il ôta ses deux paires de gants en nitrile, ses lunettes de sécurité et enfin son masque de protection.

La femme le dévisagea, interloquée. C'était bien des manières d'Européen. Et puis, elle était aussi un peu agacée par ses règles de sécurité absurdes. Car, puisqu'ils disposaient d'un Plexiglas étanche, à quoi bon s'embarrasser d'une combinaison ?

Sous son équipement, son interlocuteur portait un short beige, des sandales et un T-shirt d'un blanc douteux avec d'énormes auréoles de transpiration sous les bras.

Entre sa bedaine et ses mains trop petites pour un homme de sa corpulence, il dégageait une impression de puissance malsaine. Inquiétante. Son regard avait une fixité étrange, comme celui d'un drogué. Elle avait du mal à l'imaginer en scientifique rigoureux. Il la mettait mal à l'aise. Et pourtant, tout reposait sur lui. Il était répugnant, mais elle avait besoin de lui. Un besoin urgent.

À son tour, la femme fit glisser sa combinaison. Elle portait un jean, des baskets et un sweat-shirt. Ses cheveux courts étaient très sombres. Le visage arrondi était définitivement féminin, avec des yeux noirs. Une belle Libyenne de l'Est, plus jeune que sa voix ne l'aurait laissé imaginer. Pas plus de trente-cinq ans. Elle ne souriait pas. Son nez un peu fort et sa bouche fine lui donnaient un air dur. Tant mieux. Elle avait une négociation à mener. Et elle était une femme qui aimait gagner. En Libye, c'était encore loin d'être la norme. Mais tous ceux qui l'avaient protégée pour qu'elle parvienne jusqu'à cette grotte prenaient des risques insensés. Elle leur devait des comptes.

— J'espère que votre expert va bientôt arriver !

Le visage de l'Italien s'illumina d'une brève lueur de gaieté.

— *Inch Allah*, comme vous dites ici. Il doit prendre des précautions. C'est la guerre, vous savez ?

Un jour normal, le ton condescendant de la question l'aurait exaspérée, mais elle avait appris à se contrôler. Elle avait le pouvoir de faire supprimer qui elle voulait, et beaucoup d'hommes avaient commis l'erreur fatale de la penser fragile. Mais elle avait assimilé les leçons de son père : la retenue est la marque des vrais chefs. L'Italien misogyne était grossier et sale, mais il avait autant intérêt qu'elle à ce que l'expert en minidrones arrive vite. Sans l'argent qu'elle allait lui verser pour son travail, l'Italien n'avait aucune chance de quitter la Libye vivant. En effet, poursuivi dans son pays pour fraude scientifique, en France pour meurtre, en Syrie pour avoir collaboré avec Daech à un programme de dopage des djihadistes, il était à la merci de la moindre dénonciation.

Déséquilibré par la masse de son ventre, l'Italien avait du mal à se redresser. Son intestin émit un son incongru. Il se dirigea aussitôt vers le fond de la grotte. Elle était immense et, maintenant qu'il faisait bien jour, on distinguait des batteries d'ordinateurs sur des tables. À cette heure matinale, les chercheurs n'étaient pas encore à l'œuvre, mais l'espace semblait capable d'en accueillir deux ou trois dizaines dans des box aux murs de verre. L'endroit n'était pas vide pour autant. Une silhouette jaillit de la pénombre : un homme âgé, courbé, vêtu d'un jogging marron. Le gardien.

— Oui, professeur ?

L'Italien était tatillon concernant le protocole. À cause des avanies que lui avait fait subir l'élite scientifique de son pays, il était très attaché à ce titre qu'il n'avait pourtant jamais obtenu.

Ragaillardi, il sourit largement au gardien.

— Brûle les chiens.

D'un geste théâtral, l'homme immense leva la main droite à hauteur de son visage, et l'énorme couteau de boucher masqua un instant ses yeux. Il s'immobilisa. Pour frapper les esprits, rien ne valait un peu de solennité. Ses mentors, des hommes expérimentés, avaient insisté sur ce point. Pas de précipitation, pas de geste brusque. C'était mauvais pour l'autorité. Après plusieurs secondes d'un silence pesant, le colosse maigre déclama quelques mots en arabe. Sa voix était éraillée, étrangement fluette pour un gaillard de sa taille. Il avait dû bégayer dans sa jeunesse et articulait les syllabes avec difficulté. Pour compenser son visage étroit, il avait laissé pousser une barbe noire hirsute d'où émergeait une bouche aux lèvres rouges, qui tranchait sur la peau très pâle de son visage et de son crâne rasé. Sous des sourcils fournis, le regard couleur d'huître se perdait dans des orbites sombres. Un regard vide, glaçant.

À dire vrai, personne ne s'approchait jamais assez près de « Thur » pour explorer son regard. Le « Taureau » était trop imprévisible, trop cruel. Personne non plus n'aurait été assez fou pour lui faire remarquer que son nom de guerre ne collait vraiment pas à son physique. Ses quatre acolytes, alignés derrière lui en rang d'oignons, comme au garde-à-vous, restaient parfaitement immobiles. Ce n'était pas le cas de l'homme agenouillé aux pieds du colosse. Lui n'avait pas vingt ans et il était agité d'un tremblement compulsif qu'on ne pouvait attribuer à la température caniculaire. Il tremblait de peur, résigné, toutes ses forces physiques et morales épuisées, son cerveau inapte à former la moindre pensée cohérente, surtout pas celle de sa fin certaine. Depuis sa capture, quelques heures auparavant, parce qu'il s'était trouvé au mauvais moment du mauvais côté de la rue, rien n'avait le moindre sens. Il était trop jeune pour être fataliste et, bien sûr, incapable de deviner que de terribles événements familiaux survenus des décennies plus tôt dans une petite ville française avaient brisé pour toujours quelque chose dans le cerveau de celui qui lui serrait fermement l'épaule.

Le Taureau ne fit qu'un seul petit mouvement, un éclair de métal fusa quand la lame soigneusement aiguisée capta le soleil. Le T-shirt noir Avengers Infinity War se couvrit aussitôt d'un flot de sang. Révélant la maigreur de ses bras, le Taureau brandit la tête du jeune homme, cracha dessus et la jeta tel un détritus sur ce qui restait du macadam. Elle roula dans une ornière, non loin de celles de deux hommes aux cheveux courts. Les exécutions étaient terminées pour la journée. Derrière le Taureau, ses quatre soldats émirent un son guttural d'approbation, sans quitter leur posture martiale. On ne voyait que leurs cheveux émergeant des cagoules, et sur le cou du dernier à droite du chef, à demi masqué par une boucle rousse, on distinguait un tatouage en forme de sauterelle.

Face à la scène, juché sur une table d'écolière, résurgence presque obscène d'un monde paisible et disparu, le cameraman continua à filmer, solidement campé sur ses jambes écartées. À partir du Taureau pris en plongée avec sa victime décapitée, il entama un lent zoom arrière qui fit progressivement apparaître sur son écran les quatre soldats, le petit square, l'école préparatoire pour filles Al Nasr et enfin le groupe de badauds tétanisés, réquisitionnés pour la cérémonie. Le cameraman était content. Il fredonnait mentalement Saleel al-Sawarim, le cantique guerrier qu'il allait ajouter pour la bande-son. Le Taureau n'aimait pas le son de sa propre voix, une voix de fausset. Ensuite, il resterait à incruster quelques sous-titres en français et en anglais, pour s'assurer une audience plus large. Comme exergue, pour signer son travail, il hésitait entre deux couplets : « Allez, mon frère, lève-toi, emprunte la voie du salut » ou « Le chemin de la guerre, c'est le chemin de la vie ». Il aimait leur message mystique et leur rythme entraînant. Sans un peu de poésie, impossible de démontrer aux masses salafistes que, derrière la dureté du combat, s'accomplissait la marche triomphale vers le Dieu Unique.

L'homme exultait de fierté. C'était lui, avec sa caméra et son talent, qui accomplissait ce prodige. Allah n'interdisait nullement l'ambition. Une fois le plan terminé, il fit le V de la victoire en direction de son chef et sauta de la table. Une minute cinquante. La durée idéale pour une bonne viralité sur les réseaux sociaux. Même pas besoin de montage. Il aimait le travail bien fait, ce petit effet faussement rustique qui donnait une tonalité « terrain ». La pureté de l'idéal, la vérité de l'action. Les deux mamelles du recrutement. Il entra au pas de course dans l'école, pour capter le wifi. Deux barres seulement. Pas super. Il faudrait faire avec. Pour la diffusion, il ne se creusa pas la tête : le compte Twitter d'Amaq, l'agence de presse de l'État islamique. Ensuite, la pieuvre djihadiste se mettrait en mouvement. Elle avait beau avoir été brisée militairement en Syrie et en Irak, elle restait ultraréactive. Avant la nuit, le monde entier saurait que la brigade de Thur avait débarqué en Libye. Revers au levant. Essor au Maghreb. Après avoir conquis un énorme territoire à cheval sur l'Irak et la Syrie, Daech avait dû plier bagage sous la pression des bombardements. Les djihadistes venaient reconstruire le califat en Libye. La métastase terroriste en marche. Et tout ça grâce à lui. Quand tout fut parfait, il appuya sur « Publier ». Il était 20 h 32, 19 h 32 heure de Paris.

Dernier arrivé, premier puni. C'était la tradition au centre radioélectrique des Alluets-le-Roi et elle valait pour tout le monde, polytechnicien ou pas. Surmonté par un bouquet d'immenses antennes bien visibles au milieu d'un plateau bucolique des Yvelines, le centre radioélectrique était en réalité une base d'écoute de la DGSE, la Direction générale de la sécurité extérieure, bref, la CIA française. Pourtant, dans ce temple des technologies d'interception, une crainte presque superstitieuse entourait le tout nouvel algorithme de reconnaissance faciale qu'une start-up avait livré au service, une modernisation indispensable à l'heure des réseaux sociaux et des messageries cryptées. Dans la nouvelle guerre, être capable d'identifier à temps un visage, ça pouvait faire la différence.

Jusque-là, les audacieux qui avaient tenté de dompter l'algorithme avaient vite échoué et, pour ironiser sur la difficulté, un plaisantin, sans doute un alpiniste amateur, l'avait affublé d'un surnom éloquent : « Face Mort ». Trop sensible, trop difficile à apprivoiser, trop casse-gueule pour l'avancement. Faute d'une formation, prévue depuis des mois et toujours différée, le nouveau petit bijou numérique de la maison faisait tourner en bourrique tous les « techos ».

Il crachait sans interruption de faux « profils à haut risque » qu'il fallait ensuite analyser soigneusement et écarter un par un. La machine signalait plusieurs dizaines de fois par jour des individus qui ne présentaient aucun danger pour la société. La veille, par exemple, elle avait déclenché l'alerte au passage d'une équipe marseillaise de handball filmée par vidéosurveillance à l'aéroport de Marignane, puis elle avait montré du doigt deux mères de famille inoffensives à l'entrée du Super U de Colomiers.

Alors c'était le petit lieutenant qui s'y était collé. Bizutage 4.0. On ne lui avait pas demandé son avis. Pour dire la vérité, la situation l'excitait parce que les algorithmes indomptables, c'était son truc. Les statistiques, son péché mignon. Il avait tout de suite compris que le paramétrage avait été bâclé au départ et que, sans paramétrage rigoureux, la moitié de la population de la planète correspondait aux spécifications. Les consultants de la direction technique, la fameuse « DT », avaient installé le truc et étaient repartis aussi sec. En oubliant de préciser que, sans données pour l'alimenter, l'intelligence artificielle valait à peu près autant que la bêtise naturelle. Personne n'avait songé à nourrir l'algorithme, notamment en taguant les profils des dix mille djihadistes les plus dangereux. On pouvait croiser ces profils pour vérifier à quelle fréquence ils avaient été en contact. On pouvait aussi croiser les paroles qu'ils avaient prononcées devant une caméra, ou la teinte exacte de leurs cheveux. On pouvait vérifier s'il y avait une relation entre la météo et les attentats, entre le nombre de frères et sœurs d'un individu et sa propension au meurtre. L'algorithme était rebelle, mais futé et, surtout, infatigable. À partir d'un visage barbu, il recomposait en quelques secondes le visage imberbe, et inversement. Et si un « hostile » avait commis l'erreur d'utiliser à l'occasion un portable non crypté pour appeler un ami resté en France, alors la machine, qui pouvait enregistrer tous ses faits et gestes en suivant le signal GPS du téléphone, connaissait par le menu sa routine quotidienne et pouvait prédire à l'heure près le moment du prochain appel. La machine en savait, sur les djihadistes, bien plus long qu'eux-mêmes n'en sauraient jamais.

Son travail de forçat laissait au petit lieutenant très peu de temps pour dormir, mais il commençait tout doucement à devenir indispensable. Il n'était pas fréquent, pour un débutant, de recevoir un mot de félicitations manuscrit du chef de la direction technique. Mot qu'il avait immédiatement rendu au messager, pour destruction. Aucune trace ne devait subsister d'une mission qui n'existait pas.

L'algorithme avait faim. Le petit lieutenant avait passé plusieurs semaines à le gaver à l'aide de toutes les bases de données antiterroristes assemblées minutieusement par les correspondants de la maison. Il y avait déversé des familles entières d'insurgés irakiens, des listes de membres de clubs de foot de La Garenne-Colombes, des générations d'imans venus des confins de l'Algérie ou du Yémen, des milliers de numéros de téléphone, de mots de passe, de photos de famille, des portraits de bambins adorables devenus au fil des années des pères attentifs puis des assassins psychopathes, des lettres d'amour trop froides pour en être vraiment, et même la date du décès de la belle-sœur d'un obscur postier tunisien, dont les obsèques avaient drainé une audience insolite, cérémonie dont une photo avait abouti dans la base. Désormais, les visages de tous les invités de cette cérémonie étaient gravés au silicium dans la mémoire de la machine.

Le petit lieutenant avait également entré des milliers d'organigrammes de sociétés, des listes de hauts fonctionnaires et de mafieux notoires. Il avait codé des dizaines de milliers de vidéos, additionné les dons de centaines de nababs saoudiens ou qataris très généreux avec les groupes armés estampillés islamistes, sans compter les tombereaux de mails et de SMS que ces cibles avaient échangés entre elles. Ni oublier une nuée de petits secrets inavouables, sexuels le plus souvent, concernant des notables bien sous tous rapports à travers tous les pays du Moyen-Orient.

Ensuite, la machine à reconnaître les visages s'était mise en branle. Lentement, d'abord, sans but, comme si elle cherchait son chemin dans la brume, puis goulûment, dévorant les données comme un ogre insatiable. En comparant sans état d'âme des chiffres, des dates, des mots, des présences et des absences, des rictus sur des visages et des cicatrices sur des corps, des clichés de cérémonies officielles, des mots répétés trop souvent dans des messages trop courts, elle avait découvert, dans l'immense nuage d'informations, des corrélations inimaginables. Sous le vernis des apparences, elle avait déterré un monde de vérités sordides. Elle avait deviné que des officiers supérieurs égyptiens au-dessus de tout soupçon trafiquaient des œuvres d'art irakiennes avec la complicité de la mafia israélienne. Elle avait démontré que des membres du MİT, le service de renseignement turc, avaient enlevé un journaliste américain et l'avaient décapité en public en se faisant passer pour des djihadistes, pour créer une diversion pendant des opérations antikurdes dans le nord de la Syrie. En suivant les conversations par Skype d'une infirmière retraitée de Mossoul, l'algorithme avait compris avant tout le monde que Abou Bakr al-Baghdadi, l'émir de l'État islamique, éliminé depuis, souffrait d'une forme très rare d'épilepsie. Face Mort était un alchimiste numérique. En partant d'une simple photo, d'un morceau de cliché, d'une nuance de grisé, l'algorithme racontait l'histoire vraie, l'histoire interdite, celle que des professionnels de la dissimulation avaient passé des années à rendre inaccessible.

À 19 h 35, l'alerte surprit le petit lieutenant. Il la sentit naître dans sa main et remonter le long de son avant-bras. Ce n'était pas la vibration frénétique des premiers jours, quand tout le monde était coupable de tout. C'était une onde moins forte, comme une chatouille amicale, à peu près aux deux tiers de l'échelle de l'urgence. Il se frotta les yeux. Les heures passées devant l'écran finissaient par lui donner un sacré mal de crâne. L'ordinateur montrait un arrêt sur image issu d'une vidéo comme la DGSE en visionnait des centaines par mois depuis que tout le pourtour de la Méditerranée avait basculé dans la guerre civile et la sauvagerie. Elles se ressemblaient toutes : un parterre de badauds réquisitionnés et une bande d'adolescents attardés déguisés en guerriers qui assouvissaient leurs pulsions sadiques en décapitant quelques malheureux sélectionnés au hasard.

Pourtant, le petit lieutenant s'en aperçut tout de suite, cette vidéo-là était différente. D'abord, elle avait été postée seulement trois minutes avant l'alerte. Priorité élevée. Ensuite, le colosse de Grand-Guignol qui occupait le centre de l'image, avec sa tête blanchâtre, son bandana noir en haillons et son couteau de cuisine maculé de sang, n'était pas celui qui avait retenu l'attention de l'algorithme. Étrangement, la machine s'intéressait plutôt à un personnage situé tout à la droite de l'image, un garçon de taille moyenne, légèrement empâté, dont on ne voyait pas le visage. Sa cagoule était déchirée, ce qui permettait d'apercevoir une mèche de cheveux roux et deux morceaux du tatouage qu'il portait au cou. Pour un observateur humain, ces morceaux ne signifiaient rien, mais Face Mort avait tout de suite reconstitué le dessin : une sauterelle. Apparemment, l'homme n'était pas un inconnu puisque quelqu'un, dans la maison, avait jugé bon de le glisser dans un dossier vieux de plusieurs mois : le dossier « Sauterelle ». L'algorithme pouvait faire bien mieux que des agents méticuleux, infiniment mieux.

Le petit lieutenant n'hésita pas un instant. Les procédures étaient encore floues, on pouvait s'amuser. Il concentra toute la puissance de l'algorithme sur l'homme au tatouage, pour une recherche Alpha, une procédure qui donnait accès sans restriction à la totalité des informations disponibles, quel que soit leur niveau de secret. Par acquit de conscience, il posta tout de même sur la messagerie interne : « Alerte 3/Sauterelle/Alpha ». Le téléphone posé sur son bureau sonna moins d'une minute plus tard. En théorie, faute d'une habilitation suffisante – un comble compte tenu de son activité –, il n'était pas censé répondre sur cette ligne, mais la sonnerie devint vite exaspérante. Il décrocha :

— Sous-lieutenant Kabla ?

La voix qui jaillissait de l'écouteur était lente, basse et froide. En comparaison, le débit de la jeune recrue devait paraître hystérique.

— C'est moi. Sous-lieutenant Kabla. Qui êtes-vous ?

Le petit lieutenant ne maîtrisait pas encore tous les usages en vigueur chez son employeur. Un ton plus humble et des questions moins directes auraient mieux convenu à un stagiaire. Surpris, son interlocuteur hésita une seconde. Quand il reprit, le ton était encore plus sec.

— Colonel Flache. Conseiller spécial du directeur.

L'homme laissa flotter l'évocation de son chef, comme un nuage de menace, avant de glisser :

— Vous agissez hors procédure sur Face Mort.

Le cabinet du directeur de la DGSE… Le petit lieutenant sentit une boule se former dans sa gorge. Il bredouilla spontanément :

— Il n'y a pas de procédure sur Face Mort…

Insolence involontaire. Il précisa donc :

— Je veux dire, pas encore. L'algorithme est en phase de rodage. On m'a demandé de le paramétrer et de le laisser tourner. Je n'ai pas encore fixé de procédures.

Le conseiller lâcha un rire agacé, qui sonna dans l'écouteur comme un rugissement.

— J'apprécie votre sens de l'humour, jeune homme, mais ce n'est pas vous qui les fixez. À la DGSE, nous avons des procédures par défaut. Elles s'appliquent à vous dans le cas présent. Nous sommes une agence de renseignement, vous savez. Avec quelques contraintes.

L'ironie n'avait pas échappé au petit lieutenant. Blessé dans son orgueil, il entreprit de défendre ses compétences.

— Mais quelles procédures ?

On lui avait demandé de faire tourner l'algorithme. Personne ne lui avait parlé de procédures.

— C'est simple. Tout ce qui n'est pas autorisé par écrit est interdit. Vous ne lancez pas une recherche Alpha de votre propre chef. La puissance de calcul de la maison n'est pas à votre disposition. Vous demandez la permission, et vous attendez l'autorisation. Tout repose sur le cloisonnement entre ce que chacun sait et ce qu'il n'est pas censé savoir. Pendant votre phase d'intégration, j'imagine que vous avez entendu parler du cloisonnement. Je me trompe ?

Sans attendre la réponse, la voix basse poursuivit :

— L'algorithme aussi est cloisonné. Face Mort n'est pas un terrain de jeux pour « geek ». C'est une zone militaire. Vous ne vous déplacez pas dans cette zone sans autorisation.

Le petit lieutenant se mordit les lèvres. C'était son baptême de l'engueulade. Il fallait faire le dos rond. Mais franchement, cette histoire de zone militaire fléchée dans le Web, complètement *has been*. Le type ne savait pas de quoi il parlait.

Avec sa voix rocailleuse qui fleurait bon le Sud-Ouest, le colonel continua :

— Voilà ce que vous allez faire, maintenant : interrompre votre recherche et attendre que j'arrive.

— À vos ordres.

— Vous me comprenez bien ?

— Affirmatif, mon colonel.

— Vous interrompez la recherche Alpha immédiatement.

Au moment où le petit lieutenant obtempéra, le bureau de son ordinateur ressemblait à un kaléidoscope où s'étaient agglomérées les informations visuelles les plus pertinentes concernant le dossier Sauterelle. La mémoire photographique du polytechnicien balaya instinctivement le chaos des images visibles. C'étaient pour la plupart des clichés maladroits de scènes de guerre avec des hommes en uniforme, des armes, des véhicules et des immeubles ravagés. Deux faisaient exception : un court poème en arabe dont le texte avait été capturé et diffusé sur WhatsApp, et celle qui retint le plus son attention, une photo de mariage jaunie, très floue, qui avait certainement été déchirée avant d'être reconstituée et scannée. Le seul détail reconnaissable était le visage d'une toute jeune fille. Le haut brodé de sa robe blanche était un peu démodé, elle était maquillée avec art, les cheveux relevés en chignon sur la tête, ses mèches entrelacées de fleurs rouges et blanches. La mariée, sans aucun doute. Il plongea ses yeux dans les siens. Les lèvres s'écartaient en un sourire lumineux, mais le regard de la jeune femme appelait à l'aide. Le petit lieutenant sentit son cœur se serrer.

Puis, soudainement, toutes les informations se floutèrent et furent remplacées au milieu de l'écran par un cartouche gris : « Alerte 3/Requis/habilitation Alpha ». Apparemment, le dossier Sauterelle était assorti d'un très haut niveau de secret et le petit lieutenant ne faisait pas encore partie des heureux habilités.

C'est à cet instant-là qu'il entendit l'hélicoptère.

Au centre radioélectrique des Alluets-le-Roi, le renseignement restait pour l'essentiel une activité technique aseptisée. Les nuées de données qui y convergeaient étaient classées automatiquement dans des fichiers confidentiels qui expurgeaient toutes les émotions, tous les drames, tous les courages et toutes les bassesses qu'ils contenaient. À part les informaticiens qui s'y installaient de plus en plus nombreux, les autres membres du personnel de la DGSE ne s'y aventuraient pas, ni les agents clandestins, ni les grands manitous. Alors, quand l'hélicoptère se posa sur le terre-plein central et qu'en jaillirent deux hommes en civil, ce fut la révolution.

Moins d'une minute plus tard, le sous-lieutenant Kabla entendit la porte s'ouvrir à toute volée et une voix qu'il reconnut aussitôt, celle du colonel Flache, dit :

— C'est ici, monsieur le directeur. Je vous présente le sous-lieutenant Georges Kabla. C'est le stagiaire de Polytechnique. Il est en train de paramétrer Face Mort.

Le colonel Flache était grand, maigre et ses cheveux gris étaient coupés très court. L'image d'Épinal du militaire. Une de ses paupières était plus fatiguée que l'autre, ce qui donnait l'impression qu'il clignait des yeux.

Pendant ce temps, l'incroyable nouvelle se répandait comme une traînée de poudre dans le centre : Yanis Calvert, le directeur, était là, en chair et en os. La stupéfaction augmenta encore quand il s'avéra que le patron s'était enfermé dans une pièce avec un stagiaire. Drôle d'idée ! Les ressources humaines de la maison ne savaient plus quoi inventer pour fidéliser les jeunes talents...

Le petit lieutenant avait le cœur qui battait follement. Il avait devant les yeux, lui tendant la main et lui souriant amicalement, une véritable légende, celui qui, au fond, l'avait incité à postuler dans le renseignement, l'avait poussé à refuser les ponts d'or que lui faisaient les plus grosses entreprises de la planète pour qu'il les rejoigne. Il avait préféré mettre sa spécialité, l'intelligence artificielle forte, au service de son pays. La perspective de travailler pour cet homme l'avait définitivement convaincu, électrisé.

Le colonel Flache s'était posté devant la porte, les jambes légèrement écartées, semblant se désintéresser de son subalterne. Son attitude laissait tout de même entendre que le petit lieutenant aurait pu tenter de s'enfuir, une hypothèse plutôt comique. Ce dernier était aux prises avec des sentiments contradictoires. Quelque chose lui disait que cette réunion allait lui apporter des ennuis, mais en même temps, il avait si souvent rêvé de se retrouver face à face avec Yanis Calvert.

La vie du directeur rendait dérisoire n'importe quel roman d'espionnage. L'essentiel de cette carrière ne figurait pas dans sa biographie officielle, une succession délibérément rébarbative de postes administratifs aux intitulés compliqués. Mais des bribes de la vérité, glissées au compte-gouttes par ceux qui l'avaient côtoyé, brossaient un portrait bien plus romanesque.

Le métier lui était venu très tôt. À quinze ans, fils d'un restaurateur français de lointaine origine grecque, qui s'était malencontreusement installé à Beyrouth juste avant l'éclatement de la guerre civile, il avait vécu une expérience douloureuse : assister à l'enlèvement de sa mère libanaise par des miliciens palestiniens islamistes, prétendument une façon de punir son père pour n'avoir sélectionné que des fournisseurs de viande chrétiens. La vraie raison était plus prosaïque : ils espéraient une rançon, voulaient profiter de l'orgie de violence dans laquelle le Liban se vautrait de nouveau. Entre les progressistes palestiniens et les conservateurs maronites, c'était œil pour œil, dent pour dent.

Contrairement à son père, désemparé, qui avait demandé l'aide de l'ambassade de France et de la police libanaise, l'adolescent avait manifesté un sang-froid remarquable. En dépit des instructions formelles du chef de la police, il avait mobilisé une centaine de camarades, tous membres des phalanges chrétiennes, pour mener une enquête de voisinage méticuleuse, avec recoupement systématique des informations sur les ravisseurs potentiels. Les règles, venues en droite ligne des jeux de piste de son enfance, étaient claires. Les informateurs étaient payés rubis sur l'ongle grâce à la générosité de son grand-père maternel, et les informations recueillies étaient compilées dans le cahier à spirale recommandé au jeune Yanis par ses professeurs du collège Saint-Grégoire. De même que les noms de tous les bénévoles qui l'avaient aidé. Se créer un réseau était sa seconde nature. Personne n'aurait su dire d'où lui venait sa détermination. Peut-être de sa grand-mère paternelle, institutrice adorée et redoutée du village de Flassan, ou bien du père de sa mère, un avocat général dans la Syrie des années 1930.

Grâce à cette organisation, trouver la geôle sordide de Beyrouth-Ouest où sa mère était détenue ne lui avait pris que six jours. Il avait résisté à l'envie d'attaquer tout de suite, une retenue qu'il avait eu du mal à imposer à ses amis phalangistes, mais son autorité naturelle incitait à l'obéissance.

Pour finir, ils avaient libéré la jeune femme au milieu de la nuit, sans tirer un coup de feu, après avoir compris que les gardiens n'obéissaient que très partiellement aux ordres de leur chef concernant le jeu et l'alcool. Yanis avait développé à cette occasion la notion qu'il appellerait plus tard la « supériorité disciplinaire ». Plus que les règles elles-mêmes, c'était leur application scrupuleuse qui conditionnait la victoire.

La mère de Yanis était en mauvais état. Elle avait été violée à plusieurs reprises, puis battue, apparemment par des femmes, parce qu'elle était libanaise et chrétienne, et que Beyrouth était un champ de bataille. Deux jours plus tard, le petit immeuble où s'était déroulée la détention avait été rasé par les amis phalangistes du collégien et tous ses occupants exécutés. C'était l'un des aspects qui ne figuraient pas dans sa biographie officielle : le peu de cas que Yanis Calvert faisait de la proportionnalité. Malgré son prestigieux grand-père, il aurait fait un mauvais juriste. Pendant ses premières années, c'était mille yeux pour un œil. La fougue de la jeunesse. Avant de mûrir. Avant de comprendre qu'il est beaucoup plus rentable de pousser l'ennemi à se détruire lui-même.

La police libanaise, dépitée, n'avait pu que saluer, discrètement, l'implacable efficacité de la méthode de l'adolescent. Quant à l'ambassade, elle avait transmis à Paris son profil pour recrutement. Il fallait bien sûr attendre qu'il soit majeur et vérifier que le petit chef de bande ultraviolent puisse se transformer en un agent fiable de l'État français.

Le recrutement avait été progressif. Yanis Calvert avait participé à plusieurs stages commando. On avait testé sa loyauté, puis sa stabilité émotionnelle face à la déception ou à l'ennui, enfin son aptitude à exécuter des ordres désagréables, et son sens du jugement. On avait vérifié sa résistance à la douleur physique, son endurance face à la détresse morale et sa capacité à tuer sur ordre des êtres humains dont il ne connaissait rien. Après une formation de spécialité au 13e régiment de dragons parachutistes, une unité dévouée à la toute nouvelle DGSE, il avait reçu sa première mission. Afin de pouvoir évaluer la recrue, cette dernière était volontairement vague. En pleine guerre Iran-Irak, la France soutenait solidement l'Irak. Il fallait affaiblir le moral des troupes iraniennes. C'était ce que les stratèges parisiens appelaient l'« effet final recherché ». Pour atteindre cet effet, le jeune homme de vingt-cinq ans avait carte blanche et un budget honorable. Mais Yanis Calvert n'avait pas eu besoin de beaucoup d'argent.

Grâce aux clichés pris à haute altitude par des pilotes de chasse irakiens, il avait rapidement compris que les réserves d'eau à destination du front de Khorramshahr arrivaient dans des camions-citernes. Or, ceux-ci stationnaient systématiquement sous le hangar d'une usine pendant une période de deux à trois heures qui comprenait une des cinq prières de la journée. Yanis Calvert avait fourni aux moukhabarat, les services secrets irakiens, des pilules équipées d'une technologie de retardement qui contamineraient l'eau juste avant la livraison sur le front. Elles rendraient très malades, sans les tuer, ceux qui la consommeraient. Trois agents de Saddam Hussein avaient franchi le front de nuit pour mener à bien ce sabotage. Deux avaient été capturés, mais, six jours plus tard, les Irakiens avaient remporté une victoire éclatante sur le front de Khorramshahr, face à des forces spéciales iraniennes étonnamment faibles. L'épisode avait d'ailleurs failli coûter sa carrière à un jeune lieutenant iranien très prometteur, Qassem Soleimani, futur commandant mythique de la force Al Qods, une unité d'élite du corps des Gardiens de la révolution islamique. C'était lui qui était chargé à l'époque de l'approvisionnement en eau de cette partie du front. Cette mission ultrasecrète, et que la France n'aurait jamais reconnu avoir ordonnée, avait fait de Calvert une figure au sein du renseignement : cruel, invisible et innovant.

Les années 1990 avaient consolidé son statut d'analyste et d'agent hors pair, une combinaison très rare dans la maison. Il était l'auteur de plusieurs notes très précises qui annonçaient dès mars 1993, avec plus d'un an d'avance, donc, le futur génocide au Rwanda. Elles provenaient de l'un de ses informateurs qui avait participé à une réunion de planification dans les locaux de l'évêché de Butare, au cours de laquelle la fameuse formule : « L'œuvre de Dieu, c'est de les tuer » avait été prononcée. Calvert avait appris au Rwanda que la raison d'État entretenait avec la « raison raisonnable » des relations distantes, sans même parler de la morale. La DGSE avait eu beau abreuver l'Élysée et le gouvernement de mises en garde de plus en plus alarmantes sur les abominations à venir, elles étaient restées lettre morte. Yanis Calvert apprenait. La politique, parfois, c'est tout savoir et laisser faire. Choisir de ne rien faire, c'était aussi une manière de décider. Il ne l'oublierait plus.

En 2001, à seulement quarante ans, Yanis Calvert animait les réseaux d'informateurs de la DGSE dans tout le Moyen-Orient, en Asie centrale, au Maghreb et en Afrique. Un pouvoir considérable qui suscitait des jalousies dans la maison, mais la lutte contre le terrorisme laissait peu de temps pour s'occuper des ego blessés. Il traçait sa route. Quand Calvert, grâce à trois contacts ouzbeks haut placés, avait produit une synthèse intitulée « Projet de détournement d'avion par des islamistes radicaux », sept mois avant la catastrophe du 11 Septembre, il était devenu *a posteriori*, à lui tout seul, le renseignement français, celui que les responsables politiques, et pas seulement en France, s'arrachaient pour tenter de comprendre l'immense tourbillon de violence que devenait le monde. Ayant désormais ses propres idées, il avait adapté la devise : « Savoir tout, en dire un peu. » L'expérience rwandaise l'avait convaincu que les politiques ne sont pas des acteurs, seulement des relais pour ceux qui tirent les ficelles dans l'ombre. La DGSE l'avait formé à la neutralité opérationnelle, c'est-à-dire un alignement sans scrupule sur les intérêts de l'État français, mais, tout au fond de lui, rien à faire, il restait le fils de cette chrétienne libanaise martyrisée en 1975 au point de ne jamais recouvrer tout à fait la raison. La neutralité avait des limites. Pour Yanis Calvert, la neutralité ne reflétait que le désarroi des pays qui avaient perdu leur âme. C'était de la cécité, et il voulait garder les yeux grands ouverts pendant que le monde basculait dans le chaos.

Ayant gravi presque toute la pyramide hiérarchique, il aurait dû logiquement être écarté au profit d'un haut fonctionnaire en fin de carrière. Les agents de terrain, même les plus brillants, n'atteignaient jamais le sommet, mais en pleine guerre contre le terrorisme, il était impossible de se passer de lui. Parce qu'il en savait plus que tout le monde sur l'ennemi ou peut-être parce qu'il en savait trop sur les amis. Allez savoir. Lui s'était glissé dans l'habit. Les mots qu'il prononçait étaient ceux de sa profession et de son rang, il avait appris les usages, mais sa vraie nature bouillonnait sous la surface policée du haut commis de l'État. Dans un pays en guerre comme la France, il était l'homme le mieux informé et l'un des plus puissants. Mais à cet instant précis, il était assez fin pour comprendre que le gamin qui lui faisait face avait des choses à lui apprendre.

Le petit lieutenant avait l'impression que son cerveau était vide. Yanis Calvert était plus petit, plus compact qu'il se l'était imaginé. Sa peau était mate, sa tête plutôt ronde. Il émanait de lui une brutalité rugueuse de paysan, bien loin de la sophistication des préfets ou des ambassadeurs auxquels échoyait généralement le poste de directeur de la DGSE.

L'homme planta ses yeux dans ceux du jeune officier d'une manière qu'il était difficile de ne pas trouver menaçante.

— Que savez-vous du dossier Sauterelle ?

Le petit lieutenant recula d'un pas. Il prit sur lui pour paraître assuré, mais il bredouilla quand même, surpris par la question. Le patron connaissait évidemment la réponse.

— Rien, je ne suis pas habilité sur ce dossier.

La riposte fusa :

— Vous savez que le type au tatouage est lié au dossier Sauterelle. Ce n'est pas *rien*.

Le dossier Sauterelle, c'était le pire, le plus dangereux, celui dont on ignorait presque tout. Une apocalypse technologique terrible et diffuse.

Le directeur laissa un silence pesant s'installer. Puis son visage se détendit.

— Allez, lieutenant, parlez-moi de votre nouveau jouet...

La voix était cordiale, mais l'invitation était un ordre.

Le petit lieutenant n'en revenait pas. Il était sur le point d'expliquer le fonctionnement de Face Mort au directeur général de la DGSE. Yanis Calvert savait exactement ce qu'il voulait. Sans chasser de ses lèvres le rictus inquisiteur qui lui servait de sourire, il précisa sa demande :

— Parlez-moi de l'alerte que vous avez reçue à 19 h 35. Sans rien oublier. J'ai peu de temps. Je dois être de retour à Mortier dans une heure.

Cela n'échappa évidemment pas à la jeune recrue que par « Mortier », le directeur entendait le boulevard Mortier, près de la porte des Lilas, là où la DGSE était installée. Ce dernier poursuivit :

— Et puis je veux rentabiliser le temps de vol de nos hélicoptères.

Le sous-lieutenant Kabla voulait dire tellement de choses qu'il ne savait plus par où commencer.

— Voilà, j'ai reçu pour mission de paramétrer Face Mort, le nouvel algorithme de reconnaissance faciale. Sur la base d'une image, il doit être capable de tout nous dire sur les individus qui y figurent. Depuis deux semaines, je le nourris avec l'ensemble des bases de données photographiques que nous possédons et de celles auxquelles nous avons accès. Ensuite, l'algorithme crée lui-même des dossiers et il classe chaque information nouvelle en fonction de sa pertinence.

— Ce n'est pas à nous de décider de la pertinence d'une information ?

— Face Mort est capable de traiter en une seconde une quantité d'informations que vous ou moi ne pourrions pas absorber même en y consacrant toute notre vie. Il n'y a aucune comparaison possible. Nous pouvons contester ce qu'il trouve, mais pas le trouver à sa place.

Il reprit sa respiration :

— Vous voyez ce qu'est l'intelligence artificielle forte ?

Le petit lieutenant vit passer une ombre de contrariété dans le regard gris de Yanis Calvert. Le patron n'avait pas l'habitude de répondre aux questions des stagiaires. Malgré le silence de son supérieur, il s'efforça néanmoins de continuer.

— Les algorithmes les plus sophistiqués comme celui-ci ne se contentent pas de ranger les données, ils leur donnent un sens, une signification. Face Mort commence à avoir des intuitions et il creuse ces intuitions en allant chercher de lui-même les informations qui lui manquent là où elles sont. Il apprend de son propre chef et il est capable de comprendre des choses que nous n'imaginons même pas.

— Il se forge une opinion, en somme.

— Oui, mais sur la base d'une connaissance immense, surhumaine.

Le sourire se fit plus mordant.

— Alors vous servez à quoi, lieutenant ?

— Au début, j'aide Face Mort à apprendre, en sachant que l'élève dépassera très vite le maître. Il est bien plus intelligent que nous tous réunis. Mais il sait qu'il n'est qu'une machine, qu'il n'a accès qu'à une certaine forme d'intelligence.

Le patron sembla méditer cette phrase, mais il en revint au motif de sa venue :

— Alors, que s'est-il passé exactement à 19 h 35 ?

— Trois minutes plus tôt, à 19 h 32, une vidéo d'exécution a été postée sur le site de l'agence de presse de l'État islamique. Elle a été filmée en Libye. Face Mort l'a intégrée immédiatement.

— Pourquoi ? Ce genre de vidéo, il y en a tout le temps.

— Pas des comme ça. D'abord, elle prouve que des groupes de djihadistes continuent de quitter la Syrie pour la Libye et le Sahel. Pour la machine, il y a 85 % de chances que la vidéo ait été tournée à Derna, une petite ville sur la côte libyenne. Mais surtout, Face Mort a identifié deux individus de la vidéo. L'un est lié au dossier Sauterelle.

— Montrez-moi.

Le petit lieutenant fit quelques manipulations, et une capture d'écran apparut. Miraculeusement, la bannière d'interdiction avait disparu. On voyait la scène d'exécution, les victimes décapitées et le commando djihadiste. Il pointa le centre de l'image :

— Face Mort a collecté pas mal de choses sur le grand au milieu. C'est le chef du groupe. Il se fait appeler « Thur ». Ça veut dire taureau, en arabe. Son vrai nom est Simon Chassan. Petit délinquant de Montauban qui fricotait avec des revendeurs de voitures volées. Il a fini par tomber pour trafic de cannabis. Français de France, aucun antécédent de conversion à l'islam dans sa famille. Intellectuellement très limité. Complexé par sa taille et sa maigreur, surtout vis-à-vis des femmes. Sa mère est décédée quand il avait huit ans. Cancer du sein. Son père, un chauffeur de bus, un dur, l'a chassé de chez lui la première fois qu'il a été arrêté. En prison, trajectoire classique. Il y a rencontré des salafistes, en particulier un type qui se faisait passer pour un imam alors qu'il était épicier, mais l'arnaque au faux imam est fréquente, en prison.

Le directeur jeta un regard amusé au colonel Flache. Kabla poursuivit :

— À sa sortie, il a été pris en charge par une filière locale. Il leur dégotait des voitures volées, mais plus haut de gamme cette fois, surtout des allemandes et des 4 × 4. Eux s'arrangeaient pour les faire passer en Syrie. Un jour, il est parti là-bas avec eux. À Raqqa, il s'est installé dans une villa abandonnée avec cinq autres Français de Montauban et de Toulouse. Apparemment, il souffre de ce qu'on appelle des crises psychogènes non épileptiques. Comme il ne se traite pas, il est sujet à des accès de violence après ses crises. Il a eu aussi quelques problèmes avec ses chefs de Raqqa parce qu'il allait se servir un peu trop souvent dans l'immeuble des veuves de guerre. Ça faisait mauvais genre, mais comme il était très zélé au combat, on a passé l'éponge. Et puis il était toujours candidat pour les exécutions, ce qui est plutôt rare. Il est considéré comme pieux. Les cinq prières tous les jours, même s'il n'a jamais été capable de se souvenir de la chahada, les deux premières phrases de la prière musulmane. Pas de mémoire, pas futé, mais loyal et motivé. Il est resté jusqu'à la chute de Raqqa, quand les Kurdes ont attaqué. Bref, ses chefs pensent qu'il peut encore servir.

— Ça fait donc plusieurs mois qu'il est en Libye. Pourquoi fait-il parler de lui maintenant ?

— Aucune idée.

Le directeur fronça ses sourcils broussailleux, comme s'il s'était posé la question à lui-même et n'avait pas envie d'être interrompu. Dans son regard se combattaient des ombres fugitives d'intelligence et de fureur, et ce mélange inquiétant mettait souvent ses interlocuteurs mal à l'aise.

Cette fois, ce fut le colonel Flache qui répondit :

— Ses patrons ont dû lui ordonner de communiquer après les bombardements égyptiens sur Derna. Pour montrer que Daech tient bon. Après ce qu'ils se sont pris à Raqqa, les raids égyptiens de la semaine dernière, c'est une pichenette.

Le directeur hocha la tête.

— C'est possible. Oui, c'est possible.

Il se tourna de nouveau vers le petit lieutenant, sans que sa voix trahisse un empressement particulier.

— Et l'autre ?

— L'autre, c'est beaucoup plus intéressant. Et beaucoup plus étrange. On a vraiment eu de la chance. Si sa cagoule n'avait pas été déchirée à l'endroit du tatouage, on ne l'aurait jamais remarqué.

Il zooma sur l'écran. Le cou de l'homme grossit, devint flou, et l'ordinateur mit quelques secondes à restaurer la qualité de l'image.

— Mais on ne voit qu'une partie du tatouage ?

Le petit lieutenant rougit de fierté.

— Ça, c'est du Face Mort tout craché. Il a reconstitué le tatouage à partir de banques de données que je lui ai fait avaler. Et il s'est débrouillé lui-même pour en apprendre plus sur les tatouages. Un simple morceau de l'abdomen de la sauterelle lui a suffi pour reconnaître ce tatouage particulier.

— Comment fait-il ?

— C'est un processus dit de « *Surface Texture Analysis* ». Une image est prise d'une portion de peau, appelée *skin print*. Ce patch est divisé en plus petits blocs. Ensuite, chaque bloc est distingué par les lignes, les pores et la texture de la peau en question. La machine peut identifier les différences entre jumeaux ressemblants, ce qui n'est pas encore possible avec un simple logiciel de reconnaissance faciale. En combinant la reconnaissance faciale avec l'analyse de la texture de la surface, on peut trouver des trucs incroyables.

Il s'anima :

— Peut-être même que, si on insistait, il nous donnerait le nom et l'adresse du tatoueur.

Le directeur le regardait sans sourire, loin de partager son enthousiasme, mais interloqué tout de même. Le gamin avait l'air de savoir de quoi il parlait.

— Alors, pour Face Mort, qui est ce type ?

— Face Mort ne sait pas encore qui il est avec une certitude absolue.

— Avec quelle certitude, alors ?

Le directeur manifestait un goût limité pour les devinettes.

— Entre 87 % et 91 %...

Le colonel Flache leva les yeux au ciel. La DGSE agissait la plupart du temps avec une certitude bien inférieure à 50 %. Le directeur gronda :

— Allons, lieutenant, trêve de gamineries. Vous n'êtes pas en train de passer un examen et je n'ai pas toute la nuit.

Le petit lieutenant s'exécuta.

— Eh bien, voici tout ce que nous savons : ce type s'est trouvé trois fois en deux mois dans la même zone que d'autres personnes liées avec certitude au dossier Sauterelle.

— Et ça nous avance à quoi ? Je veux savoir qui il est.

— Il s'agit presque certainement…

Le soupir agacé du directeur fit vibrer l'atmosphère dans la petite salle.

— Ali Mokhtari. Vingt-neuf ans. Nationalité algérienne. Parle cinq langues en plus du français. Grande famille de diplomates. Son grand-père pilotait la négociation avec le terroriste Carlos à Alger en 1975 pour la libération des dirigeants de l'OPEP pris en otages dans un avion. Il aurait pu finir ministre, mais avec Boumédiène, ils avaient des vues sur la même femme. Du coup, au lieu de ça, il a dû quitter le pays en quatrième vitesse pour sauver sa peau. Toute cette histoire se trouve dans nos archives. Dans nos archives papier, je veux dire.

Il y avait un soupçon de commisération dans la voix du gamin. Un sourire fugace éclaira alors le visage du directeur.

— Continuez, et venons-en à celui qui nous intéresse. Ali, le petit-fils.

— Le grand-père d'Ali a trouvé refuge en Irak. Son fils, c'est Adnan, le père d'Ali. Adnan a étudié la physique à Bagdad et, quand les Américains ont envahi le pays, il s'est réfugié en Syrie, comme beaucoup de scientifiques irakiens. Les Syriens l'ont accueilli à bras ouverts.

— Pourquoi ?

— Parce que sa spécialité les intéressait.

— Quelle spécialité ?

— Les armes bactériologiques.

— Quel genre ?

— La toxine botulique. C'est l'arme la plus dangereuse qui soit. Elle bloque la transmission neuromusculaire et entraîne une paralysie généralisée... La dose mortelle pour l'homme, c'était un dix millionième de gramme.

Le directeur leva la main pour enrayer l'avalanche d'infos.

— Je sais ce qu'est la toxine botulique. Face Mort dit quoi d'autre ?

— Le père d'Ali est décédé en 2009, au cours d'une expérience qui a mal tourné dans son laboratoire à Damas.

— Qu'est-ce qui s'est passé ?

Cette fois, ce fut le colonel Flache qui répondit :

— À l'époque, nous avons été alertés par une source. Rien de très précis n'a filtré. Un *blackout* total. On sait seulement que les services russes ont été appelés à l'aide par les Syriens et qu'ils n'ont rien pu faire. Il était trop tard. L'usine où se trouvait le laboratoire, dans la banlieue de Homs, a été bouclée et scellée par les Russes. Pendant dix jours, la zone a été interdite à la circulation. Et personne ne s'y aventurait. À cause des cris...

Un silence de plomb envahit la pièce. Le petit lieutenant avait pâli. Si un scientifique était assez fou pour prendre le risque de manipuler la toxine botulique, les ravages pouvaient être épouvantables.

— Personne ne pouvait entrer ou les ravitailler, poursuivit le colonel. À l'intérieur du laboratoire, ils étaient environ deux cent cinquante chercheurs et n'avaient des vivres que pour quelques jours. Les Russes ont conseillé de couper l'eau pour éviter toute possibilité de contamination par les canalisations. Je ne vous fais pas un dessin. Ils sont morts de faim et de soif.

La carapace du petit lieutenant n'était pas encore assez épaisse pour qu'il soit immunisé contre l'horreur. Malgré tous ses efforts pour rationaliser, sur son visage juvénile, on commençait à lire les signes de la rupture.

— Et Ali ?

— Ali a débuté auprès de son père, mais ensuite, il a volé de ses propres ailes. Il est parti à Cambridge pour faire son doctorat. Sinon, il serait sans doute mort au cours de cette catastrophe.

— Un doctorat de quoi ?

Le petit lieutenant farfouilla dans les notes qui s'accumulaient sur son bureau.

— Zut, j'étais sûr de l'avoir noté… Ah, la voilà.

Il brandit une feuille à demi déchirée, où il avait griffonné quelques mots. Il se plongea dedans et, au bout de plusieurs longues secondes, son visage s'éclaira.

— J'ai trouvé. C'est un doctorat de botanique. Ce gars est docteur en botanique.

Le directeur écarquilla les yeux.

— Que fait un docteur en botanique avec cette bande de clowns assassins ?

Le petit lieutenant reprenait son souffle. Il avait l'impression d'être passé dans une essoreuse. Mais il le sentait, l'interrogatoire était désormais terminé.

Le directeur décida en effet que le moment était venu de lâcher du lest. Son visage s'éclaira d'un sourire presque amical. Il avait maintenant le ton affable d'un vieil ami.

— Beau boulot, lieutenant. Vous êtes un vrai puits de science. On dirait que vous êtes le seul dans cette maison à savoir manier Face Mort… Chapeau ! Je crois bien que votre stage s'achève. Bienvenue à la DGSE.

Il lança un regard en biais au colonel Flache, qui hocha imperceptiblement la tête : il était temps d'agir. Les deux hommes se dirigèrent vers la porte.

Mais le petit lieutenant ne se laissa pas griser par la flatterie.

— Monsieur ! Monsieur le directeur, je ne sais même pas ce que c'est, le dossier Sauterelle.

Yanis Calvert était déjà dans l'embrasure de la porte. Il se retourna furtivement. Sur son visage, la dureté avait remplacé la connivence.

— Alors, lieutenant, vous avez vraiment de la chance, parce que…

La fin de sa phrase fut couverte par un bruit. Le pilote de l'hélicoptère venait de lancer le rotor.

Les taches de vieillesse étaient bien visibles. Umberto Sica regardait ses mains. Il avait peur de vieillir, une peur panique. Ses mains lui faisaient horreur. Il en avait honte. En plus, elles tremblaient. Il avait bu la veille au soir. Sa cliente lui mettait une pression terrible depuis l'expérience avec les chiots. Elle lui avait apporté du whisky, pour qu'il tienne le coup. Il n'aurait jamais dû le mélanger avec le modafinil. L'alcool avait transformé son cerveau en manège infernal. Il avait renforcé l'effet de la pilule en le plongeant dans un état d'excitation qui le mettait littéralement hors de lui-même, comme s'il s'observait de l'extérieur, comme s'il se voyait en train de penser. Ou plutôt en train de ne pas penser. C'était bien ça, le problème.

Il prit conscience qu'il n'avait aucune idée du jour qu'on était. Il savait simplement qu'elle allait venir. Le chauffeur l'avait prévenu par téléphone. Elle était pressée. Obsédée. Elle voulait sa guerre. Il était le fournisseur. Mais putain, il avait failli être docteur en médecine ! Des larmes de rage lui venaient aux yeux. Il méritait mieux que ça, mieux que les ordres de cette bonne femme qui le regardait d'un air dégoûté. Il n'était pas qu'un mercenaire. La guerre que menaient ses clients, c'était aussi sa guerre à lui. Ils avaient été humiliés comme Arabes, comme musulmans. Lui aussi, il avait été humilié, en tant que scientifique. Deux mobiles, une seule guerre. Une seule, putain, une seule putain de guerre ! Et ils avaient besoin de lui. Il était alcoolique, oui, mais il était indispensable.

Dans les moments d'agitation, il ne parvenait pas à poser son esprit, ne serait-ce que quelques secondes. Son cerveau partait en vrille, incapable d'accrocher un raisonnement. Devant lui défilaient des images, des souvenirs qui s'entrechoquaient, des bouts de vérité mêlés à ses obsessions. Avec la pilule, il n'était plus très sûr de faire la différence. Il essaya de garder les yeux grands ouverts. Lorsqu'il les fermait, c'était la glissade assurée sur le grand toboggan du délire. Il voyait une femme nue, un peu forte, sur le ventre, qui se retournait pour le regarder, un sourire étonné sur son visage de madone. Et puis, sans transition, dans une cage, des singes rendus fous de haine, des monceaux de cadavres quelque part en Afrique et de nouveau la femme, sur le dos, endormie, paisible. Enfin, un chemin pierreux très pentu, harassant et familier, dont la fin se dérobait sans cesse. La drogue l'aidait à tenir, mais il fallait slalomer entre ces flashs qui venaient le hanter. Pour se concentrer, son corps demandait d'urgence un autre comprimé de modafinil.

Umberto Sica était déchiré. L'expert qu'il attendait, il l'avait recruté lui-même, pour perfectionner l'arme, pour s'assurer qu'elle tue de manière aléatoire. Mais l'Algérien, un as de la botanique, allait-il lui faire de l'ombre ? L'Italien ne se faisait pas d'illusions. Si ses commanditaires l'avaient aidé à quitter la Syrie, si on le payait aussi cher, c'était parce qu'il était le meilleur. Mais s'il devenait inutile, il serait bon pour une balle dans la tête. Ou, pire, ses clients passeraient un coup de fil aux services français, qui le recherchaient activement. Ses clients étaient cruels, sans aucun doute, mais les Français étaient pires. Ils étaient implacables.

L'Italien se mit à marcher vers le laboratoire. Il détestait ce sous-sol, tellement grand qu'il donnait le vertige, avec la climatisation qui brassait sans fin l'odeur de la poussière de ciment. Il détestait ces ingénieurs qui étaient soi-disant à ses ordres, mais qui le surveillaient. L'Italien en devenait presque fou. Il n'était bien nulle part. En bas, il étouffait, mais là-haut, la chaleur sèche vous tombait dessus comme une guillotine. Au bout de quelques minutes, le mal de tête commençait, et il suffoquait.

Le Taureau était perdu, désorienté. Ses chefs ne lui avaient donné aucune instruction, à part celle de prendre ses quartiers à Derna, d'être discret et de protéger le Roux. La guerre contre les croisés continuait ailleurs, d'une autre façon, voilà tout. Il fallait s'adapter. Il avait essayé, mais c'était compliqué pour lui. Il avait quand même compris une chose. S'il réussissait, il passerait « jasadi », caporal de l'État islamique. Jasadi ! Il en rêvait la nuit, rêvait même qu'il l'annonçait à son père, ce salaud qu'il haïssait de toutes ses forces, cette brute qu'il aurait aimé étrangler lentement, de ses propres mains.

Mais il n'avait pas saisi l'essentiel dans les ordres qu'il avait reçus : la discrétion. Il est vrai que c'était nouveau. Pendant des années, on l'avait encouragé à faire le maximum de publicité. Et maintenant, c'était fini ? Au nom de quoi ? Simon Chassan, le petit malfrat de Montauban, avait beau s'être transformé en moudjahid, il avait toujours les mêmes difficultés à manier les idées abstraites. Il préférait les tâches manuelles et répétitives, qui le rassuraient. En Syrie, sa vie avait eu un sens et un rythme. Le chef les galvanisait. Il y avait les combats, les pillages, les exécutions de prisonniers et les viols de filles chiites. Des journées remplies. Inespéré, pour un garçon médiocre que la guerre avait transformé en monstre. À Montauban, il n'avait été qu'un banal délinquant, en train de perdre un combat inégal contre le bégaiement. Il n'intéressait même pas la police.

Beaucoup des camarades étaient morts en martyrs, et sa foi fruste lui disait que la vie d'après valait vraiment le coup. Le paradis, avec ses régiments de vierges lascives et dociles, était une promesse simple qu'il pouvait visualiser, à laquelle il pouvait se forcer à croire. De toute façon, on ne lui avait jamais rien promis d'autre.

Alors, en arrivant à Derna, il avait ordonné une exécution. Sa spécialité. Une manière de marquer son territoire. Le B.A.BA de la propagande. Il était le maître de cérémonie. À la manœuvre et à son affaire. Au fond de lui, une petite voix lancinante lui murmurait que ce n'était pas malin, que la mission, c'était de protéger le type aux cheveux roux, un point c'était tout, mais on ne lui avait pas dit pourquoi, à lui qui commandait le groupe, la katiba ! On lui avait simplement expliqué qu'il devait l'escorter jusqu'à l'oasis de Gatrone, dans le sud de la Libye, et le confier aux hommes du raïs, celui qu'on appelait aussi le général, le chef de la tribu. Alors oui, le Taureau enrageait. Comme quand son père ne l'écoutait pas. La rage, c'était son point faible, la raison pour laquelle il n'avait jamais conservé un emploi plus d'un mois à Montauban. Mais quand il serait jasadi, plus personne ne se moquerait de lui, de sa silhouette interminable, de son cerveau confus ni de ses terribles colères. Et on ne le tiendrait plus à l'écart des décisions, au contraire, on lui demanderait son avis.

En attendant patiemment cette promotion, il suffisait de protéger le Roux. Mais il y avait un problème. Il haïssait le Roux. Il détestait ce petit monsieur à la mine soignée qui ne savait même pas tenir un poignard. Cet individu qui ne daignait pas le saluer le matin, un peu comme si lui, le Taureau, n'avait pas été son chef, mais son domestique. Selon les heures de la journée, c'était la discipline qui prenait le dessus puis, brutalement, sans prévenir, la fureur lui dévorait les entrailles, le cœur et le cerveau. Et l'obligeait, presque physiquement, à tuer. Il flottait dans les yeux du Taureau un mélange de désespoir, de folie meurtrière et de quelque chose qui ressemblait à une colère d'enfant.

L'hélicoptère s'éleva de quelques mètres, se cabra avec souplesse et vira plein est. Il se posa à Mortier dix minutes plus tard. Le directeur et le colonel jaillirent de l'appareil et se dirigèrent à grands pas vers la salle de crise. Après leur escapade à la campagne, l'atmosphère était différente. Dans Paris, il faisait plus chaud, l'air vibrait du stress citadin. Ils étaient eux-mêmes passés en mode action.

Ils étaient cinq autour de la table. Le directeur décidait, mais, en situation de crise, avant une opération, les militaires pesaient lourd. Ils connaissaient les moindres détails techniques des missions, ils savaient où ça pouvait casser, et c'étaient leurs hommes qui prenaient tous les risques.

Il n'y avait qu'une seule question à l'ordre du jour, et ce fut donc le directeur qui la posa :

— Nous avons une opération à monter en extrême urgence. À Derna, en Libye, pour pister un djihadiste. C'est ultrasensible. En lien avec le dossier Sauterelle. On envoie qui ?

Le chef du Service Action le coupa, un peu trop vite :

— C'est quoi, la mission ? Je veux dire, exactement ? Une neutralisation ?

Des mots comme « assassinat » ou même « exécution » n'étaient jamais prononcés dans une réunion, même restreinte. Mauvais pour le moral.

Le directeur garda le silence un tout petit peu plus longtemps que nécessaire. Il n'aimait décidément pas être interrompu. Il n'aimait pas non plus les questions trop précises. Son côté oriental.

— Pour ce que vous avez besoin d'en connaître, votre mission, c'est d'identifier un individu et de le filer. Nous savons qu'il est en Libye à l'heure où nous parlons. Dans la ville de Derna. C'est absolument capital que nous le suivions jusqu'à sa destination.

— Le suivre ?

Le chef du Service Action semblait offusqué.

— C'est bien ça. Le suivre et, si besoin, le protéger.

— Et ensuite ?

— Ensuite, il est possible que la meilleure option soit une neutralisation. On verra le moment venu.

Bref, ce n'était pas une mission ordinaire. Il ne s'agissait pas d'éradiquer un groupe de malfaisants à bord d'une Toyota en plein désert. Il allait falloir faire preuve de doigté. Et avoir de la chance.

Le directeur regarda un à un les hommes aguerris assis en face de lui. Dans les yeux.

— Ce genre de katiba est très mobile, ils peuvent s'évanouir dans la nature comme un rien, c'est pourquoi nous ne disposons que de très peu de temps. Et nous avons plusieurs unités sur zone. Le groupe 6, par exemple, est dans les Ifoghas.

L'Adrar des Ifoghas était un massif montagneux à cheval sur le Mali et l'Algérie, le terrain de jeux préféré des djihadistes au Sahel.

Le patron du Service Action parla alors d'une voix coupante comme du barbelé :

— Ils sont au contact. Pour s'extraire sans se faire repérer, il leur faut au moins quarante-huit heures. Et ajouter deux mille cinq cents kilomètres en hélico. C'est trop loin, et on a besoin d'eux là-bas. Jamais on a été aussi près de choper Al Kader. Non, vraiment, je vote contre.

Le directeur réprima une moue agacée, il était le boss, mais le chef du SA était un pro, on ne le contournait pas si facilement.

— Et le 8 au Yémen ?

— Ils sont en train d'exfiltrer un de nos hommes de ce bordel. Impossible de les rappeler maintenant. Pas avant une semaine. Et là, c'est apparemment une question d'heures.

Le colonel Flache prit la parole :

— Il y a bien un groupe, mais…

Le directeur se redressa dans son fauteuil.

— Dites, Flache.

— Ce groupe n'est pas tout à fait de la maison.

— Ça veut dire quoi, « pas tout à fait » ?

— Il a souvent collaboré avec nous dans des opérations hybrides. Vous connaissez la capitaine Barelli ?

Un rictus fleurit une fraction d'instant sur les lèvres du directeur. Bien sûr, qu'il la connaissait. Sans doute la femme la plus célèbre de l'armée française. Sinon, il aurait fait un bien médiocre directeur de la DGSE.

— Affirmatif. C'est elle qui a abattu le général Othar en RDC.

Au cours d'une opération clandestine au Congo, Maxime Barelli, capitaine dans les forces spéciales, avait en effet tué son supérieur, le général Othar. De deux balles dans la tête. Une ordure criminelle de la pire espèce, monté dans la hiérarchie militaire après un passage par la Légion étrangère, pour faciliter les affaires mafieuses de sa famille. Il avait largement mérité son sort, mais l'élimination d'un général par une subordonnée faisait désordre, et beaucoup de hauts gradés auraient bien aimé que la capitaine Barelli quitte les forces spéciales et se fasse oublier, si possible définitivement. En priant pour que les médias n'apprennent jamais rien. Pour l'instant, la version officielle tenait. Le général Othar était mort en opération dans un accident d'hélicoptère. Mais la capitaine Barelli ne s'était pas effacée. Elle s'était accrochée. Pour ne pas faire de vagues, il avait fallu la renvoyer avec son groupe sur le terrain, lui laisser continuer le boulot où elle était la meilleure : traquer les djihadistes.

Dans ce domaine, la paria avait mis au point une méthode unique au monde fondée sur les dernières avancées des neurosciences et de l'intelligence artificielle. En scannant le cerveau des prisonniers pendant les interrogatoires, elle avait élaboré une « doctrine cérébrale de contre-menace », une carte neuronale du fanatique islamique, pour comprendre et exploiter les ressorts intimes de la démarche terroriste. Une photographie en temps réel du cerveau était une arme bien plus puissante que n'importe quel sérum de vérité pour faire la part entre la conviction religieuse et la pathologie criminelle chez des adversaires aussi divers que les ingénieurs saoudiens des avions du 11 Septembre, les shebabs de Somalie, les bourreaux sanguinaires de Syrie ou les voyous tueurs de Toulouse. Barelli avait construit un profil mental type qui se révélait d'une valeur inestimable pour manipuler les prisonniers, les faire craquer ou dénoncer leurs camarades, anticiper les prochaines attaques et piéger les réseaux sociaux. Elle était devenue le *profiler* du fanatisme moderne et elle s'était mise à travailler avec la DGSE.

Sous l'œil glacial du chef du SA, le colonel Flache continua :

— Elle et son groupe sont en opération à moins de trente kilomètres de Derna. Ils peuvent être sur place rapidement. Il n'y a pas de doute. C'est Barelli qui doit y aller.

Le chef du SA tiqua :

— Ils sont sur quel genre d'opération ? Je devrais être au courant.

— Non, ce n'est pas une opération DGSE. Une mission hors cadre en prise directe avec l'Élysée et le ministère de la

Défense. Ils font du nettoyage en Libye, mais ils ne sont pas à vingt-quatre heures près. Ils pourront y retourner ensuite.

Le nord-est de la Libye était infesté de groupes djihadistes français qui avaient fui la Syrie. Le nettoyage consistait à trouver les djihadistes et à les éliminer pour s'assurer qu'ils ne reviendraient pas en France. Un boulot qu'il était impossible de confier à des unités régulières de l'armée. Le SA s'en chargeait, les forces spéciales aussi quand l'élimination se déroulait à l'abri d'une mission de combat officielle. On était dans la zone grise de la légalité militaire. Il était imprudent d'y regarder de trop près.

Le patron du SA était furieux. Il avait une réputation à défendre. Ses équipes avaient une haute idée de leur supériorité. Abandonner des missions à des unités qu'il ne supervisait pas directement, à des commandos qu'il n'avait pas formés lui-même, ça déchirait son amour-propre. Il n'allait pas céder comme ça.

— Mais enfin, Barelli est cinglée ! Elle est incontrôlable.

Le colonel Flache réagit au quart de tour :

— Disons plutôt que c'est une spécialiste des situations tordues. De toute façon, nous n'avons aucun autre groupe sur zone. Et puis, ce n'est pas la première fois qu'elle bosse pour nous.

Le chef du SA ne lâchait en effet pas prise :

— Elle est dépressive, sous médicaments. Le psy militaire qui la suit dit même qu'elle est suicidaire. Elle est dangereuse pour elle et pour ses hommes. Elle n'aurait jamais dû revenir sur le terrain. Ce serait une aberration de lui confier cette mission. Ce qu'elle mérite, c'est la cour martiale…

Le colonel Flache le coupa :

— Nous ne pouvons pas faire la fine bouche. Il nous faut une solution tout de suite.

Après un regard oblique vers le directeur, pour vérifier qu'il avait bien son accord, il enfonça le clou :

— J'ajoute que la capitaine Barelli connaît parfaitement le dossier Sauterelle. C'est dans le cadre de ce dossier qu'elle a tué Othar, elle est dedans jusqu'au cou.

L'argument fit mouche. Le dossier Sauterelle, à la DGSE, tout le monde en avait entendu parler, mais personne ne connaissait l'histoire du début à la fin. Ceux qui en savaient un peu se taisaient. C'était un de ces dossiers dont on parlait à voix basse comme d'une maladie incurable. Sans remède. Les meilleurs guerriers étaient impuissants. Les technologies étaient insuffisantes. Face à « Sauterelle », la France n'était plus qu'un ex-grand pays terrifié, tremblant, sur la défensive.

Ce fut le directeur qui eut le dernier mot. En se levant pour sortir, il lança :

— Eh bien, nous sommes tous d'accord. Flache, vous contactez Barelli. Moi, j'appelle le ministre. On va faire les choses dans les règles.

Il se ravisa :

— Au fait, Flache, on a une source sur place à Derna ?

— La DR m'a donné deux noms…

La direction du renseignement de la DGSE était remarquablement efficace. Depuis la guerre de Libye en 2011, elle avait mis le paquet pour recruter des correspondants locaux.

— Le premier, c'est un directeur d'école, mais il ne répond plus depuis trois semaines à nos messages. Envolé, ou mort.

Les djihadistes pourchassaient les enseignants et les chefs d'établissement pour dissuader les élèves d'aller en classe.

— Et l'autre ?

— C'est un ancien fonctionnaire de la mairie. Lui est opérationnel. On le tient pour une affaire de mœurs. Il pense que nous faisons partie de la Mafia napolitaine. Il a peur de son ombre, mais il connaît Derna comme sa poche.

— Alors on s'en contentera.

Une fois le directeur sorti, le colonel Flache rappela la DR.

— Ne lâchez pas votre source. Demandez-lui de trouver où se planque cette bande de cinglés. Avec les images de la vidéo, cela ne doit pas être trop difficile. Qu'il nous envoie les coordonnées GPS et qu'il surveille le coin. Notre groupe sera sur place dans quelques heures. Ils ne sont pas loin.

Le chemin de terre se séparait en deux après la mosquée. À gauche, il se dégradait en une sorte de sentier qui descendait vers un groupe de maisons à l'allure misérable. À droite, il débouchait sur la petite place bordée de villas coquettes au crépi blanc, séparées les unes des autres par des bouquets d'arbres, un vrai luxe dans cette région désertique. L'homme sembla hésiter. Il regarda de nouveau la carte dessinée au crayon sur un morceau de carton, puis son regard remonta le long des façades. On ne voyait aucune plaque de rue dans ce qui pourtant servait de centre à la ville de Martoubah, une bourgade à deux heures de voiture au sud de Derna. Il était paumé. Pour s'y retrouver dans le dédale de ruelles, il fallait être un habitué ou alors se renseigner. L'homme égaré croisait parfois un rare passant et pourtant il ne demandait son chemin à personne. Comme s'il ne voulait surtout pas attirer l'attention. La lumière baissait. Il portait une gandourah beige sale, reprisée dans le dos. Dans les tourbillons de poussière que soulevait la brise du soir, il aurait été facile de le perdre de vue.

Maxime Barelli se mordit la lèvre. Elle bouillait intérieurement. Il ne pouvait pas se dépêcher, bon Dieu ! La nuit allait tomber. Ils n'allaient tout de même pas échouer si près du but simplement parce que cet imbécile ne savait pas lire une carte ! Les trois premiers jours, l'homme avait suivi des itinéraires convenus, visitant un supermarché, un bureau de poste puis enfin un garage isolé sur la route de l'aéroport. Une méthode éculée, étudiée dans toutes les écoles de police du monde, censée permettre de vérifier que personne ne vous suit. Maxime n'était pas tombée dans le panneau, restant à bonne distance. Le Busard voyait pour elle, invisible, un drone en embuscade silencieuse et permanente à plusieurs centaines de mètres d'altitude, qui enregistrait chaque seconde de cette traque interminable.

Là, c'était sa quatrième journée de filature. Martoubah n'était pas une grande ville. C'était une communauté banale, dévastée par la guerre qui n'en finissait plus, même ici, à presque trente kilomètres de la côte, loin des puits de pétrole. La police avait disparu depuis longtemps. Des hommes en armes, brutaux, soupçonneux, patrouillaient dans les rues à la recherche d'on ne savait quoi. Plus personne ne comprenait pour quoi se battaient les factions qui pullulaient. Des tirs éclataient régulièrement, puis cessaient soudainement. Rituel sinistre. Chaque fois, un rideau de peur tombait sur la petite bourgade. Des couches de terreur qui s'entassaient depuis des années. À Martoubah, vivre était un luxe inaccessible. Tout juste pouvait-on y survivre.

Ceux que Maxime Barelli recherchait étaient organisés, ils avaient jusque-là réussi à échapper aux meilleurs services de renseignement du monde. Malgré tous ses efforts pour se fondre dans le décor en changeant de silhouette chaque jour, elle savait que le risque de se faire repérer augmentait rapidement. Pourtant, elle n'avait pas mégoté. Ses fripes dépareillées étaient parfaites, et même l'observateur le plus averti n'aurait pu deviner que le vagabond légèrement voûté, engoncé dans un jean sale trop grand et trop long, était en réalité une femme. Encore moins que cette femme était capitaine dans les forces spéciales de l'armée française. Elle se passa la main sur le ventre, pour sentir son Glock. Un réflexe pour se rassurer et rester concentrée. Elle fit de même sous chacune de ses aisselles, afin de vérifier que les chargeurs, de dix-sept balles chacun, étaient bien accrochés aux Velcro. De quoi tenir à peine quelques minutes si ça tournait mal.

Pour calmer son impatience, elle repassa mentalement en revue tous les détails de son accoutrement. Le bandage de poitrine, recouvert par la veste en Kevlar, faisait merveille, et ses seins n'étaient plus qu'un renflement imperceptible. Le médecin de l'unité avait déconseillé de le porter plus de quatre heures d'affilée, mais elle avait rarement le choix. Ses vêtements amples cachaient ses courbes. Ses instructeurs lui avaient appris à ne négliger aucun détail, même ceux qui ne se voient pas. En mission, le string était interdit. Elle portait un slip d'homme. Pour le conditionnement psychologique. Elle avait appris à marcher sans se déhancher. Quand elle était assise, elle savait écarter les jambes ou les croiser, façon mec, en posant sa cheville sur la jambe opposée. Elle avait aussi appris à s'avachir franchement contre le dossier d'une chaise. Elle gardait les mains occupées en marchant, portait un déodorant d'homme et maintenait en arrière ses cheveux courts avec un gel d'homme. Une fois coiffée ainsi, son visage anguleux avec son nez aquilin, un peu trop long à son goût, donnait le change, surtout quand il était couvert de terre et de suie. Pour compléter le déguisement, une coque lui faisait office d'entrejambe. Cela ressemblait à un jeu, mais c'était son métier et, chaque jour, pour ressembler à un homme, elle risquait sa peau de femme.

La filature durait donc depuis quatre jours, depuis que le type était arrivé à Martoubah dans un autobus en provenance de la côte. Il ne transportait pas de valise, mais un simple sac à dos qui n'avait pas l'air très lourd. Maxime Barelli savait parfaitement d'où il venait. Ça faisait des mois qu'elle le traquait. Deux semaines plus tôt, il avait quitté une petite ville de Syrie, Al-Bab, au volant d'une vieille Mercedes sans plaque d'immatriculation. Parvenu à la frontière libanaise, il avait vissé des plaques réglementaires pour rejoindre le port de Tripoli. De là, après trois jours d'attente, il était monté à bord d'un chalutier qui l'avait transporté jusqu'à Limassol. Il était resté à Chypre une semaine, sans presque jamais quitter un hôtel modeste de la rue Paplouta, ne sortant que pour acheter des journaux en arabe au kiosque de la place du château.

Le dimanche suivant, un jour de pluie et de vent, un bateau de plaisance loué à prix d'or l'avait emporté jusqu'en Crète. La mer était agitée, il avait été malade pendant la traversée. Il n'était resté que quelques heures à Paleóchora, un port au sud-ouest de l'île, le temps de passer un coup de téléphone bref au cours duquel moins de quatre phrases avaient été échangées. Le lendemain matin, avant l'aube, il avait embarqué sur un hors-bord très bas sur l'eau en raison d'une surcharge en carburant. Il avait commencé par suivre la route habituelle des ferries faisant le tour de la Crète puis, une fois hors de vue des côtes, il avait viré à tribord. Cap au sud. Toutes les deux heures, il faisait le plein en vidant dans le réservoir les jerricans rangés dans la soute. La météo était superbe, sans un souffle de vent. Un temps pour faire du ski nautique. Il avait accosté sur la côte libyenne très à l'est de Tobrouk avant d'entreprendre un interminable trajet en camion, plein ouest, vers la région de Derna. Tout cela, toutes ces précautions n'avaient qu'un but : échapper au renseignement français. Mais les services n'avaient pas lâché Tango d'une semelle. En déployant des moyens hors du commun, car ils voulaient savoir à tout prix si l'inconnu était lié au dossier Sauterelle.

Maxime avait pris le relais à Martoubah en espérant que les barbouzes avaient vu juste, que la prudence dont faisait preuve Tango avait pour but de protéger le secret absolu qui entourait le projet Sauterelle. Depuis que l'État islamique avait volé en éclats sur les fronts de Syrie et d'Irak, les métastases se regroupaient progressivement en Libye. Comme un essaim mortel. Les tueurs reformaient leurs escadrons. Mais cette fois, c'était différent. Cette fois, il n'y avait pas seulement des coupeurs de tête. Des individus, la plupart d'origine moyen-orientale, mais qui n'avaient jamais participé à aucun attentat, complètement inconnus des services de renseignement, rejoignaient ces djihadistes. Quelques Asiatiques aussi. La guerre sainte était en train de muter. De monter en gamme. La barbarie s'organisait. Alors la DGSE avait ouvert le dossier Sauterelle. Il était bien rempli, mais avec beaucoup de questions sans réponse. Et une certitude : ce qui s'était passé en Syrie n'était que le brouillon de ce qui se préparait en Libye.

Après une bonne minute à scruter le dessin au crayon tout en cherchant des repères dans le chaos du paysage urbain, le type se gratta le crâne. Il tourna sur lui-même, semblant sur le point de rebrousser chemin. Et puis soudain, il disparut, comme aspiré par le sentier qui dévalait vers les masures en contrebas. Volatilisé. Rupture de filature. L'individu filé avait toujours l'avantage, car le suiveur finissait toujours par relâcher sa surveillance. Et le suiveur ne pouvait pas savoir s'il avait été repéré ou non. Le premier réflexe de Maxime fut de bondir à sa poursuite, mais c'était la dernière chose à faire. Elle enfouit la bouche dans son chèche et murmura d'une voix rendue rauque, à force de chaleur, de poussière et d'attente :

— Tango descend. Tango descend. À vous.

La voix du sergent Foxy jaillit dans son écouteur, étouffée, mais distincte.

— Clair.

Puis, quelques secondes plus tard :

— Visuel. Tango descend le talweg.

Tous les membres du groupe avaient soigneusement mémorisé la carte du quartier fournie par le drone. Le talweg était en réalité une ruelle nauséabonde qui serpentait entre des bicoques en torchis. Et qui se terminait en cul-de-sac. Où pouvait aller Tango ? En mettant dans ses mouvements le plus de nonchalance possible, Maxime Barelli abandonna sa position accroupie. Elle respira profondément, mais le bandage de poitrine l'empêchait de remplir à plein ses poumons. L'odeur la prit à la gorge. Le sentier semblait mener tout droit à une sorte d'égout à ciel ouvert où se déversaient les eaux sales de la ville haute. Elle ne voyait plus Tango. Bientôt, il lui faudrait des lunettes de vision nocturne.

À chaque pas, Maxime Barelli la sentait crisser contre sa cuisse. La liste. Deux feuilles de papier recto verso, pliées et glissées dans une pochette plastique gonflant la poche de son treillis. La liste des djihadistes français qui ne devaient sous aucun prétexte remettre le pied dans le pays. Une mission semi-officieuse, à la limite de la clandestinité. Il lui arrivait encore d'y jeter un coup d'œil, bien qu'elle la connaisse par cœur. Cinquante noms, cinquante visages. Quarante-trois hommes et sept femmes. Quatorze hommes et une femme avaient déjà été neutralisés.

Malgré la qualité médiocre des photos, elle avait mémorisé les traits de chacun. Quand les djihadistes s'étaient laissé filmer, elle avait écouté leur voix, encore et encore, pour pouvoir les identifier à coup sûr. Pour être absolument certaine de ne pas se tromper. C'était la seule façon de rendre supportable cette mission d'assassinats ciblés. « Neutralisation sélective » était la formule officielle. La liste lui tenait compagnie jour et nuit. Pendant ses insomnies, quand il faisait si chaud qu'elle pensait étouffer, elle la visualisait, ligne par ligne, comme un schéma sur un tableau noir. Sur chaque ligne, un nom, un pseudo de guerre, la ville d'origine, la profession des parents, le nombre de frères et sœurs. De son propre chef, elle avait ajouté la motivation. C'était son côté psy. On ne se refait pas. Dans la guerre psychologique, la motivation de l'adversaire faisait toute la différence.

Si les services avaient bien fait leur boulot, Tango était venu retrouver un des djihadistes sur la liste. Lui n'en faisait pas partie, il n'était qu'un appât, un messager, mais cela ne changeait pas grand-chose. En venant jusqu'ici, Tango avait signé son arrêt de mort. Faire des prisonniers n'était pas une option.

Disséminés dans les rues avoisinantes, grimés comme elle, les six autres membres du groupe progressaient dans le bidonville. Sur son téléphone portable, un appareil dernier cri relié au drone grâce à un satellite dédié, elle pouvait suivre les déplacements de ses hommes, six soldats entraînés aux missions extrêmes. Ses guerriers.

Le cœur de Maxime battait la chamade. S'ils avaient de la chance, Tango ne s'était rendu compte de rien, il avait rompu la filature par hasard et il allait les mener tout droit vers son rendez-vous. La nasse allait enfin se refermer. Puisque la ruelle débouchait sur un cul-de-sac, Tango avait forcément tourné dans une des allées de terre qui quadrillaient le terrain vague faisant office de pâté de maisons. Maxime n'eut pas besoin de donner d'ordre. Deux par deux, ses effectifs se répartirent pour peigner la zone. Sans marquer la moindre hésitation. Surtout, il ne fallait pas donner l'impression de chercher son chemin.

Heureusement pour eux, la nuit était là à présent, la ville retombait aux mains des bandes armées, les habitants se terraient chez eux. Les torchères de papiers gras qui tenaient lieu d'éclairage urbain dessinaient sur les murs en planches des bicoques des ombres de carnaval. Aucune trace de Tango. Il était donc dans l'une d'entre elles. Au fond de la ruelle, moins étroite que les autres, qu'avait empruntée instinctivement Maxime, l'habitation qui marquait la frontière du bidonville avait un air un peu plus pimpant, elle était presque en dur, avec devant la porte un assortiment de parpaings et de broussailles pouvant passer pour un jardinet. Un rai de lumière jaune filtrait sous le battant. Elle se rapprocha d'un bond puissant et souple et se plaqua contre la planche à gauche de l'entrée. L'oreille suffisait pour deviner ce qui se passait à l'intérieur. Une goutte de sueur glissa de son cou entre ses omoplates. La tension de la chasse. Elle entendait des chuchotements. En collant son œil à la jointure de la planche et des parpaings, elle reconnut le rapiècement sur la gandourah. La traque était terminée !

Tango discutait avec quelqu'un que Maxime ne voyait pas, mais la nature de l'échange ne laissait aucun doute. Il parlait à une femme, et ces murmures n'étaient pas uniquement professionnels. La femme était en colère, son chuchotement dérapait parfois. Le téléphone de Maxime vibra sans bruit contre sa poitrine. Elle reconnut le code. Silencieux comme un chat, un de ses hommes se rapprochait. Elle ne le voyait pas. Elle savait seulement qu'il était posté à moins de dix mètres d'elle. Derrière la porte, les échanges reprirent, de plus en plus intenses. Soudain, la femme s'emporta de nouveau, et le timbre de sa voix résonna un court instant dans la pénombre. L'estomac de Maxime se remplit de plomb. La liste. Même assourdie, la voix claqua dans sa mémoire, et son cœur s'emballa. Elle la reconnaissait. La troisième femme de la liste : FOX3. Sylvie Branchat, née à Agen, ancienne employée de La Poste, mère de deux filles, convertie de fraîche date, partie en Syrie en 2015 en abandonnant métier, mari et enfants, rebaptisée Oum Al Harb, « mère de la guerre ». En quelques années, elle était devenue une tueuse méthodique, sans affect. La seule femme à avoir conduit elle-même des exécutions dans la région de Raqqa. Un bourreau pédagogue qui convoquait les enfants de dix ans pour qu'ils apprennent très tôt à tuer. La *poster girl* de la sauvagerie djihadiste. Maxime ferma très fort les yeux, pour les remplir de la silhouette de la femme. Un mètre soixante-cinq environ. Un corps un peu lourd, un visage carré aux traits réguliers, de beaux yeux en amande. Le plus étonnant, lui disait sa mémoire, c'étaient les mains de FOX3, des mains larges et puissantes, capables de porter sans effort une arme de guerre.

Derrière la porte de planches, la conversation avait repris de plus belle, fluide et intense, comme celle de deux amants se retrouvant après s'être séparés dans la rage. Un torrent de mots, pour une histoire qui allait toucher brutalement à sa fin. Au milieu du flot de paroles murmurées, Maxime crut un instant deviner un rire de bonheur chez la femme, mais elle était loin d'en être sûre parce que le bruit d'une fusillade toute proche, un mariage ou un règlement de comptes, couvrit les voix de Tango et de son hôtesse. Il ne s'était écoulé que quelques dizaines de secondes depuis que Maxime s'était accroupie devant la baraque, mais elle se rendit compte qu'elle commençait à gamberger. Il y avait dans ces retrouvailles quelque chose qui la retenait.

Il y eut un souffle d'air sur son côté gauche. Elle connaissait par cœur la manière de se déplacer de Foxy. S'il violait une règle aussi essentielle de sécurité en se rapprochant de son officier, c'était qu'il avait une bonne raison. Elle tourna la tête en sachant ce qu'elle allait trouver dans le regard du sergent. La question impérieuse se lisait dans ses yeux noirs et les rides de son front : « Vous attendez quoi ? » Le sergent côtoyait Maxime depuis trop longtemps pour ne pas savoir ce qui se passait en elle. Il ne bougea pas les lèvres. Il fixait simplement ses mains à elle, celles d'où allait jaillir l'ordre. Elle inspira profondément, replia ses quatre doigts, pouce levé, et les tendit vers la porte. Ce qui se passa ensuite n'était qu'un enchaînement implacable, une succession de gestes répétés tant de fois par le commando qu'ils pouvaient être effectués sans même y penser. La ranger de Foxy fracassa la serrure de fortune dans un bruit sec. Dans un même mouvement, le sergent se jeta à terre dans l'embrasure, arme levée. Prenant bien soin de rester hors du cône de lumière, Maxime balaya la scène des yeux. Assis sur un tabouret, Tango tournait le dos à la porte. Son bras droit était tendu, il avait la main posée sur la joue de FOX3. Caresse de fauves. Ce fut la femme qui comprit la première, et son dernier réflexe fut de protéger l'homme qui était venu de si loin pour la voir, qui avait fait naître dans son ventre ce qui ressemblait à un sentiment. Elle poussa violemment Tango dans une tentative dérisoire de l'éloigner du danger.

Elle aurait pu gagner quelques secondes de vie en se saisissant d'abord de l'arme accrochée par la bandoulière au dos de sa chaise. Mais elle n'atteignit jamais sa kalachnikov. Les deux balles de Foxy la cueillirent en plein cœur, et le caporal Gonzo, qui était resté dehors dans la pénombre, lui donna le coup de grâce d'une balle dans la tête. Elle mourut sans avoir le temps de se demander comment les assassins avaient pu suivre Tango. Quant à celui-ci, pétrifié par ce déferlement de violence, il ne bougeait pas ; son cerveau cherchait à comprendre l'erreur qu'il avait commise, tout en butant sur l'inutilité tragique de la question. L'explication était pourtant flatteuse. On l'avait filé depuis la Syrie en tant que cible de haute valeur, mais il n'eut pas le temps de profiter de cette fierté. La balle que Maxime lui tira dans la nuque le tua sur le coup. Un « plop ! » de plus qui passa aussi inaperçu dans le bidonville que le ricanement d'un chacal.

Les deux corps étaient presque enlacés. Maxime se pencha sur FOX3. Une sorte de sourire éclairait le visage de la djihadiste, comme si elle n'avait emporté au dernier instant que les quelques mots tendres de son visiteur. Maxime se força à puiser dans sa mémoire pour y retrouver les atrocités qu'avait commises FOX3. C'était elle qui avait brûlé un petit hameau chiite avec tous ses habitants près de la frontière irako-syrienne, elle qui avait égorgé, un an plus tôt, douze officiers de l'armée syrienne en convoquant au spectacle les élèves d'une école primaire. Pas la peine de se creuser longtemps la tête pour imaginer ce qu'elle aurait fait une fois de retour en France. Il ne restait plus qu'à appliquer la procédure. Maxime repoussa la frange qui couvrait le front ensanglanté, sortit son téléphone de sa poche de poitrine, prit la photo et l'envoya. Le cliché fut automatiquement téléchargé par le satellite. Dans une poignée de secondes, il serait à Paris dans les locaux de la DGSE et de la DGSI, pour vérification de l'identité. La famille de FOX3 serait avertie plus tard qu'elle avait trouvé la mort dans une zone de combat.

Alors que les autres membres du groupe restaient dehors, en couverture, noyés dans l'obscurité, invisibles, Gonzo, lui, pénétra dans la baraque et referma la porte. L'intervention s'était déroulée dans un silence quasi total. Et à présent, le vrai travail commençait. Il fallait éplucher les documents présents sur les lieux, dans l'espoir qu'ils allaient mener à d'autres membres de la liste et faciliter la mission du groupe. En faisant le moins de bruit possible, ils entreprirent de fouiller la masure de fond en comble. Ils découvrirent vite que la pêche serait maigre. Il n'y avait rien, tout juste quelques affaires de toilette, trois téléphones portables, des légumes dans un placard, une valise fatiguée remplie de vêtements en tissu noir. FOX3 ne s'était jamais vraiment installée. Cette bicoque n'était pas un quartier général mais une simple planque en attendant de repartir vers sa véritable destination.

Maxime regarda sa montre. Depuis que Foxy avait enfoncé la porte, il ne s'était pas écoulé une minute. La phase ultime de la mission allait débuter. Les corps. Si les djihadistes avaient dissimulé des informations, il fallait les trouver. Ils enfilèrent tous les trois des gants chirurgicaux. Il y avait peu de risques que la police locale enquête, elle n'existait plus depuis longtemps, mais la discrétion était une nécessité absolue. Il ne devait pas rester le moindre moyen de remonter jusqu'à la France. Maxime se chargea de FOX3. Elle la déshabilla et vérifia que ses orifices naturels ne contenaient aucun sac en plastique. Elle étudia minutieusement ses habits, surprise d'y déceler un léger parfum d'eau de Cologne. Puis elle déchira vêtements et sous-vêtements, décousit toutes les coutures. Rien. Foxy et Gonzo administrèrent le même traitement à Tango. Rien.

Le cerveau de Maxime bouillonnait. Tango n'était tout de même pas venu de Syrie pour flirter avec FOX3 ! Ce dont elle était sûre, c'est que les djihadistes n'avaient pas eu le temps d'avaler un message en papier, d'autant que Gonzo avait inspecté soigneusement l'intérieur de la bouche des deux cibles. Aux côtés de sa supérieure, Foxy vérifiait son matériel, c'était sa façon à lui de faire retomber la tension. Arme. Téléphone. GPS. Un rituel de désescalade, pour reprendre son souffle. Personne ne s'habitue à tuer. Pour elle, regarder le sergent s'affairer avait quelque chose d'apaisant. Foxy rangeait chaque objet à sa place : couteau, mouchoir, pommade, gants, GoPro. Maxime sentit son cœur battre plus vite.

— La GoPro !

Foxy la regarda.

— Mon capitaine ?

— Montre-moi l'enregistrement de la GoPro.

— À vos ordres.

En opération, toutes les actions létales étaient filmées, pour débriefing ultérieur. Foxy trouva le fichier, passa en mode visionneuse et cliqua. Après le violent éclair de lumière verte qui suivait l'ouverture de la porte, la caméra avait accommodé automatiquement et la qualité était plus que correcte. Au ralenti, grâce au grand-angle, on voyait distinctement, sur le visage de FOX3, le sourire se transformer en surprise et exploser de rage. Ensuite, Foxy plongeait vers le sol. Après une demi-seconde chaotique, le sergent relevait la tête, et on pouvait suivre toute l'intervention en contre-plongée.

— Remets au début.

La scène que l'irruption du commando avait interrompue montrait Tango de dos, *a priori* en train de parler à FOX3, son visage tout proche du sien. Sa main, avec ses longs doigts de pianiste, semblait caresser la joue de la djihadiste. Maxime se repassa plusieurs fois l'exécution des amants. Quelque chose clochait, mais elle ne savait pas quoi. Et puis, tout d'un coup, elle comprit, en visionnant pour la quatrième fois la vidéo. Elle avait concentré toute son attention sur le regard de FOX3. Normalement, la djihadiste aurait dû le fixer dans celui de son homme. Pourtant, elle ne regardait pas Tango dans les yeux. Elle regardait sa main.

— Bon Dieu, mais oui.

Pour être sûre, elle repassa les cinq secondes fatidiques.

— Regarde les yeux de FOX3.

Foxy hocha la tête :

— Putain, oui. Elle regarde sa main.

D'un geste souple, Maxime s'accroupit à côté du cadavre de FOX3. Elle venait de le vérifier à fond, mais il fallait recommencer. Elle préleva une nouvelle paire de gants dans son kit médicolégal. Le sol commençait à se poisser de sang. Elle la retourna face contre terre pour mieux étudier sa tête. La balle de Gonzo avait fait des dégâts. Elle examina le cou en essuyant le sang qui avait coulé de l'orifice de sortie du projectile. Puis elle souleva l'épaisse chevelure brune pour inspecter le crâne. Mèche par mèche. Elle découvrit ce qu'elle cherchait derrière l'oreille droite. Elle l'avait négligée au cours du premier examen. Cette fois, elle posa son doigt dessus. Au toucher, on sentait la texture un peu râpeuse du métal. Une plaque de quelques millimètres de côté qui tenait au cuir chevelu de FOX3 grâce à de minuscules agrafes. Elle prit dans son kit une pince à épiler et, en faisant extrêmement attention, elle entreprit de décoller l'objet. Il ne fallait casser aucune des agrafes. Si la chose était connectée, la moindre altération pouvait donner l'alerte ou détruire des données. Il lui fallut une bonne minute pour mener à bien l'extraction.

Foxy était nerveux. Depuis le début de l'intervention, cinq minutes déjà s'étaient écoulées. Il ne fallait pas s'attarder. Ils avaient beau avoir utilisé des silencieux, le bidonville avait ses habitudes qu'ils ne connaissaient pas. Maxime glissa l'objet intact dans un petit sac plastique. Elle se redressa et jeta un regard circulaire. Il n'y avait rien à ranger. Dans une ville livrée aux bandes depuis des mois, personne n'enquêterait sérieusement sur la mort de deux étrangers. Il y aurait simplement un peu plus de peur dans le quartier. Ils sortirent de la bicoque, un par un, la capitaine en dernier, couverte par quatre hommes qu'elle ne voyait pas. Il y eut une longue rafale du côté de la ville haute. Rien à voir avec eux. Tout le groupe s'élança dans la nuit. Le point de ralliement se trouvait à quinze minutes à pied si on forçait le pas. Heureusement, il n'y avait pas de couvre-feu.

Maxime sentait une boule d'angoisse dans son ventre, comme toujours après une opération. Ce n'était pas de la peur, plutôt une sorte de hurlement du corps après la tension de l'action. Elle avait hâte de quitter ce bidonville. Enfiler les ruelles dans le sens inverse fut un jeu d'enfant. Il suffisait de toujours monter vers la ville riche. En passant devant la mosquée, elle perçut contre sa poitrine une vibration qu'elle ne connaissait que trop. Trois bips rapprochés, puis deux. Un code qui se répétait.

L'adrénaline envahit de nouveau ses artères. Ses chefs réclamaient un contact en urgence absolue. Il leur fallait une sacrée bonne raison pour l'interrompre pendant une mission ultrasecrète, pour laquelle elle devait agir en autonomie totale. Les assassinats ciblés ne faisaient partie d'aucun plan officiel. Ils n'étaient mentionnés sur aucun ordre écrit. Les exécutions étaient sous-entendues. D'instinct, elle leva la tête vers le drone qui avait relayé l'alerte, mais, bien sûr, elle ne vit ni n'entendit rien, pas le moindre ronronnement. Le drone était là pour l'aider. Il la surveillait, aussi. Elle hâta le pas, sans courir, pour ne pas attirer l'attention. La température fraîchissait. Les rues étaient presque vides. Deux vieilles femmes la croisèrent, la tête baissée, et filèrent vers l'épicerie. Son déguisement d'homme était vraiment au point.

Quand elle parvint à la planque, une maison anonyme et grise dans le quartier du marché, Maxime Barelli se cala aussitôt sur le canal recommandé et rappela son interlocuteur. On décrocha juste après la première sonnerie. Le brouilleur de voix était actionné, impossible pour elle de reconnaître l'accent rocailleux du Sud-Ouest du colonel Flache. Conformément aux procédures, celui-ci ne déclina pas son identité. Pourtant, cela l'aurait plutôt rassurée. Dans le nid de serpents qu'était l'agence de renseignement, le colonel Flache était la seule personne à laquelle Maxime faisait une totale confiance. Vingt ans plus tôt, dans les premiers mois de la carrière de la jeune femme, Flache lui avait sauvé la vie au Centrafrique. Elle avait pris un mauvais coup de poignard à la cuisse dans une escarmouche à la frontière soudanaise. Lui avait remué ciel et terre pour qu'un hélico médicalisé vienne la récupérer. Et, en attendant, pendant qu'elle se vidait de son sang, il lui avait tenu la main et lui avait dit des mensonges apaisants.

Mais pour l'instant, le colonel n'était qu'une voix brouillée de robot qui possédait le mot de passe authentifiant la chaîne de commandement. Il pouvait donc lui donner des ordres auxquels elle devait obéir. Des ordres simples : rejoindre sur-le-champ un lieu défini, retrouver un individu, le surveiller et le protéger. Nom de code : Fakir.

Après les mois qu'elle venait de passer, ces ordres étaient plutôt inhabituels. D'ordinaire, on ne l'appelait que pour lui redonner des noms de djihadistes à effacer. Maxime masqua sa surprise. Elle ne prononça que deux mots.

— Répétez : protéger.

— Je répète : protéger.

— Répétez : Fakir

— Foxtrot, Alpha, Kilo, India, Roméo.

Il fallait que l'individu soit bougrement prioritaire pour qu'on interrompe sa mission de nettoyage. Elle sentait la liste contre sa cuisse. Elle contenait encore beaucoup de noms. Et pas seulement à surveiller.

La ville de Derna ne fut jamais citée au cours de la conversation, seulement des coordonnées GPS semi-cryptées envoyées par tchat. Rien de plus ne serait expliqué par téléphone, même sur une ligne protégée. Elle recevrait le reste des instructions plus tard. Et un visuel de l'homme à protéger. Si elle le recevait. Au pire, comme c'était déjà arrivé, elle devrait interpréter de vagues injonctions.

Les responsables politiques et militaires étaient de moins en moins capables de formuler des objectifs. Les vieilles stratégies étaient devenues aussi inutiles qu'une épuisette face à une invasion de criquets. La guerre à l'ancienne, des ennemis qui étaient des ennemis, cela faisait presque « bon vieux temps ». Les certitudes étaient un luxe que plus personne ne pouvait s'offrir. La menace, aujourd'hui, était floue, atroce, invisible, et l'action semblait dérisoire. Pourtant, on continuait comme avant, comme si rien n'avait changé. L'arme de choix, c'était l'intuition, couplée à l'intelligence artificielle et au renseignement. Et c'est parce qu'elle avait théorisé cette arme pour affronter la gangrène protéiforme née du djihadisme que Maxime Barelli, alors qu'elle aurait dû être en train de croupir dans une geôle militaire en attendant de comparaître devant une cour martiale pour meurtre, était encore envoyée sur des missions. Des missions à très haut risque.

Elle ne se faisait aucune illusion. Elle était prétendument indispensable, mais s'il lui arrivait quelque chose dans un coin perdu de Libye, cela simplifierait la vie à beaucoup de monde, elle le savait. Elle se revit en train d'abattre le général Othar. Sa décision instinctive et inébranlable. Elle sentait encore son doigt et la pression sur la détente du fusil. Deux balles. Pour ne laisser aucune chance à cette ordure qui jouait avec les hommes comme on écrase des cloportes. Maxime était bien consciente que, ce jour-là, dans la forêt congolaise, son destin avait basculé. Cela faisait seulement six mois, une éternité qui avait tout changé. Elle ne regrettait rien, mais l'armée était truffée d'hommes et de femmes qui devaient leur carrière au général Othar. Eux ne pardonnaient rien. La capitaine Maxime Barelli était bel et bien devenue une paria.

Une fois qu'elle eut raccroché, Maxime resta songeuse. Tout en parlant sur la ligne cryptée, elle avait sorti de sa poche le sac plastique contenant la petite plaque métallique trouvée dans le cuir chevelu de FOX3. Elle lança alors par tchat une demande d'expertise technique. Presque aussitôt, un technicien assis dans un bureau du centre radioélectrique de la DGSE aux Alluets-le-Roi, dans les Yvelines, téléchargea sur le terminal de la capitaine une application capable de scanner en profondeur un composant électronique.

Conformément aux instructions, elle posa l'objet sur une feuille de papier blanc après avoir soigneusement brossé la plaque. Puis elle photographia l'objet, exactement comme si elle avait scanné un code-barres sur un paquet de lessive. En quelques secondes, par l'intermédiaire du satellite et grâce aux derniers développements de la technologie NFC, les ordinateurs de la DGSE aspirèrent les données à distance aussi facilement qu'un flic de la PJ fouillant la carte SIM d'un dealer de quartier. Les informations ultrasecrètes que Tango avait apportées à FOX3 en prenant un luxe de précautions inouï étaient maintenant aux mains des services de renseignement français.

Maxime frappa, entra et cria aussitôt « Repos » pour que les membres de son groupe puissent rester où ils étaient, assis sur le sol, dos au mur. En opération, le protocole était réduit au minimum. Ils étaient tous habillés en civil, avec des vêtements élimés, sales et assez amples pour pouvoir dissimuler des armes. Elle redressa une caisse de munitions, ôta la poussière avec un chiffon et s'assit à son tour.

Les six hommes se reposaient. Leurs traits poussiéreux reflétaient la fatigue et la tension. Évacuer la fatigue, c'était facile. Ils étaient jeunes et surentraînés. Il leur suffisait de fermer les yeux un moment en absorbant des vitamines. En revanche, la tension s'incrustait plus longtemps et faisait des dégâts plus profonds. Tous regardaient son visage à elle pour y voir, derrière la façade, ce qu'elle ne voulait pas montrer, les ombres qui y affleuraient parfois. Ils étaient graves, de nouveau. Les plus anciens la connaissaient trop. La femme. Le chef. Ils avaient compris. Ils allaient repartir. Ils ne se doucheraient pas ce soir. Ils ne dormiraient pas cette nuit. La « quille » attendrait.

Elle alla droit au but :

— Dans une heure, on quitte Martoubah et on monte au nord, vers la côte. À Derna.

Pour respecter les impératifs de sécurité et effacer toutes les traces de leur passage, il était impossible de faire plus vite.

Il y eut un bref brouhaha de satisfaction. On les mobilisait parfois pour partir à l'autre bout de la planète. Cette fois, ça ressemblait plutôt à une petite balade dominicale.

Maxime reprit, en s'efforçant de rester très factuelle :

— C'est à environ vingt-cinq kilomètres. Même avec le bordel sur la route, on y sera avant l'aube.

Le bordel, c'étaient les barrages des milices, ceux de la police, et puis les vaches et les chèvres.

Sa voix était d'un calme étudié. Elle ne voulait surtout pas révéler son propre épuisement. Depuis des mois, la chasse aux djihadistes l'avait éprouvée. Elle prenait ses médicaments contre l'anxiété, mais ça ne suffisait pas toujours. L'enchaînement des traques et des exécutions, la liste où elle rayait les noms, tout ça pesait de plus en plus lourd sur son mental. Pour elle, la coupe était pleine, mais il n'y avait aucune relève en vue, elle n'avait pas le choix. Personne n'était candidat pour faire le sale boulot. Elle était devenue l'experte en nettoyage. Elle offrait un rapport qualité-prix imbattable. C'était tout simplement plus facile et moins coûteux de liquider ces salopards en Libye que dans les banlieues de Paris ou de Strasbourg. Pas vraiment la carrière qu'elle avait rêvée, mais elle n'était pas en position de discuter avec ceux qui lui donnaient des ordres.

Ce fut Foxy qui lança les questions :

— On fume qui, cette fois ?

Le sergent Foxy était sec et noueux, un concentré de violence dont on avait fait un professionnel du combat. Maxime savait qu'elle ne devait pas se laisser abuser par le ton blasé, l'indifférence affectée. Foxy bouillait à l'intérieur. Elle le connaissait. Il avait aussi ses limites, ses failles.

Elle allait répondre quand Gonzo renchérit. Avec son physique puissant et ramassé, il faisait rarement dans la dentelle.

— Ouais, capitaine, là-bas, on y va pour faire quoi ? Buter quel fils de pute ?

Maxime leva la main droite pour inciter au calme.

— On ne bute personne. On piste un fils de pute et on attend qu'il nous mène à un autre fils de pute encore pire.

Tek, le dernier arrivé, un gamin de vingt et un ans, avait aussi une question. Les événements des derniers jours l'avaient mis dans une sorte de transe. C'était sa première opération avec le groupe. Il venait de Pologne, s'exprimait encore avec un fort accent. De son prénom Tekla, les autres n'avaient gardé que les trois premières lettres.

— Même si on les bute tous, il en viendra toujours d'autres. Ils veulent se faire des Français. Ça finira jamais, pas vrai ?

Le bizut était futé. Un peu bavard, mais futé. Il avait raison. Pour des malfrats reconvertis en guerriers d'Allah, se faire des commandos français, c'était le jackpot. Maxime eut une pensée pour Kurty, un autre gamin super futé qui avait fini au Congo, exsangue, égorgé par des ennemis tout droit sortis d'un cauchemar. C'était un secret d'État. Ils devaient être une cinquantaine à être au courant, dans le pays. Le monde continuait à tourner sans rien savoir de ces Pygmées détruits par la haine synthétique injectée dans leurs cerveaux par des médecins assermentés. Il valait mieux ne rien dire. Qui croirait ça, de toute façon ? Seuls ceux qui connaissaient à fond le dossier Sauterelle pouvaient faire le lien entre ces Pygmées sacrifiés dans la forêt congolaise et ce qui se tramait maintenant au fond du désert libyen.

Les cinq membres survivants du groupe n'avaient jamais fait leur deuil après cette course mortelle dans la forêt, ils n'avaient jamais eu le temps de pleurer leur pote Kurty, ses pitreries, sa jeunesse massacrée. Jamais eu le temps de digérer la terreur pure qui s'était infiltrée dans tous les pores de leur peau cette nuit-là. Que pouvait leur dire Maxime ? Que la mort de Kurty n'avait servi à rien ? Que la machine infernale s'était emballée depuis leur expédition en Afrique centrale ? Que l'armée française ne comprenait même pas ce qu'elle affrontait ? Maxime n'avait pas le droit. Le groupe Barelli était aux premières loges, en première ligne, sur la corde raide. Mais il y avait des limites à ce que les soldats pouvaient accepter.

Elle essaya de botter en touche.

— Ici, c'est fini. De toute façon, on plie bagage…

Le gamin la regardait avec une intensité gênante. Elle ne pouvait pas le laisser comme ça, en suspens. Il fallait aider Tek à décompresser. Elle assena chaque mot en les détachant bien.

— Le type qu'on va filer à Derna, ce n'est pas un connard de plus qui prend son pied en décapitant au couteau. C'est un cerveau qui peut faire beaucoup de mal. Il faut qu'on sache ce qu'il est venu faire là, il faut qu'on sache qui l'aide et lui file du fric et du matos. Ce type, il est beaucoup plus dangereux que tous ceux qu'on a effacés jusqu'ici. Beaucoup plus.

Elle n'en savait rien, mais c'était ce que lui soufflait son intuition. Si ce type, comme elle le pensait, était lié au dossier Sauterelle, elle avait sûrement raison. Sinon, il fallait bien leur donner une explication. À Martoubah, la mission avait été relativement facile. Depuis des mois qu'ils traquaient les djihadistes repliés en Libye, ça ne s'était pas toujours aussi bien passé. Il y avait eu des confusions d'identités, des types qui vendaient leurs copains pour ne pas mourir. Certains avaient résisté, avec des dommages collatéraux. Gonzo avait pris une balle dans la cuisse. Pas trop grave. Mais ils n'étaient pas dupes. La suite s'annonçait rock and roll. Tous avaient entendu parler de Derna. Là-bas, ce serait une autre paire de manches. Les dingues de Daech et une nuée d'autres groupes djihadistes écumaient la côte, plus une bonne dizaine de milices plus ou moins privées qui trafiquaient du pétrole. Tout ça sous les bombardements des avions de chasse égyptiens qui frappaient à peu près au hasard. Avec des appareils français, en plus. Un comble !

La porte du bureau du colonel Flache s'ouvrit brusquement. Il fronça les sourcils. L'urgence n'excusait pas tout. Elles étaient deux. Deux jeunes femmes.

Jade, une des dernières recrues de la direction technique. Physique carré, cheveux bouclés rassemblés en natte, un beau visage masqué en partie par de grosses lunettes d'écaille. Docteure en physique. Sa spécialité, c'était l'interception des communications grâce à des algorithmes capables, en étudiant l'historique des contacts entre deux interlocuteurs, d'anticiper l'heure exacte de leur prochain appel.

Clémence, elle, était historienne. Elle devait mesurer pas loin d'un mètre quatre-vingts, une grande gigue qui jouait un rôle essentiel. À la direction du renseignement, elle gérait les sources en Libye. Dans le chaos d'apocalypse qu'était devenu le pays, elle soignait chaque relation, quel que fût son niveau. C'était une des meilleures connaisseuses du monde arabe de la maison. Elle parlait la langue et plusieurs dialectes locaux à la perfection.

— Colonel, on a un problème à Derna.

— Fermez la porte, bon Dieu. Allez le crier dans le couloir, tant que vous y êtes ! Quel problème ?

L'officier supérieur avait retiré sa veste, desserré son nœud de cravate et ouvert le premier bouton de sa chemise.

Clémence tenait à faire respecter son expertise et prit donc la parole :

— La DT a intercepté un appel reçu par le chef de la bande qui nous intéresse à Derna. Vous vous souvenez : c'est un Français. Son nom de djihad : Taureau.

Le colonel s'en souvenait, il avait mal à la tête.

— Oui, et alors ?

— Il a été appelé par un numéro de portable localisé dans le nord de la Syrie qui a transité par une borne à Alep. Apparemment, le type qui a passé le coup de fil, c'est celui qui a envoyé le Taureau en Libye. Pour la faire courte, les ordres ont changé. Ils utilisent des cartes prépayées, en théorie intraçables, donc ils se sentent en sécurité. Écoutez.

Elle posa son téléphone sur la table du colonel et appuya sur l'écran. Le son jaillit, plutôt clair :

— Que la paix soit sur toi.

Jade avait intercepté la communication, mais c'était Clémence qui traduisait.

— La paix sur toi. Comment ça va au Sham ?

Au lieu de citer la Syrie, le Taureau utilisait le lexique propre à Daech.

Son ton était déférent, mielleux. Le rapport de forces entre les deux hommes ne faisait aucun doute.

— Loué soit Dieu, je vais bien.

— Les frères sont en bonne santé ?

— Les anges d'Allah étendent leurs ailes sur nous. Ils nous protègent jusqu'à la victoire.

— *Inch Allah*. L'ennemi sera détruit. C'est une question de temps.

— *Inch Allah*. La victoire est certaine, elle peut se montrer patiente.

Le Taureau semblait à court de formules de politesse, il avait épuisé ses maigres connaissances en arabe.

Le cheikh reprit la main :

— Comment se passe la mission en Libye ?

— Tout se passe bien. *Inch Allah*.

Clémence appuya sur « Stop » et fixa le colonel.

— Faites bien attention. Ça devient intéressant.

Elle appuya sur « Play ». La voix du cheikh se fit enragée, tout à coup. Même sans comprendre l'arabe, on sentait la fureur qui submergeait le patron du Taureau. L'heure des politesses était terminée.

— Tu as désobéi aux ordres. La vidéo de l'exécution a fait le tour du Web. La prochaine fois, ce sera la dernière. Tu subiras le sort des traîtres. Je t'avais bien dit de ne pas te faire remarquer.

Le Taureau bredouilla une réponse pratiquement incompréhensible que Clémence ne traduisit même pas. Mais, aussi vite qu'il s'était enflammé, le cheikh retrouva son calme.

— Ta mission continue. Tu m'entends ?

— Oui, cheikh, la mission continue.

— Elle continue, mais elle va changer.

On entendait presque le Taureau mobiliser ses forces mentales. Il redoutait les choses compliquées. Son chef le connaissait bien. Il l'avait formé. Il y avait entre eux une sorte de lien filial. Cela avait été dur, mais le cheikh avait réussi à faire de Simon Chassan un professionnel du massacre.

— Le Roux ne doit pas arriver à destination.

Le Taureau, rendu prudent par l'engueulade, répéta scrupuleusement :

— Le Roux, il ne doit pas arriver à destination.

Le cheikh passa à l'étape suivante. Avec le Taureau, il ne fallait pas procéder par métaphore.

— Tu vas tuer le Roux. Il doit mourir. C'est un traître. Il travaille pour le raïs, pas pour nous. Nous lui servons seulement d'accompagnateurs. Il nous paie des pépins d'orange et ne partage rien. Le raïs raconte partout que Daech est fini. Et il est assez sûr de lui pour croire que ça ne portera pas à conséquence. Il va voir…

Inutile d'expliquer au Taureau que, sur le marché du terrorisme, les alliances de Daech changeaient en permanence. Visiblement, le raïs ne faisait plus partie de leurs alliés, et tuer le Roux était un bon moyen de se venger de lui.

Le Taureau se moquait bien de tout ça, il était d'une loyauté totale à l'égard de son chef. Avant même de comprendre tout le côté merveilleux de l'ordre qu'il venait de recevoir, il acquiesça.

— Oui, cheikh. Je tuerai le Roux.

— Le Prophète, béni soit son nom, nous met en garde dans le Livre. Tu as vu son visage. Les yeux gris et les cheveux roux, c'est kouffar.

La science religieuse de son chef avait toujours laissé le Taureau pantois. En même temps, cela ne l'étonnait nullement que la chevelure du Roux soit une insulte à Allah, au contraire. Le cheikh reprit :

— Tu vas faire exactement ce que je vais te dire. Tu vas quitter Derna demain, tu vas rouler sans arrêt jusqu'à Syrte et, ensuite, tu fileras vers le sud.

— Allah est grand.

— Tu te rappelles la règle élémentaire pour ne pas se faire repérer ?

— Bien sûr, je n'ai pas oublié. On éteint les portables et on retire les batteries.

La leçon avait été bien retenue. Le cheikh poursuivit :

— Après deux jours, tu arriveras à l'oasis de Gatrone et tu te débarrasseras du Roux.

— Pourquoi pas tout de suite ?

— Si tu le tues à Derna, tout le monde saura que c'est Daech qui a fait le coup. Gatrone, c'est beaucoup mieux.

Il faut que ça se passe juste avant que le raïs récupère le Roux. Le raïs a beaucoup d'ennemis, là-bas. On ne pourra jamais remonter jusqu'à nous. C'est important qu'il continue de nous penser dans son camp et inoffensifs, car cela nous garantit le soutien du Prince, dont le raïs est le confident.

Le Taureau se sentit tout d'un coup plein de zèle.

— Et si je tuais aussi le raïs ? Il a trahi les frères de Daech.

Le Taureau regretta immédiatement d'avoir parlé sans réfléchir, mais le cheikh abonda dans son sens.

— Il le mérite, il le mérite mille fois, tu as raison, mais non. Le Prince pourrait deviner notre implication, ce serait prendre trop de risques pour le djihad.

Daech ne pouvait en effet pas se dispenser des largesses du Prince, un des hommes les plus riches du golfe Persique, surtout depuis que les troupes quittaient la Syrie pour la Libye, un passage qui coûtait les yeux de la tête.

Ces considérations dépassaient l'entendement du Taureau. Le cheikh le savait. Il mit un terme aux rêves de tuerie.

— Tu fais exactement ce qui était prévu avec le Roux : tu le transportes jusqu'à Gatrone, sauf que tu le tues juste avant de le livrer au raïs.

— Ce sera fait, cheikh. Allah est grand.

Dans le bureau du colonel Flache, la température était montée d'un cran. Les cerveaux tournaient à vive allure. Les deux interlocuteurs parlaient vite, la traductrice transpirait.

Le cheikh n'avait pas fini.

— Douze kilomètres avant Gatrone, quand tu viens du nord, il y a un hangar pour machines agricoles. C'est là que les soldats du raïs cachent les armes et la drogue. Et aussi leurs prisonniers, pour les interroger. Il y a sûrement plein de cadavres enterrés à côté. Un de plus, un de moins.

L'ingéniosité de son chef était stupéfiante pour le Taureau, presque effrayante. Le cheikh continua :

— C'est facile de reconnaître le hangar. Il y a un énorme croissant jaune sur la porte.

Puis il ajouta une dernière instruction.

— Quand tu tueras le Roux, il faut que ça fasse vrai. Il faut qu'un des tiens soit tué. Pour que le raïs ne se doute de rien…

Il y eut un silence assez long durant lequel le Taureau digéra l'instruction. À sa manière fruste, il était attaché à ses hommes.

Le colonel appuya lui-même sur « Stop ».

— C'est qui ce raïs ?

Clémence écarta les mains, elle ne savait pas.

— On a mis tout le monde là-dessus. Mais en Libye, il y a des dizaines de milices avec un raïs à leur tête. Des roitelets qui trafiquent à droite à gauche.

Le plat de la main du colonel frappa sèchement le bois du bureau.

— Celui-là n'est pas un petit trafiquant. Il est lié d'une manière ou d'une autre au dossier Sauterelle. Trouvez-le.

Le colonel relança l'enregistrement. La voix du cheikh, celle d'un homme jeune et éduqué, apparemment, envahit de nouveau l'espace.

— Le raïs croit qu'il va nous mettre sur la touche. Il dit qu'on est finis, que lui, c'est le djihad du futur. Ce chien de l'enfer va comprendre que la vraie foi est de notre côté. Allah les anéantira, *Ya Rahman Ya Rahim.*

Le Taureau, en bon disciple, renchérit :

— Seul Allah est digne d'être adoré.

— Si tu réussis, tu pourras rentrer au Sham, jasadi.

Une émotion puissante explosa dans la poitrine du Taureau. Le cheikh l'avait appelé « jasadi »… La fierté était si forte que, même dans le bureau du colonel Flache, chacun la sentit vibrer dans l'air du soir.

La voix du Taureau était changée :

— Tu peux compter sur moi, cheikh.

— Une dernière chose, jasadi.

— Oui, cheikh.

— Quand tu arrives à Umm Al Aranib, tu m'appelles. Sans faute. C'est juste au nord de Gatrone.

— Tu peux compter sur moi, répéta le Taureau.

Il y eut un grésillement. Le cheikh avait raccroché.

Boulevard Mortier, chacun essayait de mettre ses idées en place. L'interception téléphonique posait plus de questions qu'elle n'apportait de réponses. Il n'y avait qu'une certitude. L'homme qui se faisait appeler le raïs était lié au Roux – *alias* Ali Mokhtari, *alias* Fakir. Et le Roux était lié au dossier Sauterelle.

Derna. Dans le petit square, les traces de l'exécution étaient bien visibles. C'était le but. Trois chevalets bricolés avec des tronçons de poutres en fer se dressaient en guise de croix chrétiennes le long du muret qui entourait le monument à la gloire du Guide. Le monument lui-même, une statue de métal, avait été comme vrillé par une gigantesque pince, même si on reconnaissait sans peine, sous la rouille, les traits du colonel Kadhafi. Sur les chevalets, les corps étaient crucifiés avec du fil de fer : deux hommes en uniforme et un civil en jean et T-shirt, un adolescent sans doute. Les têtes étaient posées à leurs pieds. Un festin pour les corbeaux. Sur le buste ensanglanté de chaque supplicié, un écriteau sommaire avait été agrafé, en guise d'acte d'accusation. Au milieu de la chaussée défoncée par les obus, les nids-de-poule étaient remplis d'une eau grise. On n'apercevait personne d'autre, personne de vivant. À cette heure, sous cette latitude, la ville aurait déjà dû bruire de cris et de coups de klaxon, mais Derna était aussi silencieuse qu'un cimetière. Personne n'approchait plus l'école préparatoire pour filles Al Nasr.

Couchée sur le toit plat en terrasse de la banque Wahda, Maxime Barelli surplombait le square. Un poste d'observation idéal à moins de cinquante mètres de l'entrée de l'école, même si un palmier souffreteux masquait une des fenêtres du rez-de-chaussée. Comme toutes les quinze minutes, en faisant bien attention de ne créer aucun nuage de poussière, elle changea de position. Cette fois, c'était son flanc gauche qui allait reposer sur le tapis de sol. Faire circuler le sang pour prévenir les crampes en restant presque immobile. Les conseils des adjudants instructeurs étaient précieux, vitaux, parfois.

Il faisait déjà presque 30 °C, elle sentait la sueur couler dans son dos et entre ses seins. À force de réclamer, elle avait fini par obtenir, pour elle et ses camarades, que le paquetage inclue des soutiens-gorge renforcés adaptés aux situations de combat, mais ils l'irritaient quand même sous le bras gauche, laissant des plaques rouges qui mettaient ensuite des semaines à disparaître.

La banque était un des bâtiments les plus hauts de la ville. La capitaine était indétectable, enveloppée dans un filet de camouflage qu'elle avait traîné dans la poussière. Si un improbable hélicoptère avait survolé la banque désaffectée, le pilote n'aurait vu qu'une bâche maintenue en place par des parpaings. Mais il n'y avait pas d'hélicoptère. Les forces armées plus ou moins officielles de la région ne s'aventuraient plus ici, surtout depuis que l'aviation égyptienne avait pris l'habitude de bombarder les alentours.

Par précaution, Maxime avait également déposé de la boue sur les verres de ses jumelles JIM. Le traitement optique et le pare-soleil excluaient en principe tout reflet, mais on n'était jamais trop prudent.

La source fournie par la DR lui avait apporté une aide précieuse : des photos récentes des membres de la katiba. Des six hommes qui occupaient l'école, elle n'en avait encore identifié que deux. Simon Chassan – *alias* le Taureau – était reconnaissable entre mille, avec sa grande carcasse d'adolescent mal nourri et sa tête trop grosse pour ses épaules. À cette distance, elle ne pouvait observer son regard, mais il émanait de lui une aura de danger. Elle avait en outre repéré le cameraman un peu veule qui ne quittait pas son chef d'une semelle. Il lui restait à confirmer l'identité de trois autres djihadistes et bien sûr la présence de Fakir, l'homme roux. Pour ça, elle avait reçu de la DGSE un cliché, qu'elle avait aussitôt partagé avec les hommes de son groupe. Chacun d'eux avait mémorisé les traits de l'individu. Ils étaient formés à cet exercice par des coachs en reconnaissance faciale. Même si Fakir s'était laissé pousser une longue barbe, ils le reconnaîtraient.

Elle contempla de nouveau le square dévasté. Au début, la scène de boucherie lui avait donné la nausée, mais elle n'avait pas le choix. Pour surveiller la porte d'entrée de l'école, elle devait balayer l'endroit des yeux.

Que la statue saccagée sept ans plus tôt soit encore vissée à son socle en disait long sur le chaos qui régnait ici. Derna semblait pétrifiée, en apnée. Les atrocités s'enchaînaient depuis le début de la guerre civile. Les tueurs n'avaient jamais le même costume, ni le même accent, ni le même nom, mais ils revenaient toujours. Les civils qui n'avaient pas pu quitter Derna ne comprenaient plus rien, mais ils savaient une chose. De tous les assassins qui s'y étaient succédé, ceux qui occupaient désormais l'école Al Nasr étaient les pires.

La partie de la terrasse sur laquelle Maxime avait jeté son dévolu était étroite, minuscule, même. Contre ses pieds, elle sentit les mouvements du sergent. Ils étaient tête-bêche. Depuis l'aube, Foxy surveillait la crête de rochers rouges qui surplombait la ville, seul point d'où on pouvait les voir. Il glissa le long de sa supérieure puis lui montra sa main aux doigts épais en faisant le V de la victoire. Il prenait la relève. Il positionna son fusil de manière que le canon équipé d'un silencieux puisse passer à travers la dentelle de béton qui entourait le toit. Il régla la hauteur de la béquille et ne bougea plus. À cette distance, pas besoin d'une arme aussi puissante et précise, mais c'était tout ce qu'il avait. Surtout, ils n'étaient pas là pour tirer. La mission, c'était de suivre et de protéger. Du baby-sitting actif, pour s'assurer que Fakir irait jusqu'au bout de sa route, jusqu'à son rendez-vous.

Ces missions de surveillance étaient les plus éprouvantes. Attendre sans jamais relâcher sa vigilance, devenir une pure machine à observer. La quadrature du cercle. La stabilité émotionnelle était mise à rude épreuve, mais Maxime avait un truc, une routine. Avant de prendre son tour, elle calait son chronomètre à la seconde près sur celui de Foxy. En opération, une seconde de plus ou de moins pouvait signifier la mort. C'était une petite cérémonie. Un truc de vieux couple.

Quelques minutes après avoir changé de place, le téléphone de Maxime vibra. Trois bips rapprochés, puis deux. Urgence absolue, de nouveau. Elle enfila ses écouteurs et vérifia sa messagerie cryptée. C'était un audio. Elle l'écouta deux fois. Ça changeait tout. Elle se tourna vers Foxy qui venait de siffler silencieusement. Le visage du sergent était tendu comme un arc, son regard de rapace fixé sur l'école. Elle vérifia machinalement sa montre. Il était presque 7 h 45. Délaissant la surveillance de la crête, elle rampa vers lui, centimètre par centimètre. Quelque chose bougeait derrière le verre dépoli d'une fenêtre du premier étage. Elle ralentit sa respiration. Il ne fallait alerter personne, pas même les corbeaux.

L'homme au type oriental tentait de s'extraire de la Maserati. Il était tout simplement monumental, large et fort comme une barrique. Au repos, on aurait sans doute été tenté de le comparer à un phoque. En mouvement, c'était plutôt un ours. Il se déplaçait avec une vélocité incroyable, un talent qui ne manquait jamais d'impressionner ceux qui croisaient sa route, ce qui n'était pas conseillé. Il était vêtu à l'européenne, avec un costume découpé dans un tissu bleu nuit admirable, sans cravate. Ses cheveux poivre et sel ondulés étaient coiffés en arrière. Avec son teint mat, son nez aquilin, ses yeux sombres et ses lèvres ourlées, il offrait des traits étonnamment fins en dépit de sa corpulence.

La Maserati s'était arrêtée derrière un 4 × 4 BMW dont les portes latérales étaient ouvertes. Les jambes d'un homme en dépassaient, effleurant le trottoir, son visage noyé dans la pénombre. On se garait facilement dans cette portion de l'avenue de l'Observatoire, devant le musée Tillequin. Surtout vers 1 heure du matin un jour de semaine.

L'Oriental se dressa de toute sa taille et posa les coudes sur le toit de la Maserati. Il jeta un coup d'œil à sa montre. Sans surprise, le Fonctionnaire était en retard. C'était de bonne guerre, une façon d'imposer un rapport de forces.

À Paris, arriver à l'heure, c'était avouer à la face du monde qu'on n'était pas un personnage important.

De l'autre côté du jardin des Grands explorateurs, une voiture grise passa à petite vitesse en direction du Luxembourg. Le colosse sourit. L'équipe du Fonctionnaire reconnaissait le terrain. Il aimait travailler avec des professionnels.

Quelques secondes plus tard, un monospace noir en provenance du boulevard Saint-Michel tourna dans l'avenue et vint stopper à côté de la Maserati, suivie par la voiture grise. Sans couper le moteur, le chauffeur ouvrit la portière, puis invita l'Oriental à monter. L'homme à l'arrière du 4 × 4 sortit aussitôt et interpella son patron en arabe. Sa voix était tendue :

— Raïs...

Ce dernier le coupa d'un geste autoritaire. Ses gardes du corps étaient d'une loyauté à toute épreuve, mais c'étaient des provinciaux de la Libye profonde. Une grande ville comme Paris les rendait nerveux. Il prit place à bord du véhicule qu'on avait aménagé pour le rendre plus spacieux. Assis à la droite du chauffeur, l'officier de sécurité ne se retourna pas. En revanche, le passager assis à l'arrière accueillit son hôte avec un sourire éclatant.

— Quel plaisir de vous revoir, général ! Installez-vous confortablement. Puis-je vous offrir une bouteille d'eau ?

Aussi urbain que s'il s'était agi d'un salon. L'occupant du monospace était l'archétype de l'élite républicaine, brillante, sûre d'elle.

— Cela fait combien de temps ? Quatre, cinq ans ? Le temps passe à une vitesse folle. Et depuis l'élection, c'est encore pire que pendant la campagne. J'ai hâte que vous me racontiez ce que vous devenez. J'espère que la situation en Libye ne vous complique pas trop la vie.

Il avait parlé d'un air badin, sur le ton de la bienvenue, comme si la situation en Libye n'était pas le résultat de la guerre qu'avait lancée la France, comme si la préparation de ce rendez-vous nocturne n'avait pas mobilisé une dizaine d'agents de renseignement pendant des semaines.

Celui que le raïs appelait « le Fonctionnaire » était un homme jeune, sûrement moins de quarante ans. Il était dans une forme physique éblouissante. Sa chemise blanche faisait ressortir son teint hâlé et la cravate bleue apportait une note de rigueur qui irradiait le pouvoir. Il avait tombé la veste, révélant un torse musclé et un ventre plat. Si le Fonctionnaire abordait cet entretien avec légèreté, ses yeux, eux, ne riaient pas. Son regard couleur de métal fixait paisiblement l'énorme Libyen, sa manière à lui de se concentrer sur le travail qu'il avait à accomplir. Face à lui, le raïs, qui avait bien besoin de deux des sièges de la rangée pour loger sa masse, mettait à rude épreuve les amortisseurs pourtant renforcés du monospace blindé. Lui aussi avait plaqué sur son visage un sourire de commande assez convaincant.

— Vous avez souhaité me voir discrètement, général. De quoi voulez-vous que nous discutions ?

Le raïs poussa un long soupir avant de répondre :

— Je n'ai pas demandé à vous voir et c'est vous qui avez réclamé la discrétion. Moi, j'étais tout prêt à lui rendre visite dans son bureau.

Il parlait un français irréprochable, appris des années plus tôt au lycée Pierre-Mendès-France, à Tunis, où son père, un diplomate libyen, avait fait la connaissance de sa mère, une professeure de mathématiques. Chose étonnante, son accent n'était pas nord-africain. Il était chantant, presque libanais.

Dans le monospace, l'atmosphère se tendit imperceptiblement. Le Fonctionnaire s'était préparé à cette entrevue, mais il ne savait pas à quoi s'attendre. Autant tenter d'amadouer l'imposant visiteur, que les services avaient affublé d'un nom de code approprié : Sumo.

— La France est très sensible à ce que vous et votre famille avez fait et continuez à faire pour elle. Les services que vous lui avez rendus sont exceptionnels.

Le raïs ne souriait plus, ses lèvres formaient un trait mince sous la moustache poivre et sel parfaitement taillée.

— Je ne suis pas là pour bavarder du passé. Je veux juste lui faire passer un message.

Le visage du Fonctionnaire ne montrait aucune tension.

— Je peux transmettre un message.

— Alors, dites-lui ça. Je veux ma part. Je veux ce qu'on me doit. Rien de plus, rien de moins.

— Je ne suis pas certain de comprendre.

— Si vous ne comprenez pas, demandez-lui de vous expliquer.

Malgré l'insolence, le visage du Fonctionnaire restait lisse. Avant de venir, il avait construit de nombreux scénarios, et celui-ci en faisait partie. Le chantage. La brutalité.

— Vous saisissez, général, que la situation est entièrement différente aujourd'hui. Vous aviez avec lui une relation d'affaires qui ne s'est pas terminée à votre entière satisfaction, mais elle est terminée. Il y avait des points de vue divergents. Un tribunal d'arbitrage a tranché. Ce n'est pas la France, c'est la justice internationale.

Le raïs se pencha en avant et dégagea vers son interlocuteur un nuage de parfum.

— Vous savez, dans mon pays, les relations d'affaires, c'est sacré. Elles ne sont terminées que quand les deux parties sont d'accord. Car tout est lié, pendant toute la vie. C'est la confiance. Et la confiance, c'est la vie. Sans confiance…

Le raïs laissa la phrase en suspens, avant d'ajouter :

— Les dettes doivent être payées... d'une manière ou d'une autre. Dans mon pays, c'est une question d'honneur ou de déshonneur.

Le léger glissement vers la menace n'échappa pas au Fonctionnaire. Il était diplômé de l'ENA, de Tsinghua et de Cambridge. Il avait étudié la philosophie et les neurosciences en Chine, mais il était désemparé devant la tournure que prenait la conversation. Sa spécialité, c'était de décider et d'imposer, pas de négocier.

— Nous devons être réalistes, général. Tous les deux. La structure de liquidation a été dissoute, elle n'existe plus. Elle ne peut donc plus faire aucune transaction, aucun versement. Une entreprise liquidée, ça arrive malheureusement tous les jours.

— Je n'ai rien à voir avec cette structure de liquidation. J'ai passé un accord avec lui, seulement avec lui. Avec votre président. J'ai toujours les documents.

Le Fonctionnaire sursauta intérieurement. Pour lui, le général ne pouvait posséder aucun document parce qu'il n'avait jamais existé que trois copies du contrat et que toutes se trouvaient en lieu sûr. À l'époque, au début de la guerre, des mesures exceptionnelles avaient été prises pour s'en assurer.

Le Libyen continua :

— C'était un projet des plus officiels. Les autres investisseurs ont été payés. Je veux ma part et elle se monte à 180 millions d'euros. Je ne réclame même pas d'intérêts de retard. Vous voyez, je suis conciliant.

Il gratifia son interlocuteur d'un clin d'œil, comme s'il venait de faire une bonne blague à un vieux copain.

L'autre ne commit pas l'erreur de commenter la somme. Il se fit mentalement la remarque que Yanis Calvert, le directeur général de la DGSE, avait parlé de 210 millions, intérêts non compris.

Le raïs n'avait pas fini.

— Si vous avez des difficultés à rassembler la somme, demandez aux Qataris. C'est ce que vous faites quand il faut récupérer un otage, non ?

Le Fonctionnaire ne réagit pas. Un otage, ça coûtait entre 500 000 et 1 million d'euros. Rien à voir. Et puis, les Qataris n'avaient pas été invités dans le deal. Ils étaient vexés. L'énarque se dit qu'il était temps de lâcher un peu de lest.

— Je vais transmettre votre message.

Le téléphone posé sur le siège à côté de lui vibrait quasiment en permanence alors qu'il était presque 2 heures du matin, à présent. Le raïs hocha la tête.

— Dites-lui bien que c'est urgent. Dites-lui que la Libye, ce sera la Syrie en dix fois pire. Parce que la Libye, elle est dans cette situation à cause de vous. C'est vous qui avez abattu Kadhafi.

— Vous savez bien que nous n'avons rien à voir avec cette guerre. Nos prédécesseurs ont commis de graves erreurs. Nous n'avons jamais caché notre désapprobation. Vous, en revanche, vous avez joué un rôle décisif…

En d'autres circonstances, le général aurait sans doute été flatté par l'allusion. Sa trahison avait effectivement précipité la chute de Kadhafi ce fameux 20 octobre 2011. Sans le renseignement qu'il avait transmis à la DGSE, jamais les Mirage 2000 de l'escadron de chasse 3/3 Ardennes n'auraient identifié aussi vite le convoi qui tentait de fuir Syrte.

Mais là, le raïs saisit simplement l'occasion pour enfoncer le clou :

— Ce jour-là, comme je le fais toujours, j'ai honoré ma part du contrat. Rien de plus.

La Rolex qu'il portait à son poignet accrocha la lumière d'un réverbère et scintilla brièvement. Il poursuivit :

— La guerre que vous avez engagée en vous débarrassant de Kadhafi, c'est la guerre de Cent Ans, croyez-moi. Vous n'imaginez pas le prix que vous allez payer. Et je suis aux premières loges.

Cette fois, une ombre passa sur le visage du Fonctionnaire. Dissimulant sa satisfaction, son vis-à-vis enchaîna :

— Je peux vous expliquer pourquoi vous avez besoin d'amis en Libye. Les djihadistes français quittent le Sham par centaines et viennent en Libye pour pouvoir continuer la guerre contre la France. Heureusement, je suis bien renseigné et je pourrais vous être très utile.

— Les djihadistes de Daech ont perdu. Nous et nos alliés de la coalition, nous les avons laminés.

Le raïs sourit, mais c'était à l'évidence de la commisération.

— Vous rêvez. Ils se regroupent chez nous. Ils ont de l'argent et des moyens. Et de nouveaux alliés. La menace est plus forte que jamais et vous êtes la cible. Je dispose du meilleur réseau de renseignement du pays, ne l'oubliez pas.

— Leur argent, il vient d'où ?

— L'argent, ce n'est pas le problème. Il y en a partout, qui ne cherche qu'à être investi.

Mais le Fonctionnaire était têtu.

— Sur le plan militaire, ils sont finis.

Le raïs secoua la tête.

— Vous ne comprenez pas. Vous raisonnez comme un Occidental chrétien et cartésien. Pour eux, la défaite au Sham face aux infidèles n'est qu'une étape de l'Apocalypse. Une étape nécessaire qui était écrite dans le Livre. De leur point de vue, ils ne sont pas battus. Ils sont purifiés par le sang versé. Et maintenant, ils sont en train de se regrouper pour préparer la prochaine étape de l'Apocalypse. Leur moral est au plus haut. C'est vous qui avez perdu.

— Nous ne céderons pas face au terrorisme.

Cette déclaration pompeuse amusa Sumo.

— Ce sont des phrases creuses. Le problème n'est pas le terrorisme ou même l'islamisme. Le monde abrite des milliards de gens qui n'ont rien. Ils regardent vers l'Europe et voient une oie gavée, riche, molle et faible. Bonne à prendre. Des centaines de millions de gamins sont prêts à tout, croyez-moi, à vraiment tout. Vous êtes sans défense et, en plus, vous ne respectez pas vos amis.

— Je lui parlerai. Je reviendrai vers vous.

Le raïs planta son regard noir dans celui de son interlocuteur :

— Bientôt, je ne pourrai plus rien pour empêcher ce qui se prépare. Vous serez seuls. Dites-le bien à… Zéphyr.

Sumo souriait maintenant de toutes ses dents.

Un éclair passa dans les yeux de l'énarque. Sumo connaissait l'ancien nom de code du Président, un nom que personne n'aurait dû connaître. Un nom qui appartenait à un passé lointain. Le Fonctionnaire ressentit au fond de lui une brève inquiétude, quelque chose qui ressemblait à une hésitation, mais il se reprit très vite. Il n'avait pas non plus été formé au doute.

La nuit, les rares fois où il rêvait, Umberto Sica était envahi par le souvenir d'une odeur, celle de l'herbe après la pluie dans les collines du Frioul, et de la joie apaisante qui s'emparait de lui en la respirant. Dans la journée, il était incapable de mobiliser une émotion de cet ordre. Pour retrouver son calme, il tenta tout de même d'emprisonner ce souvenir, fragment par fragment. Et, pour progresser jusqu'à lui, il essaya d'autres odeurs familières, celle de l'eau, celle de la terre. Ce fut au moment où il faisait cet exercice que la solution éclata dans son cerveau, limpide, lumineuse. Il sentit monter de ses tripes l'envie de hurler, mais il ne réussit à émettre qu'un son indistinct, plus proche du grognement.

— Bien sûr !

Il avait murmuré en italien.

Encore plus bas, comme pour lui-même, il ajouta :

— La lame criblée…

Et pour se persuader encore, il répéta, plus fort :

— La lame criblée. C'est forcément ça.

Le gardien était sorti de son alcôve en l'entendant. Umberto Sica le saisit aux épaules et lui parla à toute vitesse.

— C'est à cause du nerf olfactif, tu comprends ?

Le vieil homme eut un geste de recul, mais l'individu au regard fou le tenait solidement. Le Libyen resta stoïque, ce n'était pas la première fois que le gros Italien avait une crise. Ça lui passerait.

Dans le labo, tout le monde avait cessé de travailler. La petite dizaine de chercheurs répartis dans les bureaux aux murs de verre virent le visage de leur patron, d'habitude inquiétant, gris de fatigue et sillonné de rides, illuminé par une jouissance folle.

Umberto Sica ressentit le besoin d'être dehors, de courir, même s'il en était bien incapable à cause de sa corpulence. Il emprunta la rampe qui menait à la surface, une dizaine de mètres plus haut, et jaillit sur le terrain vague, au milieu des panneaux solaires inclinés à 45 degrés. Le bruit du vent dans les alignements était terrible. Il fit quelques pas hésitants.

Ce fut l'instant que choisit la femme pour débarquer. Elle descendit de la Mercedes qui avait soulevé un énorme nuage de poussière au moment du freinage. Le chauffeur la suivait, son arme bien visible dans un holster. Elle était de nouveau en jean, sa tête était recouverte d'un voile fuchsia.

— Alors, vous avez réglé le problème ?

Le vent couvrit ses paroles.

Elle n'avait jamais vu le scientifique comme ça. Il était secoué de tics nerveux et ses mains décrivaient dans l'air sec des figures compliquées, comme s'il était pris de démence, tandis qu'un sourire indéfinissable affleurait sur ses lèvres. Elle tenta une nouvelle fois de capter son attention.

— Vous avez avancé ?

Il l'observa, hébété, le whisky et le modafinil repartant à l'assaut de son humeur. Il avait l'esprit parfaitement clair, et pourtant il ne put que bredouiller :

— Il faut toutes les programmer pour le nez. Seulement pour le nez.

Il avalait ses mots, elle ne comprenait pas. Elle chercha son regard pour évaluer son état mental, mais il ne la voyait pas, immergé qu'il était dans ses calculs.

— Les axones des neurones olfactifs passent du nez au cerveau parce qu'ils traversent la lame criblée de l'ethmoïde.

Elle secoua la tête.

— Mais de quoi parlez-vous ?

Il sembla enfin s'apercevoir de sa présence et interrompit son monologue.

— La lame est une paroi osseuse poreuse qui rejoint le bulbe olfactif et qui trie les informations olfactives. Donc, c'est par le nez qu'il faut pénétrer dans le cerveau pour obtenir l'effet maximum. Pour les nanoparticules, c'est la voie royale.

— Comme un turbo ?

— Oui, les particules suivront les nerfs comme des rails d'acheminement. Ils iront directement au cerveau.

Elle le dévisagea. Comment une épave pareille pouvait-elle encore penser ?

Pris dans l'élan de son explication, il tituba vers elle et posa une main sur son épaule. Le chauffeur releva aussitôt son arme et saisit l'avant-bras de Sica. Mais, d'un claquement de doigts, la femme lui fit signe de reculer. Son sixième sens lui disait que le fou tenait quelque chose. Elle avait vu dans ses yeux ce qu'elle cherchait depuis longtemps, l'instinct de mort, la jubilation de la destruction.

— Venez.

Suivi par la Libyenne, l'Italien dévala en clopinant la rampe vers les profondeurs du laboratoire. Il bifurqua en direction de l'alcôve du gardien et lui cria de loin :

— Amène-moi dix chiens, deux de chaque cage.

En temps normal, le vieil homme aurait trouvé la demande déraisonnable, il détestait le gaspillage, mais le professeur avait l'air si sûr de lui, si enthousiaste. Et puis, Allah n'avait-il pas créé les chiens à partir de la salive de Satan, pour en faire des animaux à jamais impurs ? Cinq ou dix, quelle importance ?

La femme sentit son portable vibrer, mais elle refusa l'appel. Un instant plus tard, le garde du corps se pencha vers elle et lui tendit son cellulaire.

— C'est le raïs, il est à Paris. Il veut te parler.

Elle fit non de la tête. Elle n'avait d'yeux que pour la ribambelle de chiots qui trottinaient vers la salle étanche, chacun avec un numéro noir peint sur le flanc. Elle touchait au but.

Son père attendrait. Elle l'avait bien attendu, ce jour-là, huit ans plus tôt.

La femme, celle qui s'appelait Ibtissam, était bloquée dans le sous-sol de béton pour longtemps. Coincée. Ce qu'elle détestait le plus. Elle n'avait pas vraiment le choix. Elle devait réduire les risques et se déplacer le moins possible. Mais l'Italien l'avait prévenue : la préparation de l'expérience prendrait encore plusieurs heures, il fallait reprogrammer tous les instruments. Et elle voulait être là pour l'expérience elle-même. Dehors, le vent s'engouffrant entre les panneaux solaires produisait désormais un hululement de fin du monde. Le temps tournait à la tempête de sable.

Ibtissam s'assit sur un coin de table. Le chauffeur resta debout au pied de la rampe. C'était un de ses cousins. Il lui vouait une passion aussi dévorante qu'elle était sans issue. Appartenant à une branche éloignée et désargentée de la famille Al Charouk, il avait besoin de la générosité de la jeune femme pour vivre. Son métier était un calvaire délicieux. Ibtissam le traitait comme un domestique. Une vraie tragédie grecque. Il souffrait. Elle s'en moquait. Les petits jeux sentimentaux n'avaient plus leur place dans sa vie.

Sa vie, justement, avait explosé huit ans plus tôt. Il y avait une scène qui ne quittait pratiquement jamais son esprit. Une scène qui imprégnait toutes ses pensées. Elle se levait avec et se couchait avec. Depuis huit ans. Depuis le moment où elle avait été aspirée dans la guerre.

C'était l'époque où les Toubous avaient commencé à se battre contre les Touaregs dans la région de Ghat. Des Touaregs d'Ansar Dine, des petites frappes, des trafiquants de drogue ultraviolents qui jouaient aux djihadistes pour promouvoir leurs vidéos sur les réseaux. Ils prenaient livraison de la cocaïne dans les ports de Guinée-Bissau, passaient par Bamako et Niamey et remontaient à toute vitesse vers le rivage libyen, le moins surveillé de toute la Méditerranée. Un voyage de six mille kilomètres en 4 × 4 Toyota, avec seulement deux chauffeurs pour pouvoir charger plus de poudre. La difficulté était de tenir au volant sans dormir, alors ils se bourraient de pilules. Les civils qui croisaient leur route payaient cash les effets secondaires de celles-ci. Meurtres, pillages, viols, ils terrorisaient tous les hameaux qui se trouvaient sur leur passage. Mais les villageois n'étaient pas les seuls à trinquer. Les migrants qui tentaient d'accéder aux côtes libyennes depuis l'Afrique noire étaient aussi des proies faciles.

Ibtissam, elle, se souvenait d'un jour en particulier. Et elle s'en souvenait de manière si précise qu'elle pouvait le rejouer mentalement au ralenti. C'était deux ou trois mois après la mort de Kadhafi. Alors que les combats dégénéraient aux alentours de la ferme solaire, les commandos français étaient arrivés un matin pour exfiltrer les ingénieurs. Deux Caracal avaient décollé du Tchad, mais l'un d'eux avait eu une avarie. Les ordres étaient clairs. Il fallait vider intégralement le labo. Comment aurait-elle pu savoir que c'était écrit noir sur blanc dans le contrat d'exploitation de la ferme ? Les brevets sur les panneaux solaires, les titres de propriété et les exemplaires du pacte d'actionnaires ne devaient en aucun cas tomber aux mains de la concurrence. Elle revoyait les trois militaires français qui conduisaient l'évacuation, surtout le plus âgé, avec la profonde cicatrice qui lui barrait la joue juste sous l'œil droit. Il l'avait jaugée en maquignon, comme si elle n'était qu'un vulgaire morceau de viande. Son nom était gravé dans sa mémoire : capitaine Kaky. Elle ne s'était pas méfiée. Après tout, elle et son père avaient donné un sacré coup de main aux Français. Pourquoi se serait-elle méfiée ?

À la fin, donc, toutes les caisses ne rentraient pas dans l'hélicoptère et, comme les documents avaient la priorité, il fut vite évident que tout le monde ne partirait pas. Brutalement, le capitaine Kaky, sa balafre rougie par l'effort qu'il venait de faire en chargeant l'appareil, avait fait descendre Marwan, le seul homme ingénieur libyen. Un arrêt de mort. Ibtissam avait refusé de l'abandonner à son sort, elle s'était blessée à la cheville en sautant du Caracal. Le militaire ne s'était même pas donné la peine de promettre de revenir. Elle ressentait encore sur sa pupille la lumière aveuglante du soleil quand leur seule issue s'était élevée au-dessus de l'usine. Elle n'avait pas pu s'empêcher de tendre ses bras suppliants vers le pilote. Il devait être 11 heures du matin.

Elle avait appelé son père cent fois en quelques minutes ce matin-là. À chaque tentative, quelque chose s'était cassé dans sa poitrine. Puisqu'il travaillait avec les Français, elle était sûre que c'était un malentendu, qu'il pouvait les forcer à faire demi-tour. Pour qu'on vienne les sauver, elle et Marwan. Il n'avait jamais répondu. Les gamins d'Ansar Dine étaient arrivés à midi avec leur peau blanche et leurs yeux injectés de sang. Ils ne l'avaient pas touchée. Ils l'avaient seulement obligée à regarder ce qu'ils faisaient subir à Marwan, l'homme qu'elle aimait.

Un peu avant 8 heures, Simon Chassan s'arrêta devant la deuxième porte à gauche dans le couloir du premier étage de l'école Al Nasr. Il leva son bras droit et frappa de toutes ses forces sur la porte en bois. Le coup faillit la faire sortir de ses gonds. Il entendit un bruit de chute à l'intérieur, éclata d'un rire silencieux et ouvrit. La scène qu'il découvrit le réjouit. Le Roux était par terre en caleçon et T-shirt, hagard. Il s'était jeté au pied de son lit minuscule au bruit d'explosion qu'avait produit le poing du Taureau. Avec les gestes mal assurés d'un homme réveillé en sursaut, il chercha ses lunettes. Le Taureau contempla d'un air méprisant l'homme qu'on lui avait demandé de protéger et qu'il avait maintenant l'ordre de liquider en toute discrétion. Il sentait monter en lui une férocité qu'il ne connaissait que trop. L'envie irrépressible d'anéantir ceux auxquels il se sentait inférieur.

— Ça pue le bourgeois, dans cette piaule, éructa-t-il en français, la langue qu'il parlait avec le Roux. Je vais gerber, ma parole.

La petite pièce spartiate et proprette avait été la chambre de la surveillante des pensionnaires avant la guerre. Il ouvrit la fenêtre en grand et, puéril, hurla en direction de la place du supplice :

— Ça pue le bourge !

Puis il revint vers le Roux.

— Toi, je t'ai observé. Putain, t'es vraiment pas un soldat avec ton look de petit monsieur. Qu'est-ce que tu fous ici ? Et c'est quoi, ton nom ?

Ali Mokhtari regarda le Taureau par en dessous. Il n'avait effectivement rien d'un soldat. Son embonpoint naissant laissait imaginer une pratique du sport très épisodique et il semblait handicapé du bras gauche. Mais son cerveau, lui, fonctionnait à toute allure. Et il n'avait pas peur. Des cinglés comme le Taureau, il y en avait plein les rangs du djihad. De la chair à canon, il en fallait toujours. Le grand bourgeois d'Alger observait le petit malfrat de Montauban avec ce qui ressemblait à un imperceptible rictus sarcastique.

Simon Chassan se prenait au jeu, lancé dans un véritable monologue.

— Moi, je sers à quelque chose, je combats pour Allah. Je tue les ennemis. Je fais peur aux kouffar. Je fais la guerre, quoi. Et toi, putain de rouquin de mes deux, tu fais quoi ?

— Moi, je gagne la guerre.

La réponse laissa le Taureau sans voix. Il essaya de rire, mais ça sonnait faux. Il savait qu'il n'était pas capable de tenir une conversation. Alors, depuis qu'ils avaient quitté le Sham, les petites phrases du Roux avaient le don de le mettre en fureur. Il donna un coup dans le mur.

— Alors, c'est quoi, ton nom, le bourge ? Tu veux que je répète ?

Ali Mokhtari plongea ses yeux dans ceux, vitreux, de son interlocuteur. L'Algérien était plein d'une autre sorte de haine, beaucoup plus puissante, plus sourde et plus profonde que la rage infantile du Taureau. Mais, dans son regard, il n'y avait que du mépris.

— Tu n'as pas besoin de connaître mon nom. Tu dois me conduire à Gatrone, et c'est tout. C'est ta mission. Ne l'oublie pas.

C'en était trop. Le poing du Taureau partit comme une fusée. Dans un geste réflexe, le Roux leva les mains, et ce fut son bras gauche abîmé qui prit. Il hurla de douleur.

Dans la lunette du fusil, la rage du Taureau explosa en gros plan. Quand celui-ci avait ouvert la fenêtre pour se pencher au-dehors, Foxy avait découvert l'homme agenouillé au second plan et compris immédiatement qu'il s'agissait du Roux. À présent, il prenait aussi conscience que leurs ordres de mission n'étaient pas si clairs que ça. Tout faire pour que le Roux atteigne sa destination, c'était leur boulot. Jusqu'à tuer le grand maigre à la tête énorme ? Quand il vit ce dernier lever la main et frapper le Roux puis la diriger vers sa ceinture pour saisir son pistolet, il sut qu'il avait environ cinq secondes pour prendre une décision avant que l'irréversible ne se produise. Son doigt se posa sur la détente du Hécate. La balle mettrait bien moins d'une seconde à atteindre sa cible. Sans aucun risque de la manquer. Foxy était en train de vider ses poumons pour tirer quand il sentit un courant d'air sur sa joue. Tout contre son oreille, il entendit la voix basse et rauque de Maxime :

— Négatif, sergent. Pas d'autorisation de tirer.

Au même moment, le Taureau croisa son propre regard dans le petit miroir qui surmontait le lavabo. Il vit ses yeux injectés de sang, sa barbe hirsute, et il pensa au cheikh, à sa voix toujours contrôlée, même au beau milieu du combat. L'espace d'un instant, il s'imagina comme lui, respecté, écouté, obéi. Avec une clarté aveuglante, il se vit jasadi. Le Roux était à terre, se tenant le bras, le visage tordu de douleur. Le Taureau rangea son revolver dans son étui, fit un effort prodigieux sur lui-même et tendit la main au Roux. Les ordres du cheikh étaient sacrés. Il devait obéir.

Sur le toit de la banque Wahda, Foxy lâcha la détente de son arme et remit le cran de sécurité. Il tourna la tête vers la capitaine. Maxime était en train de crypter un message.

Le premier rendez-vous avec le Roux était concluant. Le second aurait lieu dans l'oasis de Gatrone. Ils allaient quitter le toit de la banque Wahda et rejoindre les autres, mais pour cela, il fallait attendre la nuit. La journée serait très longue.

Depuis des années, la direction technique employait des gamins aux cheveux longs qui préparaient la cyberguerre d'après-demain. Mais, pour le dossier Sauterelle, il fallait plus. Le petit lieutenant avait été rapatrié en urgence boulevard Mortier. On lui avait donné un bureau. Vu tout ce sur quoi il était tombé en paramétrant Face Mort, il s'était accrédité tout seul. Ses traits étaient déjà creusés, sa cravate un lointain souvenir. Il tenait à l'adrénaline, et grâce à beaucoup de café.

La découverte par la capitaine Barelli de la minuscule plaque métallique dans le cuir chevelu de FOX3 avait fait souffler un vent de panique dans toute la maison. Si l'objet était, comme ils le pensaient, relié au dossier Sauterelle, c'était le premier indice sérieux depuis des mois. Et la preuve que la nouvelle guerre était là, tout près. Le bon vieux djihadisme artisanal avait vécu.

Pour l'instant, ils pataugeaient tous. Les informations scannées et transmises par Maxime étaient incompréhensibles, une purée de données, sans logique apparente, qui semblaient se combiner et se recombiner en permanence, comme si elles étaient dotées d'une vie propre, comme si une gigantesque cuiller les touillait sans fin, comme si un instinct de survie enjoignait à ces colonnes de chiffres d'échapper à un prédateur.

Pour y voir plus clair, la maison avait pris une initiative risquée. À partir d'un porte-hélicoptères croisant en Méditerranée, elle avait dépêché un appareil jusqu'à Martoubah pour récupérer la plaque elle-même. Il avait fallu faire très vite, pour ne pas retarder le groupe Barelli en partance pour Derna. Une action clandestine et illégale, ce qui ne posait pas un gros problème dans un pays dépourvu de toute autorité reconnue. On avait tout de même pris quelques précautions. Un coup de fil discret de l'ambassadeur de France au Caire à l'aide de camp du général président de l'Égypte avait permis de s'assurer que la chasse égyptienne choisirait un autre moment pour se manifester. La récupération avait duré moins d'une heure. La plaque était passée dans les mains des experts, et tout ce qu'ils avaient trouvé était désormais dans la machine. Des milliards de questions sans réponse.

Devant son écran de belle taille, le petit lieutenant se retrouvait dans la position de l'excavateur en chef. Derrière lui, le colonel Flache et le directeur de la DT ne rataient pas un clic.

— Dites-nous ce que vous faites, lieutenant.

— Ce qu'il y a dans la machine, ce sont des données en masse, par centaines de milliards. Du « big data » à l'état brut. Inutilisable tel quel. Pour avancer, il faut en faire du « thick data » ; on va extraire la substance, c'est-à-dire savoir de quoi ça parle. Ensuite, on en fera du « smart data », pour comprendre ce que ça veut dire.

Même le directeur de la DT se sentait largué.

— C'est quoi, la « substance » ?

— La « substance », c'est savoir si on parle plutôt de raquettes de ping-pong ou plutôt d'armes nucléaires.

Le directeur hocha la tête.

Le colonel Flache s'immisça alors dans la discussion :

— Donc, ça confirme déjà que les commanditaires de Tango ont placé des centaines de milliards de données sur un microprocesseur pour que, vraisemblablement, FOX3 puisse à son tour les transmettre à quelqu'un.

— Oui, exactement. D'ailleurs, c'est pour ça que vous aviez mis FOX3 sur votre liste noire, je me trompe ?

Le colonel ne répondit pas tout de suite. Le gamin allait très vite. Flache pesa ses mots.

— Nous pensons que FOX3 était en Libye pour rejoindre un scientifique italien qui nous a échappé il y a six mois. Nous supposons aussi que d'autres djihadistes convergent vers cet Italien, apportant d'autres ressources. Mais nous n'avons strictement aucune idée de ce que sont ces données.

Le petit lieutenant répondit du tac au tac :

— L'Italien vous a échappé deux fois, une fois il y a six mois quand il a embarqué à Port-Vendres à bord d'un chalutier affrété par le gouvernement syrien. Il vous a échappé une seconde fois quand vous avez bombardé Daech à Al-Bab, pas loin d'Alep.

— Comment savez-vous ça ?

— Je ne le sais pas. Je l'ai déduit grâce à Face Mort.

Le gamin était vraiment gonflé. Le colonel Flache crut même voir dans le regard du petit lieutenant un soupçon de défi : « Si vous ne me dites pas tout, je ne pourrai pas vous aider. » Le temps manquait. Mieux valait plonger tout de suite.

Le colonel glissa les deux mains dans ses poches.

— Lorsque le docteur Sica nous a échappé à Port-Vendres, c'était en effet avec l'aide du gouvernement syrien et il a emporté tous les résultats de ses expériences en neurologie. Le gouvernement syrien, qui a toujours fricoté avec les djihadistes, l'a ensuite « prêté » à Daech. Quand est venue la débandade en Syrie, Daech l'a en quelque sorte mis aux enchères sur le grand marché du terrorisme. Ensuite, nous avons perdu sa trace. Nous traquons donc tous ceux qui ont été en contact avec lui, même une seule fois.

Le petit lieutenant hocha la tête. Si on le prenait au sérieux, il était prêt à se défoncer.

— Voilà ce que je vais faire. Je vais inciter Face Mort à chercher des données qui ressemblent à celles trouvées sur FOX3.

— Mais Face Mort est programmé pour la reconnaissance faciale, non ? Ça n'a rien à voir.

— C'est la même chose. Les visages sont des ensembles de données énormes et complexes. Reconnaître des traits particuliers au milieu de millions de visages, c'est à peine moins difficile que ce que je vais lui demander.

— Vous allez lui demander quoi, exactement ?

— De débusquer des ensembles de données comme si c'étaient des visages, mais au lieu d'être des visages en 3D, ces formes ont dix ou vingt dimensions. C'est compliqué à imaginer pour nous, mais cela ne pose aucun problème à Face Mort.

— Ça sera long ?

Kabla tapota la machine.

— Il est capable de réaliser un million de milliards d'opérations par seconde. Si on a de la chance, il aura terminé dans cinq minutes. Mais ça peut durer plusieurs jours. Et, bien sûr, ça peut échouer.

Le petit lieutenant avait annoncé ça d'une voix égale. Le colonel Flache en eut un frisson. Si le gamin avait pu imaginer les conséquences d'un échec, il aurait parlé sur un autre ton.

Au bout de presque deux heures, l'Italien refit surface. Ibtissam avait passé tout ce temps au téléphone, vérifiant une fois de plus que toutes les pièces du puzzle qu'elle construisait depuis des mois étaient bien en place. Elle était rigoureuse. Aucun détail n'était superflu pour elle. Même dans son enfance, « Ibti » n'avait jamais eu droit à l'erreur. Aujourd'hui encore moins. Elle avait beau être la fille du raïs, elle avait dû faire preuve de deux fois plus de détermination qu'un homme pour obtenir le même résultat. Aux yeux de ses proches, pendant longtemps, elle avait d'abord été une faible femme à l'esprit désordonné. Rien n'était plus faux, et ceux qui commettaient cette erreur de jugement le payaient très cher. Mais les traditions avaient la vie dure dans le sud de la Libye, et son père les incarnait. Il avait compté plus que tout pour elle, mais il y avait eu la guerre et la mort de Marwan. Elle n'avait jamais pardonné au raïs. Lorsqu'elle avait coupé les ponts avec lui, les membres du clan avaient dû choisir. On était avec elle ou contre elle. Il n'y avait pas de demi-mesure. Le père, ou la fille.

Umberto Sica se dirigea vers elle en claudiquant. Il souriait, mais avec ses cheveux sales et ébouriffés qui se confondaient avec sa barbe poivre et sel, sa façon de se déplacer, dos raide, panse proéminente, son regard enfoncé et hagard, ce sourire avait quelque chose de menaçant. L'odeur de transpiration était suffocante, mais, au moins, il ne sentait plus l'alcool. Il était manifestement dans un état d'excitation profonde. Il s'écria en direction de sa cliente, qui cachait de moins en moins son dégoût pour lui :

— Venez, venez, c'est extraordinaire !

Elle le suivit vers le laboratoire. Il marchait avec toute la vitesse que lui permettaient ses pitoyables jambes. Pour la sportive qu'elle était, ce n'était pas un problème. Quand ils atteignirent la grotte vitrée, elle constata que les cobayes étaient toujours à l'intérieur. Ils s'étaient littéralement hachés les uns les autres pour tenter de se glisser dans un orifice de la roche bien trop étroit pour eux. Il ne restait qu'un magma de poils, de chair et de sang. Elle aurait été bien incapable de dire combien de chiots étaient là. L'Italien ne les voyait même pas. Il s'assit pesamment devant son ordinateur et l'appela de nouveau :

— Approchez-vous, je vais vous montrer là-dessus.

Il tapa une longue ligne de code, elle remarqua pour la première fois ses mains, trop fines pour son corps.

Il lui désigna le haut de l'écran.

— Lors de votre visite il y a trois jours, voilà ce que le microscope a filmé.

Sur l'écran, les silhouettes des trois chiots étaient bien visibles, blanches sur fond bleu. On les voyait courir et sauter. Il fit défiler l'image.

— Faites attention à partir de la seconde soixante-douze. Deux secondes après le premier rayon de soleil. Regardez bien.

Elle se pencha et vit les chiots soudain entourés d'une myriade de points blancs qui tournaient autour d'eux, comme un cocon malfaisant.

— Les particules ont été rendues luminescentes grâce à des protéines, dit-il. Je passe en *slow motion*.

Au bout de quelques instants, le nuage de points blancs mutait. Il se séparait et se concentrait sur deux chiots seulement. Puis le nuage autour de chaque chiot se scindait à nouveau et recouvrait entièrement la tête de l'animal, délaissant le reste du corps, à l'exception des parties génitales et du ventre.

— Je vais ralentir encore.

Ibtissam vit alors le nuage vibrer à la lisière de la silhouette puis la pénétrer, se répandant à l'intérieur.

L'Italien remit le curseur au départ et repassa la séquence en vitesse réelle. L'invasion des chiots ne prenait qu'une fraction de seconde, terriblement fluide.

Le scientifique se tourna vers Ibtissam. Dans ses yeux, il lisait ce qu'il ressentait lui-même, une fascination terrifiée devant ce qu'ils étaient en train de faire. Il se sentit proche d'elle, tout à coup. Ils étaient partenaires. Connectés.

— Ce que vous venez de voir, c'était une première tentative. Les nanoparticules se regroupent bien, mais ensuite, elles hésitent et leurs mouvements sont désordonnés. Donc, elles sont assez inefficaces.

— Mais le chiot indemne ?

— Chaque nanoparticule peut être programmée de manière indépendante et on peut lui donner des instructions. Dans ce cas, le programme dirigeait les particules uniquement vers les deux chiots partageant le même ADN.

Il sourit, adouci par la proximité soudaine qu'il croyait percevoir entre eux. Face à l'immensité de la terreur qu'ils contemplaient ensemble, que pesaient leurs petits différends ? Ils étaient frère et sœur d'armes.

— Nous aurions pu être moins sélectifs et viser tous les chiens. Mais ce qui compte, c'est de traiter chaque objectif le mieux possible. Je vais vous montrer l'expérience d'aujourd'hui.

— Je vous avais dit que je voulais être présente. Je n'avais pas été assez claire ?

Dans son délire schizoïde, l'Italien méprisait tout le monde, mais Ibtissam avait de l'ascendant sur lui.

Il prit un air penaud.

— Je voulais être sûr de moi, pour ne pas vous décevoir une deuxième fois.

Il fit une ou deux manipulations sur son ordinateur puis appuya sur « Enter ».

On voyait dix silhouettes s'agiter en tout sens. Puis le nuage de points blancs. Mais, cette fois, le nuage se concentrait aussitôt sur le museau des chiens. D'un seul élan, ces derniers se ruaient vers le même endroit et tout devenait confus sur l'image.

— Il s'est passé quoi, là ?

— Comme je vous l'ai expliqué ce matin, j'utilise le fait que les neurones du nez sont plus puissants que les autres parce que leurs axones, les filaments qui les prolongent, peuvent passer du nez au cerveau en traversant la lame criblée de l'ethmoïde.

La jeune femme haussa les épaules avec impatience.

— Pour faire simple, quand les particules arrivent au niveau de la lame, elles entrent directement dans le cerveau, à cent à l'heure.

— Et vous aviez prévu que les chiens allaient se comporter comme ça ?

— Pas du tout. Je n'en avais aucune idée. Chaque particule contient des molécules d'un poison neurotoxique, mais je ne sais même pas si c'est le poison qui agit. Peut-être que c'est tout simplement le cerveau reptilien qui réagit à l'invasion et déclenche une pulsion de survie, de fuite et de lutte.

Ibtissam avait beau être une ingénieure, elle était dépassée.

— Et si on essayait l'expérience dans une ville ?

— Pour l'instant, ça marche dans une salle blanche sans aucune pollution atmosphérique. En plein air, c'est une autre affaire. Tout peut arriver, y compris rien.

La fille du raïs fit la moue.

— Je veux essayer dans une ville. Je suis pressée.

— La science ne peut être pressée.

Dans ces moments d'exaltation, il se montrait volontiers pompeux.

Il se leva de sa chaise et lui fit face.

— Je ne sais pas si vous comprenez bien ce que je suis en train d'inventer pour vous..., fit-il d'un ton légèrement supérieur. Une bombe à fragmentation génétique !

Il la regarda droit dans les yeux puis ajouta :

— Et vous, vous me dites que vous êtes « pressée » ?

Il semblait réellement outré, et elle ne trouva rien à répondre. S'il disait vrai, elle pouvait bien lui passer ça.

Son portable vibra. C'était un SMS du cheikh. L'expert arrivait. Il serait à Gatrone dans quelques jours.

Malgré son peu d'ancienneté dans le groupe, Tek préparait le terrain avec encore plus de soin qu'un vieux briscard. Un obsédé du détail, un calculateur. Même pour un travail aussi insignifiant que d'installer un routeur sur un véhicule. Des heures durant, avec ses jumelles de vision nocturne, Tek avait suivi les faits et gestes des djihadistes, un à un. Il savait tout d'eux. Trois dormaient déjà dans la grande salle du rez-de-chaussée de l'école préparatoire pour filles Al Nasr. En utilisant un micro directionnel, il avait même entendu leurs prières puis leur conversation, animée d'abord, puis déclinante. Ils ronflaient maintenant, et Tek identifiait bien les trois ronflements.

Fakir, lui, n'avait pas quitté sa chambre. Il lisait. Cela signifiait que le cameraman montait la garde. Le djihadiste reporter d'images, la tête penchée en permanence vers son écran de portable, passait son temps à vérifier combien d'internautes avaient « liké » sa vidéo. Il répondait aux commentaires des camarades et des sympathisants. À observer son visage tendu et ses yeux écarquillés pendant que ses doigts galopaient sur le clavier, il devait se sentir incroyablement important, s'imaginer tel un combattant essentiel de la guerre sainte. Dans le fond, il n'était qu'un ado ravagé par l'ennui.

Tek ne le voyait pas, mais il était certain d'une chose : le cameraman était forcément à moins de six mètres de la box wifi, et les images infrarouges du Busard étaient formelles : la box se trouvait dans la bibliothèque. Donc, le risque que le type sorte dans la rue était vraiment mince. Restait le cas du Taureau. Un cas autrement plus complexe car celui-ci était clairement agité. Il ne tenait pas en place et représentait donc un danger.

Tek avait longtemps réfléchi au meilleur moment pour s'approcher du véhicule. Et puis il avait trouvé. C'était 3 h 45, la phase la plus sombre de la nuit si l'on en croyait la météo marine. La capitaine lui avait laissé carte blanche. À 3 h 40, il enjamba donc le petit mur de pierre. Sa barbe de huit jours était bien fournie. Il portait un pantalon de toile, un T-shirt et une veste en jean d'aspect lamentable, mais dont les cinq poches intérieures renforcées contenaient son matériel et son arme. Il s'agissait simplement de traverser la place sans se faire repérer. Une mission d'une simplicité enfantine, mais d'une importance capitale. La moindre erreur pourrait entraîner des conséquences incalculables que Tek était bien incapable d'imaginer. Mais il était intelligent. Il savait que, à cet instant précis, dans la chaude nuit libyenne, il était le dernier maillon d'une chaîne qui remontait jusqu'au sommet du pouvoir, et un pays en guerre totale, le sien depuis pas très longtemps, dépendait de lui. Il savait aussi que c'était exactement pour ça qu'il avait choisi ce métier. Sans doute son côté mégalo.

Tek commença à ramper vers le véhicule des djihadistes. Le minibus n'était pas garé pile devant l'école, mais en face de l'entrée du terrain vague qui faisait le tour de l'établissement et qui avait peut-être été un jour un jardin. Le militaire avait passé des heures à observer le minibus Mercedes. Il était pratiquement neuf – même si les pneus avant semblaient fatigués –, sans doute volé par les sbires du Taureau.

Un Sprinter neuf places. Sur le troisième rang de sièges, quelqu'un, peut-être une mère de famille, avait sanglé un rehausseur peint de couleurs vives. La vitre attenante était percée d'un impact et le dossier portait une énorme tache brune de sang séché.

Tek continua sa progression, il n'avait pas pris le chemin le plus court. Pour pouvoir se concentrer, pour rester le plus loin possible des corps crucifiés et de la mise en scène façon Golgotha qu'avaient montée les hommes du Taureau. Pourtant, il ne put s'empêcher d'y jeter un coup d'œil et se fit la remarque que les têtes manquaient au pied des chevalets. La couche de nuages était plus épaisse, maintenant. La nuit était vraiment noire. Il ne s'était pas trompé pour l'horaire. Il arriva bientôt au pied du Sprinter et se mit sur le dos pour se glisser sous le véhicule. Il touchait au but. Comme on lui avait appris à le faire, il ralentit sa respiration pendant qu'il cherchait l'endroit idéal pour fixer le boîtier. Au milieu du châssis, à égale distance des essieux, là où les chocs de la route seraient les moins violents. Le minibus était récent et l'aimant puissant, mais il prit deux précautions supplémentaires.

Avec des gestes précis, il saisit dans une poche le routeur, un produit taiwanais dont le numéro de série révélerait d'abord qu'il avait été dérobé dans un stock en Roumanie, ensuite que ce stock avait été saisi par la police roumaine à Siret, tout près de la frontière ukrainienne. La probabilité pour qu'on relie cet objet à l'État français était nulle. Tek prit dans une autre poche un flacon qui contenait un détergent à base de jus de citron. Il frotta légèrement la surface du châssis, à quelques centimètres de l'arbre de transmission, puis arrima le boîtier aimanté en mettant son doigt pour éviter un claquement. Enfin, il sortit d'une troisième poche deux morceaux de Scotch surpuissant d'une couleur mate et sombre. Ceinture et bretelle. Il ramassa par terre un peu de poussière qu'il mouilla avec sa salive, mélangea le tout en une sorte de boue avec laquelle il recouvrit le mouchard et les bandes de Scotch. Le dispositif était invisible. À partir de maintenant, partout dans le monde, si un portable se connectait au réseau dans le véhicule, il serait localisé instantanément par la DGSE. Pour espionner en plein désert de Libye, c'était bien plus efficace qu'un mouchard GPS. Au milieu de nulle part, les satellites civils n'étaient pas fiables.

Il fallait à présent revenir à la banque. C'était le moment le plus périlleux, parce qu'on avait l'impression d'avoir réussi et qu'on relâchait sa vigilance. Son instructeur à Cercottes, un chasseur alpin, l'avait mis en garde. C'était souvent dans la descente que les courses en montagne tournaient mal. L'instructeur avait été tué au Yémen, juste après avoir éliminé un officier d'Al-Qaida. Il avait oublié de se courber en longeant un muret de pierre.

Tek allait commencer à ramper doucement en arrière pour s'extraire de sous le Sprinter quand il entendit un gémissement. La brise marine avait changé de direction. Il prêta l'oreille. Le gémissement reprit, étrangement humain dans cette nuit morte. Tek aurait pu l'ignorer, mais la curiosité fut la plus forte. Il s'accroupit sur le trottoir. Le bruit lui parvint à nouveau, assourdi, comme un monologue qui dérapait en sanglots. En redoublant de prudence, le jeune homme pénétra dans le terrain vague jusqu'à l'angle de l'école. Arrivé au coin, il se baissa et passa la tête. Au fond, le Taureau était agenouillé. Sur un bloc de parpaings, il avait posé les trois têtes. Il leur parlait. Le souffle coupé, Tek essaya de distinguer ses paroles. Le Taureau, son immense carcasse se balançant d'avant en arrière comme s'il était ivre ou drogué ou en transe, parlait trop bas, mais quand l'émotion faisait trembler la voix du tueur, on aurait juré qu'il demandait pardon.

Dans un galimatias, il évoquait son père, Montauban et Allah, une fille qui lui avait dit non et un chien mort. Tek resta une bonne minute à tenter de décrypter puis, silencieusement, il recula vers la rue. Il s'aperçut qu'il était en proie à une puissante émotion. Le visage de Christine se matérialisa devant ses yeux. Elle l'avait quitté quelques semaines plus tôt, juste avant son départ en mission. Il n'avait rien pu lui dire, comme d'habitude. Elle avait compris quand il était rentré d'une session d'entraînement avec une barbe de trois jours. Cela signifiait qu'il repartait en opération clandestine et que, une fois de plus, elle ne saurait rien pendant des mois. Elle avait entendu parler des assassinats ciblés, mais jamais un mot de lui. Elle avait fondu en larmes et il avait voulu la prendre dans ses bras. Mais elle l'avait repoussé en murmurant :

— C'est fini. Je n'en peux plus.

Elle avait inspiré un grand coup et, sans le regarder, elle avait soufflé :

— Tu me fais peur.

Après Derna, la route Abraq longeait la côte. Puis, une fois le village vacances d'Emilia passé, la bande d'asphalte s'enfonçait vers l'intérieur des terres. À présent, la nuit était claire, les petits rochers blancs étaient bien visibles sur la terre rouge saupoudrée de buissons rachitiques. Il n'y avait aucune circulation, et le pick-up Toyota déchirait le silence. Il roulait phares éteints, mais ce n'était pas inhabituel en temps de guerre. Le véhicule était rempli à ras bord d'une cargaison qui disparaissait sous une bâche grise. Trois hommes avaient pris place dans la cabine en se serrant à côté du chauffeur, qui était le plus grand et le plus mince d'entre eux. Trois autres étaient assis sur la bâche, tournés l'un vers l'avant, les avant-bras posés sur le toit de la cabine, les deux autres vers l'arrière. Ils étaient tous habillés de vêtements usés et poussiéreux, des haillons de journaliers agricoles. Au bout d'environ six kilomètres de faux plat, avant d'atteindre la ville de Ayn Marrah, un chemin en terre partait sur la droite. Il serpentait entre quelques fermes modestes et continuait, de plus en plus pentu, de plus en plus rocailleux, vers le désert. Le conducteur était courbé en avant, scrutant le bord pour ne pas rater le dernier embranchement. Le pick-up avait beau être surélevé, il avait de plus en plus de mal à se glisser entre les blocs de pierre.

— Nom de Dieu, c'était là. Il faut faire marche arrière.

Le chauffeur avait juré. Sa voix basse était devenue rauque à cause de la poussière, mais il n'y avait aucun doute. C'était une voix de femme. Tous les autres passagers jaillirent de la cabine et elle manœuvra, guidée par chacun selon un code bien rodé de coups légers sur la carrosserie. En moins de cinq minutes, elle avait retrouvé l'embranchement et ils descendaient vers une grosse tache blanche en contrebas. Mais, quelques mètres plus loin, ils durent se rendre à l'évidence. Le pierrier était impraticable en voiture. Il fallait porter le matériel à dos d'homme. Et se dépêcher. Le rendez-vous était dans une vingtaine de minutes. Deux voyages furent nécessaires pour tout transborder. La tache blanche était le chantier d'une villa, avec sans doute une belle vue sur la mer, mais qui n'avait pas été achevée. Il y avait seulement une grande plaque de ciment qui commençait déjà à se fissurer. Maxime n'avait pas trouvé mieux comme héliport.

Elle regarda sa montre. Deux heures plus tôt, Tek avait posé le mouchard sur le véhicule des djihadistes. Ils ne s'étaient pas attardés ensuite. Quelque part derrière elle, un fennec fit claquer plusieurs fois son hurlement saccadé de prédateur. Aussitôt après, elle perçut le ronronnement. Il était si faible que, quand elle vit l'appareil bondir au-dessus du petit col, sans faire plus de bruit qu'un sèche-linge, elle eut du mal à associer l'image et le son. Elle avait entendu parler des pales Blue Edge. Elles supprimaient le bruit engendré par l'interaction pale-tourbillon. C'était encore plus stupéfiant qu'une voiture électrique qui roulait silencieusement sur l'asphalte.

L'appareil se posa sur la dalle. Les pilotes ne dirent pas un mot. Ils n'avaient mis que trente minutes pour les rejoindre depuis l'*Alizé*, le navire des plongeurs de combat de la DGSE, mouillé à la limite des eaux territoriales libyennes. Le ballet de l'embarquement commença immédiatement, le matériel fut réparti dans les gros filets tendus sous les patins. Ensuite, les hommes montèrent un à un à bord. Des hommes noueux aux muscles puissants, sans une once de graisse, qui bondissaient sans effort dans l'habitacle avec tout leur barda. La dernière à monter fut Maxime. Elle se hissa avec la même aisance. À vol d'oiseau, ils étaient à un peu plus de mille kilomètres de Gatrone. Environ trois heures. Ils auraient largement le temps de préparer un comité d'accueil pour le Taureau et sa bande. La dernière chose qu'elle vit en décollant fut la silhouette du pick-up qui se détachait sur la nuit claire. Cette image la fit sourire. Son propriétaire ne savait sans doute pas encore qu'on lui avait dérobé sa voiture.

C'était comme un match de boxe.

Le colonel Flache ne se lassait pas de la guerre des nerfs opposant le petit lieutenant à l'algorithme. Avec le pot de café en arbitre. Le gamin ne cédait rien. Chaque fois que Face Mort revenait bredouille, il houspillait la machine, lui donnait l'ordre de continuer à chercher, d'explorer les angles morts, de lire entre les lignes. À voir la silhouette un peu fluette du lieutenant, jamais on n'aurait imaginé qu'elle renfermait autant d'énergie. L'algorithme se cabrait, demandait grâce, mais le gamin le relançait sur d'autres pistes, exigeait de lui qu'il soulève d'autres pierres. Les mains du sous-lieutenant tremblaient. La fatigue et l'excitation du chasseur.

Le déclic eut lieu à 5 h 56. À peu près au moment où l'hélicoptère transportant le groupe Barelli décollait et virait au sud-ouest vers l'oasis de Gatrone, Face Mort accrocha enfin quelque chose. L'énorme puissance de calcul venait de découvrir, dans l'océan de données disponibles à travers la planète, celles qui ressemblaient le plus aux chiffres que FOX3 avait possédés pendant les dernières secondes de sa vie.

Sur l'écran, c'était un vrai tourbillon, mais, bientôt, les icônes se rangèrent les unes derrière les autres par ordre de pertinence. Et quand s'afficha le résultat, tous ceux qui étaient debout derrière le petit lieutenant furent déçus, mais personne ne le laissa paraître.

Le visage était celui d'un vieil homme aux cheveux blancs et courts, qui penchait la tête en souriant. Il dégageait une impression de grande intelligence. Il était vêtu de noir, à l'exception d'un col romain.

Le colonel Flache fut le premier à réagir.

— Mais putain, c'est qui ?

Le petit lieutenant cherchait à donner un sens à ce qu'il lisait. Face Mort avait rendu son jugement. Après des heures, l'algorithme avait décidé qu'il existait un lien entre le visage serein d'un vieux prêtre disparu et les informations trouvées sur le cadavre encore chaud d'une djihadiste au nom de code FOX3. Alors il devait avoir une sacrée bonne raison.

— Mais qui est-ce, bon Dieu ?

Le colonel Flache bouillait sur place.

— Cet homme, c'est le frère Adam, un moine bénédictin de l'abbaye de Buckfast, située à Buckfastleigh, dans le Devon, en Angleterre.

— Qu'est-ce qu'il a à voir avec FOX3 ? Il fait quoi, dans la vie ?

La question fit fleurir quelques sourires fatigués.

— Il est mort en 1996.

— Alors pourquoi il nous intéresse ?

— Il intéresse Face Mort à cause des abeilles.

— Ah oui ? Les abeilles ?

Malgré les apparences, le colonel faisait des efforts pour rester calme. Plus que presque tous les autres, il sentait dans ses tripes les jours qui passaient, le compte à rebours, le tic-tac d'une bombe dont il ne devinait même pas la forme. Il savait seulement qu'elle allait exploser.

Le petit lieutenant se mit à lire tout haut, d'une voix de plus en plus éraillée.

— Dans les premières années du XXe siècle, il y a eu une quasi-disparition des abeilles en Angleterre, sur l'île de Wight. On a fini par s'apercevoir que le coupable était un parasite, une mite nommée *Acarapis woodi*. Le frère Adam avait remarqué que certaines races d'abeille étaient moins vulnérables au parasite que les autres. Pendant soixante-dix ans, il a essayé de créer une race invulnérable. Et il a presque réussi.

Jade, une des recrues les plus douées de la DT, n'était pas rentrée chez elle pour ne rien rater des trouvailles de Face Mort. Elle regardait, bouche bée, l'écran du petit lieutenant.

— En fait, ton moine, il a inventé l'ingénierie génétique.

Kabla avait les yeux injectés de sang, mais l'histoire folle s'était emparée de son imagination. Il continua à partager ce que rapportait Face Mort.

— Le moine avait découvert que, dans la ruche, la reine s'accouplait avec beaucoup de faux bourdons d'origine inconnue. Il a compris que si on contrôlait l'accouplement, si on la forçait à s'accoupler avec certains mâles sélectionnés, la race résisterait. Bref, comme tu dis, il a fait de la sélection génétique avant l'heure. Et il a consigné dans des registres toutes les combinaisons génétiques possibles, du côté masculin et du côté féminin, comme pour les arbres généalogiques.

Le colonel en était déjà à l'étape suivante.

— Il faut croire que ses registres ont été numérisés puisque l'algorithme a mis la main dessus. Et si Face Mort ne déconne pas à pleins tubes, ça veut dire qu'une djihadiste aussi expérimentée que FOX3 est morte pour protéger des données sur la reproduction des abeilles.

Le petit lieutenant, une nouvelle fois, corrigea le colonel :

— Ou quelque chose qui veut imiter la découverte de notre moine.

Flache poussa un gros soupir. Il commençait à en avoir sa claque, des gamins surdoués.

De loin, les deux hommes en train de discuter dans le somptueux bureau aux moulures dorées se ressemblaient tellement qu'ils auraient pu être frères. Même costume bleu, cravates presque identiques, même posture droite, même voix précise, même coup de menton et sourire carnassier après les phrases importantes. Seul le plus grand portait des lunettes et, malgré la différence de taille, on sentait que c'était à lui qu'il revenait de se justifier. Il parlait bas, sur le ton de la confidence, alignant rapidement les faits, comme l'exigeait le patron. Celui-ci écoutait avec une intensité notable, scannant le visage de son collaborateur de son regard presque hypnotique, sans aucun signe de fatigue, malgré l'heure très avancée. Le secrétaire général de l'Élysée cherchait ses mots pour transmettre au président de la République une partie de son stress, en vain. Dans les yeux de celui-ci, il lisait son impossible mission : il allait devoir régler cette affaire tout seul.

— Tu pourrais rencontrer discrètement le général, cela suffirait sans doute, insista-t-il.

— Il n'en est pas question. Il bluffe. Il réclame combien ?

— 180 millions d'euros.

— L'État ne paiera pas. La France ne cède pas au chantage.

De plus en plus souvent, le Président se prenait à son propre jeu, même devant ses plus proches collaborateurs qui n'étaient pas dupes. Tous savaient comment les choses se passaient en politique...

— De son point de vue, ce n'est pas du chantage. Une simple rémunération pour une mission de consulting. Si nous ne payons pas, nous allons nous en faire un ennemi mortel. Le général connaît les réseaux djihadistes au Sahel et en Afrique du Nord mieux que personne. Il est capable de nous faire un tort terrible. Il peut bloquer tous les ravitaillements de nos forces dans le nord du Tchad, au Niger et au Mali. Et nous obliger à ravitailler par avion, ce qui serait politiquement coûteux pour nous. Cela nous ferait apparaître faibles et assiégés.

— Tu as évoqué le sujet avec Yanis ?

— Vous voulez savoir si j'ai demandé à la DGSE d'intimider le raïs ? C'est à ça que vous pensez.

— La DGSE est faite pour ça, pour neutraliser les ennemis de la France, je me trompe ?

Le Fonctionnaire ne parvenait pas à déterminer si le Président parlait sérieusement, mais il n'en montra rien.

— Franchement, si nous pouvons laisser la DGSE en dehors de tout ça, ce serait mieux. Il ne faut pas perturber leurs opérations en cours. Ils sont déjà assez occupés comme ça.

— Alors contacte les Qataris.

— L'émir est plus distant ces temps-ci, il a de gros soucis avec les Saoudiens.

— Eh bien, appelle sa femme.

Le secrétaire général se retint de lever les yeux au ciel. Le Président faisait semblant de ne pas comprendre, poussant son vis-à-vis dans ses retranchements.

— Pour 5 millions, peut-être, pas pour 180.

Malgré le ton respectueux, l'agacement que ressentait le Fonctionnaire n'échappa pas au Président. Il était trop subtil pour ne pas deviner ce qui allait suivre.

Le secrétaire général se racla la gorge avant de s'expliquer :

— Je lui ai dit que c'était impossible, mais le général veut vous voir à propos du contrat « Desert Light ». Il affirme en avoir une copie. Il connaît les noms de code. « Zéphyr », notamment. C'est très dangereux pour nous. Il faut absolument débrancher ce problème.

Le chef de l'État pâlit légèrement. Son interlocuteur venait de franchir une fine ligne rouge, celle qui séparait le mandat du président de la République de sa vie d'avant. Le secrétaire général était précisément à son poste pour protéger cette ligne rouge. C'était un rôle officieux, mais c'était son rôle principal. Dans le fonctionnement du duo qui pilotait l'Élysée, ces quelques phrases venaient de provoquer un séisme.

Le Président plaqua sur son visage le célèbre sourire qui annonçait la fin d'une conversation. Sur un ton qui se voulait badin, il lança :

— Je vais réfléchir à une solution. À propos, j'ai oublié son nom de code.

— Sumo, monsieur le Président.

Ce dernier éclata d'un rire ravi.

— Ah ça, c'est vraiment bien trouvé !

Sur le lit de camp trop petit qu'on avait installé à côté de son nouveau bureau, le petit lieutenant ne parvenait pas à dormir. Le colonel Flache avait obligé l'équipe à prendre deux heures de repos. Il n'était pas encore 7 heures du matin. Pour s'offrir un peu de fraîcheur, le jeune homme avait retiré chaussures, chaussettes et chemise, mais gardé son pantalon. Allongé sur le dos, les yeux grands ouverts, il fixait le plafond. Il travaillait non-stop depuis presque deux jours, mais le sommeil ne venait pas. Ses tripes lui criaient que son duel avec Face Mort n'était pas fini, qu'il avait oublié quelque chose. Il faisait tourner dans sa tête les résultats qu'avait crachés l'algorithme. Celui-ci avait cherché partout et n'avait déniché qu'un vieux moine et ses abeilles. Il y avait forcément autre chose, d'autres pistes à explorer, d'autres cases à cocher. Kabla était physiquement épuisé, mais son cerveau refusait de céder.

Il entendit un bruit sourd du côté des fenêtres d'où filtrait la lueur de la ville. Puis le crissement de semelles en caoutchouc, suivi d'un parfum fleuri. Il ne reconnut Jade qu'au dernier instant. Ses cheveux bouclés étaient défaits, créant une sorte de halo de lumière blonde. Elle avait enlevé ses lunettes, et le petit lieutenant prit conscience pour la première fois des proportions parfaites de son visage. Il lui sembla qu'elle lui souriait, mais, dans la pénombre, difficile d'en être sûr.

— Tu arrives à dormir ?

Elle avait murmuré. Il mit quelques secondes à répondre.

— Non.

— Moi non plus. C'est trop dingue, cette histoire.

— Je n'arrête pas de penser à Face Mort. Je suis sûr d'avoir loupé quelque chose.

— Il faut dormir, tu trouveras ce que tu cherches en dormant.

— Trop de café. J'ai le cœur qui bat la charade.

Jade eut un petit frémissement de rire.

— Chamade. On dit battre la chamade. Montre.

Elle posa la main sur la poitrine du petit lieutenant. Elle était fraîche, cela lui fit du bien.

— Il bat fort. Une vraie charade, confirma-t-elle, espiègle.

Il la contempla. Au milieu du halo blond, les yeux de Jade étaient deux étoiles. Il les vit tomber vers lui, et les lèvres de la jeune femme embrassèrent les siennes. Elles étaient aussi chaudes que sa main était fraîche. Il ressentit un désir intense, et sa langue alla à la rencontre de celle de Jade qui ferma les paupières. Instinctivement, incapable de songer à autre chose, il l'attira à lui. Mais elle résista, prit sa main et la posa sur son sein gauche. Il était moelleux, bouillant.

Elle souffla à son oreille :

— Regarde, tu es contagieux. Tu m'as passé ta chamade.

Dans le cerveau du petit lieutenant, il n'y avait plus la moindre place pour Face Mort, le djihad ou les abeilles. Il n'existait plus rien que cette chair souple qui jouait sous ses doigts. Mais, soudain, Jade se releva et marcha vers l'écran.

— Est-ce que tu as désactivé les filtres de Kalman ?

Il eut du mal à atterrir.

— Les filtres de Kalman ? Quel rapport avec l'algorithme ?

— Pour ne pas polluer les recherches, ces filtres s'appliquent automatiquement. Ils permettent de faire un tri. Grâce à eux, les pubs et tous les messages sponsorisés ne sont pas pris en compte.

— Et d'après toi, je devrais désactiver les filtres puis remettre dans Face Mort les résultats qu'on a déjà ?

— Oui, c'est ça.

Il se leva à son tour, se rassit derrière son ordinateur avant de s'apercevoir qu'il était torse nu. En allant prendre sa chemise, il frôla Jade au passage. Mais elle avait tourné la page flirt, plus obsédée que lui encore par Face Mort.

Comme elle le recommandait, il désactiva les filtres puis commença à rentrer dans la machine les résultats de la nuit, en prenant soin d'être le plus précis possible, pour coincer l'algorithme : le moine anglais, les abeilles, la généalogie génétique, les parasites. Il fallut seulement un dixième de seconde à Face Mort pour cracher ses nouveaux résultats. Le premier était un logo accompagné d'un slogan en mandarin traduit en anglais : « Vos fleurs sont éternelles ». Le logo avait la forme d'un pistil de fleur bleu entouré d'un nuage de minuscules lucioles.

C'était si rapide que le petit lieutenant en resta pantois. Il sentait dans son dos le souffle de Jade. Elle lisait déjà :

— C'est une entreprise chinoise qui s'appelle « Smart Flower ». Son siège est à Chengdu.

Kabla siffla entre ses dents :

— Écoute bien : cette boîte fabrique des « vecteurs pollinisants autonomes miniaturisés ». Putain, mais qu'est-ce que c'est que ce truc ?

Jade balayait du regard l'immense écran.

— Ils l'expliquent là : si la disparition des abeilles s'aggrave, il faudra les remplacer. Smart Flower travaille sur des solutions. Des drones capables de rendre les mêmes services que les abeilles.

Le petit lieutenant ouvrit une autre fenêtre.

— Il n'y a pas que les drones. Smart Flower a passé des contrats avec l'armée chinoise. Regarde, Face Mort a déterré un article publié puis supprimé par un journal de Hong Kong, le *South China Morning Post*.

— Il dit quoi, cet article ?

— Que Smart Flower a mis au point des essaims de *smart dust*, pour renforcer la communication entre les plantes et les insectes. Mais c'est évident que ce genre de technologie peut servir ailleurs, notamment sur le plan militaire. Si tu peux envoyer des *smart dust* vers des fleurs, tu peux les envoyer vers n'importe quoi, vers les yeux de quelqu'un par exemple, ou vers sa bouche. N'importe où en fait !

Jade était un peu perdue.

— Et c'est quoi, des *smart dust* ?

— Des particules minuscules programmées pour délivrer un produit avec une précision incroyable.

— Chaque particule est programmée ?

— Chacune, oui. Indépendamment des autres.

— Programmée comment ?

— Génétiquement.

Depuis le bénédictin de l'abbaye de Buckfast, on avait fait de sacrés progrès. Le petit lieutenant tentait de digérer les informations de ce qu'il venait de lire.

Sous l'effet de la lumière bleue, le visage de Jade semblait en marbre. Elle aussi était sous le choc.

— Tu ne crois pas qu'il faudrait réveiller le colonel ?

C'était un aquarium de grand luxe, un cube d'un mètre cinquante de côté, rempli d'eau de mer aux deux tiers et posé sur le sol du labo. Il était bien assez grand pour son occupant, une méduse blanche d'environ vingt centimètres de long. Ses tentacules, eux, faisaient trois bons mètres, mais l'animal, qui était pourtant habitué aux eaux du Queensland, ne semblait en rien gêné et pulsait doucement en tournant dans cet environnement.

L'aquarium trônait dans la toute nouvelle salle de l'unité de recherche sur le venin australien tropical. TASRU. Le sigle figurait fièrement en grosses lettres bleues sur la porte du sas d'entrée. C'était ici qu'avaient été inventés la plupart des traitements contre les piqûres de méduses venimeuses. Malheureusement, dans leur duel avec la science, les méduses tueuses gardaient l'avantage. Et elles avaient élu domicile dans les eaux côtières du nord-est de l'Australie.

Le chercheur préparateur sourit pour lui-même. Le labo changeait enfin de dimension. Il était plus que temps, si le Queensland ne voulait pas abandonner à Hawaï le titre de leader incontesté en matière de découvertes sur la toxicité animale. Cela dit, pour ce qui concernait les fonds universitaires, l'Australie n'était pas les États-Unis, et rien de tout cela n'aurait été possible sans la générosité de donateurs privés étrangers, asiatiques pour la plupart. La mode du biomimétisme était porteuse. L'art d'imiter la nature pour inventer de nouveaux produits faisait fureur à travers toute l'Asie. Tous les industriels voulaient en être, ils étaient prêts à dépenser des fortunes. Alors, pas question de laisser Hawaï empocher les royalties des brevets. Déjà qu'ils croulaient sous les dollars du département de la Défense des États-Unis !

Il y eut un brouhaha sur la table derrière lui. La cage était un peu petite, et les deux lapins dodus qui l'occupaient se chamaillaient, comme prévu. Une astuce de chercheur pour garantir que les animaux restaient en état d'éveil aigu avec des flux sanguins robustes. La méthode n'aurait sans doute pas été validée par le comité d'éthique de l'université James-Cook, dont le labo faisait partie, mais le lapin était considéré comme une espèce très nuisible, en Australie. Son bien-être en laboratoire n'était pas une priorité.

Dans l'aquarium, la méduse entama un tour supplémentaire, à son étrange rythme. On aurait pu croire qu'elle s'attardait en passant le long de la cage qui retenait les deux lapins. Ce fut le moment que choisit le scientifique pour l'ouvrir et en extraire un des occupants. On voyait que l'homme avait l'habitude de ces manipulations. En quelques secondes, en prenant soin de ne pas se faire mordre, il disposa des capteurs adhésifs sans fil sur la tête de l'animal et sur son ventre, dans la région du cœur. Puis il vérifia que la connexion sans fil fonctionnait. Il alluma ensuite le grand écran qui habillait une bonne partie du mur au-dessus de l'aquarium. Le lapin cobaye avait été entièrement numérisé en trois dimensions et les capteurs allaient, en temps réel, y reproduire ce qui se passait dans son corps. Encore une technologie précieuse que le laboratoire n'aurait jamais pu s'offrir par lui-même.

— Approchez-vous, je vous prie. Nous allons commencer.

Le visiteur était resté silencieux jusque-là. Il fallait briser la glace.

— Vous pouvez la regarder, expliqua le chercheur en lâchant un petit rire de circonstance. Elle, en tout cas, elle vous regarde.

— Je croyais que les méduses n'avaient pas d'yeux.

L'étranger parlait singlish, un mélange d'anglais, de malais et de chinois typique des classes populaires de Singapour. Apparemment, il avait fait du chemin. Grand, maigre, avec des cheveux très courts et des lèvres minces, il avait plus l'air d'un officier en civil que d'un médecin. Ses yeux très légèrement bridés laissaient imaginer une ascendance autre que chinoise.

— Vous n'avez pas tort, mais il y a méduse et méduse. Vous êtes face à une *Chironex fleckeri*, l'aristocratie des cuboméduses. La plus dangereuse au monde. Elle a beaucoup d'yeux sur les quatre côtés de son ombrelle. Vingt-quatre en tout. Elle vous voit bien plus que vous ne pouvez l'imaginer. Et elle se souviendra de vous.

Le visiteur semblait impressionné, et c'était une bonne chose. Son entreprise était un des principaux sponsors du programme. Le chercheur poursuivit :

— Les méduses sont étudiées ici, car la puissance de leur venin met en lumière la fragilité de nos organes, surtout le cœur. Nous en apprenons beaucoup sur nous grâce à elles.

Très naturellement, sans cesser de parler, le scientifique glissa le lapin dans l'eau en choisissant l'endroit de l'aquarium le plus éloigné de la méduse. L'animal eut un frémissement, vite contenu. Avant de lancer la démonstration, le chercheur voulait prendre un maximum de précautions. Certains sponsors étaient délicats et pouvaient s'offusquer de la souffrance animale.

— Ces lapins rendent des services incommensurables à la science. On ne les remerciera jamais assez.

Et, sur un mode léger cette fois, il ajouta :

— On se fait une fausse idée de ces bêtes. Elles ne sont pas du tout pacifiques. Elles sont capables de tuer des corbeaux ou même leur propre progéniture. On ne croirait pas, avec ces bonnes bouilles de peluches… Et pourtant… En revanche, vous voyez que, contrairement à la légende, ils savent nager.

Le coin de la lèvre supérieure du visiteur frémit un peu, mais ce n'était pas en réaction à la plaisanterie, plutôt un tic qui ne demandait pas la permission pour s'exprimer, un tremblement incontrôlable qui tranchait avec son côté hiératique.

Le chercheur reprit ses explications :

— L'expérience a débuté comme une tentative de collapsologie cardiaque. Nous voulions étudier comment une dose infime de poison peut détériorer le fonctionnement du cœur. Vous êtes médecin vous-même, je crois ?

Le visiteur ne répondit pas. Le petit clapotis à la surface de l'eau mobilisait toute son attention. Le lapin commençait à nager dans le même sens que la cuboméduse en se tenant à l'écart de l'ombrelle qui oscillait. La bête n'avait jamais vu de méduse, cet animal n'existait pas dans son univers mental et, pourtant, son instinct lui dictait de garder ses distances.

— Regardez bien l'écran. Vous voyez les battements du cœur qui accélèrent ?

— Oui.

— Pour l'instant, c'est seulement du stress. Les lapins n'aiment pas l'eau.

Nouveau rire obséquieux. Léger rictus poli du visiteur.

Sous l'eau, les tentacules semblaient vivre une vie propre. Jusque-là, ils avaient formé une longue traîne derrière l'ombrelle. La seconde d'après, ils s'enroulaient les uns autour des autres jusqu'à former une espèce de tresse compacte qui donna un instant à la créature l'allure d'une torpille.

Et puis le lapin aperçut sa cage. Mû sans doute par une sorte de nostalgie accentuée par son inquiétude, il décida de la rejoindre et de prendre un raccourci. Au même moment, dans un déploiement d'une élégance magique, la tresse de la méduse se détendit et se transforma en roue scintillante. Ce fut au milieu de l'aquarium que le contact eut lieu. Dans un mouvement fluide, les tentacules caressèrent le lapin, l'enveloppant dans une gangue translucide. Les événements s'enchaînèrent alors très vite. Un couinement, suraigu, envahit la pièce durant un temps qui sembla infini, se mua en râle étranglé et s'interrompit net, comme si tout l'air avait été expulsé des poumons. Les yeux de l'animal s'écarquillèrent, pleins d'une incompréhension sans limites, avant de devenir vitreux. Puis son cou fut saisi d'un tremblement affreux qui prit possession de lui et, au bout de quelques secondes, sa tête formait un angle bizarre avec son corps. En pleine agonie, on aurait juré qu'il regardait par-dessus son épaule.

— Observez l'écran. Je vais repasser la séquence au ralenti.

Les contours en noir et blanc étaient d'une netteté incroyable. Le cœur du cobaye était bien visible avec sa forme oblongue et sa pulsation régulière. Dès la première piqûre, la pulsation ralentissait et, après quelques images, le cœur n'était plus reconnaissable, réduit à une bouillie informe.

Le visiteur ne put retenir un cri de stupéfaction.

— Mais son cœur a explosé !

Le chercheur rougit sensiblement.

— Pour être précis, il a implosé. La pompe qui sert à pulser le sang vers le reste du corps s'est inversée sous l'effet du poison. Alors tout le sang du corps a exercé une pression telle sur l'organe qu'il s'est effondré sur lui-même.

Le Singapourien était impressionné. Le scientifique buvait du petit-lait.

— En implosant, le cœur perd sa couleur sombre parce que les milliers de dards des tentacules creusent des trous dans les globules rouges. Le potassium s'échappe des globules et intensifie l'arrêt cardiaque.

— Mais, normalement, le venin n'a pas la faculté d'engendrer une telle réaction.

Le chercheur essayait d'avoir le triomphe modeste.

— Normalement non, mais nous avons bien nourri la méduse. Elle a absorbé beaucoup de calcium et ses dards ont gagné en puissance de pénétration. Chaque tentacule contient environ 5 000 dards qui se plantent dans la proie en quelques millisecondes et attaquent le fonctionnement cardiaque. Depuis que nous l'alimentons, la puissance des dards a été multipliée par au moins deux. Et rien ne dit que ça ne peut pas continuer. Cette méduse est cent fois plus venimeuse qu'un cobra.

Le visiteur était soudain plus prolixe :

— On a l'impression que la tête du lapin s'est déboîtée.

— Ce n'est pas une impression. Nous savions que la piqûre provoquait des crampes atroces. Mais quand nous avons administré du calcium à la méduse, nous avons découvert que son venin avait un potentiel inimaginable auparavant. Il peut tétaniser certains muscles de manière irréversible. L'effet est tellement violent que le cerveau peut être déformé.

— Quelle est l'explication scientifique à un tel phénomène ?

— Les coupables, ce sont les porines, des protéines aux effets dévastateurs et ultrarapides. Elles sont aveugles et perforent toutes les cellules de la proie, sang, peau ou neurones. C'est une attaque totale sur l'organisme. Les globules rouges sont détruits dans des proportions mortelles. La proie ressent des difficultés respiratoires, des maux de dos, des hémorragies cérébrales et le cœur décompense, il cesse d'alimenter l'organisme.

— Donc, toutes les personnes touchées meurent ?

— Non, mais presque toutes. Les autres, celles qui ont été moins exposées au venin, développent une maladie mentale très particulière.

— Une maladie mentale après une piqûre ?

— Oui, elle est connue sous le nom de syndrome d'Irukandji. C'est une anxiété extrêmement profonde, si profonde qu'elle assure à votre cerveau qu'il est sur le point de mourir. C'est un sentiment de mort catastrophique imminente, d'une telle force qu'il peut même être partagé par les équipes soignantes. Semblable au trip psychédélique qui accompagne l'absorption de certaines drogues dures.

Le Singapourien eut une moue sceptique.

— Si vous pensez que j'exagère, détrompez-vous, reprit le chercheur. Les patients sont tellement certains qu'ils vont mourir qu'ils supplient leur médecin de les tuer. Pour en finir.

L'hélicoptère filait à travers le froid de la nuit libyenne. Maxime Barelli et les hommes de son groupe de combat étaient tous assis sur le sol d'acier, les yeux fermés, les traits détendus ou tourmentés, chacun seul face à ses démons. Pendant presque trois heures, jusqu'à l'oasis de Gatrone, il n'y avait rien à faire, à part reprendre des forces. Toute la responsabilité reposait sur le pilote.

Bercée par le ronronnement assourdi des turbines, Maxime glissait vers un sommeil lourd, très différent du repos d'alerte auquel elle s'était entraînée. Dans les muscles de son cou et de son dos, la tension s'évaporait. Du coin de l'œil, le sergent Foxy attendait ce moment, car, le temps d'un instant, le visage de la capitaine ressemblait à celui d'une femme insouciante. Ensuite, derrière les paupières closes, les mauvais songes remontaient à la surface. C'était ce qu'il aimait et redoutait à la fois. Il n'y avait plus de sergent, plus de capitaine, rien que son désir brut et sans issue pour cette femme. C'était le prix à payer pour servir sous les ordres de la capitaine Barelli. Il était prêt à le payer. Mille fois.

Dans le cerveau de Maxime, les digues se rompaient une à une, et les souvenirs revenaient en cascade, certains trop pesants, comme cloués dans sa mémoire, d'autres sous forme de fragments minuscules qui sillonnaient sa conscience, sortes d'astéroïdes impitoyables, sans compter les questions sans réponses qui tournaient sans fin sur elles-mêmes, telles des vrilles impudiques. Elle secoua la tête, comme pour dire non. Foxy eut l'impression que Maxime allait hurler. Impuissant, il l'observait se débattre dans un monde qui lui était interdit.

Il y avait un rituel, dans les rêves de Maxime. Les images d'Afghanistan surgissaient toujours les premières. La lunette de son arme, l'épaule de Foxy à côté de la sienne, la chaleur abominable, le croisillon centré sur le front d'Oliver. Au dernier moment, avait-il pensé à elle ? Elle était certaine d'avoir vu de la gratitude dans ses yeux juste avant qu'elle presse la détente. Elle l'avait tué. Pour lui éviter le pire. Et elle était un peu morte ce jour-là. C'était une guerre de salauds, mais elle était responsable de lui, elle aurait dû le protéger. Elle ne savait pas protéger ceux qu'elle aimait. Quand elle se concentrait dans son sommeil, elle pouvait encore sentir Oliver endormi contre elle, la houle entre ses cuisses. Une fulgurance de bonheur que le sergent Foxy lut aussi sur le visage de sa supérieure, sans pouvoir la comprendre, mais qui envoya dans son ventre une onde coupante de jalousie.

Puis ses songes attirèrent Maxime plus loin. Elle est encore enfant, dix ans à peine. Elle ignore où elle est. Il fait nuit. Elle est seule. Une unique sensation chasse toutes les autres. Le froid. Il lui manque une chaussure. Elle ne sent que ce froid, ses vêtements trempés. Et pourtant, elle se fiche du froid. Il y a cette tache sombre sur la neige. Elle voudrait tourner la tête vers la gauche, mais elle ne peut pas. Elle ne doit pas. Il est debout derrière elle.

Maxime se réveilla d'un coup, le cœur en folie, haletant, comme toujours à ce moment-là du rêve. Elle croisa le regard de Foxy, empli d'une indifférence surjouée. L'hélico poursuivait sa course, légèrement penché vers l'avant. Elle eut besoin de quelques secondes pour retrouver ses esprits. Pour que les éléments se remettent en place. Derna. Gatrone. Fakir. Le rendez-vous. Elle se redressa, accroupie, posa la main sur l'épaule du pilote et pressa deux fois. Sans se retourner, il lui tendit un micro-casque connecté au tableau de bord. Elle le positionna sur ses oreilles.

— On y est quand ?

— Dans soixante-quinze minutes, capitaine.

Il resta silencieux un instant.

— Attention, à Gatrone, il y a eu des accrochages. Des bandes qui viennent du Niger ou du Tchad, un vrai bordel. Faites gaffe. Ne croyez pas que vous serez en Libye, vous ne serez nulle part. Les frontières, c'est fini. Un vrai merdier. Et vous serez tout seuls dedans.

Il lança un coup d'œil vers les hommes du groupe entassés dans l'habitacle.

Elle objecta aussitôt :

— Pas tout seuls. On a le Busard.

Le pilote hocha la tête. C'était la première fois qu'il croisait la route de Maxime Barelli. Elle était à la hauteur de sa légende, une pro en contrôle total. Il poursuivit :

— Pour l'extraction, il faudra aussi passer par le Busard, mais on ne sera pas là tout de suite.

— Vous viendrez d'où ?

— De Madama.

Maxime ne répondit pas. Elle se concentrait sur la mission. Protéger Fakir pour qu'il atteigne sa destination, cet endroit où il allait rencontrer ses employeurs. Depuis des mois, elle traquait le menu fretin djihadiste pour l'empêcher de revenir en France. Là, c'était autre chose. La nouvelle guerre. Il n'y avait plus de régiment, plus d'armée. Un homme seul pouvait tout faire basculer. Et elle, elle était chargée de braquer cet homme.

Elle regarda son téléphone. Toujours rien. Il fallait absolument que la DGSE lui fournisse des précisions sur l'horaire du rendez-vous de Gatrone. Si elle voulait avoir une chance de réussir, elle devait avoir une longueur d'avance sur le Taureau.

Les routes qui traversaient la Libye étaient affreusement rectilignes. Il n'y avait pas un arbre, pas un panneau. Un simple ruban d'asphalte envahi par endroits de langues de sable qui pouvaient vite se transformer en dunes glissantes. Heureusement, le Mercedes Sprinter honorait sa réputation de bijou technologique et rappelait le conducteur à l'ordre quand il déviait de sa trajectoire. Le groupe du Taureau roulait presque sans interruption depuis trente heures, et tout fonctionnait à la perfection : le moteur, l'air conditionné, et même la radio. De nuit, les phares éclairaient tellement bien qu'on se serait cru au cinéma. Ils avaient bien eu raison de choisir ce modèle. Il y avait eu de la casse, mais si le propriétaire n'avait pas résisté aussi bêtement, il serait encore en vie, et sa famille aussi. Ils avaient rencontré peu de problèmes. On trouvait de l'essence à intervalle régulier. Quant aux bandits de grand chemin déguisés en miliciens qui les avaient arrêtés à trois reprises depuis Syrte, il avait suffi de quelques billets pour s'en débarrasser. Les voitures allemandes inspiraient encore le respect dans le Far West libyen, surtout quand leurs occupants étaient lourdement armés.

Le cameraman était au volant, une marque de confiance de la part de son chef, assis sur le siège de droite. Bien sûr, il devait cette promotion au fait d'avoir commencé à dealer avec le Taureau sur le même trottoir du quartier de Beausoleil-Bas. Mais depuis, il avait travaillé sa relation avec lui, forgeant, vidéo après vidéo, la légende du chef djihadiste. La propagande était sa passion, les réseaux sociaux son obsession. Grâce au montage, au ralenti et à la musique, on pouvait injecter une émotion sincère, une solennité, dans les crimes les plus abjects. Avec le *deepfake*, les vidéos hypertruquées, il pouvait même faire croire aux crédules que le Taureau parlait parfaitement l'arabe. Cela n'enlevait en revanche rien au fait que le cameraman était le subordonné du Taureau. Et puis il était petit, le Taureau immense. Il y avait dans leur duo une part de domination animale.

Ils approchaient. Gatrone, le lieu du rendez-vous avec les hommes du raïs, n'était plus qu'à une demi-journée de route. Le minibus venait de traverser Sebha, ils seraient bientôt à Umm Al Aranib. À côté de lui, son chef ne dormait pas. Depuis Derna, il était resté étrangement silencieux, le regard encore plus tourmenté que d'habitude. En réalité, son cerveau peu créatif était en fusion, déchiré entre l'ambition, l'obéissance et la camaraderie. Il cherchait le moyen d'exécuter les ordres du cheikh. Le Roux devait mourir, mais pas tout seul. Le Taureau jeta un œil dans le rétroviseur. Sa cible était assoupie. Il se promit de la tuer lui-même. Il avait le sens des responsabilités. Les autres somnolaient, à défaut de pouvoir surfer sur leur téléphone. De toute façon, il n'y avait aucun réseau 4G au milieu du désert, pas même dans les oasis.

Le seul téléphone satellite se trouvait dans un sac aux pieds du Taureau. En manque le cameraman le zieutait. Rester hors ligne trop longtemps le plongeait dans la neurasthénie, faisait descendre en lui un dégoût de tout, avec le sentiment d'être en train de rater sa vie. Peu avant Umm Al Aranib, son patron, épuisé par sa réflexion, sombra enfin dans un sommeil profond. Le communicant en profita pour glisser sa main dans le sac et saisir l'Iridium. Tout en conduisant, il entra les codes pour allumer le terminal puis les identifiants de sa chaîne Al-Hayat Media. Ce qu'il vit le fit presque rugir de joie. Déjà plus de 13 000 likes. La vidéo tournée à Derna avait marqué les esprits. Jamais aucune de ses productions n'avait connu un tel succès. Il éteignit le terminal et le rangea à sa place. Aucun des membres du groupe n'avait remarqué quoi que ce soit. Le conducteur était requinqué, gonflé à bloc. Putain, 13 000 likes !

Jade repéra la connexion quarante-cinq secondes plus tard. L'Iridium du Taureau figurait dans les banques de données de la DGSE depuis Derna. Là-bas, le Busard avait aspiré ses paramètres puis obtenu du fabricant ceux qui lui manquaient, conformément à un programme de coopération antiterroriste signé avec les Américains. Jade déclencha aussitôt l'alerte. Elle était en jean et pieds nus, ce qui révélait un tatouage minuscule, en forme de goutte d'eau, entre les deux premiers orteils du pied gauche, lui donnant l'allure mystérieuse et délicate d'un bijou antique.

La procédure lui était familière. Elle saisit son téléphone et appela trois numéros. Puis elle rechaussa ses baskets. Les prochaines heures allaient être rock and roll.

La DT avait rodé le scénario. Cette activation, ils l'attendaient, et l'informaticienne était le principal architecte de cette chaîne numérique qui commençait par l'imprudence d'un djihadiste immature et conduirait inéluctablement à l'anéantissement de sa katiba. Jade avait testé tous les plans, elle était sûre d'elle. Les probabilités ne mentent pas. Dès que l'autorisation fut donnée par le directeur, le Busard reçut électroniquement l'ordre de quitter la zone de Gatrone pour venir se positionner au-dessus du minibus. Un vol de vingt-six minutes, une durée calculée en tenant compte de la vitesse du Sprinter, qui filait plein sud.

Désormais, le satellite CSO se mettait au service exclusif de Maxime. Dernier-né du spatial militaire français, il formait avec le Busard un duo redoutable qui voyait tout avec un niveau de détail bien supérieur aux yeux de la capitaine. Il allait tout filmer et retransmettre en direct à la salle des opérations. Voir, comprendre et frapper.

À des milliers de kilomètres du boulevard Mortier, le portable de Maxime vibra deux fois, puis une fois. Elle regarda l'écran, et un nœud se défit dans son ventre. À force d'incertitude, les muscles de son corps étaient vrillés. Au moins, maintenant, elle savait quand l'ennemi serait là. Attendre sans trop savoir quoi, c'était le pire, pire que la guerre. Attendre, c'était affronter les ombres. Attendre sans que le cerveau vous joue des tours, c'était aussi la base de l'entraînement.

Pour relâcher toutes les tensions, Maxime roula sur le dos et ferma les yeux. Elle et son groupe attendaient en faisant le moins de mouvements possible. Elle imaginait le drone, tout près, et le satellite, là-haut, à huit cents kilomètres, l'observant, elle. Le ciel était plein de nuages, mais inutile de s'inquiéter. Il ne pleuvait quasiment jamais dans cette partie du Fezzan.

La séance de relaxation ne dura pas. Elle se remit sur le ventre pour scruter la route. Depuis que l'hélico l'avait laissée avec son groupe, presque deux jours plus tôt, elle était couchée sur le toit du hangar pour véhicules agricoles, celui-là même que le cheikh avait recommandé au Taureau pour se débarrasser de Fakir.

Si les informations transmises par la DT étaient justes, il restait entre trente-cinq et quarante minutes avant l'arrivée des djihadistes. Et si la katiba était bien partie au complet de Derna, ils étaient six dans le minibus : le Taureau, Fakir, le cameraman et trois autres types. En théorie, le job était simple, presque banal. Elle se chargerait du Taureau, grade oblige. Elle chercha dans sa tête les traits de Simon Chassan et les retrouva aussitôt. Les moyens mnémotechniques des instructeurs étaient vraiment efficaces.

De là où elle était, elle voyait Foxy et Gonzo, mais les deux hommes étaient invisibles de la route. Pour le moment, Maxime n'avait donné qu'une consigne : interdit de tirer tant que tout le monde n'a pas quitté le véhicule. Tek était à ses côtés. Il était censé observer. Mais il était bavard.

— Capitaine, vous êtes sûre qu'ils vont venir ici ?

— Ce sont leurs ordres. Tuer Fakir ici, sur le territoire du raïs.

— Et s'ils le tuent ailleurs et qu'ils le jettent ici ?

— Non. Le profil psychologique du Taureau dit le contraire. Il obéit aux ordres.

Le Taureau avait fait mentir au moins une fois le profil psychologique établi par la DGSE, mais il fallait bien se raccrocher à quelque chose.

Maxime continuait à tourner dans sa tête toutes les possibilités.

— J'ai écouté l'enregistrement. Le cheikh a été clair. Il faut que la mort de Fakir ressemble à une embuscade tendue par les ennemis du raïs. Aucun soupçon ne doit peser sur eux.

Les yeux gris de Tek étaient fixés sur les siens. Elle poursuivit :

— Le cheikh ne veut pas livrer Fakir au raïs. Il ne veut pas lui faire ce cadeau. Il préfère tuer Fakir et nuire au djihad que permettre au raïs de prendre le dessus.

Elle déplaça son coude qui lui lançait, à force de reposer sur le béton rugueux.

— Il y a un homme au Qatar, qu'ils appellent tous le « Prince ». Il donne beaucoup de fric à ces cinglés de djihadistes qui lui servent de milice privée. Mais la guerre est en train de changer de région. Le Prince donne moins au cheikh, qui est en Syrie, et plus au raïs, qui est en Libye, parce que maintenant, c'est ici que ça se passe. Alors le cheikh est enragé. D'autant que le raïs se pavane en racontant à qui le veut que Daech est fini. Il veut se venger de leur mépris, mais il ne peut pas prendre le Prince de front. Il ne peut pas perdre son soutien financier. Tu saisis ?

— Alors, pourquoi on ne les laisse pas s'entretuer ? Ce serait tout bon pour nous. On n'aurait qu'à regarder et à compter les coups.

— On a une mission à accomplir. En suivant Fakir jusqu'au bout de sa route, on saura ce qui se prépare au-dessus. Si Fakir meurt, il en viendra un autre, et rien ne dit que celui-là, on pourra le choper. C'est une chance, il ne faut pas la rater.

— Alors, capitaine, y a qu'un seul moyen.

Maxime regarda Tek. Ils se comprenaient. Elle voyait tourner les rouages dans son cerveau. Le gamin à la gueule tordue pensait vite, et il avait raison. Il n'y avait qu'une seule façon de garantir la sécurité de cette ordure de Fakir. Et il restait moins de trente minutes.

Le cameraman était fourbu d'avoir conduit si longtemps, mais il n'aurait renoncé pour rien au monde à ce privilège. Il freina et se rangea sur le bord de la route, devant la salle des fêtes d'Umm Al Aranib, luttant pour garder les yeux ouverts. Les pilules ne suffisaient plus. À l'arrière, tout le monde dormait. À côté de lui, le Taureau étira son immense carcasse et aboya :

— Pourquoi tu t'arrêtes ?

— On est arrivés à Umm Al Aranib. Tu dois contacter le cheikh.

Le Taureau grogna, fouilla dans son sac et en sortit l'Iridium. Il descendit du minibus et s'éloigna d'une dizaine de mètres. Il alluma le terminal puis composa le numéro syrien. Il s'agissait d'un téléphone portable équipé d'une carte prépayée dont le numéro changeait souvent. Le cheikh répondit tout de suite. Boulevard Mortier, à Paris, les ordinateurs commencèrent à enregistrer l'appel, tout en tentant de localiser l'interlocuteur de Simon Chassan. Avec un différé de quelques secondes, Maxime, couchée sur le toit du hangar, entendait la traduction dans ses écouteurs.

— Thur ?

— Oui, cheikh, la paix soit sur toi.

— Où es-tu ?

— Comme prévu. À Umm Al Aranib.

— Alors tu continues jusqu'au hangar à tracteurs. Une fois là-bas, il faut que ça ait l'air d'une embuscade, tu as bien compris ?

— Ce sera fait.

— Allah te protège.

Le cheikh raccrocha et tenta aussitôt de joindre un autre correspondant. Quelques secondes plus tard, au fin fond du désert, un téléphone satellitaire sonna dans une Range Rover. Le chauffeur accepta la communication et tendit l'appareil à Ibtissam.

— C'est le cheikh.

L'appareil disparut dans la main de la jeune femme quand elle le porta à son oreille.

— J'écoute.

Sa voix était à la fois féminine et coupante comme du verre.

— La katiba va bientôt arriver à Gatrone avec l'ingénieur. Rendez-vous au hangar.

— Dans combien de temps ?

— Une demi-heure, si tout se passe bien sur la route. *Inch Allah*.

Ibtissam raccrocha et saisit un deuxième téléphone. Heureusement, elle connaissait sur le bout des doigts les pratiques d'écoute des Français. Elle composa un numéro qu'elle avait appris par cœur. On répondit immédiatement.

— C'est moi.

— Oui, raïs.

Depuis qu'elle avait rompu avec son père, elle exigeait, en signe de loyauté, d'être appelée raïs comme lui. Comme s'il était déjà mort.

— Au hangar dans trente minutes. Prends une bonne escorte et passe me chercher. Trois voitures et quinze hommes. Les routes ne sont pas sûres.

— Je pars.

Ibtissam sentait l'adrénaline se ruer dans ses artères. Elle avait hérité de son paternel le goût de la bataille. Ça ne suffirait cependant pas à rebâtir une relation. Le lien était cassé depuis longtemps. Depuis huit ans. Elle haïssait cet homme autant qu'elle l'avait adulé quand elle était enfant. La situation provoquait un conflit intérieur permanent. Ils étaient partenaires sur cette opération parce qu'elle n'avait pas le choix. Et ils étaient ennemis parce qu'elle ne lui pardonnerait jamais. Elle était sûre que, le jour venu, elle pourrait le tuer.

Au léger déplacement de l'air ambiant, Jade devina que le petit lieutenant était debout derrière elle. Sa compagnie lui faisait du bien. Ils ne se connaissaient que depuis quelques jours, mais elle avait la sensation d'être connectée à lui. Elle n'avait pas ressenti ça depuis longtemps. Comme une évidence chaleureuse. La présence du jeune homme était une violation du protocole de cloisonnement, mais, ces dernières heures, le protocole avait pris de sacrées balafres. Quand le colonel fit son apparition, il ne demanda d'ailleurs pas à l'intrus de se retirer. Grâce à sa maîtrise de l'intelligence artificielle, le petit lieutenant était devenu un pilier du dossier Sauterelle. Pas pour ce qu'il savait. Mais pour ce qu'il était capable d'apprendre.

Ce que Jade avait à faire n'aurait pas été difficile d'ordinaire, mais le temps était compté, et elle n'avait aucun droit à l'erreur. La capitaine Barelli lui demandait tout de même quelque chose qui n'avait sans doute jamais été tenté. Le directeur l'avait autorisé quelques heures plus tôt en obtenant de l'état-major l'exclusivité sur le CSO. La règle était simple : une action à haute intensité de la DGSE avait priorité sur les autres opérations militaires. Exactement ce qu'il leur fallait car, pour réussir sa mission, la capitaine avait besoin immédiatement d'images 3D parfaites. Le CSO en était capable si on suspendait tous ses autres engagements. Jade écrivit alors un ordre en code. À huit cents kilomètres au-dessus du désert libyen, le satellite se mit à manœuvrer de façon à rester à la verticale d'un certain hangar à tracteurs.

Le plus délicat, c'était le Busard. La caméra infrarouge du drone pouvait fournir au groupe Barelli des images 3D de l'intérieur du véhicule en temps réel, et même les distances relatives entre tous ses occupants. Mais pour ça, il devait perdre de l'altitude et tourner autour du Sprinter. Là encore, il revenait à Jade de trouver la bonne hauteur pour ne pas donner l'alerte aux djihadistes. Elle décida que quatre-vingts mètres, c'était suffisant. Le colonel Flache hocha la tête en guise d'assentiment.

Le crépuscule tombait et le gris terne du Busard se confondait avec toutes les autres ombres. Le soleil était masqué par des nuages bas, donc il n'y aurait aucun dernier rayon pour faire briller l'acier mat. Très doucement, le drone quitta la verticale du minibus Mercedes et traça des cercles autour du véhicule. Le satellite les traduisait en images 3D de plus en plus précises, mais, pour économiser la bande passante, seuls les contours utiles étaient redirigés vers la tablette de Maxime. La qualité était telle qu'elle avait l'impression de lire les expressions des visages. Le Taureau était à la place du mort, renfrogné, soucieux. Le cameraman conduisait. Fakir était assis au deuxième rang, en compagnie d'un jeune homme assez corpulent dont le nom de guerre était Al Fajr. Les deux derniers combattants étaient vautrés au fond, sur le rang le plus confortable. Maxime fit une capture d'écran et attribua un numéro à chaque cible. De un à cinq. Elle entoura Fakir d'un cercle. Puis elle adressa la capture à tous les membres du groupe.

La capitaine se pencha vers Tek.

— On va leur faire un Djibouti. Je vais attribuer un numéro à chaque cible, et chaque cible à un tireur. Quand le Sprinter sera à l'arrêt sur le parking, chacun répétera son numéro, puis je compterai jusqu'à trois. À trois, ouverture du feu. Pas avant, pas après. Tu saisis ?

Tek braqua sur elle son regard gris. Il hocha la tête.

— Affirmatif. Pourquoi vous appelez ça un Djibouti ?

— Je t'expliquerai plus tard.

Elle n'avait pas le temps de lui raconter comment le GIGN avait réglé la prise d'otages de Loyada à Djibouti, en 1976. Un car d'enfants avec cinq militants armés à bord. Une opération de légende. Des leçons en avaient été tirées : préparer longuement, agir en une fraction de seconde.

Dans ses écouteurs, elle demanda à ses hommes de confirmer qu'ils avaient compris. Une vérification de pure forme. C'était un dispositif de routine. D'après le Busard, la katiba du Taureau débarquait dans moins de cinq minutes. Maxime sentait l'adrénaline qui accélérait les pulsations de son cœur et lui dilatait les pupilles.

On y était.

L'action était imminente.

Elle aimait ces moments où tout était clair, ordonné, sans aucune place pour ses démons.

Ils étaient tous sur les nerfs, dans un état d'excitation qui les épuisait tout en les maintenant éveillés. Surtout le cameraman et son chef qui avaient abusé des pilules et bu trop peu d'eau. Ce fut le Taureau, assis à l'avant, qui aperçut le hangar le premier. Le bâtiment était construit à flanc de coteau d'une colline artificielle qui se détachait sur le désert plat, semé de gros rochers. Du coup, le hangar prenait l'allure d'une petite forteresse. Il était entouré par une végétation luxuriante qui tranchait avec les arbustes rachitiques qu'ils croisaient depuis des heures. On avait arrosé. Le propriétaire devait être riche. Devant la porte coulissante d'un vert agressif, ce dernier avait aussi aménagé un vaste parking.

Le minibus s'y engagea, fit demi-tour devant la porte et se gara face à la route. Le cameraman était un gros consommateur de séries policières où les héros ne prennent jamais le risque d'avoir à démarrer d'urgence en marche arrière. Quand le véhicule fut enfin à l'arrêt, le chauffeur tourna la tête vers le Taureau. Malgré la climatisation, celui-ci était en sueur. La responsabilité que lui avait imposée le cheikh lui déchirait les entrailles, lui faisait bouillir le cerveau. L'heure du choix était venue. Et il fit le mauvais.

D'une voix qu'il essaya de rendre volontaire, mais qui était simplement rauque, il aboya :

— On va explorer les environs avant le rendez-vous. Le Roux et Al Fajr, vous restez.

Al Fajr bredouilla son accord, conforté dans sa paresse naturelle. Mais le Roux comprit tout de suite. Al Fajr était le seul que le Taureau n'avait pas réussi à monter contre lui alors que les autres n'étaient jamais en panne de blagues vaseuses sur son surpoids. Impensable que le Taureau lui fasse confiance pour le surveiller. Le front du Roux se plissa aussitôt pendant que son cerveau ultrarapide cherchait une solution. Il était attendu comme le Messie par le raïs. C'était impossible que le Taureau prenne sur lui de l'éliminer. Impossible que le cheikh…

Sentant un début de panique l'envahir, le Roux demanda :

— Vous allez explorer quoi ?

Il était monté un peu plus dans les aigus que d'habitude. Le Taureau sentit la nuance. Tandis qu'il était presque sorti du véhicule, il se réinstalla sur son siège et referma la portière en la claquant. Il se tourna vers le Roux, un rictus de rage sur ses traits grossiers. Même dans les moments importants, il avait du mal à se contrôler. Dans le minibus, la tension était soudain à son comble. Ces hommes jeunes, épuisés, les nerfs à fleur de peau, étaient ravagés par leur propre violence.

Au même instant, calmement, Maxime soufflait dans son micro :

— Foxy prend le un. Tera, le deux. Gonzo, le trois. Champy, le quatre. Fracas, le cinq. Moi, je double sur le Taureau. Tek observe Fakir avec sa lunette. À mon commandement, commencez à compter.

Dans son oreillette retentit la voix basse de ses hommes, chacun annonçant son chiffre. Puis elle reprit la parole.

Un, deux, trois… À l'instant où elle prononçait le « trois », Maxime pressa la détente. Tous firent de même, en parfaite synchronisation. Il y eut un bruit, un seul, comme le craquement sec d'une branche restée très longtemps au soleil.

Autour du Roux, le minibus explosa dans une tempête de sang et de verre. Il reçut un coup violent dans le dos qui lui coupa le souffle. C'était le revolver du djihadiste assis juste derrière lui et que la balle du sergent Foxy venait de tuer. Fakir fut projeté en avant, ce qui lui sauva probablement la vie parce que le projectile que le caporal Gonzo destinait à Al Fajr manqua sa cible et l'aurait sûrement touché. Al Fajr ne profita pas longtemps de sa chance. Après avoir atteint le cameraman en pleine tête, Champy doubla aussitôt, ce qui fut fatal à Al Fajr. En quelques secondes, le Sprinter fut rempli de cadavres. Ceux qui visaient le Taureau avaient fait preuve de précision, mais Maxime avait sous-estimé la résistance du géant. Il était blessé au ventre, et pourtant, il tenait toujours fermement son arme qu'il remontait avec difficulté vers le Roux. Le chef de la katiba sentait ses forces s'évaporer et il comptait consacrer les dernières qui lui restaient à régler son compte au bourge.

En état de choc, Fakir, lui, avait seulement réussi à se redresser et ressemblait à un mort-vivant, le visage et les avant-bras tailladés par les éclats de verre, couverts du sang des djihadistes, cherchant à poser son esprit sur quelque chose de familier. Pour son deuxième essai, Maxime visa plus haut, et la balle frappa le Taureau à la tempe. Ce dernier s'affala sur le corps du cameraman, et les traits du cheikh se matérialisèrent devant ses yeux. Il comprit qu'il ne serait jamais jasadi. Dans un ultime effort, sa conscience tenta de trouver un sens à tout ça, en vain. Simon Chassan n'avait jamais eu beaucoup d'imagination, ce qui l'aida dans ses derniers instants. Il ne mesura pas la vacuité de son existence. Son cœur cessa de battre après qu'il eut déchargé son arme par réflexe dans ce qu'il croyait être la direction du Roux. En réalité, son cerveau ne coordonnait plus ses mouvements, et tous les projectiles s'enfoncèrent dans le corps sans vie d'Al Fajr. Quand rien ne bougea plus autour de lui, le Roux se mit à trembler comme une feuille. Des larmes coulaient le long de ses joues, en traînées grises mêlées de sang.

Toujours couchée sur le toit du hangar, Maxime ne voyait plus très nettement ce qui se passait à l'intérieur du minibus. Les rares morceaux de vitres encore en place étaient rendus opaques par le sang et la poussière. La lumière baissait, et les lunettes des fusils n'étaient d'aucune utilité. Impossible de dire avec certitude si Fakir avait survécu. Elle aurait payé cher pour en avoir le cœur net, mais il était impensable de prendre le risque d'être vue par quiconque. La France ne devait jamais être associée à cette exécution en plein désert.

Elle regarda l'écran de sa tablette. Le feed vidéo du drone, avec les images du Sprinter, continuait d'arriver. Dans le véhicule, quelqu'un bougeait encore. Était-ce Fakir ? Il fallait que ce soit lui.

Le téléphone de la capitaine vibra quelques secondes plus tard. Elle ne connaissait pas Jade, elle ne connaissait presque personne à la DGSE, elle n'était qu'une chienne de guerre pour les missions trop dangereuses, mais le message qu'elle reçut lui envoya un nouveau flot d'adrénaline. Le Busard avait repris de l'altitude et venait de repérer un convoi arrivant à grande vitesse en provenance de Gatrone. Quatre voitures. Le rendez-vous de Fakir serait là dans moins de cinq minutes.

Jamais en six mois Maxime ne s'était autant rapprochée du dossier Sauterelle, mais sa curiosité allait attendre. Elle devait lever le camp, effacer toutes les traces de son passage sur le toit du hangar. L'enjeu était trop grand, il était inenvisageable de se faire repérer. D'autant que la mission passait dès lors du SA à la DT, un petit virage administratif qui signifiait que le groupe Barelli allait désormais devoir se débrouiller seul.

Dès que cette réalité eut fait son chemin dans le cerveau de Maxime, elle comprit véritablement à quel point ils étaient vulnérables. Il faudrait survivre au milieu d'un territoire déchiré par les tribus rivales, les dealers de drogue et les trafiquants d'armes. Et quitte à être en danger, elle comptait bien au moins profiter de ce chaos pour faire un peu de guerre psychologique. C'était le pilote de l'hélicoptère qui lui en avait donné l'idée. Elle sortit de son sac un grand tissu blanc très léger. Elle en transportait toujours un sur elle, en guise de linceul de fortune, pour le cas où elle devrait abandonner provisoirement un de ses hommes tombé au combat. Un côté était peint grossièrement. Trois bandes, une bleue, une rouge, une noire, avec une étoile jaune au milieu de la bande rouge. Le drapeau du Front toubou de libération de la Libye. Depuis des décennies, ils vivaient sous la coupe des envahisseurs arabes comme le raïs. Pour eux, tuer des Arabes était une seconde nature, un sport. Et puis rien n'était plus ordinaire qu'une embuscade sur les routes du Fezzan. Elle coinça le bord supérieur du drap à l'aide de trois parpaings abandonnés sur le toit avant de jeter le tissu dans le vide.

Puis, en se mettant à genoux, elle lança dans son micro :

— On décroche. Rendez-vous à Foxtrot Tango. Minuit.

Elle ne vit pas les buissons frémir, mais elle savait que ses effectifs s'étaient déjà mis en mouvement. De la présence d'une unité militaire française il ne restait aucune preuve. Tek descendit l'échelle métallique, Maxime le suivit de près. Ils s'enfoncèrent dans le désert de roche. Comme pour les saluer, le faux drapeau des rebelles toubous claqua dans la pénombre.

Ibtissam sauta de la voiture la première. Elle était vêtue d'un jean, de baskets beiges et d'un blouson de toile, beige lui aussi. Les hommes chargés par le raïs de sa protection bondirent à sa suite, affolés de la voir courir vers la carcasse du minibus stationné sur le parking. Le véhicule pouvait être piégé, il pouvait y avoir des tireurs embusqués. Elle tenait son Sig au bout de son bras tendu le long de son corps, ne manifestant aucune hésitation. Ce n'était pas vraiment du courage. Depuis le supplice de Marwan, la vie n'avait d'intérêt que pour le venger. Et il y avait longtemps qu'elle attendait ce moment.

Au fur et à mesure qu'elle progressait vers le Sprinter, une angoisse sourde lui tordait le ventre. Il n'y avait aucun bruit, aucun mouvement. Son cousin la rattrapa enfin et lui saisit le bras. Elle hurla de colère, et la crosse du Sig claqua contre l'épaule du garde du corps. Il s'écarta. Quand elle fut enfin devant le minibus, elle découvrit un spectacle digne d'un cauchemar. Les deux hommes à l'avant étaient morts. Sur la rangée suivante, un homme la regardait d'un air absent, tremblant de tout son corps, ses deux yeux sombres luisant au milieu du rouge-brun qui avait éclaboussé son visage. Sur la dernière rangée, un homme gémissait, l'épaule arrachée par un projectile. Difficile de dire s'il priait ou s'il délirait.

Insensible à l'horreur, Ibtissam ouvrit la portière latérale et grimpa. Elle se pencha vers celui qui la fixait et lui demanda d'une voix très douce.

— Ali ? Ali Mokhtari ?

Fakir trouva la force de hocher la tête. Une odeur acide de sueur et d'excréments émanait de lui.

Elle continua :

— Vous êtes blessé ?

Il secoua la tête, toujours sans prononcer un mot. Il ne le savait pas lui-même.

Son vis-à-vis était roux et correspondait à la description, mais Ibtissam ne laissait rien au hasard. Elle aboya à l'adresse de son cousin :

— Va chercher de l'eau.

Une minute plus tard, il était de retour avec une bouteille. Elle prit un mouchoir dans sa poche, celui qu'elle utilisait contre les vents de sable, le secoua et renversa un peu d'eau dessus. Elle entreprit alors de laver le visage de Fakir. Puis elle sortit son portable de son blouson et fouilla dans la galerie pour trouver la photo envoyée par le Prince et relayée par le cheikh. Pas de doute, il s'agissait bien d'Ali Mokhtari, docteur en botanique, un des plus brillants cerveaux du monde en matière de pollinisation artificielle. Il était en état de choc, mais semblait indemne. Elle se pencha de nouveau vers lui.

— Quelle est la sourate préférée du Prince ?

Fakir regarda la jeune femme d'un air incrédule. Elle le scrutait froidement, et son revolver était bien réel. Il tenta de lutter contre l'épuisement nerveux qui l'empêchait de faire un geste pour mettre de l'ordre dans ses idées.

— Quand la trompette du jugement sonnera d'un appel immense et unique…

Il suait à grosses gouttes. La femme attendait. Il fit un effort surhumain pour secouer sa mémoire engluée dans la tuerie. Puis les mots de la sourate 69 resurgirent d'un coup. Il n'était pas pratiquant, mais, maintenant, il se souvenait de la conversation avec le Prince.

— … et que la terre et les montagnes seront pulvérisées, ce jour-là se produira l'inéluctable. Le ciel se fendra et tombera en lambeaux.

Les traits d'Ibtissam se relâchèrent. Un sourire rapide éclaira même son visage sévère. Elle avait du mal à croire que cet avorton était un génie, mais en tout cas, c'était bien lui. Elle appela son cousin.

— On l'emmène.

Le blessé de la troisième rangée gémit plus fort. Ibtissam se mit à genoux sur le fauteuil et lui tira une balle dans la tête. Ces voyous djihadistes lui sortaient par les yeux. Et puis, elle n'était pas infirmière…

Après avoir accompagné Ali Mokhtari, son cousin revint la chercher. En marchant vers leurs voitures, il lui désigna le drapeau.

— Pas étonnant. Ce sont encore les Toubous qui ont fait le coup. On a eu de la chance qu'ils le ratent.

— C'est bizarre, tout de même. D'habitude, les Toubous prennent soin des véhicules. Ils tuent tout le monde, mais jamais je ne les ai vus abîmer une Mercedes.

Elle jeta un regard appuyé au drapeau grossier qui pendait du toit du hangar et aux alentours, mais la lumière était trop basse pour voir au-delà des premiers buissons. Par réflexe, elle observa ensuite le ciel lourd et sombre. Elle n'y trouva aucune réponse. Les moteurs des voitures tournaient. Dans le 4 × 4 de tête, elle monta à côté de son chauffeur de cousin. Il faisait quasiment nuit, à présent.

Il était difficile d'imaginer deux physiques plus dissemblables, mais personne, dans l'hôtel, ne profitait de cet étrange spectacle. Pour leur entrevue, l'Asiatique longiligne et l'Arabe obèse avaient réservé un salon du St. Regis. C'était leur première rencontre, et ils se jaugeaient. Percer le caractère de l'autre avant de se lancer dans une grosse transaction commerciale. Le minimum. Pour anticiper ses réactions si les choses tournaient mal. Et dans leur métier, avec des produits rares et des prix astronomiques, les choses tournaient souvent mal. À ce jeu-là, l'Arabe avait un avantage. Un préjugé. Souvent, on le sous-estimait à cause de sa corpulence. Mais pour l'instant, tout allait bien, et ils étaient tous les deux motivés, au point d'avoir fait plusieurs milliers de kilomètres en avion privé pour se retrouver.

— Merci d'avoir accepté de venir jusqu'à Doha.

Le raïs savait être urbain quand il le fallait. Cela désarmait ses adversaires. Et puis, son interlocuteur méritait un peu de reconnaissance. Il avait fait deux fois plus de chemin que lui. En revanche, le Singapourien, lui, n'était pas doué pour les politesses.

— Nous ne ménageons jamais nos efforts quand un client nous sollicite. Surtout un nouveau client.

Le raïs lui répondit par un sourire paisible. Il avait soigneusement travaillé son style pataud, cela lui donnait le temps de réfléchir. Il étudia son vis-à-vis. Celui-ci avait le vocabulaire d'un parfait commercial, mais le reste de son personnage ne collait pas avec son discours. On aurait dit un professeur guindé, un fonctionnaire à l'ancienne, pas un vendeur. Son visage était peu expressif, à part un léger tremblement de la lèvre.

Le Libyen se lança tout de même :

— Je voudrais en savoir plus sur les innovations de Smart Flower.

— Smart Flower est une de nos filiales les plus prometteuses. Et vertueuse, qui plus est. Nos ingénieurs ont trouvé le moyen de sauver la biodiversité si par malheur les abeilles venaient à disparaître.

Il maîtrisait plutôt bien les éléments de langage concoctés par ses services de communication. Avec un petit effet théâtral qui manquait de naturel, il ajouta :

— C'est une question de survie pour l'humanité.

Le raïs sourit de nouveau. Il n'était pas contre un peu d'humour.

— Vraiment fascinant ! Et vous faites comment ?

— Nous avons créé des drones miniaturisés qui sont programmés pour remplacer les abeilles, tout simplement.

— C'est-à-dire polliniser les fleurs, précisa le raïs.

— Exactement. Je peux vous décrire le fonctionnement du drone, il n'y a rien de secret. Avant de partir en mission, celui-ci convertit l'électricité sans fil provenant d'une station de base qui recharge le supercondensateur intégré dans sa tête. Les ailes sont actionnées par l'énergie solaire. Elles sont motorisées, pour pouvoir transporter le pollen qui est aspiré et stocké dans l'abdomen du drone. Les pattes servent de stabilisateurs quand le drone se pose sur le pistil.

— Et il se dirige comment ?

— Nous utilisons des technologies de positionnement géospatial inspirées de la réalité virtuelle, couplées à des capteurs et à des accéléromètres.

Le Singapourien jeta un coup d'œil à son portable qui venait de vibrer, avant de poursuivre :

— Tout cela n'est pas si complexe. La vraie difficulté, c'était de miniaturiser.

Au mouvement des mains de son vis-à-vis, le raïs comprit que le pitch était terminé. Il laissa un serveur approcher et déposer sur la table deux tasses de café à la cardamome et deux verres d'eau. L'opération prit un temps infini, comme si l'employé était en train de passer le concours d'entrée à l'école hôtelière. Une fois qu'il se fut éloigné, le raïs savoura une gorgée. Puis il dit :

— Ce qui a retenu mon attention, ce sont d'autres recherches dont j'ai entendu parler.

— Bien sûr, je vous écoute.

— Il s'agit de drones beaucoup plus petits, qui pourraient transporter de très petites quantités de matière sur une courte distance.

— Courte comment ?

— Quelques mètres.

— Vous pensez à des drones de quelles dimensions ?

— De quelques nanomètres. Nous avons besoin que chacun d'eux puisse être configuré indépendamment.

L'ambiance avait changé. Il existait un monde entre de sympathiques automates volant de fleur en fleur et un nuage de nanoparticules invisibles.

— Configuré en fonction de quoi ?

Le raïs reprit une gorgée. Même tiède, le café était délicieux.

— À ce stade, nous ne sommes pas encore décidés. Êtes-vous en mesure de nous fournir cette technologie ?

Le Singapourien réfléchissait intensément.

— En réalité, je vous posais ces questions par pure curiosité, car nous ne sommes pas sur ce type de travaux, finit-il par lâcher.

Le raïs bougea un peu trop rapidement sur son fauteuil, et ce mouvement déclencha un tsunami sur la table. La tasse du Singapourien se renversa, et l'eau des verres inonda le napperon brodé. Le Libyen poursuivit :

— Je vais vous aider. Je m'intéresse aux *smart dust*, les poussières intelligentes. Des nuées de drones minuscules, tous chargés d'une mission précise grâce à l'intelligence artificielle.

— *Smart dust*, tiens, tiens. Très poétique. Mais comme je vous le disais, je ne peux rien pour vous.

Même si le Singapourien se voulait impassible, voire indifférent, le tremblement continu de sa lèvre supérieure trahissait le torrent de perplexité qui le traversait.

— J'ai eu vent de ces recherches dans les milieux scientifiques. Mais elles sont à l'état embryonnaire. Elles ne seront peut-être même jamais opérationnelles, tempéra-t-il.

Le raïs lui adressa un geste affectueux de la main.

— Vous êtes trop modeste, monsieur Kwek. On me dit que vous avez bien avancé sur le sujet, que vos résultats sont étonnants. Et déjà tout à fait exploitables. C'est justement ce qui a suscité la curiosité de mes associés.

L'Asiatique se leva avec une lenteur étudiée.

— Je crois que cette conversation ne mène à rien. Vous me faites perdre mon temps. Il était entendu que vous souhaitiez acquérir des drones apicoles. Puisque ce n'est visiblement pas le cas, je vais rejoindre mon avion.

Debout, il était vraiment immense. Difficile de lui attribuer un âge. Son cou était un peu fripé, mais sinon, sa condition physique semblait excellente. Certainement un sportif de bon niveau. Il allait partir. La situation était bloquée. Le raïs n'avait plus le choix.

— Rasseyez-vous, monsieur Kwek.

L'homme fit mine de l'ignorer, alors le Libyen haussa le ton.

— Vous n'allez pas rejoindre votre avion. Tout simplement parce que vous n'êtes pas le directeur commercial de Smart Flower. Vous êtes un officier de renseignement chinois.

Cette fois, le Singapourien se retourna.

— Vous êtes colonel au sein du ministère de la Sécurité de l'État, et je crois que vos supérieurs n'apprécieraient pas d'apprendre que vous faites des affaires dans leur dos. Dites-moi si je me trompe.

— Ce que vous racontez est insensé.

— J'ai vérifié : si on vous prend la main dans le sac, c'est une balle dans la nuque, enfin, si vous avez de la chance. Je ne sais pas ce qu'ils feraient à votre famille. À votre avis ?

Face au silence de son interlocuteur, il garda le silence un instant avant d'enfoncer le clou :

— Vous avez de la chance, colonel ?

Pas de réponse.

— Selon mes informations, vous avez un fils qui souffre d'autisme. Il est traité dans une clinique de Tianjin. Ses soins coûtent exceptionnellement cher. De l'ordre de 50 000 dollars américains par an, me semble-t-il.

Les épaules du Singapourien s'affaissèrent. Le granit se fissurait.

Le raïs, quant à lui, préparait l'hallali.

— À Pékin, colonel, vous êtes affecté au département des armes biologiques. Vous êtes en cheville avec Smart Flower pour vos recherches et vous en profitez pour vendre à l'étranger leurs produits ordinaires en partageant les bénéfices. Vous savez que c'est strictement interdit, désormais. Sur ordre direct du bureau politique.

Pendant des décennies, l'Armée populaire de libération avait mis beaucoup de beurre dans ses épinards en traficotant. Mais c'était aujourd'hui fini, et les récalcitrants qui se faisaient prendre payaient le prix fort pour l'exemple.

— Franchement, colonel, vos petites magouilles ne m'intéressent pas du tout. Je suis en quête d'une technologie *smart dust* et je sais que vous en possédez une, la meilleure au monde. Ça ne va pas plus loin.

L'Asiatique trouva l'énergie pour une ultime tentative :

— Vous n'avez aucune idée de qui je suis. Vous délirez.

La proie bougeait encore, il fallait donner l'estocade.

— En 1989, place Tian'anmen, pour votre première action au ministère, vous étiez chargé d'infiltrer des groupes de manifestants originaires du Sichuan, pour les exciter. Vous étiez un agent provocateur et votre objectif était d'empêcher que les négociations aboutissent avec votre gouvernement. Vous avez même mené les militaires vers les cachettes que vous aviez vous-même indiquées aux manifestants. Ensuite, vous avez été promu et nommé au Xinjiang. Votre rôle était similaire : infiltrer les réseaux islamistes ouïgours et les pousser à l'insurrection. Votre ordre de mission mentionnait explicitement, je cite, « l'écrasement et la disparition des Ouïgours ». Vous avez conduit personnellement des opérations antiguérilla et des séances de torture dans le camp de Harmony Village, à Hotan.

— Taisez-vous, je n'avais pas le choix.

— Vous aviez le choix, certains fonctionnaires chinois ont refusé d'obéir à ces consignes.

Serrer le nœud, petit à petit. Le Singapourien était à point, au bord de l'effondrement. Le raïs donna silencieusement un coup de chapeau à son informateur. Un travail magnifique. Bien sûr, il était en froid avec le président français, mais à la DGSE, il avait ses entrées depuis des décennies. Les présidents passaient, les services restaient.

— Vous avez la réputation d'être particulièrement sadique, colonel, notamment avec les femmes musulmanes, et cela a fini par vous coûter votre poste à Ürümqi. C'est pour ça qu'on vous a rapatrié à Pékin aux armes biologiques… Tant mieux pour nous.

Le raïs éclata d'un rire ravi.

— Cela nous offre la chance de nous rencontrer !

— Je sers mon pays.

— Ne vous flattez pas. Vous êtes un fonctionnaire corrompu. Mais croyez-moi, je serai le dernier à vous le reprocher.

Par la fenêtre filtra un bruit, comme un ressac.

— Maintenant, colonel, il vous faut choisir. Je peux passer un coup de téléphone sur-le-champ. Votre femme sera arrêtée dans l'heure et votre fils se retrouvera à la rue. Ou vous me vendez votre *smart dust*, et vous serez un homme riche.

Le moteur d'un hors-bord qui emmenait des baigneurs vers l'île Safliya rugit tout près. Un autre monde. L'officier chinois faisait semblant de réfléchir, mais la courbure de son cou disait sans erreur possible qu'il avait déjà tranché. Il fallait l'aider à basculer définitivement.

— Je veux que vous me donniez dès à présent une quantité et une date de livraison.

L'équipe de Gatrone allait bientôt pouvoir s'appuyer sur du matériel dernier cri.

Entre les ordinateurs, certains posés à même le sol, les boîtes à pizza et les bouteilles de soda, la salle d'opération du boulevard Mortier avait davantage l'allure d'une arcade de jeux vidéo que d'un poste de commandement militaire. Jade semblait pétrifiée devant son écran, tant elle était concentrée sur le pilotage du drone. Le groupe Barelli ne lui avait renvoyé que des informations lacunaires. Elle savait que la mission avait réussi puisqu'elle avait vu Ali Mokhtari tituber vers une voiture. Mais rien de plus. Elle ignorait s'il était blessé. D'ailleurs, elle avait été obligée de prendre de l'altitude avec le drone, pour être certaine qu'il ne serait pas repéré.

Maintenant que le convoi emmenant Fakir se mettait en branle, une partie capitale commençait. Il fallait découvrir où ils allaient. Or, suivre le convoi de nuit avec le Busard restait un exercice à haut risque. Jade bascula sur la caméra thermique, qui permettait de surveiller, mais avec un zoom numérique qui ne grossissait que huit fois. Le convoi filait vers Gatrone. S'il entrait dans une zone urbaine très éclairée, la jeune femme repasserait sur la caméra couleur HD, équipée d'un zoom beaucoup plus puissant. Mais elle volerait plus haut pour ne pas risquer de se prendre dans les lignes électriques.

Il y eut un bruit derrière elle, une chaussure qui piétinait un carton à pizza. Elle ne l'entendit pas, elle faisait abstraction de tout ce qui n'était pas cette vidéo un peu floue de quatre voitures à la queue leu leu que le Busard transmettait en temps réel. Elle sursauta donc quand la voix retentit dans ses oreilles.

— Vous pouvez me montrer les images en replay ?

Sans tourner la tête, elle répondit assez sèchement :

— Je ne veux pas perdre la cible, revenez plus tard.

La voix se fit plus insistante :

— J'ai besoin de voir les images tout de suite.

En lâchant son écran des yeux un instant, elle croisa le regard horrifié du petit lieutenant.

— Tu peux t'en occuper ? Moi, je ne bouge pas.

Le petit lieutenant acquiesça en silence.

Yanis Calvert n'avait salué personne. Ainsi, Jade ne savait toujours pas que c'était le directeur de la DGSE qui se tenait debout dans son dos. Et qu'elle venait de désobéir à un ordre direct.

Calvert ne sembla pas se formaliser. Après tout, en opération, la fonction primait sur le grade, et la gamine avait raison : suivre Ali Mokhtari était la priorité. Il s'adressa au petit lieutenant :

— Je veux voir le moment où le convoi est arrivé pour réceptionner Fakir.

Kabla avait accès aux mêmes archives que Jade. Le chargement ne dura qu'un court instant. La vidéo, au moins ses premières minutes, était nette, et les mouvements giratoires du drone lui donnaient un côté hollywoodien. Les quatre voitures noires déboulaient de la route de Gatrone et se garaient en demi-cercle devant le minibus sur le parking du hangar à tracteurs. Une silhouette jaillissait du véhicule de tête et courait vers le Sprinter, suivie de près par le chauffeur.

— Vous pouvez zoomer ?

— Un peu, oui.

De plus près, les pixels apparaissaient, mais on voyait mieux la silhouette. Baskets, jean, blouson. Cheveux courts.

— Cette femme, vous l'avez filmée de face ?

Le petit lieutenant actionna l'avance rapide jusqu'au départ du convoi.

— Là.

Cette fois, il fit défiler les images au ralenti. La lumière était encore plus faible, mais le visage était orienté presque directement vers la caméra du Busard. Yanis Calvert fut frappé par le mélange de beauté, d'intelligence et de dureté qui s'en dégageait. La dernière capture était la plus saisissante. Comme si Ibtissam le regardait fixement. Le directeur de la DGSE baissa les yeux. Le petit lieutenant aurait juré qu'un sentiment, presque une complicité, avait affleuré pendant une fraction de seconde sur les traits du patron.

La crise d'angoisse battait contre les tempes de Maxime, disloquant le plan millimétré qu'elle avait construit dans sa tête pour réussir l'extraction du groupe. Elle devait quitter Gatrone le plus vite possible. C'était la procédure. Elle essayait de toutes ses forces de se concentrer sur sa mission, mais les cauchemars éveillés ne frappaient pas avant d'entrer, elle le savait mieux que personne. Ils décidaient seuls du lieu et du moment. Elle ne voulait pas prendre le quart de Lexomil qu'elle avait dans sa poche de poitrine, pas tant que son unité ne serait pas à l'abri. Maxime avait l'impression de progresser comme un zombie, de ne plus rien contrôler. Elle avait honte de sa faiblesse. En tant que chef, elle n'avait pas le droit de flancher. Pas maintenant. Pourtant, si son corps fonctionnait parfaitement, son cerveau, lui, demandait grâce.

Entre le hangar à tracteurs et le point d'extraction, la marche de dix kilomètres représentait une distance négligeable pour des commandos aussi entraînés, mais l'obligation de n'emprunter ni route ni même chemin rendait l'exercice harassant dans ce désert glacé la nuit, parsemé de grosses pierres aux arêtes tranchantes comme des rasoirs. Cependant, cette prudence n'était pas superflue. Ils avaient beau être habillés tels des paysans locaux, leur déguisement, leur démarche et leurs sacs n'auraient sûrement pas dupé des combattants avertis. Et les ordres de Mortier étaient clairs. Le seul risque acceptable, c'était le risque zéro.

Dans un état de sensibilité extrême, Maxime sentait la tension au sein de son groupe. Elle aurait presque pu la palper. Comme une seconde peau électrique qui les épuisait, elle et ses hommes. Gonzo et Foxy avaient pris un peu d'avance, signe qu'ils avaient besoin de recul mental. Ils connaissaient leurs limites. Tek, le plus jeune, était le plus fragile. Il avait mal estimé la charge émotionnelle qu'il aurait à supporter. On lisait sur ses lèvres qu'il parlait tout seul, qu'il énonçait ce qu'il aurait voulu dire tout haut. Mais il n'y avait pas de temps pour parler, pas encore. Martoubah, Derna, Gatrone. Maxime n'avait pu intercaler aucune plage de repos jusqu'à la neutralisation de la katiba du Taureau. Et la pause n'était pas pour tout de suite. Les hommes étaient formés à encaisser jusqu'au bout, mais, dans certaines circonstances, cette force pouvait les détruire. Elle les empêchait de décompresser. Pourtant, qu'ils sachent l'évaluer ou pas, tous les soldats avaient leur point de rupture…

Pour que son cerveau ne parte pas complètement en vrille, et pour refouler ses larmes, Maxime essaya de nouveau de se focaliser sur l'itinéraire. Elle l'avait mémorisé dans le moindre détail. Elle devait viser l'arroseur électrique à pivot qui irriguait le dernier champ de blé circulaire, juste à la sortie sud-est de Gatrone. Ils seraient largement à l'heure pour l'hélico qui était attendu à l'aube, pas avant, à cause d'une mission soi-disant encore plus prioritaire.

Elle marchait d'un pas mécanique, passant et repassant en revue toutes les étapes de l'extraction. Mais les visions revenaient, avec une netteté effrayante. La course en montagne vers le col de Jardi. La paroi. La glissade sur le névé, le poing serré sur le piolet, les éclats de glace qui lui giclaient au visage. Le choc de sa tête contre le rocher, le trou noir.

Et puis sa mère, une énorme plaie rouge sur le front, une autre au foie, et son piolet à elle dans le ventre de sa mère. La neige qui se met à tomber sur le sang. Son père qui marmonne, qui s'excuse. Elle est sûre d'avoir tué sa mère. C'est elle. Maintenant, au bord de son subconscient, pour la millième fois, elle bute sur cette image. Elle ne peut pas aller plus loin. Il faudrait passer en force, mais son cerveau n'en a pas le courage. Elle devine la présence de ses hommes autour d'elle. Ils sentent son désarroi. Elle doit aussi faire la guerre contre elle-même. Elle hâte le pas. Son corps répond encore. Dans moins de cinq minutes, ils arriveront au point d'extraction.

— Merde, je l'ai perdu. J'y crois pas.

Le hurlement de Jade fit sursauter le petit lieutenant. Elle répéta, plus bas :

— Putain, c'est pas possible, l'image était nette et puis...

Depuis quarante minutes, elle pilotait le drone à la poursuite du convoi qui était venu récupérer Ali Mokhtari devant le hangar. Le Busard avait filé sans difficulté les quatre voitures vers le sud. Elles avaient quitté la grande route en tournant à droite en direction du centre, avaient dépassé la mosquée et continué vers le désert, s'enfonçant progressivement dans une vallée encaissée, bordée par de hautes falaises de basalte, qui ne les mènerait *a priori* ni au Tchad ni au Niger. Trente kilomètres après la sortie de Gatrone, la route se transformait en piste, mais le convoi avait continué. Bien sûr, la nuit était tombée depuis longtemps, et c'était la caméra infrarouge qui filmait. Pour chaque véhicule, le moteur et les passagers étaient parfaitement visibles. Tout allait bien.

Jusqu'au bug.

Une poignée de secondes plus tard, le colonel Flache fit irruption dans la salle. Il suivait la progression du drone de son bureau. Il fonça vers Jade.

— Qu'est-ce qui s'est passé ?

— Aucune idée. Comme si la liaison était coupée. Le satellite est toujours dédié ?

— Oui, bien sûr. Tant que je ne donne pas de contre-ordre, toute la bande passante est pour nous.

— Alors, je ne comprends pas. Les voitures ont disparu, ou le Busard est aveugle.

Éclairé par la lumière bleue de l'écran, le visage de Jade était livide. Elle avait bien conscience que la traque venait de lui exploser dans les mains. Son cerveau moulinait, à la recherche d'une solution. Le petit lieutenant, les cheveux ébouriffés et resté silencieux jusque-là, bougea sur son siège.

— Peut-être que l'image est blanche parce que la caméra est saturée.

Jade se recula dans sa chaise.

— Qu'est-ce que tu veux dire ? De toute façon, on ne peut pas utiliser autre chose que l'infrarouge, il fait nuit.

— Peut-être que le convoi se trouve dans un endroit où l'environnement est trop chaud pour qu'on puisse voir les points de chaleur qui nous intéressent. La caméra mesure des différences de température : si la différence est trop faible, elle ne voit rien.

— Les relevés météo disent que le vent est très fort dans la zone, lança alors le colonel Flache qui consultait son téléphone.

Le petit lieutenant rebondit aussitôt :

— L'imagerie thermique fonctionne mal quand il pleut, quand il neige ou quand le vent est fort parce que le souffle diffuse la signature thermique.

Jade pianota à toute vitesse sur son clavier : elle improvisait des lignes de code pour forcer la machine à répondre à la question qu'ils se posaient tous, au comble de l'angoisse. S'ils avaient perdu Ali Mokhtari, toute la mission capotait. Impensable. Ils étaient la dernière ligne de défense. Le colonel et le petit lieutenant observaient la jeune femme.

— Tu fais quoi ? demanda ce dernier.

— Je change la résolution de la caméra thermique sur une partie de la surface filmée, pour voir si des détails apparaissent par contraste, répondit-elle sans même tourner la tête. Ensuite, je vais faire prendre de l'altitude au drone, pour essayer de détecter des formes. Qu'on comprenne quelque chose, quoi !

Quand Jade eut terminé, il fallut encore réinitialiser la machine, ce qui prit plusieurs minutes. Tous les trois retenaient leur souffle. Tout allait se jouer maintenant. Depuis la perte de visuel, il s'était écoulé environ cinq minutes, et les systèmes de sécurité du Busard avaient bien fonctionné. La caméra était restée automatiquement fixée sur la zone filmée au moment de la défaillance. Et ce qui apparut sur l'écran ne dissipa pas les inquiétudes, mais alors pas du tout. Une mosaïque de rectangles blancs inégaux, certains manquants, traversée par une ligne noire toute droite. Le petit lieutenant écarquillait les yeux.

— À quelle altitude est le drone ?

La réponse de Jade fusa :

— Six mille pieds, deux mille mètres environ.

— Alors, à vue de nez, si le zoom est désactivé, avec l'objectif panoramique, ça veut dire que cette mosaïque est un carré d'au moins vingt kilomètres de côté, et que la plupart de ces morceaux émettent de la chaleur.

— C'est incroyable. Cela fait des mois que nos satellites surveillent cette région, et ils n'ont rien signalé de suspect ! s'exclama le colonel Flache.

— Ils ne surveillent que les grands axes. Cet endroit est complètement isolé. Rien d'étonnant à ce qu'on n'ait rien vu. S'il y a quelque chose à voir…

— On pourra en avoir le cœur net seulement quand il fera jour, conclut son supérieur.

Mais Jade répondit, et ce fut comme un aboiement :

— Pas avec ce drone-là. Il est en limite d'autonomie. Il devra repartir vers Madama avant le lever du soleil.

Gris de fatigue, le visage de la jeune femme avait pris dix ans. L'échec la minait et sa voix sanglotait de rage quand elle prononça :

— J'ai perdu Ali Mokhtari.

Le Fonctionnaire reposa le combiné. Il avait encore besoin de réfléchir. Minuit était passé depuis bien longtemps. L'Élysée était plongé dans le silence. C'était rare, il fallait en profiter. La conversation avec le Président l'avait déstabilisé encore plus que l'entrevue avec le général. Il savait maintenant qu'il était seul. Le Président ne ferait rien, il ne déciderait rien. Ce n'était pas de son niveau. C'était un job de nettoyeur. Le secrétaire général de la présidence de la République connaissait la règle mieux que personne. Toute la chaîne de commandement du palais servait un objectif avant tous les autres : protéger le chef de l'État. Et tomber à sa place, si nécessaire. La protection était à sens unique. C'était le prix à payer pour approcher d'aussi près le pouvoir. Le Fonctionnaire avait été choisi pour être le premier maillon de cette chaîne. C'était un pragmatique. Quand un problème n'avait pas de solution, il pouvait être utile d'éliminer le problème lui-même.

Mais tout de même, il n'était pas sûr de lui. S'il mettait le doigt dans l'engrenage, il ne pourrait plus reculer. Il saisit malgré tout de nouveau le combiné et composa un numéro à quatre chiffres. Il y eut un déclic sur la ligne au moment où le cryptage vocal fut activé, mais on répondit aussitôt. La DGSE ne dormait jamais.

— Bureau du directeur.

— Ici le cabinet du Président. Je dois parler au directeur.

— Je vous mets en relation.

Yanis Calvert prit l'appel en moins d'une minute, preuve qu'il n'avait pas encore quitté le boulevard Mortier pour sa résidence.

— Calvert à l'appareil. Je vous écoute.

Le ton du directeur de la DGSE ne reflétait pas le rapport de forces entre lui et le secrétaire général. Le boulevard Mortier était aux ordres de l'Élysée, cela ne pouvait faire le moindre doute, mais la désinvolture du directeur pouvait laisser imaginer qu'il en allait autrement. Le Fonctionnaire hésita une fraction de seconde, mais il ne tomba pas dans le piège. Si Yanis Calvert voulait lui signifier que son interlocuteur naturel, c'était le chef de l'État lui-même, mieux valait lui laisser cette petite satisfaction.

— Nous avons un problème en Libye, monsieur le directeur.

— Alors vous avez de la chance, monsieur le secrétaire général. Parce que moi, j'ai beaucoup, beaucoup, de problèmes en Libye. Énormément de problèmes. À cet instant même, d'ailleurs.

Encore ce ton badin, comme pour le dénigrer.

— C'est à propos de Sumo...

Cette fois, ce fut au tour du directeur de marquer le coup. Depuis qu'il dirigeait la DGSE, le dossier Sumo était de loin celui qui lui avait donné le plus de fil à retordre.

— Nous pensons qu'il est devenu objectivement dangereux.

— Il a toujours été dangereux, c'est même pour ça que nous l'avions recruté. Qu'entendez-vous par « objectivement » ?

— Je veux dire que le danger qu'il incarne aujourd'hui annule tous les avantages qu'il a pu présenter autrefois.

Son interlocuteur se racla la gorge, et le Fonctionnaire comprit qu'il venait de reprendre le dessus.

— Il finance et conseille les troupes qui s'apprêtent à attaquer Tripoli. Toute notre politique en Libye consiste à empêcher ça. Nous l'avons prévenu. Je l'ai prévenu personnellement. La France ne peut pas laisser la Libye se désintégrer de nouveau.

Des gesticulations militaires pour masquer les préparatifs d'un attentat. L'art de la guerre à la libyenne.

— Je connais bien ce pays, je vous promets qu'il n'y a plus rien à désintégrer.

Le Fonctionnaire ne releva pas, mais il ajouta, plus bas :

— Je vous demande de régler cette affaire.

Yanis Calvert réagit au quart de tour :

— Mais on ne peut pas, pas comme ça. C'est le meilleur informateur que la DGSE ait jamais eu dans le monde arabe. N'oubliez pas que c'est lui qui nous a donné le Dingue.

— C'est du passé. Kadhafi, tout ça, c'est du passé.

— Il a des réseaux partout, même au Qatar. Tous ces gens-là nous en voudront à mort, s'ils apprennent notre implication.

— Nous allons prendre le risque. L'effet recherché, c'est de l'empêcher de nuire aux intérêts de la France. Pensez bien à ça. Il n'y a pas de bonne solution. Nous devons choisir la moins mauvaise. Je saluerai le Président pour vous. Bonne nuit.

Il raccrocha. Le directeur de la DGSE resta immobile quelques instants, le temps de digérer l'ordre qu'il venait de recevoir. Ne pas obéir était inenvisageable, mais obéir, c'étaient vingt ans de travail qui partaient en fumée.

C'était un vieil Airbus qui n'avait fait aucune escale depuis Sébastopol. Les contrôleurs aériens russes avaient autorisé le décollage, ce qui rendait le vol presque officiel, mais des observateurs vraiment vigilants auraient pu objecter que, depuis l'annexion de la Crimée, les conditions de transit par l'aéroport de Sébastopol étaient très floues. Ces mêmes observateurs, s'ils avaient vérifié l'immatriculation de l'appareil, auraient découvert que la compagnie Eagle Sky ne figurait pas dans le registre de l'Organisation de l'aviation civile internationale. En réalité, à cette heure matinale, personne ne prêtait attention à un avion dont les documents étaient en règle et dont le propriétaire avait eu le bon goût de faire un don à l'amicale des contrôleurs. De toute façon, il s'agissait du premier et du dernier vol du seul avion de la compagnie Eagle Sky.

Quand l'appareil pénétra dans l'espace aérien de la Libye, ce fut encore plus facile qu'en quittant la Crimée, il n'y eut aucune formalité, aucune question. La guerre civile était cruelle, mais il existait des avantages pour les gens débrouillards. L'Airbus se posa à l'est de la ville de Zawilah, à une centaine de kilomètres à l'est de Mourzouq, au nord de Gatrone, sur une route désaffectée. Elle menait à un gigantesque centre commercial qui n'avait jamais vu le jour. Le pilote ukrainien était un professionnel qui prit sans difficulté l'alignement.

La main d'œuvre du raïs attendait dans trois camions bâchés. Le transbordement prit à peine quinze minutes. Les caisses n'étaient pas très lourdes, et les hommes n'avaient aucune idée de ce qu'ils transportaient. Il n'était d'ailleurs pas certain qu'ils auraient tous bien saisi le concept de nanodrone. Ce qui les surprenait, en revanche, et qui alimentait sans fin leurs conversations, c'était que la marchandise, ils devaient la livrer à Ibtissam. La fille du chef. C'était à n'y rien comprendre. Ils étaient brouillés et, tout d'un coup, voilà qu'ils travaillaient ensemble. Quelle famille de fous !

Maxime avait l'ouïe fine, elle entendit l'hélico avant les autres. Malgré les pales Blue Edge, le ronronnement assourdi faisait vibrer l'air du petit matin. Se détachant un instant sur la lumière grise de l'aurore, il jaillit au-dessus d'un pli du terrain, entre deux rochers si découpés qu'on aurait dit des statues en fer forgé. L'appareil volait bas pour rester hors de portée des radars, pourtant peu nombreux dans les confins de la Libye. C'étaient les ordres.

Depuis des heures, glaciales, Maxime attendait avec ses hommes, en pleine lutte contre une crise d'angoisse qui la faisait grelotter. Elle s'était mise un peu à l'écart du groupe, pour qu'ils ne voient pas leur capitaine trembler. La scène de sa mère en sang défilait dans sa tête, comme une interminable rafale d'images. Définitivement, l'élimination de la katiba du Taureau n'avait laissé personne indemne.

Maintenant, il allait falloir enchaîner les procédures militaires, les gestes techniques, et son esprit saturé allait pouvoir se reporter sur autre chose. En s'approchant, l'hélicoptère vira pour avoir le soleil dans le dos, au cas où il aurait fallu tirer. Il ne pouvait pas y avoir de contact radio. Une fois l'identification visuelle directe terminée, l'appareil se stabilisa à environ un mètre du sol. Rapidement, les hommes lancèrent le matériel à l'intérieur puis, sans jamais lâcher leur arme, ils sautèrent à bord sans un mot. Comme d'habitude, Maxime se hissa la dernière. Moins de deux minutes plus tard, l'hélico s'élevait de nouveau, pivotait sur lui-même et filait au sud-ouest, au-dessus d'un océan de sable roux semé de rochers aux ombres gigantesques.

Aux commandes, ce n'était plus le même pilote que celui qui les avait conduits à Gatrone. Lui était plus petit. D'un hochement de tête, sans parler, il salua la capitaine qui, comme le reste de son groupe, avait le visage recouvert de peinture de camouflage. Ce silence valait mieux puisqu'elle ne pouvait rien dire. La mission était plus que clandestine. Elle faisait même partie de ces opérations à très haut risque où les pertes humaines étaient acceptées *a priori*.

Après une demi-heure, ils survolèrent un hameau au carrefour de deux routes dont une seule était pavée. On voyait distinctement une dizaine de carcasses de voitures complètement déchiquetées.

— Ça, c'est nous, expliqua le pilote. Des Mirage qui sont venus du Tchad pour taper une bande de passeurs de migrants. Une belle brochette de salopards au tapis.

Il secoua la tête.

— Mais à quoi ça sert, franchement ? Il en reste tellement, de ces pourritures…

Maxime était obligée de lui faire la conversation.

— Il y avait des migrants dans les véhicules ?

— Non. Les passeurs descendent avec des armes et remontent avec des gens. Nous, on se les fait à la descente. Dissuader les migrants, c'est impossible, alors on bute les passeurs. Ça les calme un peu, mais bon, pas longtemps. Toute l'Afrique veut venir. Y a tellement de fric à se faire. La Libye, c'est le plus grand marché aux esclaves du monde.

Maxime sentait le nœud se desserrer peu à peu dans son estomac. Pour elle, depuis toujours, le seul antidote à l'angoisse, c'était l'action. La question n'était pas de savoir si elle aimait ça, elle en avait besoin. Et maintenant qu'elle était plongée jusqu'au cou dans le dossier Sauterelle, le danger était partout.

Il restait vingt minutes pour arriver à la base de Madama. Là-bas, elle recevrait d'autres instructions. Elle avait bien conscience que la DGSE se méfiait d'elle, qu'on ne lui donnait les informations qu'au compte-gouttes, tout en se demandant ce qu'elle savait au juste. Et Maxime était sûre d'une chose : si elle était encore en vie, c'était parce qu'ils n'avaient pas encore de réponses à leurs questions.

Le paysage lunaire défilait sous l'hélico. Elle voyait leur ombre sauter de dune en dune dans l'air déjà brûlant. Sa détresse avait reflué. À présent, comme après chaque crise, elle avait une envie furieuse de vivre, de sentir un homme contre elle. N'importe quel homme… Son ventre l'exigeait, comme une drogue.

Le camp de Madama fit à Maxime l'effet d'un jeu de construction pour enfant. La base la plus avancée de Barkhane, le dispositif militaire français au Sahel, se réduisait à un alignement de tentes de couleur beige plantées dans le sable et entourées par un empilement d'énormes sacs de sable qui faisaient office de murailles. Quelques chars étaient garés au soleil, leur canon pointé vers nulle part, les équipages affairés à d'obscures réparations. Au loin, les mêmes roches noires qu'en Libye dessinaient un horizon menaçant et, sur la gauche, comme sur une vieille carte postale égarée dans un tiroir, Maxime apercevait le vieux fort colonial en pisé, avec un drapeau nigérien planté dans la cour. Le pilote commença une descente un peu brutale vers l'héliport, un simple cercle de terre rouge, matérialisé par des galets peints en blanc.

— Vous allez voir, capitaine. Madama, c'est pas de la tarte. Il fait cinquante dans la journée et moins dix la nuit. Et quand le vent soufflera, vous regretterez d'être née. Vous êtes là pour longtemps ?

Maxime garda le silence. Ni sa mission, ni son groupe, ni elle n'existaient. Quelle que soit la question, il n'y avait aucune réponse possible.

— Vous connaissez le colonel ?

Elle lui jeta un regard froid. Il était idiot, ou il faisait juste semblant ?

Un camion bâché patientait juste à côté de l'héliport. Les unités de la DGSE et leurs collaborateurs ne devaient pas être vus par le reste des troupes. On les conduisit jusqu'à une tente, tout au bout du camp. Elle leur était réservée, ce qui faisait une belle surface.

— Et la clim, en plus ! s'exclama Tek.

Le gamin avait les traits tirés. Et leur repos fut de courte durée. Au bout de quinze minutes environ, il y eut un crissement de pneus puis une portière claqua. Une voix d'homme cria :

— Le chef de groupe au rapport !

Il resta à l'extérieur de la tente, qui était gardée par deux soldats.

Maxime couvrit son visage d'un chèche, pour se protéger du soleil et du sable, et pour ne pas être reconnue. C'était la règle, elle l'appliquait, mais elle savait que sa présence dans la région était un secret de polichinelle, au moins au sein de l'armée. Sa réputation d'experte en guerre psychologique l'avait précédée, d'autant que la méthode Barelli avait déjà permis de frapper préventivement contre des katibas dispersées à travers le Moyen-Orient et le Maghreb. Même les Américains venaient régulièrement bavarder avec elle. Enfin, tout ça, c'était avant, avant qu'elle abatte le général Othar et qu'elle devienne le mouton noir.

Le 4 × 4 la déposa devant une tente de l'autre côté du camp. Elle était un peu plus petite que les autres.

— Le colonel vous attend.

Les quelques secondes que Maxime prit pour traverser la fournaise lui firent l'effet d'un coup de massue. Elle poussa la toile et entra. À l'intérieur, il faisait miraculeusement frais, mais très sombre, comme dans une crypte. La tente était spacieuse et comportait apparemment plusieurs pièces. Maxime mit un petit temps à s'adapter à l'obscurité.

— Mes yeux supportent mal la lumière.

La voix rauque l'avait presque fait sursauter, et c'était probablement le but. Sur sa gauche, elle distingua une épaisse silhouette.

— Vous êtes la capitaine Barelli ?

Elle ne répondit pas. Un silence qui valait reproche.

— Relax, je suis un ancien de la maison.

Pendant toute sa carrière militaire, Maxime avait croisé des officiers qui ne la prenaient pas au sérieux. Cela ne durait jamais bien longtemps.

— Si vous étiez un ancien de la maison, vous ne m'auriez pas appelée par mon nom.

Il partit d'un rire gras et bref qui explosa dans la pénombre. Cette familiarité était plus que déplaisante.

— Ne m'en voulez pas trop. À force de vivre ici, on finit par en oublier les bonnes manières. Au fait, je me présente. Colonel Kaky.

Il avança vers Maxime, et elle découvrit le personnage. Une force de la nature, de sa tête chauve aux muscles de son torse qui jouaient sous son treillis. Mais ce qu'on remarquait le plus, c'était la profonde cicatrice qui barrait sa joue juste sous l'œil droit. Le rictus plaqué sur ses lèvres charnues n'avait que l'apparence d'un sourire. Son regard, lui, était vide.

Il vit qu'elle observait sa balafre.

— Ce n'est pas une blessure de guerre, capitaine, juste un mauvais geste au stage commando à Cercottes. Vous ne me trouvez pas trop défiguré, j'espère ?

Son inquiétude semblait non feinte, ce qui le rendait curieusement plus humain.

Maxime, une fois de plus, ne répondit pas. Aucun bruit n'animait la tente, à l'exception de bourrasques qui claquaient contre les parois de tissu. L'homme la mettait mal à l'aise. Il était à la fois repoussant et attirant. Sa crise d'angoisse de la veille continuait à assaillir son corps d'ondes de terreur qui heurtaient sa mémoire. Elle se sentait fragile, désorientée.

— J'ai des instructions pour vous.

La voix du colonel était plus chaude.

— Mais vous êtes habilité ?

Il ne releva pas.

— Vous avez les félicitations du directeur. Fakir est bien entré en contact avec ses employeurs. Le problème, c'est que le drone les a perdus ensuite. La DT fait tout son possible pour les retrouver vite, et discrètement. On ne sait pas exactement où ils sont, mais on sait dans quel périmètre.

Il lui adressa un regard appuyé.

— Votre groupe a fait du bon boulot, mais c'est loin d'être fini. Quand on les aura localisés avec précision, vous irez voir ce qu'ils préparent.

— Comment le Busard a-t-il pu les perdre ? Où était-il quand c'est arrivé ?

— Je vais vous montrer.

Dans l'immense tente, il semblait être seul. Maxime le suivit jusqu'à une table recouverte de cartes.

— Vous voyez cette piste qui descend vers Aozou, au Tchad ? Ils l'ont quittée ici.

Son index, dont l'ongle était coupé très court, était posé sur un point de la carte.

— Ils se sont enfoncés dans un de ces oueds, une vallée à l'est de Gatrone. Il y en a beaucoup. Certains sont très profonds. C'est là que le Busard les a perdus et on ne sait pas trop pourquoi. On l'apprendra bientôt, car il repart sur zone.

— Il décolle d'ici ?

— Affirmatif. Et ces jours-ci, c'est votre opération qui a priorité sur toutes les autres. Toutes les ressources sont mobilisées pour vous.

Il passa sa main sur son crâne rasé.

— De toute façon, ici, à Madama, il n'y a pas grand-chose à faire. Les djihadistes ne viennent pas nous chatouiller, et même quand on en trouve une bande sur la route, difficile de les choper. Avec le fric des pays du Golfe, ils peuvent s'offrir des pick-up avec des moteurs V10 qui montent à cent trente. Mes blindés roulent maximum à quatre-vingt-dix et, à cette vitesse, on ne peut déjà plus tirer. En plus, vous avez intérêt à rester sur la piste si vous ne voulez pas sauter sur des mines posées par ce cinglé de Kadhafi.

Il lui fit un clin d'œil en ajoutant :

— Mais en dehors de ces détails techniques, ce n'est pas à vous que je vais apprendre comment fonctionne la traque des djihadistes. C'est bien vous qui avez inventé tout ce blabla psychologique sur la contre-menace. Je me trompe ?

Du dehors s'éleva un hurlement qui fit tressaillir Maxime. La tente venait de prendre comme une gigantesque gifle. Le colonel haussa les épaules, une mimique vaguement compatissante sur ses lèvres charnues.

— C'est le vent. Il atteint parfois des vitesses terrifiantes. Il s'insinue partout. Il nous rend tous fous, les chèvres comme mes gars. Quelques heures de cette moulinette, et vous avez les nerfs en pelote.

D'une caisse posée sur le sol, il tira une bouteille de whisky, l'ouvrit et remplit deux verres. Il en plaça un, un peu brutalement, sur la table devant Maxime et siffla le sien d'un trait. Son regard était tout à coup plus animé.

La capitaine but une gorgée. Délicieux. Elle sentait la tension des derniers jours quitter ses muscles. Elle répliqua :

— Ce n'est pas du blabla, c'est une thèse de psychosociologie du combat.

— C'est bien ce que je disais. Du blabla. Moi, je vais vous dire ce que nous faisons ici. Nous perdons la guerre. C'est une immense foutaise. Nous couvrons une zone de quatre mille trois cents kilomètres sur deux mille. Treize fois la France. Avec 4 500 militaires. Les djihadistes se foutent de nous comme de leur première exécution. En plus, grâce à notre présence, ces ordures peuvent recruter plus facilement en balançant leur baratin anticolonial. Les ploucs du coin ne font pas la différence. Ils trafiquent la drogue, les armes ou les esclaves. Avec 50 euros par mois, vous transformez un berger en guerrier. Mettez 100 euros, et vous avez un fanatique qui se fera sauter à l'heure de votre choix. Ces gars, ils ne mènent pas seulement une guerre de religion contre nous. C'est comme une autre planète qui nous tombe sur la gueule. Je vous le dis, c'est beaucoup trop tard. Votre thèse n'y changera rien, capitaine.

Il fit un pas vers elle sans cesser de parler.

— Avec aussi peu d'hommes sur un territoire aussi grand, soit vous vous barricadez dans vos campements, soit vous passez des accords avec des ordures contre d'autres ordures. Au moins, comme ça, vous avez des résultats à montrer au ministre. C'est pas la guerre en gants blancs, je l'admets. Je travaille avec des types qui nous ont fait des saloperies dans le passé, ici ou en Libye, mais ils maîtrisent le terrain et nous préviennent avant les sales coups.

La chaleur de l'alcool s'était lovée dans le ventre de Maxime et avait déposé sur sa peau une fine couche de sueur que la brise de l'air conditionné caressait comme si elle avait été dans un bain d'eau tiède. Elle essayait toujours de se concentrer sur la conversation quand la main du colonel se glissa sur sa hanche. La capitaine eut un geste de recul, mais buta contre la table. Elle lut dans ses yeux qu'ils avaient envie de la même chose. Lui n'avait pas vu de femme depuis des semaines. Elle cherchait à fuir quelque chose d'horrible blotti au fond d'elle.

Le colonel déboutonna le haut de son treillis et prit ses seins à pleines mains, d'abord à travers son T-shirt beige, puis il dégrafa son soutien-gorge. Elle ne le laissa pas la déshabiller davantage. Elle se débarrassa elle-même de son uniforme. Elle était grande et sa poitrine plutôt petite surplombait un ventre plat et musclé. Il était torse nu. Son corps à lui était fort et lourd et, quand son sexe l'envahit, elle se mordit la lèvre pour ne pas hurler. Il se pencha vers elle :

— Vous pouvez crier, Barelli. Le vent de sable couvre tous les bruits.

Il l'embrassa. Son haleine et sa langue sentaient le whisky et un fruit qu'elle ne reconnut pas. Elle n'avait pas la force de le repousser. Elle avait besoin de jouir comme on a besoin de boire de l'eau. Une question de survie. Ses mains à lui emprisonnaient ses fesses.

Dehors, la sarabande du vent continuait en effet de secouer la tente. Elle ne voulait pas crier, elle ne voulait pas lui donner cette victoire. Alors tout son plaisir explosa en elle. À part un vague sentiment de honte, elle ne songeait plus à rien qu'à ce désir dur dont chaque poussée disloquait un peu plus les pensées terribles qui la hantaient depuis des mois. Et soudain, tout fut pulvérisé. L'orgasme agit sur son cerveau épuisé comme sur une ardoise magique.

Ibtissam ne sentait pas la fatigue. L'excitation était trop forte. Elle n'avait plus besoin de sommeil. Le plan se mettait en place et elle était aux commandes. Enfin ! Régulièrement, elle palpait la photo dans la poche intérieure de son blouson. La photo qui allait tout faire péter.

Il y avait six heures de route jusqu'au petit hameau de Mourzouq où ils avaient décidé de mener l'expérience. Ils n'empruntaient pas la route principale, et c'était une des causes de leur lenteur. Mais il y en avait d'autres. En effet, ils roulaient de nuit, toujours avec des phares tamisés et, bien que toutes les voitures soient équipées de brouilleurs, ils changeaient de véhicule toutes les deux heures pour être certains de ne pas être suivis. Ibtissam avait dans la région des ennemis très dangereux et brutaux. Mais il y avait aussi les Français. Eux étaient les plus intelligents, et ils ne lâchaient jamais leur proie. Elle le savait mieux que personne, elle qui avait évolué à leur côté durant tant de temps.

Fakir et l'Italien voyageaient dans une autre voiture et utilisaient un autre itinéraire, pour limiter les risques. Les deux équipages avaient l'ordre de ne pas communiquer et ils n'avaient d'ailleurs emporté aucun téléphone portable.

La jeune femme songea aux bouleversements des derniers jours. Depuis que Fakir avait débarqué, le labo avait changé de siècle. En quelques heures, la connexion entre le médecin italien déchu et le petit génie algérien avait fait des miracles. Comme si on avait branché la fibre optique sur un papyrus. Le faux docteur Sica, malgré son cerveau dérangé, avait des intuitions à couper le souffle. Ali Mokhtari, le chercheur errant qui avait mis plusieurs mois à passer du Sham à ce désert sans limites, apportait les technologies du XXIe siècle. Maintenant, grâce à eux deux, ils possédaient une arme inimaginable.

Ils arrivèrent au village avec seulement deux heures d'écart, avant le lever du jour. La bourgade abritait un peu plus d'une centaine d'habitants. Elle avait été choisie méticuleusement par l'Italien à partir de données fournies à son insu par une respectable ONG néerlandaise venue étudier l'anthropologie génétique des tribus du Fezzan. L'ONG avait commis l'erreur de confier un échantillon des résultats au chef du district de Mourzouq, dont plusieurs neveux faisaient partie de la garde rapprochée d'Ibtissam. Mais en réalité, même sans ces liens, aucun chef de district n'avait les moyens de s'opposer à la jeune femme. Ils étaient payés un mois sur deux et ne devaient leur survie qu'à la protection intéressée des puissants locaux.

Ibtissam, l'Italien et Fakir attendirent à quelques centaines de mètres en surplomb du village. Une dizaine d'hommes en armes ne les quittaient jamais. Ce dispositif pouvait sembler impressionnant et disproportionné, mais, la fille du raïs le savait, elle était dérisoire contre les Français. Il suffisait d'un seul passage d'hélico pour effacer une troupe comme la leur. Ils l'avaient fait plus d'une fois au Tchad. La routine.

Vers 5 heures, les hommes jeunes de la bourgade s'égaillèrent vers les collines qui se dressaient à l'ouest. Les femmes les suivirent de peu, dans l'autre direction. Elles allaient chercher de l'eau, accompagnées de leurs enfants et même de quelques bébés. Enfin, vers 6 heures, un groupe partit à la mosquée, distante d'au moins deux kilomètres. Une bonne partie de ce petit monde serait de retour avant 7 heures. Si les renseignements d'Ibtissam étaient bons, il ne restait plus dans l'agglomération qu'une poignée de vieillards alités.

À 6 h 10, celle-ci quitta donc l'ombre des rochers et commença à descendre. Dissimulé sous une robe informe, son jean était invisible, mais pas ses baskets. Sa tête était recouverte d'un voile bleu. Comme tout le groupe, au cas où quelqu'un les aurait surpris, elle portait autour du bras un brassard marron, ressemblant vaguement à celui de la compagnie d'électricité nationale. Le village n'était pas encore relié au réseau, et la visite d'une équipe de reconnaissance n'aurait rien d'étonnant.

À l'intérieur de la muraille de parpaings, le hameau était un peu plus coquet qu'il ne le paraissait. Il comportait deux rues principales qui se coupaient à angle droit. Au carrefour, la place de forme arrondie était même agrémentée d'un petit jardin. Les constructions avaient été conçues pour garantir le plus d'ombre possible, avec des ruelles étroites. Derrière Ibtissam, tous les hommes étaient équipés d'un discret sac à dos contenant un pulvérisateur. Fakir les avait briefés en détail. Il fallait pulvériser un produit qui ne représentait aucun danger pour eux sur les murs des parties communes, à hauteur de genou puis à hauteur de poitrine. Il s'agissait d'une sorte de gel, un peu visqueux, mais translucide, et inodore. En l'observant de très près avec une lumière blanche, on aurait pu y surprendre comme des éclats de métal. Très vite, le groupe commença à asperger, conformément aux instructions. Une bande en haut, une bande en bas. Un jeu d'enfant. Quinze minutes plus tard, ils quittaient les lieux sans avoir vu personne.

En revanche, on les avait vus. Une vieille femme les avait observés de derrière un volet pendant toute l'opération. Sa tête toute tremblante et son regard affolé en disaient long sur le désordre qui régnait dans son cerveau. Mais elle avait vu et, de sa main vacillante, elle refit pour elle seule le geste des peintres.

Fakir jeta un œil à sa montre. Il était 6 h 35. Sophistiquée, celle-ci indiquait aussi la température : 24 °C. Il sourit pour lui-même. Dans moins d'une heure, il en ferait exactement 28. Il suffisait de laisser faire le soleil. Jamais il n'aurait imaginé que ce serait aussi facile.

Les deux joggeurs étaient habillés comme des étudiants australiens ordinaires, avec la panoplie de rigueur : épaules larges, short court, écouteurs sans fil et coupe-vent pour affronter la brise qui soufflait souvent fort quand on courait le long de la rivière Ross, si près de l'estuaire. Soudain, sans accélérer, ils quittèrent Veterinary Service Road et grimpèrent le petit talus boisé qui redescendait vers le parking du département des sciences tropicales. Là, ils croisèrent d'autres étudiants faisant le tour du campus, mais ceux-ci, concentrés sur la musique et sur l'effort, ne remarquèrent pas les deux hommes bien plus âgés que la moyenne. Ces derniers semblaient connaître parfaitement l'université James-Cook, et leurs longues foulées souples les menèrent jusque dans l'escalier qui permettait d'accéder au TASRU, l'unité de recherche sur le venin australien tropical.

Celle-ci était située au deuxième étage. Le sas d'entrée était protégé par un code. Le plus grand des deux le composa sur le digicode sans hésitation. Il n'avait pas grand mérite. Après avoir déposé la veille une poudre incolore sur les touches, il avait suffi de trouver les cinq où il n'y avait plus de poudre. Une minicaméra cachée dans une plante verte avait fait le reste en filmant les gestes de ceux qui tapaient la combinaison gagnante. Le plus petit, lui, nota mentalement d'essuyer le clavier et de récupérer la caméra. Elle avait été achetée dans une supérette du centre-ville de Townsville, mais c'était la procédure. Leur employeur était très strict.

Une fois dans la place, ils se mirent au travail. Ils savaient exactement ce qu'ils cherchaient. Des munitions pour l'arme la plus petite et la plus dangereuse jamais imaginée.

— Capitaine ? Le capitaine est là ?

Maxime évoluait dans un demi-sommeil quand elle entendit la voix à l'extérieur de sa tente. Le vent de sable était tombé, il était à peine 6 heures du matin, le type était aussi énergique qu'une pile électrique et il allait réveiller tout le groupe. Dans le fond, cette agitation matinale n'avait rien d'étonnant. Après 7 heures, la température devenait pénible, après 9 heures, elle était insupportable. La capitaine s'assit finalement sur son lit de camp et s'apprêtait à se lever quand elle s'aperçut qu'elle était en culotte. Elle enfila le pantalon de treillis qu'on lui avait fourni quand elle était arrivée à Madama, traversa la salle où dormaient ses hommes et dézippa l'ouverture principale de la tente.

— C'est LA capitaine. Vous voulez quoi ?

L'aspirant resta interdit. Il avait devant lui une femme grande, un mètre soixante-quinze, mince, jolie, dont les cheveux noirs auraient sans doute été bouclés s'ils n'avaient pas été aussi courts.

— Pardon, ma capitaine.

— Non, on dit : « Pardon, capitaine. » C'est compliqué, je sais. Alors, vous voulez quoi ?

Plus elle l'observait, plus elle sentait monter en elle une affection à des années-lumière du ton rugueux avec lequel elle avait accueilli le jeune homme. Avec sa tête carrée et ses cheveux roux coupés ras, celui-ci ressemblait à Oliver. Maxime fut envahie par une bouffée de souvenirs Elle se remémora la toute première fois où elle avait rencontré l'aspirant Oliver Tangier, le jour où il lui avait déclaré avec une insolence très calme qu'elle faisait fausse route dans le décryptage mental du terrorisme. Leur histoire avait été la plus forte de sa vie, elle s'était achevée dans les montagnes afghanes. Elle ne s'en était jamais vraiment remise.

Le militaire était déstabilisé, mais il se reprit vite :

— Je suis le conseiller facteur humain du camp de Madama. Toutes les unités qui reviennent d'opération ont droit à un soutien psychologique.

— Au lieu de me laisser dormir, vous me réveillez à 6 heures du matin pour me proposer un soutien psychologique, c'est ça ?

— Affirmatif, capitaine.

Elle referma la toile de la tente derrière elle et fit un pas vers l'aspirant. Un rayon de soleil frappa son bras, et cela lui fit l'effet d'une brûlure. À voix plus basse, elle lui dit :

— Je vais en parler à mes effectifs. Pour moi, il me faut un contact vidéo sécurisé. Vous pouvez m'organiser ça ?

Pris au dépourvu, il marqua une pause, puis répondit :

— Oui, bien sûr, une ligne vidéo sécurisée.

Maxime le regarda droit dans les yeux.

— Je ne veux pas parler à un psy, je veux parler à mon psy. Vous comprenez ?

— Affirmatif, capitaine.

— Alors, vous attendez quoi ? lança-t-elle à l'homme, qui ne bougeait pas.

Il se mit au garde-à-vous.

— Je viens vous chercher dès que la connexion est prête.

L'aspirant roux tourna les talons. Maxime resta un moment devant la tente tandis qu'il s'éloignait.

L'orgasme puissant et brutal qu'elle avait ressenti avec le colonel Kaky avait simplement repoussé l'échéance, mais elle devait se rendre à l'évidence, elle avait besoin d'aide, elle ne s'en sortirait pas toute seule. Les images de cette course en montagne avec sa mère et son père revenaient de plus en plus souvent. Si elle persévérait à traiter l'angoisse par l'action, si elle continuait à compter sur le combat pour tuer les démons qui la rongeaient, elle finirait comme tous ces soldats qu'elle avait croisés, le regard éteint, détruits par la guerre qu'ils avaient livrée trop longtemps contre eux-mêmes.

Pour un camp situé au fin fond du désert nigérien, la connexion était de bonne qualité, presque stable. Maxime avait été autorisée à utiliser sa tablette de commandement pour ses entretiens psy. Après tout, l'efficacité opérationnelle de la capitaine Barelli était directement en jeu. Bien sûr, si on lui avait appliqué les règles du Service Action, la téléconsultation n'aurait pas été permise, aucune communication ne l'était, mais Maxime était un électron libre. Elle avait ses propres règles, et personne n'avait intérêt à ce que la nettoyeuse disjoncte. Personne n'avait envie de nettoyer à sa place.

Le psy était à l'heure. Quand elle se connecta, il était déjà en ligne, en train d'écrire ses mails. Derrière lui, toujours ce mur à la couleur indéfinissable. Depuis leur première entrevue, juste après une opération en Abkhazie, Maxime ne l'avait revu qu'à deux reprises, chaque fois dans des situations d'extrême stress. Il était le seul à avoir compris qu'elle avait tué Oliver parce qu'il n'y avait aucun autre choix, il était le seul à avoir trouvé les mots pour que cesse la brûlure de la culpabilité. Et tous ceux, des hommes surtout, qui faisaient semblant de s'inquiéter des pulsions de mort de la capitaine avaient ravalé leurs moqueries.

Visiblement, il avait encore grossi, mais son sourire de commande habituel était, lui, accroché à ses lèvres, comme une enseigne sur la devanture d'un magasin. On se demandait même s'il ne surjouait pas le fonctionnaire empâté. Un leurre pour mieux révéler l'acuité de ses analyses. Maxime n'était pas réellement capable de dire si elle gardait un bon souvenir de lui. Trop d'intensité non souhaitée, trop de confidences. Toutes leurs conversations avaient été violentes, il avait l'empathie brutale, mais elle lui reconnaissait une qualité : c'était un fonceur qui savait comment parler à des militaires. Cash. Ses séances avaient la puissance de l'hypnose. Au lieu de ménager ses patients, il appliquait une méthode fort peu orthodoxe. Il appelait ça « le choc de la première vérité ». Il en avait fait un livre, *Étude psychosociale de l'ajustement au stress chronique et opérationnel dans les forces spéciales*. L'ouvrage lui avait conféré un statut de petite star du psychisme militaire, et il avait du respect pour Maxime, qui avait fait le même travail sur le psychisme terroriste.

— Bonjour, doc.

— Bonjour, capitaine, content de vous revoir en bonne santé. Merci d'avoir provoqué cette consultation.

Il ne lui demanda pas où elle était, ça n'avait aucune importance. Le psy n'avait plus rien à apprendre sur elle, il maîtrisait à la perfection le cas Barelli et il se disait dans les milieux informés qu'il avait défendu *mordicus* le maintien de Maxime dans l'armée après qu'elle avait abattu le général Othar, alors que beaucoup voulaient la faire passer en cour martiale pour troubles psychiatriques. Comme d'habitude, il avait un dossier posé bien en évidence devant lui. Son dossier à elle.

— Dites-moi tout, capitaine.

Au milieu de son visage rond, les yeux trahissaient une intelligence peu commune. Il ajouta aussitôt :

— Je vous signale que cet échange fait l'objet d'une surveillance électronique pour détecter d'éventuelles intrusions, mais personne n'écoute et rien n'est enregistré.

— Reçu. J'ai repensé à notre dernière consultation, doc.

— Nous avions échangé sur votre violence, sur le plaisir non conscient que vous en tirez. Vous compensez un traumatisme ancien par l'état de choc auquel vous soumettez votre conscience, pour repousser l'acceptation de cette blessure originelle.

Il parcourait ses notes, les yeux baissés.

— Vous êtes un cas difficile pour un thérapeute, car le plaisir que vous ressentez est aussi une défense naturelle. Vous êtes en contact permanent avec une extrême violence et vous êtes en partie l'auteur de celle-ci. C'est votre métier. Il est donc normal que vous cherchiez à pactiser avec elle pour qu'elle ne vous détruise pas. Le plaisir, la jouissance, sont les termes de ce pacte.

Maxime ne disait rien. Quelques mois plus tôt, elle aurait envoyé le psy se faire foutre, mais là, elle percevait bien qu'elle approchait de quelque chose et qu'il était là pour l'aider, avec ses sales manières. Et puis dans le fond, il avait raison. Elle aussi avait constaté ça. Pour certains commandos, la satisfaction qu'ils tiraient du fait de tuer, et dont ils avaient profondément honte, était un acte de survie. L'unique moyen de ne pas devenir fou.

D'un geste un peu théâtral, comme s'il voulait donner à sa patiente le temps de se ressaisir, il referma son dossier.

— Souvenez-vous, capitaine. Je suis là pour vous permettre de trouver une troisième voie entre la violence et la folie. Je vous écoute.

Les yeux de Maxime se brouillèrent, elle était furieuse de se sentir intimidée, comme une gamine, devant ce gros lard de psy.

Il insista :

— À vous, capitaine.

Comme chaque fois qu'elle devait se mettre à nu, elle hésitait. Le besoin de parler montait en elle, mais une sorte de garrot bloquait les mots dans sa gorge.

— Je reviens d'opération.

Il laissa passer de longues secondes.

— Vous voulez que nous en discutions ?

De nouveau, elle resta silencieuse. Au bout de quelques instants, elle réussit difficilement à articuler :

— Non.

Le silence se réinstalla, seulement perturbé par le léger grésillement de la tablette, sans doute les procédures anti-piratage. Le psy observait sa patiente, mais il ne prononça pas le moindre mot. Ce fut Maxime qui dut s'y coller. Elle s'y reprit à deux fois.

— Je veux… Je veux parler de ma mère.

Elle cherchait le moyen de commencer.

— Nous avons tout notre temps, l'encouragea le psy.

— Ma mère est morte quand j'avais douze ans. C'était dans le massif des Écrins, en hiver. Mon père était le premier de cordée, j'étais au milieu, ma mère fermait la cordée. Ils se disputaient tout le temps, ce jour-là. À cause de la météo. Ma mère disait qu'on n'aurait jamais dû partir parce que la fenêtre de beau temps était trop courte. Mon père avait beaucoup bu la veille. Les guides, au refuge, avaient tenté de nous empêcher de sortir, mais il s'était foutu en colère et on y était quand même allés. Sinon, je crois qu'il aurait frappé ma mère.

— Il était violent avec votre mère ?

— En montagne, il devenait fou. Au moindre problème, il se mettait à taper.

— Qu'est-ce qu'il ne supportait pas ?

La nausée battait dans la gorge de Maxime, comme le prix à payer pour expulser un poids atroce.

— À cause de son alcoolisme, mon père n'avait plus la même condition physique qu'avant et il était atteint de la névrose de la montagne, l'obsession de grimper, mais sans la capacité. Il se vengeait sur nous.

— Que ressentiez-vous quand il avait ses crises ?

Maxime eut un hoquet qui dut s'entendre, car le psy releva les yeux.

— J'avais envie de disparaître, de mourir.

— Vous aviez peur de lui ?

— Non, ce n'est pas ça.

— Vous aviez peur de quoi ?

— J'avais peur de ne pas pouvoir protéger ma mère. Je n'avais pas assez de forces pour l'empêcher de lui faire du mal.

— Alors vous vouliez disparaître ?

— Je me disais que, si je disparaissais, la violence de mon père disparaîtrait.

— Vous vous pensiez responsable de la violence de votre père envers votre mère. Et vous étiez prête à tout pour que cessent les tensions entre vos parents, n'est-ce pas ?

Le psy avait amené Maxime tout près de l'abîme. Elle ne pouvait plus attendre.

— Ma mère était fatiguée, elle avançait très lentement et on s'est retrouvés coincés dans le brouillard. Du coup, on a tourné et tourné. Ma mère a trébuché deux fois au bord d'une crête, on l'a rattrapée. La troisième, je n'ai pas suffisamment tenu la corde et elle nous a entraînés. On a tous dévissé d'au moins cinquante mètres, mais il y avait plus de mille mètres en dessous. Je ne sais pas comment, la corde s'est prise dans un rocher. Je me rappelle que, même pendant qu'on glissait, mon père hurlait et insultait ma mère. Moi, j'étais la plus légère, j'ai tapé la dernière. Mais je suis tombée sur ma mère…

Elle haletait.

— Avec mon piolet, je l'ai blessée au ventre. C'est à cause de ça qu'elle est morte.

— Vous vous souvenez de la chute ?

— Je me souviens de la glissade sur le névé, je serrais le poing pour ne pas lâcher le piolet. Mon père m'avait promis une correction si je le perdais. Je l'entendais crier, mais j'étais tétanisée sur ce foutu piolet.

— Votre père vous battait ?

Elle ne répondit pas, happée par son propre récit.

— Je me souviens aussi des éclats de glace qui me giclaient sur le visage et qui m'écorchaient les mains. Et puis ma tête a heurté le rocher, je me suis évanouie. Le trou noir.

— Et après ?

— Quand j'ai repris connaissance, mon père se taisait enfin, ma mère avait une énorme plaie rouge sur le front et une autre au foie. Mon piolet était planté dans son abdomen.

L'image flottait devant les yeux de Maxime avec une netteté effrayante. La neige qui se dépose sur le sang. Son père qui la regarde. Elle a tué sa mère.

Le psy la laissa respirer quelques instants. C'était à présent à lui de prendre la parole. L'heure était venue. Elle était prête.

— Capitaine Barelli, vous n'avez pas tué votre mère.

Le visage de Maxime était couvert d'une pellicule de sueur. Dehors, la température dépassait les 50 °C, et la clim déchaînée à l'intérieur de la tente permettait tout juste d'en gagner 20. Malgré la surprise, elle s'efforça d'adopter un ton assuré.

— Et comment vous savez ça ?

— Nous savons exactement comment votre mère est décédée et vous n'y êtes pour rien.

Il détachait les syllabes, un truc efficace face à une patiente en état de choc.

— Nous savons depuis des années comment votre mère est morte, répéta-t-il. Ce sont des informations dont nous avions besoin quand vous avez été recrutée. Mais je ne vous les ai pas communiquées, car j'aurais préféré pour vous que vous retrouviez la mémoire.

— Quelle mémoire ?

— Vous avez été témoin des faits.

Elle ne disait plus rien, le grésillement de la connexion vidéo accentuait sa respiration saccadée. La voix du psy était presque sourde.

— Le jour où vous avez quitté ce refuge avec vos parents, le gardien a donné l'alerte à la gendarmerie, et le secours en montagne est parti immédiatement à votre recherche.

Au milieu de son corps de soldat, il y avait maintenant comme un bloc de plomb qui entraînait Maxime vers le point de non-retour.

— Le rapport des secouristes est très précis. Il n'y a pas eu de chute, n'est-ce pas, capitaine ? Vous n'avez pas dévissé.

Le psy saisit ostensiblement un formulaire bleu rempli à la machine à écrire.

— Vous avez quitté le refuge tous les trois à 5 heures du matin. À 7 h 10, vous avez atteint le col, au pied de l'aiguille. Le temps se gâtait déjà. Les gendarmes secouristes étaient derrière vous et vous observaient à la jumelle tout en essayant de vous rejoindre. Ils décrivent une altercation. Probablement parce que votre père voulait poursuivre vers l'aiguille. Ils ont noté le premier coup porté par votre père à 7 h 13. Il visait la tête. Votre père a ensuite continué à frapper votre mère, toujours à la tête, dans l'intention évidente de la tuer. Vous vous êtes interposée et sa fureur s'est abattue sur vous. Au front, au cou et à l'omoplate. Ensuite, il vous a laissées là toutes les deux et il s'est lancé dans l'ascension, mais les gendarmes l'ont rattrapé. Il était en pleine crise de démence.

Le psy reposa le formulaire.

— Vous n'avez pas tué votre mère, capitaine, c'est votre père qui l'a tuée, et vous avez bien failli y passer, vous aussi.

Maxime enfouit son visage dans ses longues mains et hurla en silence. C'était pire que tout, pire que la fiction qu'elle avait construite dans sa tête d'ado.

Le Fonctionnaire s'était construit la loyauté chevillée au corps. Elle coulait dans ses veines. Il était loyal, point final. Il avait travaillé pour lui, mené campagne pour lui, gagné pour lui. Maintenant, il gouvernait pour lui. Les mauvaises langues qui juraient qu'il était amoureux du président de la République se trompaient complètement. Le sentiment qu'il éprouvait était beaucoup plus fort. Le Président était toute sa vie.

Et pourtant, s'il était honnête avec lui-même, il se devait de reconnaître que sa loyauté envers le chef de l'État n'avait jamais été réellement testée. Elle n'était encore qu'un mot, répété jusqu'à la nausée dans des articles bâclés par des journalistes invertébrés. Il pensa brièvement à l'histoire de son père, au jour où il avait refusé de livrer ses camarades étudiants aux miliciens du GIA, le Groupe islamique armé qui avait ravagé l'Algérie dans les années 1990.

Il avait été loyal jusqu'au bout, jusqu'au fil du couteau qui l'avait égorgé. Il n'avait pas supplié, il n'avait pas hésité, il n'avait pas calculé. Devant les tueurs du GIA, il n'avait pas négocié sa loyauté. À la vérité, le Fonctionnaire ne savait plus trop s'il aimait ou s'il haïssait son père. Le courage de cet homme devant la mort avait brisé son enfance à lui. Chacun de ses gestes, chacun de ses résultats scolaires, chacune de ses angoisses avait été jugé par sa mère à l'aune du héros. Il n'était jamais assez valeureux, jamais assez généreux. Il aurait pu consacrer toute son énergie à tenter d'échapper au culte du père, mais il savait bien que cette liberté-là lui était à tout jamais interdite. Il était englué dans la légende du martyr. Et aujourd'hui, l'occasion se présentait enfin pour le fils unique d'égaler le modèle.

Le Fonctionnaire posa la main sur le combiné de la ligne sécurisée. Son cœur battait plus vite. Ce n'était pas un geste anodin. Une conversation de quelques minutes allait mettre en mouvement des forces qui lui échapperaient ensuite totalement. Des forces qui pouvaient le broyer. Mais ce coup de fil, il était le seul à pouvoir le passer. Pour protéger le Président. Il avait été naïf de croire que le directeur de la DGSE pouvait se charger de cette mission. Celui qui avait fait du raïs le pilier de la DGSE en Libye ne pouvait pas se résigner à l'abattre.

— Résidence de Son Altesse.

Chez le Prince, l'étiquette était prise très au sérieux. Pourtant, en dépit de son maintien irréprochable, son interlocuteur n'était pas un majordome. Sans doute un officier de renseignement, si le Fonctionnaire était bien informé. Ce dernier n'avait plus qu'à prononcer une courte phrase codée. Pendant une fraction de seconde, il eut la peur panique d'avoir oublié la poignée de mots qui servaient de sésame, et sa température fit un bond. Un comble pour lui qui était capable de mémoriser des textes de loi entiers. Mais non, fausse alerte. Il s'en souvenait parfaitement. Les syllabes sortirent de sa bouche dans un arabe un peu chuintant.

— Dans la nuit noire, sur la pierre noire, une fourmi noire. Dieu la voit.

Le Prince aimait se présenter en homme moderne, mais il avait aussi un côté bigot. Il y eut un court silence avant la sentence.

— Je vous transfère au bureau de Son Altesse.

Le Fonctionnaire perçut un remue-ménage à l'autre bout du fil, *a priori* un fauteuil lourd qu'on traînait sur le parquet, puis le souffle court d'un homme fatigué. Le Prince n'était pas en grande forme. Sa voix était rauque.

— Comment va mon ami le Président ?

Le Prince avait le sens de la hiérarchie. Il voulait montrer d'emblée à son interlocuteur que ce dernier n'était qu'un messager. Vu de Doha, l'étendue des pouvoirs du secrétaire général de l'Élysée était mal connue. Autant profiter de cette ignorance. Le Fonctionnaire savait s'effacer. Sa mère lui avait inculqué ce talent à coups de trique. Au bout du compte, il combinait une ambition féroce et une absence totale d'ego, ce qui lui donnait une force considérable dans les négociations.

— Le Président va aussi bien que possible, quand la France est en grand danger.

— La charge est lourde, mais ses épaules sont solides, *Inch Allah*.

— Je lui transmettrai vos vœux.

Il y eut un bruit léger dans l'écouteur. Le Prince était sans doute en train de déguster une pistache.

— Si je peux alléger sa charge, j'en serais heureux. Sinon, à quoi peuvent bien servir les amis ?

— Son Altesse est très généreuse. Justement, il y a peut-être quelque chose. Vous connaissez un Libyen nommé Fatik Al Charouk ?

Seul un blanc lui répondit d'abord. Il avait pris le Prince par surprise.

— Je le connais, oui. Vaguement.

Le Fonctionnaire s'autorisa un mince sourire. Fatik Al Charouk, *alias* « le général », *alias* « le raïs », était l'homme du Prince en Libye. Ce dernier ne pouvait pas envoyer les soldats qataris dans ce pays, il n'était que le cousin de l'émir, mais il avait des intérêts financiers à défendre, des commissions sur les trafics avec l'Afrique, alors il employait des milices libyennes. Le Français poursuivit :

— Fatik Al Charouk était un informateur précieux il y a huit ans, Prince, je sais que vous en avez souvent parlé avec le Président. Mais aujourd'hui, il appartient au passé et ne s'adapte pas. Alors, il compromet le présent. Il est devenu dangereux.

— Je vous écoute.

— Pour nous tous, c'est un grave problème. Nous cherchons une solution.

— Alors je suis rassuré. Le Président est un homme de solutions.

Le secrétaire général s'attendait à cette esquive.

— Vous avez mille fois raison, mais cette solution-là ne peut pas venir de lui. Charouk a été longtemps très proche de nous. Vous comprenez ?

Un nouveau silence laissa filtrer un conciliabule étouffé. La négociation avait commencé. Le Fonctionnaire le perçut également à l'inflexion de la voix du Prince.

— Le Président me fait penser à moi quand j'étais jeune. Il n'aime pas recevoir de conseils. J'étais comme lui, autrefois. J'ai déçu des amis.

À partir de maintenant, le politicien français jouait gros.

— Le Président suit les conseils de ses amis les plus sages, croyez-moi. Et vous êtes son ami. Quand les intérêts de la France sont en jeu, il est intraitable, mais il prête toujours une oreille attentive à ses amis.

Une main se posa sur le combiné. Il entendit un autre timbre, sourd, mais impérieux, sans doute le faux majordome. Puis le Prince déclara :

— L'amitié de mon ami le Président est irremplaçable. Je suis d'ailleurs comme lui. Quand l'avenir de mon pays est en jeu, je suis, comment dites-vous, intraitable. Or, je veux que mon pays ait les moyens de sa défense. Et pour cela, nous avons besoin de l'aide de la France.

— Comment pouvons-nous vous aider, Prince ?

— Le Qatar souhaite acquérir des parts dans une petite entreprise française.

Le Fonctionnaire ne l'avait pas vu venir. Pourtant, les Qataris étaient coutumiers du fait. Ils achetaient des hôtels de luxe et des clubs de foot comme des petits pains.

— Et de quelle entreprise s'agit-il ?

— C'est une filiale de Thales : Javelor. Pour nous, ce sera une garantie d'accès à des technologies de pointe pour construire notre défense. Le Golfe est une région de plus en plus dangereuse. Nous voulons le meilleur pour notre sécurité.

— Thales est une société extrêmement sensible, elle produit les technologies de nos satellites militaires.

Un silence glouton suivit.

— Javelor n'a rien à voir avec vos satellites militaires.

Le secrétaire général avait une mémoire que même son patron trouvait surhumaine.

— Javelor fabrique le pod de désignation laser de dernière génération qui équipe les missiles air-sol de notre chasseur Rafale.

— C'est bien ce que je vous disais. L'acquisition de ces parts me semble d'ailleurs très logique puisque le Qatar est un pays ami de la France et que nous avons acheté des Rafale. En outre, le fonds souverain norvégien est bien actionnaire de Thales, lui. Quelle différence ?

Dans d'autres circonstances, le politicien français aurait été tenté d'éclater de rire, la comparaison était cocasse, mais il fallait prendre le Prince au sérieux.

— Je ne vous cache pas, Prince, que cela ne sera pas facile.

— Vous me surprenez, le Président m'avait laissé entendre qu'il n'y voyait aucun inconvénient.

Laisser entendre, c'était une spécialité du Président. À ses collaborateurs de faire le ménage ensuite.

— Je vais lui faire cette proposition.

Naturellement, il n'en ferait rien. Pour le protéger. Pour qu'il n'y ait aucun lien possible entre lui et ce coup de téléphone qui n'avait jamais eu lieu. Il avait tout de même une dernière interrogation.

— C'est bien l'État du Qatar qui se porterait acquéreur ?

Encore les murmures et les pistaches.

— Pas directement. Je me porterai acquéreur à titre personnel.

Le Fonctionnaire eut soudain la gorge sèche. Les choses se compliquaient. Le Prince avait avec son cousin des relations exécrables. Les petites haines familiales. Mais se brouiller avec l'émir était impensable, sauf à prendre un risque pour sa vie. Il fallait gagner du temps.

— Vous comprenez que la décision ne peut de toute façon intervenir que lors de la prochaine assemblée générale de Thales.

— Je suis au courant de vos usages.

Le Fonctionnaire sentit un filet de sueur couler entre ses omoplates. Il venait de lancer une machine infernale pour en bloquer une autre. C'était son secret. Il pesait déjà lourd. Le Prince, lui, était fatigué.

— Transmettez mes amitiés au Président. Et dites-lui de ne pas s'inquiéter. Son ennemi ne peut pas être mon ami. Son problème est réglé.

Le secrétaire général allait répondre par une formule de politesse, mais le Prince avait déjà raccroché. Il reposa le combiné très lentement, absorbé par une question. Si le Prince ne travaillait pas pour son cousin l'émir, alors pour qui ?

Le petit lieutenant posa sa main sur l'épaule de Jade dans un geste de pur réconfort. Elle se dégagea mécaniquement. Elle était en mode distraction zéro. Immobile devant son écran, attendant contre toute vraisemblance qu'un indice surgisse sur la mosaïque blanche. Quelques heures après avoir perdu Fakir, elle accusait le coup. Personne ne lui avait fait le moindre reproche, mais elle connaissait l'importance de la mission. Tout l'état-major français retenait son souffle. À cause d'elle, ils étaient impuissants. Doucement, il fit rouler le siège de la jeune femme vers la droite et se positionna devant le clavier. Cette fois, elle se laissa faire.

— Tu fais quoi ?

— Je vais augmenter le contraste.

L'écran affichait toujours la mosaïque de rectangles blancs traversée par une ligne noire toute droite, précisément là où le drone était soudain devenu aveugle.

— Pourquoi tu veux augmenter le contraste ?

— Pour le satellite. Si on veut que le CSO réalise une analyse chimique, il faut lui faciliter la tâche. Ça va l'aider à ne pas confondre les différents composants.

Une petite moue apparut sur le visage de Jade, mélange d'admiration et d'agacement. Ses traits étaient plus doux. La fatigue.

Il modifia les paramètres du moniteur, jusqu'à obtenir une image plus blanche et un trait central plus sombre. Puis il se connecta à la ligne sécurisée qui reliait la DGSE au Commandement interarmées de l'espace.

Après avoir entré un code d'accès qui changeait tous les jours, il formula sa requête : analyse géologique sur un carré de vingt kilomètres dont il fournit les coordonnées GPS. Puisqu'ils étaient toujours prioritaires, celle-ci allait débuter sur-le-champ, mais impossible de savoir combien de temps mettraient les premiers résultats pour arriver.

Une minute plus tard, le téléphone posé sur le bureau de Jade sonna. Elle décrocha et mit le haut-parleur. C'était le colonel Flache.

— Le directeur me demande pourquoi vous avez contacté le CIE sans en référer.

Le petit lieutenant rétorqua du tac au tac :

— Depuis le début de l'opération, le CIE est une ressource ouverte. Je suis habilité à la mobiliser.

Son supérieur lâcha sur le même ton :

— Peut-être, mais si je lui réponds ça, il vous vire.

Jade sortit tout d'un coup de son hébétude.

— Alors, expliquez-lui que si on ne retrouve pas Fakir très rapidement, c'est foutu, si ce n'est pas déjà le cas... Ils peuvent l'emmener n'importe où. Ce coin est bourré de grottes.

— Je vais lui dire ça, se satisfit le colonel en raccrochant.

Le petit lieutenant reprit aussitôt ses manipulations. Avec l'accord du CIE, il prenait le contrôle du satellite. Plus précisément, il se mettait aux commandes de son logiciel d'analyse géologique. De l'espace, grâce à un radar très puissant, le CSO pouvait déceler des couches de sédiments épaisses de quelques centimètres. Inutile de déplacer le satellite. Les coordonnées de la dernière position du Busard étaient déjà enregistrées, et le petit lieutenant saisit très vite qu'il y avait un problème.

— Le CSO a commencé à scanner le sous-sol.

— Et alors ? lança Jade, tout excitée.

Il se pencha sur l'écran où défilaient lentement des lignes de code de couleur beige, comme si la machine s'ennuyait.

— C'est bizarre, il n'y a aucune rupture géologique à l'endroit où se trouve la mosaïque blanche. Comme si elle n'existait pas. Des roches basaltiques, identiques au reste de la région.

Jade regardait son partenaire refaire ses calculs. Puis elle posa ses deux mains sur son visage et poussa un hurlement étouffé. Il sursauta et se retourna vers elle. Elle arborait un sourire jusqu'aux oreilles, métamorphosée.

— Tu cherches au mauvais endroit.

Il ne comprit pas tout de suite.

— Comment ça ? Le CSO cherche exactement au niveau de la mosaïque.

Jade bondit sur ses pieds et le poussa pour reprendre sa place.

— Justement, tu te goures, petit lieutenant. Ta mosaïque, elle n'est pas dans le sous-sol, ni même sur le sol. Elle est *au-dessus* du sol. C'est pour ça qu'elle a aveuglé la caméra infrarouge du Busard.

La bousculant presque, il repartit à son tour à l'assaut du clavier. Bien sûr ! Comment n'y avait-il pas pensé lui-même ? Une opération très délicate l'attendait à présent. Il fallait désactiver l'altimètre automatique du satellite et passer en mode manuel. En principe, les capteurs géologiques du radar embarqué à bord du CSO avaient une résolution verticale de moins de dix centimètres, il pouvait percevoir la hauteur d'une petite fleur, mais il y avait un inconvénient : au moindre mouvement du satellite, il faudrait tout recommencer. Il fit varier l'altitude le plus lentement possible, attendant chaque fois que l'image se stabilise. Ce fut à quatre-vingts centimètres du sol que le logiciel s'énerva.

Il avait repéré la mosaïque. L'analyse dura un peu plus longtemps, mais le satellite travaillait vite.

La rumeur se répandit comme une traînée de poudre dans le tout petit cercle qui suivait le dossier. Le colonel Flache arriva le premier, son bureau étant tout proche, deux responsables de la DT sur les talons. Le directeur les suivit de près, avec sa tête fermée des mauvais jours. Il était accompagné du chef de la division des opérations et de celui du Service Action, celui qui avait tenté d'évincer Maxime de la mission. Debout, ils observaient tous Jade et le petit lieutenant actionner le satellite suspendu à huit cents kilomètres au-dessus du désert libyen. En espérant que le radar allait répondre à la question qui les empêchait tous de dormir : où était passé Fakir ? Le directeur regarda sa montre. Il était presque 5 heures.

— Ça y est, le satellite est en train de cracher.

— Et il dit quoi ?

Le colonel Flache avait les nerfs à vif. Le manque de sommeil. Il ajouta, sur un ton plus doux :

— C'est quoi, ces lignes ?

Georges Kabla hocha la tête, perplexe.

— C'est une liste de composés chimiques, mais elle n'explique rien.

Jade fit signe à un des experts de la DT. Le sang était revenu à son visage. Sa peau avait retrouvé son éclat. Le grand échalas qu'elle venait de solliciter se tenait courbé. Il jeta à son tour un œil sur l'écran. D'un timbre monocorde, il débita les ingrédients chimiques décelés par le CSO. Son bégaiement était prononcé. Quand il eut fini sa lecture fastidieuse, il se tut, son corps maigre comme un arbuste posté devant la machine. Puis il dit, avec le même air las :

— Je crois que j'ai une idée.

Mais le cri que Jade poussa à cet instant lui coupa le sifflet.

— Bon Dieu, je sais ce qu'il y a dans cette foutue mosaïque. Tu as bien dit que le radar a vu du titanate de calcium ?

Un sourire de connivence fleurit sur les lèvres de l'expert.

— Bien vu, petite. Bien vu.

Jade était au taquet.

— Le titanate de calcium, c'est l'élément de base de la pérovskite.

— Et ? lança le directeur qui, comme la plupart des personnes présentes dans la pièce, ne saisissait toujours pas.

— La pérovskite, c'est un matériau qui permet de fabriquer des panneaux solaires à haut rendement.

— Vous voulez dire que..., tenta le colonel Flache.

— Oui, ce truc bizarre de vingt kilomètres de côté, c'est une gigantesque ferme solaire, confirma le grand échalas.

Le colonel Flache sentait la tension refluer en lui. En dépit des apparences, la pression que généraient ses journées de travail avait beaucoup d'impact sur lui. « Vous ne ferez pas de vieux os si vous prenez ça trop à cœur », lui prédisait son cardiologue. Pourtant, il ne pouvait pas se passer de cette adrénaline.

Il se tourna vers l'expert :

— Si je vous suis bien, Fakir est planqué sous un carré de vingt kilomètres carrés de panneaux solaires quelque part dans le sud de la Libye. Et ses patrons n'ont pas lésiné pour le faire venir. On a déjà quelques éléments, mais il faut que l'on comprenne exactement pourquoi ils ont besoin d'un docteur en botanique là-bas.

— Vu le climat dans le coin, ça peut servir, un docteur en botanique.

La plaisanterie tomba à plat. Le directeur foudroya son subalterne du regard.

Jade, elle, buvait du petit-lait. Après la nuit d'angoisse qu'elle venait de traverser, on avait retrouvé Fakir, enfin presque. Pour elle, la situation était claire.

— Il ne faut plus prendre le risque de les perdre. Il faut les neutraliser tout de suite.

— Négatif, la cueillit à froid le colonel Flache. Il faut les surveiller et intercepter leurs communications. Parce que, s'il y a plusieurs équipes, on doit les traiter en même temps. De toute façon, on ne va pas missionner des gens pour fouiller une surface pareille pendant des jours. Ce serait du suicide et on se ferait repérer à tous les coups. Je vous rappelle que la Libye est un pays ami.

À la DGSE, le mot « ami » avait un sens particulier.

Yanis Calvert hocha la tête. Il semblait étrangement absent. Comme s'il s'agissait d'une banale filature. Il pianotait sans interruption sur son téléphone, un masque de concentration plaqué sur son visage hermétique. Il fallait une sacrée affaire pour le distraire à un moment pareil. Le colonel Flache, lui, restait attentif. Il planifiait déjà la suite et s'accorda immédiatement avec le directeur des opérations.

— On envoie un drone sur zone.

Le DO opina.

— OK. Que recommandez-vous ? demanda-t-il au patron du SA.

— Si vous voulez un Busard tout de suite, il faut continuer avec celui de Madama. Il est plus vieux que celui de Faya-Largeau, mais il sera de nouveau bientôt prêt à décoller.

— OK pour Madama. Vous appelez Kaky.

Ensuite, il s'adressa au petit lieutenant :

— Et vous, vous me réunissez tout ce que vous pouvez sur cette putain de ferme solaire, et plus vite que ça. Nom de Dieu de nom de Dieu, on avait vraiment besoin de ça !

De son côté, dès qu'il le put, Yanis Calvert s'éclipsa dans son bureau. Là, il éprouva le besoin de s'allonger. Il dénoua sa cravate, déboutonna le haut de sa chemise et s'effondra sur le canapé, le souffle court. Le directeur de la DGSE était réputé pour sa résistance, mais après trente heures sans dormir, il devait reprendre des forces. La crise en temps réel, il connaissait, il ne connaissait même que ça. Pourtant, cette fois, le défi était incroyablement plus difficile à relever. Il allait devoir rouvrir des dossiers qu'il avait refermés presque dix ans auparavant, en faisant couler beaucoup de sang. Et dans chaque dossier, il y avait des ennemis mortels, des familles anéanties, des alliés douteux. Et du fric, beaucoup de fric. Rarement propre. En Libye, la France avait vraiment déconné. Et maintenant, en tentant de corriger le tir, elle déconnait encore plus.

Calvert savait ce qui l'attendait. Chaque fois qu'il supprimerait un contact en Libye, il y aurait une riposte. Le Président et sa bande ne comprenaient pas ça. Ils étaient trop jeunes. Pour jouer les faiseurs de paix en Libye, ils envoyaient Calvert au casse-pipe. C'était une bande d'amateurs qui allaient précipiter la France sur les mines qu'elle avait elle-même posées.

La peur était un sentiment qui lui était inconnu, mais il était conscient de son propre stress. Quelques minutes de sommeil profond allaient lui permettre de prendre du recul. Au moment où ses yeux allaient prendre du repos, un de ses trois portables vibra. Ni le personnel ni le professionnel. L'autre. Un numéro que très peu de personnes possédaient. Le SMS était elliptique.

« Nous n'avons plus d'accord. Dieu est grand. Plus grand que la France. »

Le SMS n'était pas signé. Il pouvait venir de n'importe qui. À travers toute la Libye, le bruit se répandait que la France lâchait ses anciens amis. Elle allait devoir en payer le prix.

La tête dans les mains, Maxime essayait de résister à la panique mentale. Ce que venait de lui apprendre le psy la fendait en deux comme l'aurait fait une hache. Le passé explosait, et elle était seule pour l'affronter. Elle cherchait la force de se redresser et de croiser le regard de celui qui venait de la pousser dans une vérité de cauchemar. Mais elle n'en eut pas le temps. La porte s'ouvrit d'un coup et une voix retentit dans la petite pièce.

— Allez, capitaine, on arrête le bavardage, nous sommes en alerte !

Maxime se figea, doublement sous le choc. En violation du règlement militaire, le colonel Kaky venait d'interrompre de force sa thérapie.

À l'autre bout de la connexion, le psy était furieux :

— Colonel, vous n'avez pas le droit. Je ferai un rapport.

— Je le lirai avec intérêt, doc.

Et il coupa la connexion.

— Barelli, on a du boulot. Une grosse urgence en Libye. On part tout de suite.

Quand il faisait très chaud, la cicatrice sous l'œil du colonel Kaky prenait une teinte violacée qui le rendait encore plus inquiétant. Il entraîna la capitaine vers l'hélicoptère. Elle le suivit comme un automate, d'une foulée mécanique, anesthésiée. Une vie de mensonges volait en éclats. La sienne. On lui avait menti pendant tout ce temps. Et la menteuse, c'était elle. Elle titubait ou elle courait, elle ne savait plus.

Les pales de l'appareil tournaient déjà, envoyant des giclées d'air brûlant. Le pilote était celui qui avait récupéré le groupe Barelli à Gatrone.

Le colonel hurlait pour couvrir le bruit des turbines.

— C'est dans la zone de Mourzouq, pas loin d'ici. Ils nous ont appelés parce qu'ils ne savent pas quoi faire.

Maxime restait muette. C'était à peine si les mots atteignaient son cerveau. Elle était incapable de penser à autre chose qu'à sa conversation avec le psy. Elle avait toujours su, mais elle avait refusé de l'admettre. Son père n'était pas seulement un vrai salaud, c'était un assassin.

Surpris par son silence, le colonel entra dans le vif du sujet avec sa délicatesse habituelle :

— Alors, le doc vous a bien bourré le mou ?

Elle lui jeta un regard noir. Il continua :

— C'est votre faute, aussi. Les types, ce sont des branleurs. Vous savez quoi ? Ce qu'on a fait ensemble l'autre jour dans la tente, c'est bien meilleur pour les neurones que ces conneries de thérapies.

Il s'esclaffa.

— Laissez ça aux civils, Barelli. Vous êtes un soldat, pas une fillette, hein ?

Le colonel était tendu, ça se voyait. Sa cicatrice donnait l'impression de palpiter. Sa peau brûlée depuis trop longtemps par le soleil avait la texture du parchemin. Ses traits grossiers formaient un masque guerrier. Et ses yeux fixaient le désert qui défilait sous eux.

Maxime, reprenant possession de ses moyens et entendant bien recentrer leur échange, hurla à son tour :

— C'est qui « ils » ?

— En 2011, quand on a refourgué des armes aux résistants anti-Kadhafi, c'est par ici qu'on les a larguées. Une milice a pris le matos et devait le distribuer. On avait vu plutôt large et ils n'ont rien rendu, alors ils sont aux petits soins, de peur qu'on cherche à récupérer le matériel. Ils ne peuvent rien nous refuser. Et on les aide de temps en temps, au cas où. C'est utile d'avoir des amis dans le coin.

— Et ce matin, il se passe quoi, exactement ?

— Aucune idée. Ils ont juste appris qu'il y avait eu un massacre à Mourzouq.

— Combien de morts ?

— Trente-huit, à ce qu'on m'a dit.

— Et ça nous concerne ?

— Ce coin, c'est une vraie poudrière. Si elle explose, on ne pourra rien contrôler en Libye. Alors, tout nous concerne, oui.

— Et en quoi ça me concerne, moi ?

— Le chef de la milice semble penser qu'il y a un truc pourri dans cette histoire. Dans votre genre.

— Ah oui, et c'est quoi, mon genre ?

Le colonel ne répondit pas tout de suite, alors elle répéta sa question.

— Le dossier Sauterelle, c'est votre genre, lâcha-t-il enfin.

— Pourquoi ce serait lié au dossier Sauterelle ?

— À cause de la façon dont les gens sont morts.

L'hélico franchit un petit col et, juste sous l'appareil, un troupeau de chèvres s'égailla.

— Ils sont morts comment ?

— On ne sait pas encore. Un empoisonnement, peut-être. Mais il y a quelque chose de vraiment bizarre.

— Quoi ?

— Il y en a qui ne sont pas morts. Ça ne paraît pas logique.

Elle ne comprenait pas, mais sa curiosité était attisée.

— Dites-leur bien de ne pas bouger les corps.

Le colonel eut une moue d'agacement. Le ton de la requête ne lui avait pas plu. Mais Maxime enfonça le clou :

— Sur la mission Sauterelle, je récupère la direction des opérations. Ordre écrit du Président et du ministre. Je l'ai sur moi, si vous voulez le consulter.

Elle fit mine de chercher dans sa poche de poitrine. Contrarié, il la dissuada d'un geste de la main.

— Ici, vous savez, la paperasse…

Le vol dura encore une bonne heure. Plus un mot ne fut échangé. Puis soudain, le colonel montra du doigt quelque chose au pilote. Celui-ci hocha la tête et fit virer l'appareil. Il se posa cinq minutes plus tard. Des hommes en armes encerclèrent aussitôt l'hélico. Leurs uniformes dépareillés et déchirés évoquaient plus des coupeurs de route que des militaires réguliers, mais il y avait tout de même un chef. Le colonel Kaky sauta à terre, et sa silhouette massive masqua un instant le soleil. Il se dirigea vers le plus âgé du groupe et lui donna une accolade. C'était probablement lui qui n'avait rien à refuser à la DGSE. Grâce à elle, il avait armé sa troupe gratuitement.

Quand Maxime fit son apparition derrière le colonel, les hommes semblèrent ébahis, l'uniforme impeccable de la Française les impressionna. Ils étaient jeunes, habitués aux situations brutales et simples, et sur le pied de guerre. Ils ne comprenaient pas ce qu'ils venaient de voir, et ces questions sans réponses tambourinaient dans leur cerveau fruste.

Le tertre sur lequel ils se trouvaient surplombait le quartier martyr. La capitaine apercevait des voitures avec beaucoup de miliciens, bloquant les trois entrées de Mourzouq. Et un grand camion blanc dont le moteur tournait.

Même à cette distance de deux cents mètres, on était enveloppé par l'odeur douceâtre de la mort qui flottait dans l'air. Le chef de la milice aboya un ordre, et on leur donna à tous les deux un grand mouchoir imbibé d'un produit qui sentait fort l'eucalyptus. Lui-même portait le sien autour du cou, il le noua de manière qu'il lui couvre le nez et le serra derrière sa tête. Le colonel et Maxime l'imitèrent. Ils se mirent en marche vers les maisons en contrebas et, au fur et à mesure qu'ils progressaient, les dernières conversations s'évanouirent. Très vite, l'atmosphère devint plus lourde, l'odeur plus pestilentielle. Aucun bruit ne venait des habitations. Le chef de la milice les précéda dans le hameau. Le colonel Kaky lui emboîta le pas, suivi de Maxime.

Le colonel paraissait moins incommodé qu'elle. Sa voix était aussi abrupte que d'ordinaire.

— Alors, qu'est-ce qui s'est passé ?

De près, le chef de la milice, qui parlait un français haché, mais compréhensible, semblait beaucoup moins âgé que ce que la Française avait pensé au premier abord. Sa barbe blanche était trompeuse. En réalité, il n'était pas beaucoup plus vieux qu'elle.

— Ce matin, vers 8 heures, ils ont eu des crises, toutes pareilles. Au début des maux de tête, de plus en plus forts, ensuite, une sorte de crise d'épilepsie de plus en plus violente. En tout, il y a trente-huit morts. Des hommes, des femmes, des jeunes, des vieux.

Maxime était abasourdie.

— Une crise d'épilepsie collective ? C'est impossible.

— On dirait pourtant que si…

Maxime réfléchissait à toute vitesse :

— Je voudrais interroger un témoin.

Le chef fit un geste et prononça un mot. Une minute plus tard, un homme petit et replet, l'air terrifié, arriva devant la capitaine, traîné par un milicien.

Elle le fixa droit dans les yeux et lui demanda en français :

— S'il vous plaît, décrivez-moi comment ces personnes sont décédées.

Un flot de paroles sortit de la bouche du survivant. Rapidement, le chef l'interrompit sans ménagement. Il traduisit :

— Ils ont commencé à tousser, d'abord normalement, comme s'ils avaient un chat dans la gorge, puis c'était comme s'ils étouffaient. Puis ils ont craché du sang et tous leurs membres sont devenus flasques. Ils sont tombés par terre comme des morceaux de chiffon. Il n'y avait que leur tête qui bougeait. Comme ça.

Le chef gueula en arabe et le témoin se mit à secouer la tête de façon spasmodique. Sans l'odeur et le silence qui planaient sur le hameau, la scène aurait presque été comique.

— Tout le corps était touché, ou seulement une moitié ?

Dès la fin de la question, l'homme bondit sur ses pieds en se lançant dans une longue tirade. Là encore, le chef accepta de jouer les interprètes.

— Non, tout le corps était touché.

Maxime se tourna vers le colonel Kaky.

— Ce n'est pas de l'épilepsie. Une crise collective, on n'a jamais vu ça. Et puis, dans ce type de crise, les membres ne mollissent pas, au contraire. Ils se raidissent.

Le colonel acquiesça.

— Alors, c'est quoi ?

— Autant de morts, ce ne peut être qu'une épidémie ou un empoisonnement. Je dois voir les cadavres.

Le chef haussa les sourcils.

— Vous êtes sûre ?

— C'est indispensable.

Ils se firent conduire jusqu'au grand camion frigorifique blanc stationné devant la principale entrée du village. Quand le colonel ouvrit la porte arrière, le souffle hideux engloutit Maxime. Le froid était très relatif et l'eucalyptus avait bien peu d'effets. Submergée par la nausée, elle s'écarta du véhicule pour vomir. Ensuite, elle rassembla son courage et grimpa à bord.

Faute de mieux, les corps avaient été empilés en vrac. La décomposition avait commencé. Maxime observa dix cadavres. Tous présentaient des signes similaires, et notamment des ecchymoses sur les membres. Mais, ce qui était le plus frappant, c'étaient les têtes. Elles formaient avec les troncs des angles étranges, comme si la toux infernale qui les avait saisis à leur dernière heure leur avait cassé la nuque et avait déformé leurs traits au point de les défigurer. Maxime fit encore un pas vers le fond. Elle surplombait la dépouille d'une femme âgée et corpulente. C'était une certitude, il avait fallu une force inouïe pour briser ce visage, et cette force n'était pas venue de l'extérieur. Enfin, la capitaine toucha une des victimes au ventre avec son arme. La lividité cadavérique disparut : le décès remontait à moins de cinq heures, ce qui était compatible avec le récit du chef.

Convoqué dans le bureau du directeur ! C'était la première fois. La première fois aussi qu'il quittait son écran depuis de nombreuses heures. Le petit lieutenant n'eut pas le temps de se raser, tout juste celui d'enfiler une veste et de rentrer sa chemise dans son pantalon. C'est en toquant à la porte qu'il aperçut la grosse tache de café sur sa manche. Il avait dû renverser sa tasse en dormant à même son bureau. Accident du travail. De toute façon, il était trop tard. Le secrétaire particulier du directeur l'accueillit. Il avait sûrement moins de trente ans, mais sa carrure, sa petite taille et son cou lui donnaient l'allure d'un personnage de Botero. Avec une agilité surprenante, il propulsa le petit lieutenant à l'intérieur de la pièce. Le colonel Flache était là aussi, le visage gris de fatigue, une veine battant à sa tempe.

Yanis Calvert se dispensa de toute politesse et ne sourit même pas. Il se contenta de poser une question :

— Vous avez quoi sur cette ferme solaire ?

Georges Kabla aurait pu répondre que le délai avait été trop court pour vraiment chercher, mais l'absence de sommeil altérait sans doute son jugement.

— J'ai interrogé Face Mort. C'est très étrange. Il n'y a presque rien. Pourtant, j'ai fait mes calculs en comparant à d'autres fermes solaires dans le Sahara. Celle-ci a dû coûter plus d'un milliard d'euros à construire. C'était un énorme projet, peut-être le plus gros jamais réalisé. Il devrait y avoir des articles de presse par centaines à son sujet.

Le colonel regardait alternativement le jeune homme et le directeur. Une silhouette d'ado dégingandé face à un physique de lutteur.

— Même si la zone est très reculée, on ne peut pas dissimuler un projet pareil, affirma-t-il.

— Vous savez, du temps de Kadhafi, des projets à un milliard de dollars, il y en avait à la pelle. En général, ça tournait en eau de boudin, déclara alors Yanis Calvert sur un ton qui se voulait badin.

Le colonel Flache se passa la main sur le visage avant de prendre la parole.

— Ce qui me chiffonne, c'est que cette ferme se trouve sur le territoire d'un notable local, un dénommé Fatik Al Charouk. S'il y a eu un gros contrat dans sa zone, c'est évident qu'il en faisait partie, d'une manière ou d'une autre. Or, nous avons travaillé avec lui pour effacer Kadhafi. En plus, si je ne me trompe pas, lui et sa fille ont poursuivi leur collaboration avec nous pendant la guerre. Il sait beaucoup de choses…

Le petit lieutenant vacillait sur ses longues jambes. Yanis Calvert, préférant ignorer ce qui venait d'être dit, lui désigna un fauteuil, mais le colonel lança :

— Il ne veut pas s'asseoir, il a peur de s'endormir.

— Très bien, restez debout. Je vous écoute.

— Avec Face Mort, on a tout de même découvert quelque chose. Cette ferme solaire est implantée à moins de cinquante kilomètres de Mourzouq. Et la nappe phréatique de Mourzouq faisait partie du plan de Kadhafi pour la création de sa grande rivière artificielle. Donc la ferme a théoriquement bénéficié des tranchées des conduites d'eau pour évacuer l'électricité, ce qui a certainement été un argument puissant auprès des investisseurs.

Yanis Calvert tapotait sur son bureau :

— Oui, et alors ?

— Alors, ce n'était pas un projet purement libyen, il y a forcément une banque étrangère, ou plusieurs, qui y ont été associées. Et pourtant, on ne trouve rien de rien. Comme si tout avait été effacé.

Le directeur tapotait de plus belle sur son bureau :

— C'était la guerre. Dans les guerres, les gens et les documents disparaissent. C'est comme ça.

— Non, pas possible. Pas pour un projet aussi énorme, s'entêta le jeune homme.

Le colonel fit la moue :

— Pas sûr. Il suffit que le pays hôte décide que c'est un domaine stratégique ou secret défense, et tout devient opaque. Kadhafi faisait ce qu'il voulait.

Le petit lieutenant ne se laissait pas facilement décourager.

— On va continuer à chercher.

D'un ton plus condescendant, le directeur lui jeta :

— Vérifiez avec votre supérieur si c'est le meilleur usage à faire de votre temps. L'archéologie peut attendre, non ?

Maxime sauta à bas du camion frigorifique, les miliciens la considéraient à présent autrement. La Française n'avait pas eu peur. Elle demanda à retourner dans le hameau et remonta les ruelles une à une, partant chaque fois de la petite place. Elle ne savait pas ce qu'elle cherchait : un signe pour commencer à réfléchir. Mais les survivants se terraient dans leurs bicoques. En parcourant la troisième ruelle, elle aperçut un mouvement derrière une fenêtre. Une femme au visage rabougri la regardait comme si elle était une extraterrestre. Elle frappa contre la vitre en guise de salut. Son corps chétif subissait un léger tremblement, sans doute la maladie de Parkinson. La capitaine cogna à la porte. Une jeune femme ouvrit aussitôt, et un flot de paroles jaillit de sa bouche. Le chef traduisit.

— Elle s'excuse. C'est sa mère. Elle est très agitée depuis ce matin. Mais cela fait des années qu'elle ne parle plus, alors elle risque de ne pas être d'une grande utilité.

Maxime pénétra tout de même dans l'appartement et nota l'odeur de farine. Quatre femmes occupaient l'unique pièce. La vieille écarquillait les yeux comme devant une apparition. Sa fille raconta leur matinée, tournée vers le chef, mais en contemplant le sol.

— À l'aube, reprit ce dernier, toujours dans son rôle d'interprète, on est toutes parties chercher de l'eau et ma mère est restée seule. Quand on est rentrées, les gens ont commencé à être malades dans le village. Et ma mère était tout énervée.

Soudain, la vieille dame s'approcha de Maxime et s'accrocha à son bras avec une force insoupçonnée. Avec son autre main, elle saisit une cuiller en bois posée sur la table et elle se mit à caresser la cloison avec. Sa fille haussa les épaules.

— Ça fait plusieurs heures qu'elle nous fait ça sans arrêt. Je ne sais pas ce qu'elle veut. Elle n'a plus toute sa tête, vous savez.

La Libyenne continuait son manège. Son geste était fluide. Elle fixait la militaire de son regard sans fond. Et soudain, celle-ci comprit. C'était limpide. L'imitation n'était pas si mauvaise que ça. La vieillarde faisait mine de peindre le mur.

— Il y a eu des travaux de peinture ici récemment ? s'enquit Maxime.

Cette fois, le chef répondit lui-même :

— Vous voyez bien que c'est un village pauvre. Les maisons sont construites en parpaings.

— Alors, ça veut peut-être dire que ce matin, elle a vu des gens appliquer quelque chose sur les murs.

Le chef, exaspéré par son entêtement, se tourna vers le colonel. Il se comportait avec l'officier français comme avec un supérieur. Kaky leva les yeux au ciel, semblant signifier que la capitaine Barelli était quelqu'un de lunatique. Maxime en avait vu d'autres. Le sexisme était sans limites dans l'armée. Elle poursuivit sur le même ton calme :

— Vous ne distinguez pas de peinture. Ça ne signifie pas qu'il n'y en a pas.

Le chef ne répliqua pas. La capitaine était une forte tête. D'ailleurs, à peine avait-elle remercié leurs hôtes qu'elle quitta le logement pour s'approcher d'une façade. Le colonel, qui faisait justement la moue, n'avait qu'à s'en débrouiller.

— Vous pensez que tous ces gens sont morts à cause d'un coup de peinture ? questionna ce dernier, un brin goguenard.

Maxime le gratifia d'un sourire froid.

— Je pense qu'ils sont morts pour une raison et qu'il faut la trouver.

À cet instant, ils entendirent des cris derrière eux, des hurlements, plutôt. Des hommes armés de bâtons essayaient de passer le barrage et de pénétrer dans le hameau.

Un milicien courut vers le chef et lui lança une courte phrase en arabe.

— Qu'est-ce qu'il se passe ? demanda celui-ci.

— Ils veulent en découdre, ils sont furieux. Mais on va les calmer. C'est pour ça que, depuis qu'on est arrivés, on bloque les entrées avec des véhicules.

— Pourquoi sont-ils furieux ? intervint Maxime.

Le chef la regarda enfin dans les yeux.

— Il y a seulement deux familles qui habitent dans ce village. Et tous les morts appartiennent à la même. Ces types sont leurs cousins et veulent se venger. Ils réclament le prix du sang. Ça se passe comme ça, ici.

Maxime sursauta intérieurement. Le chef des miliciens continuait à parler, inconscient de la portée de ses propos. Pour lui, c'était une affaire de police.

— Il faut les faire reculer. On va être obligés de rester, sinon ce sera un carnage. Il y a beaucoup d'enfants parmi les morts, ça rend les hommes fous.

La capitaine réfléchissait.

— Quand vous dites que tous les morts appartiennent à la même famille, vous voulez dire quoi, exactement ?

Le chef ralentit son pas et l'observa en fronçant les sourcils.

— Qu'ils sont de la même famille. Quoi d'autre ?

Maxime voulait être certaine qu'elle ne se trompait pas.

— Ce sont tous les enfants ou les petits-enfants du même homme, c'est bien ça ?

— C'est ça. C'est fréquent, dans la région. Les familles restent souvent groupées, c'est la tradition.

— Je dois vous parler en privé, lança alors Maxime en pointant un doigt vers le colonel Kaky.

Ils s'éloignèrent jusqu'à être hors de portée d'oreille du chef milicien. Le colonel tenait à la main une cannette de Coca ouverte.

— Il faut immédiatement faire venir la PTS.

Donner des instructions à un supérieur hiérarchique, ça ne se faisait pas, mais Maxime n'avait jamais été très douée pour l'étiquette militaire. Une petite revanche sur le machisme. Et puis, sur le dossier Sauterelle, elle avait la main puisque, en général, les autres préféraient ne pas y être mêlés. Il n'y avait que des coups à prendre, mortels pour la plupart.

— Faire venir la PTS ? Mais c'est un pays étranger, en guerre, en plus. La PTS n'a rien à faire ici. Vous êtes fêlée, ma parole !

Quand le temps pressait, Maxime montait vite dans les tours.

— Je comprends qu'ici, vous avez vos habitudes. Mais je suis mandatée par le ministre. J'ai besoin des meilleurs techniciens français tout de suite. Et je ne suis pas en train de quémander votre permission.

— Mais ça pourrait créer un incident diplomatique.

— Ça, colonel, c'est votre boulot de le gérer. Arrangez-vous avec ce chef de bande pour que rien ne fuite. Il vous doit bien ça, non ?

Mais le colonel était pugnace.

— Vous connaissez les règles de la DGSE. Jamais l'implication de la France ne doit pouvoir être prouvée.

— Alors en Libye, c'est raté. Tout le monde sait que vous avez livré des armes aux anti-Kadhafi, que ces armes sont maintenant partout dans le Sahel et que les djihadistes s'en servent contre nous. C'est la DGSE, ça, je me trompe ?

La cicatrice du colonel était écarlate. Il fit un gros effort sur lui-même pour se maîtriser.

— Vous comptez faire comment ?

— La sous-direction antiterroriste peut demander à la direction de la PJ de lui fournir des éléments de PTS. Vous pouvez garantir qu'ils atterriront ici sans problème ?

— Je m'en occupe. À la SDAT, ils sont dégourdis.

— Il faut qu'ils soient là demain, ce soir si possible.

— Mais pourquoi cette panique, tout d'un coup ? Vous n'en faites pas un peu trop, Barelli ? Vous pouvez penser ce que vous voulez, mais nous avons peut-être simplement affaire à une banale intoxication alimentaire.

Maxime se rapprocha de lui et planta ses yeux dans les siens.

— Vous avez observé cette vieille femme ? Des gens sont venus ce matin et ont répandu une sorte de poison dans le village, un poison capable de cibler les victimes en fonction de leurs liens familiaux. Vous imaginez ce poison à l'œuvre chez nous ?

Le colonel Kaky, enfin, se tut. Il semblait dépassé.

— Ces types ne sont pas des djihadistes à la petite semaine. Ils ont des alliés qui les financent, des alliés qui n'ont rien d'arabe ou de musulman, ils ont des cerveaux et ils ont un plan. Leur plan, c'est de mettre l'Europe à genoux, en commençant par la France parce que c'est le pays le plus fort. Ensuite, tout le reste s'effondrera. Il faut les arrêter ici. Tout de suite. Putain, c'est à ça que sert Barkhane, non ?

Sur les traits du colonel, le masque de guerrier était toujours là, mais fissuré. Il avait du mal à comprendre ce que Maxime racontait. Mais cette satanée capitaine avait l'air de savoir de quoi elle parlait.

— À la SDAT, vous connaissez quelqu'un ? questionna-t-il.

Un visage vint aussitôt à l'esprit de la capitaine. Une odeur, aussi. L'odeur terrible du napalm. Quelque chose se contracta dans ses tripes, un mélange de douceur et de terreur.

— Oui, je crois, je vais vérifier.

La Française était vraiment belle. Si elle n'avait pas été l'ennemie, elle aurait été un modèle. Même à cette distance, avec des jumelles médiocres, avec cette lumière qui écrasait tout, Ibtissam en convenait. Grande, cheveux très noirs et nez aquilin, une élégance féline. Elle avait beau porter des vêtements semi-civils, on voyait tout de suite, à sa façon de marcher, qu'elle avait suivi un entraînement militaire. Mais ce qui frappait le plus, c'était la manière dont elle parlait aux hommes. Elle les prenait de haut, comme si c'étaient des gamins. Ibtissam regarda l'homme chauve à qui la Française s'adressait. Elle s'attarda sur sa nuque épaisse, mais, quand il tourna brièvement la tête, elle en resta bouche bée. Non, elle ne se trompait pas. C'était bien cette ordure de capitaine Kaky. Malgré les années, elle reconnaissait cette brute, la cicatrice dégoûtante sous son œil.

Ibtissam enrageait. Pourquoi les Français étaient là ? Qui les avait avertis ? Ils ne pouvaient rien trouver, aucun indice, mais elle avait justement choisi ce hameau du bout du monde pour que l'expérience soit invisible, noyée dans la guerre civile. Avec sa troupe, elle avait pris position au sommet d'un immeuble en construction, à environ deux cents mètres. De là, ils avaient tout vu. À l'heure prévue, quand la température avait atteint les 28 °C à l'ombre, ils avaient assisté à l'affolement, aux hurlements, à la fuite des survivants épouvantés, aux appels au secours, à l'arrivée de la milice. Ils avaient lu sur les visages l'incompréhension, la terreur pure. La victoire était totale.

Chaque fois qu'elle était excitée, Ibtissam palpait la photo dans la poche de son blouson. C'était un peu comme caresser une ogive nucléaire. Elle avait cette responsabilité : décider du meilleur moment pour tirer. Le sentiment de puissance qui s'empara d'elle à cet instant était presque sexuel. Elle posa ses jumelles et observa Fakir.

Depuis qu'elle l'avait exfiltré, terrifié, d'un minibus rempli de cadavres, il avait fait un sans-faute et il lui inspirait de l'admiration. Pourtant, elle n'arrivait pas à le cerner. Avec sa petite bedaine et ses grosses lunettes, il ressemblait plus à un fonctionnaire territorial qu'à un chercheur de pointe et il faisait beaucoup plus vieux que son âge. Il ne confiait jamais rien de lui. S'il avait été un simple mercenaire vendant ses services au plus offrant, elle aurait compris, mais il n'évoquait jamais la question de l'argent non plus. Sans compter qu'il paraissait complètement insensible aux ravages que pouvait causer l'arme qu'il avait mise au point. Enfin, elle percevait souvent une certaine réprobation dans son regard, comme s'il jugeait sa façon de se comporter et de s'habiller. Les Algériens étaient des gens bizarres.

Elle, au moins, elle savait pourquoi elle se battait. Elle haïssait la France. Mais lui, pourquoi avait-il fait ces milliers de kilomètres ? La seule fois où elle l'avait senti touché, c'était quand elle l'avait interrogé deux jours plus tôt sur son père. Il n'avait pas éludé ou pondu une formule creuse. Lui qui n'avait jamais surmonté la mort atroce de son père dans un laboratoire de Damas avait répondu sèchement :

— Je ne veux pas parler de lui avec toi.

À présent, au dernier étage de l'immeuble en construction, couché sur le sol poussiéreux, Fakir était occupé comme toujours à gribouiller des chiffres sur son carnet. Concentré. Les muscles de son cou faisaient onduler la sauterelle tatouée. On aurait juré qu'elle allait s'élancer.

Ibtissam lui dit :

— Ça a marché ! Maintenant, tu es prêt.

Entre eux, ils échangeaient en arabe, mais ils passaient parfois au français sans s'en apercevoir. À la manière dont il la considéra, elle aurait pu croire qu'il découvrait sa présence seulement maintenant.

— Oui, tout s'est déroulé comme prévu, mais il y a encore des choses à perfectionner. À Paris, il y aura de la pollution et, avec le chauffage urbain, c'est plus dur de calibrer la température. Et puis nous n'avons pas encore le bon produit pour mettre dans le vecteur.

Pendant des semaines, ils avaient travaillé avec des toxines ordinaires qui supportaient mal le transport et qui survivaient difficilement jusqu'à la cible. Le nouveau produit allait faire des ravages. Précis.

Fakir referma son carnet.

— Il nous faut un produit stable qui se périme lentement. Il faut aussi un produit mortel, je veux dire un produit qui conduit à coup sûr à la mort. Pas forcément une mort immédiate, mais une mort certaine.

Un langage qu'elle comprenait. Ibtissam tenta de déceler quelque chose dans les yeux de son associé, mais il esquivait. Il esquivait toujours, comme si cette intimité lui était insupportable.

— Pour frapper l'esprit des dirigeants, il faut que des gens meurent. La médiatisation est automatique. Comme si tu pressais un bouton.

Ils étaient allongés côte à côte sur des planches en bois depuis plusieurs heures et ne pouvaient bouger qu'avec de grandes précautions pour ne pas être vus d'en bas, surtout avec l'agitation qui y régnait désormais. Mais cette proximité avec une jolie femme ne faisait ni chaud ni froid à Fakir. Ibtissam était sa cliente, une cliente difficile qui, même si elle était ingénieure, était dépassée par le niveau technique de ce qu'il faisait.

— Et quand tu auras le bon produit, tu feras quoi ?

— Il faudra faire l'assemblage. Moi, je suis l'assembleur. Je vais monter le produit sur le vecteur, exactement comme pour une ogive qui est montée sur un missile.

— Rien de bien nouveau pour toi, ça devrait être rapide.

— C'est nouveau parce qu'il y a un missile différent pour chaque cible.

— Je vois. Tu seras livré ce soir au plus tard. Le colis arrive d'Ukraine.

Fakir la scruta.

— Qui est ton fournisseur ? Les Ukrainiens sont incapables de fabriquer des nanodrones.

— Je ne sais pas. C'est mon père qui a fait la transaction.

— C'est ton père qui décide ?

Elle aurait juré qu'il souriait. Comment imaginer que ce rouquin à lunettes ose se moquer d'elle ? Elle pensa à la Française, à son aplomb, et répondit d'une voix égale :

— Laisse mon père hors de tout ça. C'est moi, ta cliente. C'est moi qui décide. Et c'est moi qui paie.

Elle mit fin à la conversation en chaussant de nouveau ses jumelles. Le grand camion blanc était en train de manœuvrer. Elle ne savait pas encore si toutes les cibles étaient mortes, mais, en laissant traîner leurs oreilles dans la ville de Mourzouq, ses hommes avaient rapporté de bonnes nouvelles. L'expérience était un succès.

La Française, elle, avait disparu.

Maxime mit longtemps à obtenir du réseau. Il n'y eut qu'une sonnerie. On décrocha aussitôt, mais personne ne prononça un mot.

— …

— Lieutenant Braque ?

— …

— Lieutenant Yann Braque ?

— Qu'est-ce qu'on lui veut ?

On entendait des grésillements et un écho caverneux, mais la voix râpeuse n'avait pas changé. Maxime réalisa qu'elle prenait plaisir à l'entendre.

— Capitaine Barelli… Maxime.

La communication était mauvaise. Le satellite dédié à Sauterelle n'était pas disponible pour une simple conversation.

Sur la ligne, il y eut un blanc, chacun encaissant ces retrouvailles. Ce fut Braque qui rompit le silence :

— Capitaine Barelli ! Putain, si je m'attendais à ça.

La musique particulière de son timbre envoyait dans les artères de la jeune femme des flots d'adrénaline brûlants et charriait des souvenirs atroces, ceux d'une bataille sauvage dans la nuit africaine contre des hommes qui n'en avaient plus que le nom. Elle en était sortie vivante grâce à lui.

Elle sentait encore sa main rassurante posée sur son épaule quand elle avait tiré. Elle ne l'avait jamais revu. Une opération confidentiel défense qui avait viré au carnage, rayée des mémoires officielles. Penser à cette nuit-là lui donna la chair de poule. Mais la nostalgie n'était pas au programme.

— Contente de vous entendre, lieutenant.

Pour tenter d'obtenir un meilleur signal, Maxime remonta vers le haut du monticule qui dominait le hameau. En se retournant, elle croisa le regard inquisiteur de Kaky. Un regard de bête aux aguets, comme s'il avait instinctivement perçu ce qui se passait à cet instant précis dans le corps et le cerveau de Maxime.

— Alors, vous êtes encore dans l'armée ? lança son interlocuteur.

— On dirait bien, oui.

— Ils ont l'esprit large, dans votre maison. Vous butez votre boss, et ils vous gardent.

Il éclata d'un rire sonore. Le lieutenant Yann Braque n'avait jamais brillé par son tact. Pour grimper dans la hiérarchie de la PJ, ça lui avait souvent joué des tours.

— Lieutenant, j'ai un service à vous demander. J'ai besoin en urgence d'une équipe de la PTS.

— Tiens donc, rien que ça ! Mais vous savez que, maintenant, je suis à la SDAT ?

— Justement, c'est pour ça que je vous appelle.

La sous-direction antiterroriste de la PJ possédait ses propres équipes de police technique et scientifique. C'était exactement ce qu'il fallait à Maxime.

— Faut voir. Où est la scène de crime ?

Maxime ne répondit pas de manière directe à la question.

— Si vous êtes OK, pour que vous puissiez arriver ici demain matin, la PTS devra se rendre immédiatement sur la base aérienne 105 à Évreux. Je suis sûre que vous vous souvenez de son emplacement, lieutenant.

Six mois plus tôt, tout avait commencé un matin à l'aube sur la base 105. Yann Braque n'avait en effet rien oublié. C'était en partant sur cette mission au Congo qu'il avait fait la connaissance de Maxime.

Celle-ci avait encore une requête.

— Lieutenant, je tiens à ce que ce soit vous qui dirigiez cette équipe. Vous avez déjà travaillé en immersion. Je vous fais confiance.

— La dernière fois que vous m'avez fait confiance, on a failli tous y rester.

— La dernière fois, c'est vous qui aviez insisté pour venir. Pour me surveiller.

— C'est vrai. Là, vous faites ça officiellement, n'est-ce pas ?

— Il n'y a pas plus officiel. Pour info, cette mission est validée par le ministre.

— Vous voulez dire *votre* ministre ? J'en ai un, moi aussi, et il ne faut pas trop le chatouiller...

Maxime le coupa. Il était temps d'abattre ses dernières cartes, pour vaincre les réticences. Quitte à enjoliver un peu la vérité.

— Elle est validée par tous les ministres, et même au-dessus.

Yann Braque ne se leurrait pas, il aurait dû dire non et prendre ses jambes à son cou, mais il avait envie de dire oui, et il savait pourquoi. Pourtant, tout comme Barelli venait de le faire, il répondit de façon détournée.

— Putain, ça va me faire tout drôle de retourner là-bas.

Ce qui allait lui faire tout drôle, c'était surtout de la revoir en chair et en os.

Intérieurement, Maxime poussa un « ouf » de soulagement. Le tout petit club des gens sur qui elle pouvait compter s'agrandissait. Elle se retourna vers le désert pour que le colonel Kaky ne puisse pas lire tout ça sur son visage.

— Faites aussi vite que possible, lieutenant.

— Et vous, préservez la scène de crime. Les cadavres, surtout.

Le lieutenant Yann Braque n'avait pas lésiné. L'équipe de PTS qui débarqua quelques heures plus tard sur la base 105 était répartie dans trois véhicules : six hommes, deux femmes, trois chiens, et un équipement de toxicologie dernier cri, le meilleur que pouvait offrir la police scientifique. Le directeur de cabinet du ministre des Armées s'était déplacé en personne au siège de la PJ parisienne pour lui faire un topo. Cela tenait en peu de mots, les policiers ne devaient savoir que le strict minimum : dans un village de Libye, des habitants étaient morts simultanément, et la seule chose qu'ils avaient en commun était un lien de parenté et d'étranges déformations de la nuque. Les autorités françaises avaient été prévenues très rapidement et l'avertissement traité, par précaution, comme une menace directe.

Bien sûr, le directeur de cabinet n'avait pas mentionné le SMS anonyme reçu la veille par le patron de la DGSE.

Les trois véhicules s'engouffrèrent dans le Transall du groupe aérien mixte Vaucluse, l'armée de l'air « privée » de la DGSE. Pour des camionnettes de la PJ, c'était hautement inhabituel, mais il n'y avait pas une minute à perdre, et les ordres venus de tout en haut étaient formels : le dossier Sauterelle était prioritaire.

La capitaine Barelli, de son côté, avait remué ciel et terre pour faire accélérer les démarches. Mais le plus dur avait été de se procurer en urgence un nouveau camion frigorifique, plus performant, pour pouvoir y entreposer les cadavres en attendant les renforts. Elle avait ensuite exigé le rapatriement sur place des hommes de son groupe de combat restés à Madama. Il n'avait pas fallu une heure pour qu'un Caracal les lui ramène. Enfin, elle avait confié à Kaky la tâche de dénicher une piste d'atterrissage décente pour le Transall.

Celle de l'aéroport d'Oubari, à cent soixante kilomètres au nord-ouest de Mourzouq, était en trop mauvais état et la route n'était pas sûre. Faute de mieux, le chef de la milice décida de bloquer un tronçon de deux kilomètres entre Mourzouq et Dujal, un ruban d'asphalte exposé au vent, régulièrement recouvert par le sable et juste assez large pour un posé d'assaut. Exactement cinq heures après avoir décollé d'Évreux, le Transall se positionnait dans l'axe. Le début et la fin de la piste étaient signalés par des torchères. L'opération se déroula sans accroc. C'était de la pure folie de faire atterrir un avion militaire français dans une région en pleine guerre civile. Surtout une guerre civile causée par la France.

Le débarquement de l'équipe de la PTS commença immédiatement. Les hommes de Maxime prirent en charge les techniciens de la PJ. Le dernier à descendre fut le lieutenant Braque. Il n'avait pas changé. Sec comme un coup de trique, son visage allongé mangé par une barbe de trois jours. En le voyant sur la rampe arrière de l'appareil, Maxime sentit quelque chose battre dans son ventre, une émotion qu'elle n'arrivait pas à cerner. L'homme qui marchait à présent vers elle avait sur les lèvres son habituel sourire imperceptiblement sarcastique. Il lui avait sauvé la vie. Elle n'avait jamais eu le temps de lui dire merci.

Yann Braque lui adressa un léger coup de menton.

— Capitaine.

En plantant un instant son regard dans le sien, elle s'efforça de rester professionnelle.

— Bonjour, lieutenant, suivez-moi.

Au loin, vers l'est, ils entendirent un grondement sourd. Elle leva la tête. Pas un nuage. Le ciel était pur. C'étaient de nouveau des tirs d'artillerie. Yann et elle avaient peu de temps. En courant, ils rejoignirent le premier véhicule de la PTS. Il démarra en trombe vers la scène de crime.

Le colonel Flache avait rarement été autant convoqué par son directeur. Il était perplexe. Les deux hommes travaillaient ensemble depuis des années et le colonel était devenu l'indispensable conseiller pour les opérations complexes, une sorte de superchef du Service Action, ce qui ne plaisait pas à tout le monde. Tous deux se comprenaient à demi-mot et, plus important encore, le directeur lui faisait confiance. Dans le renseignement, cela signifiait que le colonel n'était pas obligé de tout dire, pour que jamais le directeur de la DGSE ne puisse être suspecté de mensonge quand il briefait le ministre ou le Président. Dans le métier des actions clandestines, le moindre petit bug technique pouvait virer à la catastrophe, et parfois longtemps après à la catastrophe diplomatique. La souveraineté des pays était fragile, mais leur susceptibilité était sans limites.

Yanis Calvert était assis derrière son bureau. Il avait l'air crevé et de très mauvaise humeur.

— Kaky me dit que Barelli est hors de contrôle. Elle fait n'importe quoi. Elle est de plus en plus dingue.

— Elle est hors de *son* contrôle, c'est différent. Et ça le rend furieux. Mais le ministre lui-même a validé Barelli pour tout ce qui concerne Sauterelle.

— Au fait, c'est vous qui avez contacté la PJ ?

— Oui, c'était une requête expresse de Barelli que j'ai appuyée. Toujours avec l'approbation du ministre, bien sûr. Quand elle a accepté la mission, c'était écrit noir sur blanc : tous les moyens nécessaires devaient être mis à sa disposition. Y compris nous.

— C'est de la folie. C'est supposé être une opération clandestine. Maintenant, c'est un vrai cirque. Avec la guerre civile aux portes de Mourzouq, ça peut tourner au carnage.

— Il fallait agir vite. Aucune unité militaire n'a les compétences de la PTS de la PJ.

— Si la PJ se retrouve au milieu d'une bagarre entre milices, le monde entier va rigoler.

— Si le massacre de Mourzouq était une répétition générale, personne ne rigolera, croyez-moi.

Yanis Calvert ne répondit pas tout de suite. Le colonel en profita :

— Les troupes qui se battent à côté de Mourzouq, ce sont celles du général, je me trompe ?

Le directeur secoua la tête un peu trop vite.

— Peut-être. Impossible d'en être sûr.

— On pourrait demander son aide pour protéger les enquêteurs de la PJ.

Une ombre passa dans le regard de Yanis Calvert. Le colonel Flache savait l'interpréter. Il avait atteint la limite de ce que le directeur était prêt à partager avec lui.

— Nous n'avons plus d'accord avec le général.

Le colonel en eut le souffle coupé, comme si on lui avait donné un coup de poing. Il n'évoluait pas au même niveau que son patron. Le directeur avait l'oreille du président de la République et de tous les chefs des renseignements de la planète. Le colonel, lui, était un opérationnel de grand talent.

— C'est du suicide. C'est notre meilleure source en Libye.

Le directeur répéta sans hausser le ton, en utilisant les mêmes mots :

— C'est terminé, Flache. Nous n'avons plus d'accord avec le général.

Ce fut son calme qui fit vraiment peur au colonel. Si on ne pouvait plus compter sur le général, ils étaient aveugles en Libye, et toute l'opération Sauterelle était en danger.

— Mais...

La main levée de Yanis Calvert se passait de commentaire : l'entretien venait de prendre fin.

Moins de dix minutes après l'atterrissage du Transall, les experts de la PTS commencèrent à travailler. Ils n'avaient pas le temps d'autopsier les trente-huit cadavres. Grâce au nouveau camion frigorifique, la décomposition avait été ralentie, mais cela ne changeait pas grand-chose. Ils ne savaient toujours pas ce qu'ils cherchaient. Cela pouvait prendre des jours, et ils n'avaient que quelques heures. Les tirs d'artillerie se rapprochaient et les miliciens étaient nerveux. L'arrivée du groupe Barelli n'avait rien arrangé, au contraire. Une armée étrangère sur leur territoire, ça leur donnait de l'urticaire. Dès que Maxime et Yann furent parvenus au village, elle l'emmena au domicile de la vieille femme. Un technicien de la PTS les suivait. En pénétrant dans l'habitation, Maxime comprit tout de suite que quelque chose n'allait pas. Les filles avaient l'air terrifiées et on voyait une sale marque bleuâtre sur le bras de la vieillarde. Les miliciens avaient visiblement mené leur propre interrogatoire. Pour savoir quoi ?

La Libyenne tremblait comme une feuille. Elle reconnut Maxime quand celle-ci s'approcha d'elle et prit sa main droite, une main sèche et fripée comme un parchemin, et l'enveloppa doucement entre les siennes. La respiration de la femme se calma un peu. Yann Braque avait des questions à poser. Le technicien parlait arabe, il traduirait.

— Où étiez-vous quand vous avez vu ceux qui peignaient ?

La mère contempla Maxime de ses yeux cernés. La fille aînée montra un tabouret. Sa voix était rauque, comme si elle avait crié, pleuré ou supplié.

— Elle passe toute la journée assise sur ce siège. Il est toujours au même endroit.

— Elle bouge dessus ? Elle se tourne ? Elle se penche ?

Leur interlocutrice secoua la tête.

— Pas du tout. Elle est immobile. Parfois, ça me fait peur, c'est comme si elle était morte.

— Et elle fait quoi de ses mains ?

L'aînée chercha le soutien de ses sœurs qui fixèrent obstinément le sol.

Maxime voulait en avoir le cœur net.

— Ils vous ont demandé de ne rien dire ?

La jeune Libyenne triturait le châle enroulé autour de ses épaules, sans répondre.

— Qui vous a demandé de vous taire ? Les miliciens ?

Le silence valait approbation. Le colonel choisissait mal ses partenaires.

Yann Braque décida d'insister.

— Votre mère peut-elle s'asseoir ?

La fille poussa la matriarche vers le tabouret. Celle-ci s'installa dessus et posa les mains sur ses genoux.

— Expliquez-moi, lieutenant, lança Maxime en faisant face à Yann Braque.

— Je veux savoir quel était l'angle de vue de cette femme quand c'est arrivé. Ce qu'elle a vu est le seul indice que nous ayons. Le seul.

Un frisson parcourut la nuque de Maxime. Pour contrer la menace terroriste sans doute la plus grave de son histoire, la France dépendait des souvenirs confus d'une vieille femme…

Yann Braque continua :

— Nos techniques de spectrométrie ne fonctionnent que sur de toutes petites surfaces, quelques centimètres carrés si possible pour une analyse rapide. Si c'est un empoisonnement qui a eu lieu ici, nous traquons des éléments minuscules et volatils qui peuvent disparaître.

Le technicien retira de la sacoche une sorte d'appareil photo qu'il cala sur un trépied juste devant la Libyenne. Il projetait un rayon laser correspondant à son regard et qui, après avoir traversé la fenêtre, rencontrait la façade de l'autre côté de la ruelle. La portion de mur qu'elle pouvait voir depuis son renfoncement mesurait environ un mètre de long. Du doigt, Yann montra à Maxime le point rouge sur la surface de parpaings et de torchis. Ils le fixèrent plusieurs secondes. C'était tout ce qu'ils avaient. Le matériel apporté dans le Transall ne pouvait pas faire des miracles, mais si la vieillarde avait vu juste et s'il restait des traces de cette peinture meurtrière, ils pouvaient empêcher l'apocalypse. Cela faisait beaucoup de « si »...

Bientôt, des ordres furent donnés et la ruelle fut emplie d'hommes et de femmes en combinaison blanche. Le spectacle était si insolite que les habitants de Mourzouq en oubliaient presque la guerre qui faisait rage à quelques dizaines de kilomètres au nord. En une poignée de minutes et sans prononcer un mot, les policiers transformèrent l'espace en salle d'opération. Le matériel était contenu dans un coffre en acier sur roulettes. Il fallait d'abord chercher la peinture, si peinture il y avait, puis découvrir ce qu'elle contenait. Autour du point rouge, Yann Braque dégagea un carré de un mètre de côté et l'isola dans une ventouse de plastique où l'humidité fut réduite à presque rien par aspiration. Puis un rideau en tissu blanc fut installé au-dessus de la ruelle, pour faire de l'ombre et faciliter l'examen.

Le spectromètre ressemblait à une grosse caméra montée sur un cadre et qui pouvait se déplacer dans toutes les directions grâce à une télécommande ultrasensible. L'appareil commença son lent balayage. Il connaissait la composition chimique du mur de parpaings et de torchis. Il connaissait aussi celle de tous les explosifs et de toutes les toxines déjà répertoriées. Il détecterait n'importe quel élément étranger, même microscopique, et le comparerait à la gigantesque bibliothèque que contenait sa mémoire. S'il le fallait, il irait piocher les informations ailleurs. Face Mort pourrait même lui prêter main-forte, Maxime s'en était assurée auprès du colonel Flache. Il était donc capable de dénicher une aiguille dans une botte de foin. La plus petite et la plus basique des molécules ne lui échapperait pas. La menace affolante, invisible à l'œil nu, était peut-être là, cachée dans les tréfonds du torchis.

Le spectromètre signala la première anomalie juste au moment où le muezzin lançait son appel à la prière. La vibration qu'il émettait était si faible qu'un technicien peu aguerri l'aurait sans doute négligée. L'appareil venait de rencontrer, nichés dans la surface rugueuse du vieux mur, des éléments qui ne pouvaient appartenir ni au torchis ni aux parpaings. La vibration ne fut pas seulement de faible intensité, elle ne dura qu'un instant avant de s'évanouir. L'homme aux commandes appuya sur « Stop » et repartit encore plus lentement en arrière. L'infime vibration était toujours là. Il se pencha sur l'écran.

— Il y a quelque chose.

Yann Braque demanda à voix basse à son collègue, comme s'il craignait de rompre le fil de leurs découvertes :

— Il y a quoi ?

— J'ai besoin du microscope. Il est dans le coffre.

On lui apporta le microscope électronique. Une version portable, mais tout de même très puissante.

Le lieutenant se tourna vers Maxime.

— Vous voyez ce petit bijou ? Il grossit un million de fois.

Le technicien vissa le microscope sur le viseur du spectroscope. Il s'approcha de l'objectif, et un mince sourire de triomphe fleurit sur son visage. Il laissa sa place à Yann pour vérification. Celui-ci passa une longue minute à observer avant de relever la tête. Puis il fit un pas vers Maxime.

— Jetez un coup d'œil, capitaine. Je veux avoir autant de témoins que possible.

La jeune femme se pencha à son tour sur l'oculaire. L'image tremblait un peu, mais elle était très nette.

Yann se tenait debout derrière elle.

— Dites-moi ce que vous voyez.

— Je ne suis pas chimiste. Je ne connais pas les termes.

— Justement, décrivez avec vos mots.

L'œil collé à l'oculaire, elle se lança :

— Il y a une masse assez compacte d'une couleur sombre. On dirait qu'elle est suspendue à un…

— Un buisson de ronces ?

— Oui, c'est ça, c'est exactement ça. Un buisson de ronces.

D'un ton enjoué qui aurait pu sembler incongru compte tenu des circonstances, le technicien, qui n'en revenait toujours pas, s'exclama :

— C'est un polymère !

Maxime regarda Yann d'un air interrogatif.

— C'est une très grosse molécule, qui pèse lourd.

— Et ça nous intéresse ? Elle est toxique, cette molécule ?

Le technicien, au lieu de répondre, se mit à chuchoter avec un de ses collègues. Puis ils s'effacèrent tous les deux pour laisser passer une petite femme aux cheveux si courts qu'elle avait la permission de travailler tête nue. Elle prit possession du microscope.

Dans un murmure, Yann expliqua à Maxime :

— C'est la meilleure chimiste de l'équipe. Elle est jeune, mais c'est déjà une grosse pointure de la toxicologie.

Celle qui avait en effet l'air d'une adolescente ne faisait pas un bruit, totalement absorbée par ce qu'elle découvrait. Puis elle sortit de son silence.

— C'est incroyable.

Après quelques secondes, elle ajouta :

— Je crois comprendre ce que c'est.

Un bruit sourd recouvrit ses derniers mots. L'artillerie, sans doute. On entendit quelques cris venus de plus loin.

La chimiste releva la tête. Ses yeux sombres brillaient d'un éclat prodigieux.

— C'est bien un polymère.

— Et qu'est-ce qu'il fait là ? lança Maxime, qui n'en pouvait plus d'attendre.

— Vous aviez presque raison. C'est de la peinture.

— De la peinture pour peindre quoi ? s'enquit la capitaine.

Un petit nuage masqua un instant le soleil, et la ruelle se retrouva dans la pénombre. L'excitation de la chimiste ne faiblissait pas.

— Vous aviez presque raison. C'est de la peinture, répéta-t-elle. Je peux me tromper, mais voilà ce que je crois. Ce que nous voyons là, c'est un polymère filmogène, une sorte de résine qui forme un film transparent quand elle durcit.

Maxime se mordit les lèvres pour ne pas hurler de satisfaction.

— Donc le témoignage de la vieille femme est crédible.

— Oui, des gens ont vraiment passé un coup de peinture qui s'est aussitôt solidifiée en gel. Et aussi…

Leur interlocutrice parlait vite, les mots se bousculaient dans sa bouche comme pour tenter de rattraper son raisonnement. Impatient, Yann Braque l'interrompit :

— C'est ce gel qui est toxique ?

— Non, il n'est pas toxique, mais il est spécial. Je viens de comparer le polymère avec notre base de données. Il est thermosensible. Ça signifie qu'à une température prédéfinie, il se transforme.

Maxime était sur les dents.

— Il se transforme en quoi ?

— Dans le cas présent, je dirais qu'à une certaine température, il s'est désintégré. Ses molécules se sont dispersées. Sauf peut-être si des portions de gel étaient dans des endroits frais qui n'ont pas atteint cette température.

— Mais s'il s'évapore, ce gel, il sert à quoi ?

— Les gels thermosensibles sont souvent utilisés en médecine. Ils contiennent des solutions médicamenteuses et sont injectés aux patients. La chaleur du corps fait alors son effet et, tout d'un coup, quand ils atteignent la température de transition, ils se désagrègent et le médicament qu'ils contiennent passe dans le sang. C'est l'avenir. Ce qui compte, pour nous, c'est de trouver la substance qui a été libérée par le gel quand il s'est évaporé.

Yann Braque leva la main droite pour stopper une fois de plus le flot de paroles.

— Très bien. Je pense qu'il est grand temps que nous ayons accès aux premières constatations du légiste. Il me semble qu'il a autopsié une dizaine de corps. Faites-le venir.

Le médecin légiste souffrait de la chaleur et il n'avait jamais pratiqué son métier dans des conditions aussi précaires. Le bruit indistinct de la canonnade, et la présence des miliciens, tout ça mettait ses nerfs à rude épreuve. Même les commandos du groupe Barelli, vêtus de hardes et barbus, l'inquiétaient. Il ne se sentait pas l'âme d'un aventurier. Il s'essuya le front d'un revers de main. Sa voix était rauque, tendue.

— D'après mes calculs, la plupart des victimes sont mortes entre 7 heures et 7 h 30 du matin d'un arrêt cardiaque fulgurant, et leur cerveau a été comme… attaqué. Je n'avais jamais vu ça.

— Vous pouvez nous en dire plus ? le pressa Maxime.

L'homme hésitait, encore sous le coup de sa découverte. Lui-même n'y croyait pas.

— On dirait que le cerveau a implosé après avoir soumis le cou des victimes à une torsion…

Les autres le voyaient se débattre avec sa raison. Maxime le brusqua de nouveau :

— Une torsion comment… ?

Dans un souffle, le légiste lâcha :

— Une torsion inhumaine.

Au fond de la poche de poitrine de Maxime, le portable se manifesta. Deux vibrations longues. Cela signifiait qu'il s'agissait d'une source non homologuée. Ce n'était pas normal. Les gens qui possédaient le numéro de son terminal se comptaient sur les doigts de la main, d'autant que celui-ci changeait tous les jours de manière aléatoire.

Elle s'éloigna de quelques mètres de l'équipe de la PJ. Sur l'écran, un message d'avertissement : « Contenu non vérifié, ne pas ouvrir. » Elle leva les yeux au ciel en secouant la tête. Les informaticiens de Mortier vivaient dans un autre monde. Comme si les choses pouvaient aller plus mal ! Elle enclencha le téléchargement du fichier. Le satellite fit le boulot, l'opération ne prit donc que quelques secondes. C'était une photo argentique, un vieux cliché aux couleurs passées, visiblement capturé à l'aide d'un téléphone.

Il était un peu flou, mais on distinguait quatre personnes. Au premier plan, une toute jeune femme dans un caftan étincelant cousu de perles roses. Une mariée, de toute évidence. La robe blanche, brodée dans la tradition, faisait ressortir le maquillage raffiné. En l'observant de plus près, son sourire radieux n'était pas entièrement serein, comme si elle prenait sur elle pendant la cérémonie. Une ombre indéfinissable flottait dans ses yeux.

À côté, un homme dans la fleur de l'âge somptueusement vêtu se tenait debout et faisait de grands signes joyeux de la main. Comme il n'était pas tourné vers l'objectif, on n'apercevait pas son visage. Le marié semblait exulter.

Le personnage le plus pittoresque était sans aucun doute celui qui était assis. Un homme énorme, au point que les plis de son ventre se déversaient sur ses cuisses. Il posait sur la mariée un regard étrange, à la fois affectueux et cruel, mais il ne faisait pas que ça. Il parlait à un homme beaucoup plus jeune que lui, habillé d'un costume bleu et d'une cravate sombre. Un Occidental, même si sur ses traits affleurait une ascendance arabe. Le cliché initial avait été centré sur la reine de la journée, mais le fichier qu'avait reçu Maxime se focalisait sur celui qui paraissait n'être qu'un figurant.

Une intention évidente. Un message.

La capitaine le dévisagea donc de nouveau. Celui-ci aurait dû être attentif à l'homme obèse qui échangeait avec lui, mais le photographe avait capturé un moment où il communiquait avec quelqu'un d'autre. Chez Maxime, la morphopsychologie était une seconde nature. Elle était intriguée par cet Occidental. Elle lisait comme de l'admiration dans son attitude, même si c'était pure spéculation de sa part puisque la personne que considérait l'homme en costume, Maxime ne la voyait pas. On n'apercevait que sa main : l'expéditeur avait volontairement coupé ce cinquième figurant.

Alors que des interrogations commençaient à se bousculer dans son esprit, le téléphone vibra encore. Un texto, cette fois. Il était court : « Qui est-ce ? » Au milieu du carnage, quelqu'un prenait le temps de jouer aux devinettes.

La DT captura la photo et l'envoya sur l'intranet sécurisé de la DGSE. Le responsable de l'iconographie l'avait longuement étudiée, cherchant des traces de montage. Puis, une fois ces vérifications faites, son intuition avait guidé sa conduite. Il avait inscrit le directeur comme seul destinataire.

Yanis Calvert, lui aussi, scruta longtemps le cliché et ses quatre personnages, comme si l'explication allait apparaître. Ses yeux passèrent de la jeune mariée à l'adolescent hilare, puis ils se posèrent sur l'homme obèse assis à côté de l'Européen en costume. La main du cinquième personnage, invisible, conférait à la photo une touche mystérieuse. Le visage du directeur de la DGSE resta impassible, à peine une crispation des lèvres quand il contempla de nouveau le visage de la mariée. Plus on la regardait, plus on ressentait l'inquiétude qui voilait son sourire. De qui avait-elle peur ? De l'un des hommes qui l'entouraient ?

Pour Yanis Calvert, cette image, c'était la tuile, mais il n'était pas surpris. Le chaos allait frapper par vagues, le temps que la boîte à souvenirs leur explose à tous au visage. Le passé n'était pas une option qu'on pouvait décocher comme dans un jeu vidéo. Le passé s'accrochait, vous collait aux basques et vous entraînait par le fond. Les gamins du centre-ville ne comprenaient pas ça. Depuis qu'ils étaient au pouvoir, ils croyaient au zapping. Le directeur de la DGSE pouvait être à l'Élysée en vingt minutes. « Priorité menace », précisa-t-il, par téléphone, au CEMP, le chef de l'état-major particulier du président de la République. Une formule qui voulait dire qu'il devait rencontrer le chef de l'État seul. Et immédiatement. Il n'y eut aucune discussion. Yanis Calvert usait de la « priorité menace » de manière très parcimonieuse, alors il était pris au sérieux.

Une fois son chauffeur bipé, pour lui laisser le temps de prévenir les gardes du corps, il réunit ses affaires. Il avait encore besoin de passer un dernier coup de fil au général. Au nom des services mutuels rendus. Il appellerait Kaky de la voiture.

Il espérait qu'il existait encore un moyen d'arrêter la catastrophe. Avec l'âge, il devenait moins libanais, moins fataliste.

Maxime retourna vers l'équipe de la PJ et s'adressa au légiste, qui avait profité de l'absence de la capitaine pour souffler un peu et reprendre ses esprits :

— Qu'est-ce qui peut causer ce genre de dommages ?

— Rien de connu, lâcha le médecin. Ça ressemble à un empoisonnement, mais aucun poison ne détruit l'organisme à ce point. Aucun.

Il se tut. Chacun méditait ce qu'il venait de dire et sondait ses terreurs inavouables.

Alors, rompant le silence, la chimiste s'écria :

— J'ai besoin de savoir quelle température il faisait hier matin dans cette ruelle.

— Je peux vous avoir ça, déclara tout de go Maxime.

Le CSO était toujours à leur disposition. Il lui suffisait de formuler une requête auprès de la direction technique de la DGSE. Elle l'envoya à partir de son téléphone crypté. En l'espace de quelques secondes, elle fut codée et décodée, pour aboutir boulevard Mortier, sur l'écran de Jade. Celle-ci regarda le petit lieutenant endormi sur le siège à côté d'elle. Ils étaient sur le pont non-stop et se reposaient comme ils pouvaient. Jade décida de ne pas le réveiller. Avec les coordonnées GPS et l'heure exacte fournie par le légiste, le problème était simple. C'était même un jeu d'enfant pour le CSO. Elle posa la question, et la réponse fut quasiment instantanée. La veille, la température dans ce quartier de Mourzouq était partie de 24 °C, à 6 h 35, pour atteindre les 28 °C à 7 h 30. La progression n'était pas linéaire, la température grimpait de manière exponentielle.

— L'attentat était parfaitement planifié, annonça Maxime en lisant les informations que venait de lui transmettre Jade. Les gens ont commencé à mourir un peu après 7 heures. Au moment où tout le monde était revenu chez soi. À ce moment-là, il faisait entre 27 et 28 °C. Si je suis votre raisonnement, une substance mortelle a été libérée entre ces deux températures et elle s'est répandue dans le village.

La chimiste trépignait d'impatience.

— C'est exactement ça. Quand le gel s'est dissous, la substance a été libérée dans l'air ambiant et elle est allée frapper les victimes. Une par une.

— De manière sélective, précisa Maxime. Les victimes ont été ciblées en fonction de leur ADN.

— Ce n'est pas possible, murmura Yann Braque. Une telle arme n'existe pas.

Pour une fois, la chimiste semblait ébranlée.

— C'est la seule façon d'expliquer que des voisins des victimes n'aient pas été touchés du tout. Des gens qui vivaient à quelques mètres. C'est la seule façon…

Elle se répétait à elle-même quelque chose qu'elle n'arrivait pas à intégrer.

— On ne sera sûrs de ça que quand on aura trouvé cette fameuse substance, ajouta-t-elle, toujours plongée dans ses réflexions.

Soudain, la jeune femme s'agita de nouveau.

— On n'a pas regardé partout. Il reste peut-être une trace de ce poison !

— Vous voulez dire : à un endroit où la température n'aurait pas atteint 28 °C depuis hier matin ? l'interrogea Yann.

— Oui, c'est ce à quoi je pense. Un endroit plus frais, quelque part autour de nous, répondit-elle en faisant un geste circulaire de la main.

Tous eurent le même réflexe. Ils reculèrent, certains trébuchèrent même, comme si cela pouvait suffire à les protéger contre la molécule d'un poison surpuissant, une poussière de mort. Mais, très vite, Maxime et Yann se mirent à chercher. La ruelle n'était pas longue, elle avait été construite perpendiculairement à la course du soleil, pour protéger les habitants des trop grosses chaleurs. C'était une succession de maisons de plain-pied avec une cour en terre, de quoi accueillir les moutons, et quelques pièces autour. Les résidents les plus débrouillards avaient bricolé un étage, en laissant bien en évidence les armatures métalliques du béton, pour ne pas payer d'impôt. Une coutume vivace dans presque tous les pays du pourtour de la Méditerranée.

Maxime frappa à une porte. Elle entendit des murmures apeurés qui venaient de l'intérieur. Il y avait des enfants. Elle frappa plus doucement. Le technicien qui parlait arabe expliqua à travers le mur que la Française voulait leur poser une question. Il n'y eut d'abord aucune réaction, mais, quelques instants plus tard, une clé tourna dans la serrure fatiguée. Le battant métallique grinça sur ses gonds. La famille qui vivait là était effrayée. La mort invisible qui avait foudroyé quelques heures plus tôt des voisins au hasard, puis les intimidations de la milice, et maintenant ces militaires étrangers…

Maxime pénétra dans la cour. Elle fut assaillie par une odeur de cuir et de mouton. Avec ses rangers et son arme au côté, avec sa voix forte et assurée, elle impressionnait. La mère et les enfants étaient béats de surprise. Le principe de parité n'avait pas encore atteint Mourzouq…

Le technicien entra dans le vif du sujet sans tarder.

— Dans le quartier, est-ce qu'il y a des frigos ? Ou des climatiseurs ? Des points de fraîcheur particuliers ?

Les enfants l'observèrent avec des yeux ronds, la femme chercha du soutien auprès d'un individu resté à l'abri, sous l'auvent en paille. L'homme était corpulent. Il était assis dans une sorte de siège à bascule fabriqué avec deux moitiés de roue de vélo et souffrait d'asthme. Ses propos étaient presque inaudibles. La femme répéta après lui, et le technicien traduisit.

— Il y a des petits frigos déglingués, mais pas de climatiseurs.

Dans ce qui ressemblait à un effort surhumain, l'homme à la voix sifflante lâcha quelques mots de plus avant de s'avachir sur le dossier de la chaise, épuisé. Le technicien écouta de nouveau la mère de famille et s'adressa à Maxime :

— Dans une rue, il y a une citerne d'eau de pluie qui sert de réserve quand les puits sont vides. Il dit que c'est l'endroit le plus frais du coin.

— Vous pouvez nous y conduire ? demanda Maxime à la femme.

Celle-ci secoua énergiquement la tête en parlant très vite. Elle se tordait les mains et l'implorait du regard.

— Elle vous supplie de ne pas la forcer à vous y emmener. Elle a peur. C'est une rue où il y a eu beaucoup de morts. Les gens sont enragés. Elle serait en danger. Elle ne veut pas.

— Alors elle peut nous faire un dessin ?

Maxime lui tendit un morceau de carton et un stylo. La Libyenne y indiqua la petite place, son domicile et une grosse croix pour matérialiser la citerne. Un voyage de quelques dizaines de mètres qui les mènerait au cœur du massacre.

L'équipe de la PTS se mit en route avec son matériel. Le bruit des combats était plus sourd, ils s'étaient apparemment déplacés vers Umm Al Aranib. Maxime pensa au Transall et au risque qu'ils prenaient tous si la guerre arrivait jusqu'à eux tout d'un coup. Elle pensa aussi à Yann, juste derrière, elle était rassurée qu'il soit là.

Le colonel Kaky était resté à l'extérieur du village, près du monticule, avec le chef des miliciens. Le plaisir puissant qu'elle avait pris quelques jours plus tôt grâce à lui n'avait pas entièrement disparu de son ventre même s'il lui semblait incompréhensible avec le recul. Un simple réflexe de survie après la tension de Gatrone, déconnecté de son cerveau. Comme si c'était une autre qui avait serré les lèvres jusqu'au sang pour ne pas hurler alors qu'elle jouissait.

Au milieu de la place, il devait faire 40 °C. Maxime suivait le schéma. Sur les façades à l'entrée de la ruelle la plus à l'ouest du hameau, les techniciens avaient facilement retrouvé, grâce au spectromètre, les mêmes traces chimiques. Les assassins avaient été très méthodiques. Ici aussi, ils avaient badigeonné les murs.

Rien ne signalait la citerne au bout de la ruelle. Rien, sauf une sensation de fraîcheur, qui faisait de cette partie du bourg un lieu d'habitation prisé. Après quelques pas, Yann Braque s'arrêta brusquement. La chimiste comprit aussitôt et l'imita. Elle fouilla dans son sac à dos et dégota le thermomètre. Il pouvait mesurer la température au dixième de degré près. Derrière elle, l'équipe s'était faite silencieuse, comme si, tout à coup, le danger devenait plus palpable. L'instrument hésita un peu et se stabilisa. Sa détentrice murmura à l'oreille de Yann, mais Maxime entendit :

— 29,2.

— On voit bien la portion de mur qui correspond à la citerne, détailla le lieutenant. Elle mesure à peu près six mètres de long. Le ciment est plus sombre à cause de l'humidité.

— Le thermomètre vient de faire l'analyse de l'environnement, continua la chimiste. À quatre mètres de nous, environ, la température passe sous la barre des 28 °C.

Maxime regarda sa montre. C'était presque l'heure la plus chaude de la journée. Elle ressentit une soudaine excitation. Là, dans la fraîcheur accueillante accentuée par l'ombre portée du petit arbre du jardin voisin, il y avait peut-être la réponse qu'elle poursuivait depuis des mois.

En consultant de nouveau son appareil, la chimiste constata qu'il affichait désormais 29,4 °C. Yann réagit au quart de tour :

— Si devant nous il y a une bande de film encore intacte, c'est une pièce à conviction. Notre présence est en train de produire de la chaleur, et tout pourrait disparaître. Il faut reculer.

Toute l'équipe reflua, Yann et Maxime compris, replongeant dans la fournaise. On roula lentement le spectromètre vers la chimiste qui, seule, le poussa devant elle tout en surveillant la température. Sur son écran luminescent bleu, celle-ci baissait de façon régulière. Au bout de quelques secondes, elle se retourna vers Yann :

— 28,5 °C.

Celui-ci s'exclama alors :

— Tu peux lancer le spectro !

Elle entreprit de scanner le mur comme elle l'avait fait un peu plus tôt devant la maison de la vieille femme. En prenant soin de déplacer le moins d'air possible, en respirant doucement. Quand la température atteignit 28 °C, elle fit un pas de plus vers le fond de la ruelle. Tout à coup, son cœur bondit dans sa poitrine. Le spectromètre vibrait, d'une vibration sourde et constante. L'écran fourmillait d'éléments qui formaient une mosaïque capricieuse. Quand elle fit part de sa découverte à Yann et Maxime, ce fut en murmurant, comme si, en prononçant une parole de trop, elle risquait de remettre en branle l'apocalypse qui avait transformé ces trois rues en cimetière.

— Il reste du film intact, ici.

Son doigt ganté pointait une fissure entre deux parpaings, là où le joint de torchis était presque arraché.

Elle perçut derrière elle les froissements de tissu au fur et à mesure que les membres de l'équipe remettaient leur masque de protection, à commencer par le légiste. Ce dernier suait à grosses gouttes, mais il n'hésita pas. Le silence était absolu. Aucun bruit ne filtrait des maisons qui jouxtaient la citerne alors que pourtant, des gens vivaient là. Même le son du canon avait cessé.

— S'il y a du film intact, alors ce qui est dans le film est là aussi. Continuez à scanner. Et mettez votre masque, ordonna Yann.

La chimiste scanna de nouveau le mur sur cinq ou six centimètres, le long de la bande de film. Puis elle se retourna et lança, de sa voix assourdie par son équipement :

— Apportez le microscope. Il y a bien quelque chose dans le film.

Maxime et Yann reçurent la nouvelle comme un uppercut. C'était tellement énorme.

Le microscope électronique passa de main en main jusqu'à elle. Elle le connecta au satellite pour la télétransmission et disposa la chambre pour obtenir une obscurité parfaite. On l'entendit siffler doucement comme si elle avait été soudain subjuguée par la beauté d'une œuvre d'art.

— C'est incroyable.

Un déclic leur parvenait chaque fois que le microscope prenait une photo, la numérisait, la compactait et l'adressait en connexion protégée au satellite.

— On dirait un avion ou une libellule, avec un fuselage et deux ailes. Et une sorte de…

— Une sorte de quoi ? la coupa Maxime, qui bouillait intérieurement.

— Un dard, comme une guêpe.

Ce fut le souffle que Maxime sentit avant d'être assourdie par l'explosion.

Le premier obus frappa au niveau de la petite place, le second, moins d'une minute plus tard, à trente mètres seulement de l'équipe de la PTS. L'effet de souffle, accentué par l'étroitesse de la ruelle, fit des ravages. Le wagonnet de matériel fut projeté contre le légiste. La jambe brisée, il s'effondra sans un mot, choqué, mais encore capable de comprendre que son artère fémorale était sectionnée et qu'il n'y avait déjà plus rien à faire. Sa conscience se disloqua très vite dans une torpeur terminale. Le technicien qui avait servi de traducteur pour le groupe eut le thorax enfoncé et expectora des geysers de sang. Celui-ci recouvrit le cou, les bras et le torse de Yann qui, désorienté, ne saisit pas immédiatement qu'il s'agissait du sang d'un autre. Le lieutenant essaya de ne pas céder à la panique, mais ce fut l'effort de trop. Ses jambes cédèrent sous lui, et il glissa sur le sol. Son corps avait fait écran, absorbant l'onde de choc et protégeant ainsi Maxime et la chimiste. Maxime, elle, n'avait encore fait aucun geste. Les deux obus lui rappelèrent l'entraînement à Cercottes. Le pilonnage d'artillerie. Le réglage par drone des canons automatiques. Elle leva les yeux mais ne vit rien. L'instructeur avait insisté : courir vers les impacts, faire le contraire de ce que vous dictent vos réflexes. Ne pas fuir.

Avancer vers les obus. Elle hurla en montrant la direction que prenait le nuage de poussière.

— Par là, par là ! Suivez-moi ! Vite !

Les agents encore valides de la PTS se ruèrent à sa suite, sauf la chimiste. Poussée par son instinct, elle avait décidé de continuer dans l'autre sens, au-delà de la citerne.

La capitaine, prise d'une sorte de rage, attrapa Yann par le col de sa chemise et commença à le tirer, comme une possédée, vers ce qui n'était plus qu'un tas de pierres. Même un homme maigre pèse lourd. Pourtant, elle se découvrit une force insoupçonnée. Elle eut le temps de s'éloigner d'une vingtaine de mètres avec lui. Le troisième obus tomba en plein sur la citerne. La leçon sur les réglages des canons automatiques avait servi. Elle s'acharna quelques secondes encore à déplacer Yann pour le mettre à l'abri avant de se retourner et de s'affaler à côté de lui. Un flot d'eau dévalait la ruelle. Il n'y avait plus aucune trace de la chimiste. Pulvérisée. Maxime tremblait de tout son corps. Pour tenter de retrouver son calme, elle appuya sa tête contre un parpaing. Elle ferma les yeux pour ne plus penser à rien, mais une question la taraudait : le canon, comment les avait-il localisés ? À cet instant précis, elle entendit le bruit de quelqu'un qui escaladait des gravats. Elle mit la main sur son arme, mais elle reconnut la voix :

— Vous nous avez foutu une putain de trouille, Barelli.

Le colonel Kaky affichait un sourire de connivence, mais le reste de son visage était hostile. Derrière lui, poussant un rugissement, le sergent Foxy le bouscula et s'agenouilla près de sa capitaine, sans un mot, comme pour la protéger du colonel.

Dans le petit quartier de Mourzouq, les habitants étaient pétrifiés. Après le massacre silencieux du matin, le bombardement avait eu raison des plus coriaces. L'équipe de la PTS comptait trois morts, et la scène de crime était dévastée. Yann Braque était apparu groggy durant quelques dizaines de minutes. Mais il était de nouveau sur pied et fouillait dans les décombres à la recherche de quelque chose, n'importe quoi, qui permettrait de remonter vers les coupables. Le matériel était inutilisable. Les survivants étaient en train de porter les morts. Tout le monde s'apprêtait à monter à bord du Transall pour repartir vers la France.

Yann, lui, avait décidé de rester. La sous-direction antiterroriste de la PJ n'aurait jamais plus une opportunité pareille. Il allait passer sous le commandement de Maxime et sous la protection de son groupe de combat. Un canon continuait à tonner de temps en temps dans le lointain, sans qu'on puisse dire si c'était celui qui avait tiré sur eux.

Du côté de Maxime, le découragement n'était pas loin. Elle était en sueur, son T-shirt lui collait à la peau, la bretelle de soutien-gorge l'irritait, elle se sentait sale. Elle se méfiait d'elle-même dans ces moments où elle était obsédée par des détails. Elle avait vu dans le camion frigorifique ce que cette chose faisait aux gens. Elle avait vu ce que cette chose faisait au visage des enfants. Et elle était de retour à la case départ. Il planait dans l'air un parfum de défaite. Les services français avaient la conviction qu'une attaque de grande ampleur se préparait, mais les mois avaient passé, Maxime avait sillonné la Syrie, l'Irak et la Libye pour échouer dans ce hameau poussiéreux transformé en charnier. La seule preuve qu'ils avaient eue s'était envolée. La piste s'arrêtait là. Elle allait devoir rentrer en France bredouille. Elle en était malade. Elle essayait de repousser la question qui la hantait et lui infligeait un atroce mal de crâne. Est-ce que quelqu'un les avait trahis ? Et où était le colonel Kaky pendant le bombardement ?

Yann Braque n'avait pas été programmé pour devenir le super-cyberflic de la section antiterroriste de la PJ qu'il était. Ce n'était pas du tout son truc.

Il avait grandi dans une famille aisée de la région parisienne avec ses parents. École privée, profs de qualité, vacances au soleil, vêtements de marque, cours de tennis. Il n'avait jamais manqué de rien. Tout au plus, comme beaucoup de ses copains, avait-il supporté un peu trop de solitude. Il était le fils unique de deux adultes surbookés, Papa étant en compétition avec Maman, sur ce terrain-là. Pas de place pour lui. Il n'avait pas été abandonné, il n'avait pas été martyrisé. Personne ne l'avait entraîné vers l'abîme, non. Mais personne ne l'avait retenu. Parce que personne n'avait été là.

Quiconque le rencontrait trente ans après était frappé par la force qui émanait de son corps sec et puissant, par son calme excessif, son charme âpre. Comme un masque de bronze. Impossible de deviner qu'il était un survivant, un revenant. L'homme qu'il était devenu, avec sa voix cassée et son visage d'oiseau de proie, ne disait rien de l'ado cabossé qu'il avait été, happé par l'écran, brûlé par la violence dévorante des jeux extrêmes en ligne, le cerveau en charpie. Aussi épuisé qu'un vieillard. Addiction, gloussaient les adultes. Addiction, péroraient les médecins. Mais pour lui, qui avait failli crever d'avoir trop visité les sombres recoins du cybermonde, ce mot sonnait faux, sonnait creux. L'addiction n'avait été qu'un marchepied vers le mal qui le rongeait, vers toutes ces couches de réalité fictive d'où il était de plus en plus difficile de revenir. Les neuf cercles de l'enfer, il les avait parcourus un à un.

Si sa mémoire ne le trompait pas, et il n'en était pas certain, tout avait commencé un soir à la sortie du lycée quand un petit dealer qu'il avait déjà vu sur le trottoir, affalé contre le mur de la gare du RER, lui avait donné rendez-vous pour jouer à Kanun, un nouveau jeu en ligne pour connaisseurs. Kanun se disputait loin sous la surface du Web, à l'insu des moteurs de recherche, dans une région que les habitués ont baptisée Darknet : le Web dans ce qu'il a de plus obscur. Là, le jeu, d'un réalisme hallucinant, l'avait happé dans une bataille entre deux clans mafieux des Balkans spécialisés dans le kidnapping. Lui, Yann, était un chef de famille qui envoyait des tueurs à gages liquider les « soldats » adverses, prenait des otages et négociait des quantités énormes de drogue tout en livrant des batailles féroces. Il lui avait suffi d'adresser par mail une photo de lui au modérateur pour que son visage remplace celui du mafieux qu'il incarnait. Il se voyait lui-même en train de semer la destruction. Chaque chargement de coke, chaque ennemi éliminé, chaque otage capturé, c'étaient des points en plus pour lui. Tout était stocké sur un disque virtuel tout au fond du cloud. Les noms, les lieux, les montants, comme chez les vrais mafieux. Kanun était en fait la version non expurgée d'un jeu de rôles beaucoup plus sage, en vente libre dans des magasins ayant pignon sur rue. Pour participer, pour plonger dans le Darknet et s'y mouvoir, il fallait utiliser un logiciel du nom de Tor.

Yann était devenu l'ombre de lui-même, avait cessé de manger, de parler, de se laver. Il aurait fait peur à voir si seulement quelqu'un avait pris la peine de le regarder. Son univers mental s'était calqué sur celui de son personnage. Hors ligne, il se contentait de donner le change du mieux qu'il pouvait, mais la vie réelle avait perdu pour lui tout intérêt, toute saveur. Ce qui s'y passait ne le concernait plus. Il n'allait même plus en cours. Il était totalement accro aux errances souterraines. Ou, plus exactement, on avait fait en sorte qu'il le soit.

Car, en réalité, tout ça n'était pas un jeu. Yann faisait partie d'un plan. Un jour, le piège s'était refermé sur lui. Le petit dealer devant le lycée était un hacker au service d'un gang turc qui pratiquait le trafic d'armes, de drogue, d'organes et surtout d'êtres humains entre le Moyen-Orient, les Balkans et l'Europe. Ce qu'avait « stocké » l'adolescent, c'étaient de vrais meurtres, de vraies livraisons d'héroïne, les visages de vraies adolescentes arrachées à leur famille, violées et vendues à des proxénètes. Le tout crypté en rebondissements ludiques. L'ordinateur de Yann était ni plus ni moins la plaque tournante du trafic, et c'étaient les polices du monde entier qui avaient déboulé un matin chez lui quand un hacker de l'autre bord, fouillant dans le Web profond pour le Bundeskriminalamt, le FBI allemand, avait fait le rapprochement entre les activités du gang turc et les phases de jeu du petit ado français.

Les images de l'arrestation de Yann avaient été largement diffusées. Le gang n'avait pas pu être inquiété, le dealer s'était volatilisé. C'était l'adolescent qui avait trinqué. Son lycée n'avait pas souhaité sa réinscription. Ses rares amis avaient disparu. Ses parents, à force de s'envoyer à la figure leur culpabilité, avaient fini par divorcer. Déjà pas très solide, la famille avait explosé. Il avait fallu du temps, plus de deux ans, pour prouver que Yann Braque, qui avait seize ans à l'époque des faits, avait été purement et simplement manipulé. Entre-temps, sa jeunesse avait pris l'allure d'un champ de ruines, et sa vocation était née. Là où il était tombé, aucun gamin ne devait jamais plus aller. Il allait se battre pour ça.

Ibtissam regardait Fakir. Ils étaient revenus de Mourzouq deux heures plus tôt. Avec le sourire de la victoire. Dans le labo clandestin, elle l'observait boucler les derniers préparatifs. Des centaines de petits conteneurs métalliques étaient rangés par paquets de douze dans les cartons livrés par les hommes de son père. Chaque conteneur tenait dans le sac à main d'une femme ou dans le sac à dos d'un routard. On aurait dit des vaporisateurs de déodorant. Ils étaient siglés avec le nom d'une marque populaire de cosmétiques coréenne. Fakir manifestait une concentration extrême. Il avait vérifié l'étanchéité de chaque conteneur, ne faisant confiance à aucun des autres ingénieurs du labo, et surtout pas à l'Italien, qui était de nouveau plongé dans l'une de ses crises de dépression chronique. Il se tourna vers la jeune femme :

— Tu es sûre des courriers ? Ces gens iront jusqu'au bout ?

— Évidemment.

— Et comment peux-tu en être aussi certaine ? Tu les connais personnellement ? Tu leur as parlé ?

— Leurs familles nous doivent tout depuis des centaines d'années. Pour eux, c'est plus que de la loyauté.

— Tu les as sélectionnés toi-même ? Tu les as testés ?

— Ils risquent tout s'ils nous trahissent. Et ils gagnent beaucoup d'argent s'ils remplissent leur mission. Cela ne te suffit pas ? Que veux-tu de plus ?

Rien ne lui suffisait. Il n'avait pas l'air convaincu. Avec n'importe qui d'autre, une arrogance pareille aurait mis Ibtissam en rage. Mais l'Algérien faisait vibrer une corde tout au fond d'elle. Un mélange de sagesse et de violence. Ils partageaient quelque chose de profond, de bien plus intime que l'amour ou le sexe. Ils avaient tous les deux la vengeance chevillée au corps, une vengeance démesurée, ils voulaient qu'elle s'abatte massivement, sans distinction. Et ça n'avait plus rien à voir avec la politique. Tout cela, elle n'avait pu que le deviner, car ils n'avaient jamais évoqué leurs raisons, ils n'avaient jamais discuté tout court. Fakir était mal à l'aise avec les femmes. Une réserve démodée qui intriguait sa cliente, qui l'excitait même, d'une certaine manière.

Le cousin chauffeur, qui attendait toujours là-haut avec les voitures, avait compris dès le premier jour qu'un lien puissant les unissait, et la jalousie le torturait. Quelques minutes plus tôt, il avait descendu les marches et crié :

— Drone ! Drone !

Depuis qu'ils avaient récupéré Fakir, chaque jour, il y avait des alertes, mais ils étaient tranquilles. Dans l'immense champ de panneaux solaires à l'abandon, personne ne pouvait les repérer. Les Français les avaient sûrement suivis depuis le garage à tracteurs, mais ils les avaient perdus ensuite. Il suffisait maintenant de ne se déplacer que la nuit, sans allumer les phares. Un jeu d'enfant pour les gens du désert.

Fakir avait déjà cessé de s'occuper d'Ibtissam. Penché sur ses notes, il refaisait ses calculs. Il connaissait les règles de la guerre : l'essentiel, c'était la logistique. La Libyenne, en jean, avec son corps de sportive et sa voix autoritaire, n'avait pas d'importance. Elle était un moyen. Seulement un moyen.

Elle se posta à côté de lui, et il put sentir son parfum. Son pouls s'accéléra, mais ce n'était que du stress. Il n'était pas du genre à être émoustillé par les femmes. Au contraire, elle le dérangeait, elle l'empêchait d'avoir l'esprit clair. Pour relâcher la pression, il fit l'effort de se retourner. C'était la première fois qu'elle voyait ses yeux d'aussi près depuis qu'elle l'avait extrait du minibus rempli de cadavres. Elle fut surprise, et la question fusa malgré elle :

— Pourquoi fais-tu tout ça ?

Il se mordit la lèvre, comme chaque fois qu'il éprouvait un embarras. Il n'aimait pas formuler les choses. Il préférait les laisser macérer. Mais elle était trop proche, il ne pouvait pas esquiver. Alors, il tenta de gagner du temps :

— Et toi ?

Elle n'eut aucune hésitation :

— Je veux me venger des Français.

— Pourquoi ?

— Ils m'ont utilisée puis ils m'ont trahie. Et ils ont envoyé à la mort quelqu'un qui m'était cher.

Aucune empathie n'affleura sur les traits de Fakir. Les sentiments n'étaient décidément pas son fort. Cette indifférence irrita quelque peu Ibtissam. Elle s'était livrée, et il la rejetait. Alors elle répéta sa question, d'un ton impérieux :

— Toi, pourquoi fais-tu ça ?

Il remonta ses lunettes sur l'arête de son nez. Si son regard était farouche, sa voix, elle, était plus timide.

— Parce que le moment est venu.

Dévoilant l'émotion qu'il faisait bouillonner en elle, elle s'énerva :

— Qu'est-ce que tu veux dire ? Quel moment ?

— Tous ces pays doivent disparaître... un par un.

Le contraste était tel entre son physique bedonnant et ses phrases coupantes comme un silex qu'elle dut faire un effort pour se concentrer.

— Ils sont faibles et impurs. Ils nous ont volés et massacrés, il faut seulement accélérer la fin. Une simple pichenette. Toute cette saleté sera oubliée. C'est le moment, maintenant.

Il ferma les yeux un instant.

— Je connais les Français, ils jouent les guerriers, mais ils seront incapables de supporter ça. Nous allons détruire leurs enfants et ils se briseront comme du verre.

Ibtissam le fixa du regard. Il y avait dans ses tripes de femme blessée beaucoup de haine et de violence accumulées, mais rien qui ressemblait à ce que Fakir portait en lui. Sans qu'elle comprenne pourquoi, elle pensa soudain à la Française.

Ses hommes étaient couchés en quinconce autour d'elle, comme une fratrie de guépards. Il était 4 heures du matin, et une lueur commençait à poindre. Maxime avait froid dans son sac de couchage posé à même le macadam et elle ne dormait pas. Trop de questions tournaient dans sa tête, une cavalcade de questions à la poursuite de réponses introuvables. La nuit, tout se mélangeait, les démons du passé et les tueurs bien réels du présent. Soudain, elle en eut assez. Elle se mit debout. Les bras tendus vers le ciel sombre, elle s'étira, le temps que son corps tout en muscles retrouve son équilibre vertical. Elle avait beau porter son pantalon de toile, son T-shirt de combat et son chèche, le froid était mordant. Elle avait la chair de poule. Loin derrière elle, le piaillement d'un animal déchira le silence.

Du haut de son mètre soixante-quinze, elle voyait jusqu'à l'infini. Le poste de soin avait été aménagé au bord de la route. Quatre piquets surmontés d'une toile couleur camouflage, un lit de camp. Les infirmiers de la SDAT, avant leur départ précipité, avaient insisté pour que le lieutenant Braque dorme sous contrôle médical.

Sans réfléchir, elle marcha dans cette direction. Sous ses pieds, le sol était rugueux et glacé. Elle stoppa devant la tente de fortune. On entendait le souffle régulier de Yann. La capitaine souleva la toile, et la bouffée de chaleur la fit sourire. Un radiateur de campagne avait été installé. Yann était étendu sur le dos, le drap kaki découvrant son torse nu. Maxime fit glisser le tissu. Les traces des blessures subies la veille balafraient son flanc droit. Un pansement courait de la hanche à l'aisselle. Elle enleva pantalon, culotte et T-shirt et posa la main à plat sur le ventre du lieutenant. La fraîcheur du contact le fit bouger dans son sommeil. Elle attendit quelques instants que sa main se réchauffe puis la guida vers le bas et referma ses doigts autour de lui. Il poussa un long soupir et, sans ouvrir les yeux, lança son bras autour de la taille de la jeune femme, pour la rapprocher de lui :

— Capitaine.

Son bras était maigre et fort, et Maxime n'avait aucune envie de lui résister. Elle n'était pas là pour ça, de toute façon. En prenant soin de ne jamais effleurer son côté blessé, elle monta à califourchon sur lui. Toute la violence, toute la guerre furent balayées. Quand elle quitta la tente, il faisait presque jour. Elle rejoignit son groupe assoupi. Le sergent Foxy, lui, ne dormait déjà plus.

Ibtissam était certaine d'avoir tout planifié, jusqu'au moindre détail. Toutes les conséquences, tous les imprévus, même les pires, elle les avait envisagés. Elle avait utilisé sa connaissance des services de sécurité français. Elle avait anticipé leurs réactions.

Tout cela, elle le confia pour la première fois à Fakir. Pas le plan dans les grandes lignes comme d'habitude. Non, là, elle jouait la carte de la transparence et il l'écouta religieusement. Après qu'elle eut terminé, il demanda :

— Tu veux impressionner les Français, c'est ça ?

Pour qui se prenait-il ? Elle n'aimait définitivement pas cet Algérien. Mais elle avait trop besoin de lui, alors, pour se venger sur quelqu'un, il lui prit soudain l'envie de gifler son cousin, cet imbécile de chauffeur qui lui faisait les yeux doux.

— Je veux qu'ils se souviennent à jamais de ce que je vais leur faire. Alors oui, si tu veux, je veux les impressionner.

— Tu te trompes. Ton arrogance rend service à ton ennemi, ton opération est trop lourde, elle offre une cible trop large. Ils peuvent te détruire d'un seul coup sans même s'en apercevoir.

Elle le regarda, en essayant de ne rien laisser paraître de sa fureur. Il fit d'ailleurs comme si de rien n'était.

— Si tu meurs, que devient ton plan ?

Il n'avait même pas haussé la voix, comme s'il énonçait une banalité. Elle aboya :

— C'est mon plan. Si je meurs, il disparaît avec moi.

— Alors, c'est un mauvais plan.

— Puisque tu es si intelligent, tu proposes quoi ?

— Je peux t'aider à en monter un qui marchera même si toi et moi on disparaît. Les Français me cherchent, il y a de plus en plus d'alertes aux drones. S'ils me trouvent, ils te trouvent. S'ils nous trouvent, c'est fini.

Elle pensa à la Française, elle pensa à Kaky. Elle observa Fakir. Il était sa seule chance.

— Je t'écoute.

Pour une fois, il planta ses yeux dans les siens, comme un professeur sur le point d'aborder un point difficile.

— Ton plan est trop organisé, et c'est une organisation que traquent justement les Français. Il ne faut rien de visible, rien qui soit détectable par eux. Ils se sentiront supérieurs, en confiance, et ils commettront des erreurs.

— Et tu fais comment ?

— Il faut que chaque courrier puisse déclencher l'apocalypse à lui tout seul.

— Mais on ne contrôlera plus rien. Moi, j'ai monté un plan où je maîtriserai toute l'opération. Tout le temps, jusqu'à la fin.

Pour la première fois, elle le vit sourire.

— C'est ça, le but. Que personne ne contrôle plus rien.

Le petit lieutenant n'était pas loin de sombrer dans l'obsession. Il vivait avec Jade vingt-quatre heures sur vingt-quatre depuis plusieurs jours et il n'arrivait plus à affronter le plaisir qu'il prenait à être à ses côtés. La jouissance de la lutte avec la machine se confondait avec le parfum de la peau de la jeune femme. Jamais on ne lui avait dit que l'informatique pouvait se danser comme un tango. Sur l'écran, Face Mort lui donnait des frissons, tant l'algorithme pouvait s'emballer et se cabrer tel un pur-sang, exploser dans des délires algorithmiques et trouver des corrélations tellement folles qu'elles ne pouvaient qu'être vraies. Jade, elle, restait de longs moments sans parler quand elle récupérait des heures de code, une sorte d'hibernation dont elle sortait en poussant des cris pour s'encourager à repartir à l'assaut de la gangrène qui était en train de gagner du terrain quelque part en Libye.

Ces hurlements rauques galvanisaient Georges Kabla. Mais les autres membres de la DGSE s'arrachaient les cheveux. Les vieux grognards avaient même réclamé qu'on interne les deux gamins en psychiatrie. Le colonel Flache avait alors mis les points sur les « i ». Les deux « dingues » étaient les seuls à avoir fourni des résultats. Donc ils pouvaient bien hurler tout ce qu'ils pouvaient, tant qu'ils continuaient à travailler.

Les moyens techniques dévolus à la mission étaient les plus puissants jamais mobilisés, mais la nouvelle de l'attaque de l'équipe de la PJ avait semé la consternation. Les policiers n'étaient pas censés mourir sur des théâtres de guerre. Alors qu'on semblait si près du but, le gâchis était tel qu'on préférait ne pas l'évoquer. La menace se rapprochait. Dans quelques jours, quelques semaines, des gens allaient peut-être périr en masse dans les villes françaises sans que personne puisse rien y faire.

Le petit lieutenant se sentait bizarrement en forme, il avait même recommencé à paramétrer Face Mort. Pour lui, c'était comme seller son cheval après une mauvaise chute. Il devait être 6 h 30 quand la notification s'afficha en haut à droite de son écran. L'icône était inhabituelle, et il mit un instant à saisir que l'interlocuteur n'était autre que le satellite. Il y avait pourtant plusieurs heures qu'aucune communication n'avait transité par le CSO. Il cliqua sur l'icône. Le satellite demandait l'autorisation de transférer un fichier. Il pressa la touche « Enter ». Le fichier associé était très lourd. Comme mue par un sixième sens, Jade, qui s'était assoupie sur ses avant-bras posés sur la table, se redressa, dardant son regard électrique sur son partenaire. Quand les premières données apparurent, Jade comprit aussitôt.

— Putain, c'est pas vrai !

Elle enfouit son visage dans ses mains.

— Quoi ?

— C'est le microscope.

— Le microscope de la PTS ?

— Mais oui. Le timer, c'est celui des clichés du microscope. Ils ont été chargés sur le satellite.

Le petit lieutenant décrocha son téléphone sans avoir besoin de composer le moindre numéro. Le colonel Flache répondit au bout de trois sonneries.

— J'arrive.

Une minute plus tard, il se matérialisa derrière eux. Kabla lui expliqua :

— Le CSO est en train de nous adresser des photos faites par la PTS à Mourzouq. Il y en a vingt-sept, prises à deux secondes d'intervalle, probablement à la suite d'une erreur de manipulation. La chimiste de la PJ a dû appuyer trop longtemps sur le déclencheur. L'heure correspond : l'équipe a été bombardée à ce moment-là.

D'un geste fluide, Jade regroupa ses cheveux en chignon. Elle ajouta :

— Le satellite a pris du temps avant de nous les transmettre parce qu'il a fait l'analyse chimique complète de ce qu'il a trouvé. Ces clichés sont en ultra-HD, le téléchargement va être long. Vous voyez ce texte qui prend plusieurs pages ? C'est la légende.

— Elle raconte quoi ?

— Elle décrit la composition de tout ce que le microscope a enregistré.

La première photo occupait tout l'écran. On aurait dit un visage couvert d'acné. Jade et le petit lieutenant lisaient à toute vitesse, à en être essoufflés.

— C'est un polymère.

Le colonel confirma :

— De la peinture, oui. La capitaine Barelli me l'a dit sur le tchat. Elle a la certitude que des gens sont venus badigeonner les murs de ce village avec une sorte de gel translucide. Selon la chimiste qui a été tuée pendant l'attaque, c'est même un gel très spécial, thermosensible, qui s'évapore à partir d'une certaine température…

— Attention, on est en train de se gourer.

Jade avait coupé la parole au colonel, encore une liberté plutôt rare, dans la maison. L'officier n'était pas trop à cheval sur les usages, en tout cas pas quand ses agents dormaient sur leur lieu de travail depuis plusieurs jours.

— Qu'est-ce qui vous fait penser ça ?

— La chimiste n'a pas appuyé par erreur sur le déclencheur. Regardez en haut à droite. Il y a l'heure exacte et, juste à côté, ce chiffre, vous le voyez ?

— C'est quoi ?

— C'est l'agrandissement.

Le petit lieutenant prit le relais :

— Elle a raison. La chimiste a capturé vingt-sept photos en automatique et, chaque fois, le microscope a zoomé un peu plus. C'est classique en biologie expérimentale. Pour ne rater aucune anomalie, même éphémère. Donc, la série de clichés, c'est une plongée dans la structure moléculaire de ce film gélifié. S'il y a quelque chose, même quelque chose d'infime, nous le verrons.

La première prise de vue évoquait une peau ravagée, la seconde était encore pire. On avait l'impression de lécher cet épiderme de cauchemar, et cette promiscuité causait une sorte de malaise. Quand la troisième s'afficha, toujours aussi lentement, un vent de déception s'abattit sur le groupe. Les jours sans sommeil mettaient le moral à rude épreuve. Mais le colonel les fit sursauter quand il s'écria :

— Attendez ! Celle-là, on dirait qu'il y a un reflet d'argent.

Chez les trois hommes, on remarquait d'abord les visages à la fois juvéniles et marqués, mais le plus saisissant était les yeux cerclés de khôl, noyés de violence et d'alcool. Ils avaient fumé. Les deux plus jeunes, à la limite de l'obésité, étaient vautrés dans des fauteuils sans doute volés dans une maison du quartier. Le seul qui n'était pas assis titubait au milieu de la chaussée, son arme en bandoulière pendouillant entre ses jambes. Il montait la garde devant la barricade érigée avec des tables de bois. Son front était ceint d'un pansement sale. La veille, une balle lui avait arraché le lobe de l'oreille quand sa bande avait repris de haute lutte le café Marvella.

Il ne regrettait rien. Le café était une mine d'or. C'était le dernier péage avant la plage de Khoms. La dernière occasion, pour les voyous de la ville, de piller les maigres possessions des migrants africains qui convergeaient vers la Compagnie nationale du ciment, à trois cents mètres au nord. Là-bas, après des milliers de kilomètres à travers le Sahel, les rabatteurs confiaient les migrants aux passeurs. Tout le monde pouvait monter à bord. Il suffisait de payer pour embarquer.

Quand il vit le bus ralentir devant sa barricade, l'homme se dit que la chance lui souriait enfin. Il se dirigea vers le chauffeur, posa la main sur la portière pour conserver son équilibre et apostropha le type qui lui faisait face.

— Tout le monde descend. C'est 100 dollars par tête pour accéder à la plage.

Le conducteur lui répondit :

— La paix soit avec toi, mon frère. Nous sommes attendus à la Compagnie nationale du ciment. Nous sommes en retard. Peux-tu enlever le barrage ?

L'homme respira profondément, dans l'espoir de retrouver une attitude martiale. Mais sa vue était brouillée et les mots refusaient de se mettre en ordre dans sa bouche. D'une voix moins assurée et plus aiguë, il persévéra :

— 100 dollars par personne.

Le chauffeur ne perdit pas son calme :

— Je te promets, mon frère, que nous sommes attendus. C'est important.

— Fils de chien, tu vas mourir le premier si vous ne m'obéissez pas.

Il n'avait pas l'esprit clair, à cause du cannabis, mais il avait aussi des excuses. Tout cela était très inhabituel. D'ordinaire, les migrants voyageaient dans des voitures bondées et on le payait sans discuter. La présence d'un bus aurait dû l'alerter. S'il avait vérifié qui était à l'intérieur, il aurait découvert que les passagers et les passagères ne ressemblaient pas à des migrants. Ils paraissaient bien nourris, portaient tous un sac à dos en bon état et n'avaient pas le regard de bête traquée des candidats à la grande traversée. Il aurait surtout constaté que la moitié étaient armés. Mais il ne vit rien de tout ça. Saisissant la crosse de son M16, il hurla :

— Alors tant pis pour toi !

La balle que le conducteur lui tira dans la tête fit un trou bien net dans son pansement. Il tomba à la renverse sans un mot, sans rien comprendre, avec comme dernière vision les traits dénués de toute hostilité de celui qui l'abattait. Ses deux acolytes, réveillés en sursaut par la détonation, envisagèrent de se ruer vers leurs armes, mais ils furent tellement surpris qu'une femme les couche en joue qu'ils n'eurent pas les bons réflexes. Ibtissam fit feu deux fois et se réinstalla dans le véhicule. Ils allaient finir par être vraiment en retard. Les derniers deux cents mètres jusqu'au bord de mer se firent sans encombre.

La Libyenne gardait en mémoire les principes simples que ses instructeurs lui avaient inculqués. Et notamment que la situation n'était jamais ce qu'elle semblait être. Avant de commencer l'embarquement, Ibtissam voulait être certaine que la voie était libre. Il ne fallait pas traîner. Les combats entre milices pouvaient reprendre à tout instant.

Le dos contre la façade de la Compagnie nationale du ciment, elle observa la plage avec ses jumelles. Loin sur sa gauche, elle apercevait une montagne de détritus, comme si cet espace avait servi de décharge à ciel ouvert depuis le début de la guerre. À ses pieds, elle voyait la cohorte de migrants qui arrivaient du sud. En sortant des Toyota transformées en bétaillères, ils étaient complètement désorientés, traînant derrière eux leur petite valise. Le business ne s'arrêtait jamais. Et tout allait très vite. Les passeurs les confiaient aux hommes de main qui travaillaient pour les propriétaires des bateaux. Les migrants ayant payé à l'avance la traversée vers l'Europe, on les escortait vers la mer.

À part les malheureux, tout le monde connaissait les statistiques. Un bateau sur deux coulait. Un bateau sur trois était dénoncé aux gardes-côtes libyens. Pour que ceux-ci ferment les yeux, il fallait encore payer. En argent ou en femmes. Et ce n'était qu'en montant à bord que les migrants découvraient la supercherie. Mais ils n'avaient plus rien, hormis la peur au ventre. Parfois, l'un d'eux refusait d'embarquer et réclamait qu'on le rembourse. On retrouvait alors son corps sur un terrain vague, derrière la pharmacie centrale.

Il y avait tant de cadavres, dans la ville, que personne ne remarquait plus rien. Les passeurs, la mafia locale et les milices ne formaient plus qu'un seul vaste magma criminel alimenté par les millions de l'aide humanitaire européenne.

Ibtissam vit un mouvement de foule, une mère qui voulait quitter la file avec son bébé. Un des miliciens leva sa canne et l'abattit sur la femme. Elle tomba, laissant échapper son petit. Ibtissam distingua son visage déformé par la panique, mais très vite un groupe d'hommes arriva et la ramena vers le bâtiment central de la Compagnie nationale du ciment. La violence ordinaire du trafic. Le flux ne devait surtout pas ralentir. Pour abreuver tous ceux qui touchaient leur commission. La Libyenne était étonnée. Elle n'avait rien ressenti en voyant la jeune mère se faire battre.

Une fois qu'elle eut balayé toute la plage avec ses jumelles, elle donna l'ordre de commencer l'embarquement. Les hommes et les femmes qui descendirent du bus étaient habillés simplement, ils avaient de bonnes chaussures, ils portaient tous le même sac à dos. Ils avaient des traits marqués par la guerre, la succession infernale de massacres et de représailles qui était leur quotidien depuis près d'une décennie. L'horreur était leur routine. Au service d'Ibtissam, ils avaient tué et pillé dans un pays où n'existait plus aucune règle, avec comme seule valeur la survie du clan et une seule garantie, la protection de leur famille.

Tout était arrangé pour le transport. Ils avaient déboursé un peu plus que le prix standard, pour avoir des places sur des bateaux récents où le nombre maximum de passagers était respecté. Les passeurs ne posèrent pas de question, mais ils étaient franchement surpris. Tous ceux qui étaient arrivés par le bus se taisaient, ils ne pleuraient pas, ne riaient pas. La seule consigne qui avait filtré était de prendre en charge ces migrants prioritaires. Personne ne devait savoir qui ils étaient : des soldats en mission de combat.

Ibtissam regarda les derniers courriers qui embarquaient. Pas plus de deux dans chaque bateau. Répartir les risques. Il s'agissait de trois hommes dans la trentaine et d'une femme plus jeune. Leurs visages ne trahissaient aucune tension, simplement les stigmates des combats. Un des hommes avait une horrible cicatrice au cou. Les deux autres étaient d'immenses Toubous très minces, originaires de tribus décimées par les Arabes de la côte. La main gauche de la femme manquait, coupée au niveau du poignet par un djihadiste quand elle avait treize ans, pour le vol de quelques dattes.

La Libyenne avait décidé de suivre le plan de Fakir. Parmi ceux qui se mêlaient aux migrants, il n'y avait aucun chef, aucun groupe, aucun contact. Chacun portait dans son sac un container qui ressemblait à un flacon de déodorant et une adresse en France. Chacun était un fléau à lui tout seul.

Ibtissam eut brièvement devant les yeux l'image du corps de Marwan, ce jour où les Français les avaient abandonnés. Elle avait supplié les djihadistes de la laisser le tuer pour abréger ses souffrances, mais ils étaient ivres et ils riaient trop fort pour l'entendre. Elle savait bien que quelque chose s'était cassé tout au fond d'elle. Elle n'aurait pas pu dire quoi, mais, à cet instant, sur cette plage, elle comprit que ce qu'elle voulait vraiment détruire, c'était la douleur tapie dans son ventre depuis tout ce temps. Tuer des Français, tuer des enfants français, ce n'était qu'un premier pas.

Le satellite n'avait aucune pitié pour leurs nerfs. Il prenait son temps pour télécharger, et tous ceux qui étaient debout depuis des heures derrière l'ordinateur de Jade sentaient leur cœur cogner à tout rompre. Quand la fatigue était trop lourde, l'esprit s'enveloppait dans une bulle de coton, chaque muscle devenait douloureux, mais la curiosité était la plus forte. Sur l'écran, cliché après cliché, l'impensable se précisait.

Au début, sur fond de grosses molécules de polymère, ils avaient vu de simples traces d'argent, comme des étoiles de cinéma dans un ciel de traîne. Puis les traces étaient devenues des points, et les points des formes. Jade stockait chaque image dans le disque dur et demandait à Face Mort de chercher des correspondances, des pistes pour comprendre le plus vite possible ce qui les attendait. Pour anticiper. Près d'elle, le petit lieutenant codait pour cravacher l'algorithme, afin que ses circuits intègrent bien le fait que la nouvelle priorité, c'étaient ces photos qui défilaient avec une lenteur infinie, chacune distillant une goutte d'angoisse supplémentaire.

Sur le cliché n° 11, pour la première fois, la forme argentée apparaissait clairement. Ce qui frappait le plus, c'était son aspect inoffensif. Elle évoquait une abeille, ou plutôt un frelon. Allongée, équipée de ce qui ressemblait à des ailes, elle se terminait par un tuyau minuscule. Comme un pot d'échappement. Ou un dard. Le petit lieutenant murmura :

— Stylé. On dirait une mascotte de Walt Disney.

Ils se regardèrent tous. L'objet avait bien un côté marketing. Il ne lui manquait plus qu'un sourire moqueur.

Jade répliqua aussitôt :

— Walt Disney ne produit pas des mascottes qui mesurent douze nanomètres de long. Mauvais format pour la pub.

La séquence humour noir s'arrêta là.

Un spécialiste en toxicologie s'était approché de l'écran pour tenter de capter les moindres détails de la photo.

— Ce n'est pas un objet miniaturisé...

— Que voulez-vous dire ? le pressa le colonel, à bout de patience.

— Cette... chose a été construite à l'échelle nanométrique, avec des instruments nanométriques. Je ne savais même pas que c'était possible.

Le petit lieutenant se passa les mains dans les cheveux.

— Une clé à molette d'un millionième de millimètre. Vous imaginez ?

Il fallut patienter jusqu'au cliché n° 15 pour que le dard soit bien visible.

Jade tressautait sur son siège comme une pile électrique.

— Regardez, le dard contient quelque chose et le satellite l'a analysé.

Elle zooma sur la légende et se plongea dans sa lecture.

— Alors, le toxico, ça raconte quoi ? demanda le colonel.

Le technicien attendit une longue minute avant de répondre. Il voulait être bien sûr.

— Le satellite a déniché des traces de substances dans le dard. Des substances que l'on retrouve dans certains poisons.

— Quel genre de poisons ?

Le toxicologue ôta ses lunettes pour s'adresser au colonel droit dans les yeux.

— On est sur du poison de méduse.

Le silence qui suivit était lourd de questions que personne n'osa poser. Ce fut le scientifique qui se lança :

— Vous savez comment une méduse pique ses victimes ?

— Vaguement..., lâcha Jade.

— Absolument pas. On vous écoute, abrégea leur supérieur.

— Quand la méduse pique, un petit cil situé au bout du tentacule se casse en effleurant votre peau. Il envoie alors une sorte de harpon qui se plante dans l'épiderme et injecte le poison. Celui-ci passe dans le sang puis atteint les neurones. Grâce à ces derniers, le produit va se balader dans tout le corps. Les molécules ne sont pas nocives en elles-mêmes, mais elles sont tellement en surnombre qu'elles saturent les circuits neuronaux, ce qui crée de la douleur, voire une paralysie musculaire. C'est comme une drogue. Une fois les terminaisons bloquées, le venin peut agir sans problème. D'autre part, celui-ci contient de la L-quinine. C'est un anti-hypertenseur et un vasodilatateur.

— Il paraît même que, quand un homme est piqué par certaines méduses, il est saisi d'une érection qui dure jusqu'à sa mort, ajouta Jade.

— Concrètement, ça signifie quoi pour nous ?

— Difficile à dire comme ça, il faut étudier en détail ces molécules pour en savoir plus.

— Je connais un chimiste à l'IRCGN, intervint Jade. Il est super fort en toxicologie et je sais qu'il a bossé sur les méduses.

Les meilleurs toxicologues français étaient en effet embauchés à l'Institut de recherche criminelle de la gendarmerie nationale.

— OK, lança le colonel en guise d'autorisation. Appelez-le, mais ne lui communiquez que le strict nécessaire. On active le mode « visuel audio ».

Jade chercha le numéro dans son portable. Elle n'allait pas être sur haut-parleur, mais ils allaient tous pouvoir suivre leur échange parce qu'il serait retranscrit et s'afficherait en direct sur l'écran. Le correspondant répondit aussitôt.

— Bonjour, Boris. C'est Jade.

Il y eut un blanc, qui se passait de commentaire et en disait assez long pour que le petit lieutenant sente une onde brûlante de jalousie lui lacérer les tripes.

— Bonjour, Jade, tu vas bien ?

Celle-ci embraya pour ne pas mettre son interlocuteur dans l'embarras.

— J'ai une urgence, Boris. Je travaille au ministère de la Défense et cette conversation va être enregistrée. J'ai besoin d'une analyse toxico.

— Pour quand ?

— Tout de suite. Immédiatement. C'est une urgence absolue.

— OK, je t'écoute.

— Nous avons reçu une composition chimique qui correspond peut-être à du poison de méduse. Je peux te l'envoyer sur une ligne sécurisée. Tu penses que tu en as pour combien de temps ?

— Impossible de le dire sans avoir vu. Transmets et je te recontacte dès que j'ai un truc.

Il raccrocha. Une rougeur fugace colora les joues de Jade. Les autres la regardaient avec une insistance nouvelle. En quelques instants, elle et Boris étaient devenus ceux qui avaient les cartes en main.

Les clichés du CSO continuaient à défiler à leur rythme, tel un pied de nez à l'angoisse qui leur tordait le ventre à tous.

Boris rappela quarante minutes plus tard. Avant de répondre, Jade attendit deux sonneries, le temps pour le « visuel audio » de s'enclencher. La voix du toxicologue était changée :

— Qu'est-ce que c'est que ce machin ? Ton poison de méduse, il vient d'où ?

— Je ne sais pas, mais franchement, même si je savais, je ne pourrais rien te divulguer.

— À première vue, on penserait à une *Chironex fleckeri*, mais tout ne colle pas.

Il prit une inspiration avant de continuer.

— Bon, d'abord, il faut que je t'explique de quoi est fait ce poison.

Le petit lieutenant était déchiré entre la curiosité et la jalousie. Il avait les yeux rivés sur l'écran, même si ce qu'il aurait voulu observer, à ce moment précis, c'était le visage de la jeune femme.

— Vas-y, explique.

— Dans le poison de méduse, il y a trois toxines différentes : l'hypnocine, la congestine et la thalassine. La thalassine est la moins dangereuse, elle provoque tout au plus de l'urticaire. L'hypnocine, elle, provoque des paralysies parce qu'elle agit au niveau des synapses neuromusculaires. Parfois, la paralysie dégénère en coma quand les muscles de la victime ne réagissent plus aux signaux émis par l'organisme. Mais la pire, c'est la congestine. Elle est aussi nocive que le curare, elle bloque les récepteurs à acétylcholine et, par ce biais, les muscles respiratoires, ce qui engendre une mort par asphyxie. La congestine, c'est une vraie bombe dans le système sanguin. Elle fait littéralement exploser les globules rouges.

Jade était scotchée. Au bout du fil, elle n'entendait plus que la respiration de Boris.

— Il y a un problème avec ce que tu m'as envoyé.

— …

— Jade ?

Quatre lettres bleues tremblantes sur l'écran.

— Oui.

— Ce que tu m'as envoyé n'existe pas.

— Qu'est-ce que tu racontes ?

— Ça ne peut pas exister dans la nature.

— Et pourquoi ?

— Le taux de congestine est beaucoup trop élevé.

— Tu en es sûr ?

— Oui. Même le poison de la méduse à crinière de lion, la *Cyanea capillata*, qui mesure deux mètres de diamètre avec des tentacules de trente mètres, ne contient pas autant de congestine. Et pourtant, il provoque déjà des arrêts respiratoires mortels chez les sujets piqués.

— Un poison avec ce taux de congestine, il agirait comment, d'après toi ? l'interrogea Jade.

Boris n'eut aucune hésitation :

— Une piqûre avec un neurotoxique aussi puissant pourrait détruire complètement le cerveau d'un être humain, le tordre, le réduire en charpie parce que chaque neurone deviendrait un incendie.

Le général connaissait les préjugés sur les obèses, mais il savait mieux que personne à quel point ils étaient sans fondement. La femme ukrainienne qui le chevauchait, mince, dotée de seins minuscules, le découvrait aussi. Son visage n'avait rien de remarquable, sinon une mâchoire assez proéminente. Elle remuait sur lui lentement, consciencieusement, sans parler. Flux, reflux. Les instructions étaient formelles. Surtout ne pas déranger son client. Se taire. Savoir rester professionnelle était une qualité cruciale dans sa partie, et cette qualité se traduisait par des gains considérables quand on était sélectionné. Bien sûr, le régime alimentaire du raïs était discutable, mais il n'en pratiquait pas moins une discipline de vie très stricte, et le sexe lui permettait de réfléchir, de se concentrer et de prendre des décisions.

La villa dans laquelle il vivait était construite sur les hauteurs de Sebha. En réalité, c'était un ancien fort italien, et des architectes turcs avaient réussi la prouesse d'en faire une résidence ultramoderne et très lumineuse. La baie vitrée de sa chambre donnait sur la ville et, quand le soleil se couchait, la vue sur la capitale du Fezzan était à couper le souffle. Avec un peu de chance, le soleil et sa jouissance seraient synchrones. Le rythme de la fille était le bon.

Maintenant que tous les rouages du piège étaient en place, il ne fallait pas que les Français en réchappent. Pour lui, toute cette histoire n'était pas simplement une affaire d'argent. Pour aider cette nation amie, il avait brisé sa vie, détruit sa propre famille. Il avait perdu sa fille à cause d'eux. C'était donc d'abord une question d'honneur. Il fallait que les Français souffrent à la mesure des souffrances qu'ils avaient infligées aux siens. Alors ils demanderaient grâce et ils rendraient même l'argent. Il les côtoyait depuis assez longtemps pour connaître leurs limites. Le général avait beau se le repasser mentalement, encore et encore, il ne voyait aucune faille dans son raisonnement. Les Français au pouvoir à Paris allaient payer le prix parce qu'ils n'avaient pas respecté la parole donnée. Elle était plus sacrée qu'un contrat écrit.

Mais ce n'était pas tout. L'attaque contre l'Hexagone allait faire de lui un héros dans le monde entier. Les djihadistes bricoleurs d'attentats n'avaient qu'à bien se tenir. Des amateurs sans envergure, décérébrés, tout excités à l'idée de se faire sauter dans une pizzeria. Ces clowns barbus n'iraient pas bien loin. Lui avait pris son temps, il s'était donné les moyens et il avait des alliés puissants, les plus puissants, à vrai dire. Il avait toujours su, grâce à son flair, profiter des opportunités sur les nouveaux marchés. Abattre l'Europe, c'était ça, le nouveau marché. La casser, la dépecer, en commençant par la France.

Son ventre durcissait. Il n'aurait pas pu dire si c'était la conséquence des ondulations de l'Ukrainienne ou l'effet de ses pensées. La fille avait les yeux dans le vague, pourtant, à cet instant, il aurait souhaité qu'elle le regarde franchement, d'égale à égal. Sans qu'un mot ne soit échangé, comme si elle avait compris, les mains de la prostituée remontèrent le long du buste poilu du raïs dans une caresse qui montrait qu'elle savait prendre l'initiative au moment opportun. Alors qu'il grandissait en elle, l'Ukrainienne se pencha pour poursuivre sa caresse, ses seins effleurant la toison de sa poitrine. Enserrer sa gorge était chose impossible, mais elle posa ses mains de part et d'autre et exerça une légère pression. Pour des raisons physiologiques qui n'appartenaient qu'à lui, ce geste banal déclencha son orgasme, et il ne perçut absolument pas les piqûres dans son cou.

Envahi par un optimisme presque juvénile, le raïs en eut subitement la certitude : son plan allait fonctionner. Il se sentait merveilleusement bien, quoiqu'un peu pâteux, comme s'il avait envie de dormir. Rien d'étonnant après un effort pareil. Tout, autour de lui, semblait tourner au ralenti. Il ne pouvait pas se douter que son cœur était en train de cesser de battre. Que des dizaines de microaiguilles venaient d'injecter dans ses veines un poison à base de jus d'arille.

Les aiguilles, très courtes et plus fines que les pores de la peau, étaient placées entre les alvéoles des gants de l'Ukrainienne, des gants dont la texture et la couleur imitaient parfaitement la peau humaine. Seuls les spécialistes savaient que cette arme était fabriquée quasi exclusivement dans les laboratoires des services de renseignement chinois. Et à peine une poignée connaissait un secret très bien gardé : la Chine prêtait parfois cette arme aux services amis, comme ceux du Qatar, par exemple.

La fille laissa s'écouler environ trente secondes avant de se remettre debout. Elle ajusta le drap sur son client presque inconscient, fit une toilette rapide dans la salle de bains, sortit de la chambre et referma la porte.

Après avoir gratifié le garde du corps d'un sourire éclatant, elle lui confia avec une moue faussement gênée :

— Il se repose.

Rougissant, ce dernier ne put s'empêcher de lui sourire à son tour. Lorsqu'il la fit monter dans la voiture blindée qui la ramènerait à l'aéroport, le raïs était déjà mort, son cœur nécrosé, noir. Elle avait une chance sur deux de décoller avant que ses hommes ne s'en aperçoivent. Tueuse à gages était un métier fabuleusement rémunérateur, mais il y avait des risques. Si elle manquait de veine, elle passerait un très mauvais moment, mais, de toute façon, elle ne pourrait jamais dire qui l'envoyait. Elle n'en avait aucune idée.

Le drone avait plusieurs qualités : son absence d'états d'âme et sa capacité à ne jamais s'ennuyer. Pendant les vingt-quatre heures que lui autorisait son autonomie, avec la patience propre aux robots, il survolait l'immense étendue de panneaux solaires située en plein désert, là où il avait perdu Fakir. En revanche, Jade, qui avait décidé de partager le téléguidage avec un relais sur la base de Madama, avait du mal à garder les yeux ouverts. Pour un être humain, ne rien manquer des images qui défilaient était si éprouvant qu'il fallait organiser une rotation. Le drone enchaînait une par une les allées de la ferme solaire. Et son flux vidéo était également transmis en temps réel au CSO. Le satellite affinait les contrastes, puis les images étaient réexpédiées vers un ordinateur installé juste devant la jeune femme et le petit lieutenant.

À cet instant précis, celui-ci faisait la moue.

— Les pilotes de Madama gâchent le temps de vol du drone. Ils lui font toujours faire la même chose. Aller-retour, aller-retour. Ça ne sert à rien.

Il pencha vers l'écran sa silhouette toute mince – on aurait vraiment dit un ado –, choisit un logiciel météo, puis scruta sa montre. Il se mordillait la lèvre. Jade le regardait, attendant la suite. Avec lui, elle n'était jamais au bout de ses surprises.

— Dans quinze minutes, le soleil se couchera sur zone.

Le colonel Flache, sa barbe de trois jours désormais bien apparente, reposa la tasse de café qu'il tenait entre ses mains jointes, pour se réchauffer.

— Et on ne verra plus rien, à nouveau...

— Au contraire, on verra mieux. Mais il faut couper la caméra diurne, mettre en route la caméra thermique, et réduire l'altitude. De nuit, le drone est invisible depuis le sol, et la caméra thermique est plus silencieuse. Les images infrarouges seront beaucoup plus précises.

— Et que laisseront-elles apparaître ?

— S'il y a une habitation avec du chauffage, ou des ordinateurs qui tournent, ou un générateur, cette caméra le chopera. Même sous terre.

— À travers les panneaux ? Tu rigoles, n'est-ce pas ? Si ça avait été possible, tu ne crois pas que nous l'aurions fait plus tôt ?

— Sauf que j'ai enfin réussi à brancher Face Mort sur le Busard. Et lui fera très bien la différence entre la pérovskite des panneaux et le reste. Il suffit d'attendre. J'ai aussi augmenté la sensibilité de Face Mort. À la moindre anomalie thermique, il bipera.

Les trois hommes ne parlaient pas. Ils avaient laissé la pénombre s'installer, mais aucun n'avait pris la peine de se lever pour allumer la lumière. On n'entendait aucun bruit en provenance du reste du palais de l'Élysée. La table basse, entourée de trois fauteuils Bauhaus en cuir brun, était placée tout près de la fenêtre qui donnait sur les jardins. La photo était posée dessus, devant eux. Le président de la République avait les yeux mi-clos, son formidable cerveau cherchant une solution. Dans une sorte de mimétisme qui lui était propre, son secrétaire général avait lui aussi baissé les paupières, comme pour rejoindre son patron par la télépathie.

Soudain, le chef de l'État saisit de nouveau le cliché. Sa silhouette un peu tassée semblait à des années-lumière du jeune homme élu l'année précédente. Son visage était émacié, presque livide, et son cou décharné se perdait dans le col de la chemise. La puissance hypnotique de son regard n'en était que plus forte. Il le plongea dans celui de son plus proche collaborateur. Son large sourire était froid comme une lame :

— On te reconnaît sans la moindre hésitation. En dix ans, tu n'as pas changé. Pas un kilo de plus. Pas un cheveu de moins. C'est incroyable. Avec qui discutes-tu ?

Prononcées sans le moindre affect, ces paroles flottèrent quelques instants dans l'atmosphère. C'était le Président lui-même qui avait insisté pour que l'entrevue se déroule dans le bureau du secrétaire général. Celui-ci ne se demanda même pas à quoi jouait le chef de l'État, pourquoi il faisait mine de ne pas remettre le général, pourquoi il n'évoquait pas tous les figurants de la photo originelle.

Yanis Calvert, lui, toussa discrètement. Le directeur de la DGSE avait une certaine maîtrise en matière de coups tordus, il se considérait comme un vrai expert, mais ce qui se déroulait sous ses yeux parvenait tout de même à le surprendre. C'était donc vrai, ce qu'on disait. En un an, le Président avait perdu le contact avec la réalité, avec le vrai monde et le vrai passé. On pouvait retourner les faits de toutes les manières possibles. La photo les ramenait tous les trois neuf ans plus tôt. À une époque où les hommes devenus les plus puissants de France étaient encore des yuppies en quête de l'affaire du siècle. Et elle leur posait un sacré problème.

Il décida de se lancer :

— Cette photo, monsieur le Président, c'est du chantage. Le général veut vous faire chanter. Et il a de quoi le faire.

Dans un réflexe, le secrétaire général se redressa.

— Le général n'a rien contre le Président. Il n'a rien contre personne. Si vous voulez tout savoir, la situation est simple. Il nous réclame de l'argent, nous refusons de payer, il nous menace. Mais c'est du bluff. C'est sans aucune importance. Ce n'est pas du niveau du Président.

— La France ne se laisse pas intimider par des maîtres chanteurs, renchérit celui-ci. Elle ne négocie pas avec eux. Elle défend ses intérêts dans l'indépendance.

Le regard lointain, il avait pris un ton solennel, presque pompeux, qui sonnait faux, dans cette réunion d'urgence au crépuscule.

Il était largement temps d'arrêter ces salades. Les yeux plantés dans ceux du chef de l'État, Yanis Calvert éructa :

— Je crois que tous les deux, vous ne vous rendez pas compte. Du niveau du Président ou pas, il va falloir faire quelque chose, et vite.

Sa familiarité et sa brutalité les heurtèrent à la manière d'une batte de base-ball. Le directeur de la DGSE venait de franchir la ligne rouge. Dans le théâtre du pouvoir, on donnait habituellement du « monsieur le Président » et on évitait les sujets qui fâchent. Mais lui continua, passant même au tutoiement :

— Cette photo, c'est une bombe, parce que, sur la vraie photo, tu sais qui il y a. Tu le sais.

Il se tut une seconde pour capter l'attention de son vis-à-vis.

— Il y a toi, et il y a moi, reprit-il. Et c'est un gros problème. Un putain de gros problème. Ce que tu vois là n'est qu'un début. Un jour, cette photo va publiquement refaire surface. Et ce n'est pas le pire. Je ne crois pas que le général bluffe. Il a le contrat, et tout est dedans. Le nom de la banque, ton rôle dans la banque. Tout.

— Ce n'est pas possible, s'obstina le Président. Tout a été évacué, tous les documents ont été rapatriés.

— En effet, tout a été évacué par le Service Action. C'était la théorie, en tout cas. Mais tout s'est fait dans la précipitation et nos agents ont dû faire face à un imprévu. Il a fallu abandonner deux ingénieurs libyens, un couple marié.

Il prit le cliché des mains du Président, le retourna vers lui et pointa du doigt le jeune homme hilare.

— L'ingénieur, c'est lui.

— Le marié ?

— Oui. Et le général, je vous le rappelle, le père de la mariée. Quand nous avons bousculé Kadhafi, il nous a beaucoup aidés. La petite, elle, est devenue un agent de la maison. Vous voyez le tableau. Une vraie catastrophe.

Le Président secoua la tête d'un air las, mais ne dit rien. Calvert poursuivit :

— Nous étions tous au mariage, et vos noms à tous les deux figurent sur le contrat que le général a, selon ses dires, en sa possession.

L'atmosphère devenait très lourde. Le Président était dans un état second.

— Qu'est-ce qui s'est passé au moment de l'évacuation de la ferme solaire ? articula-t-il péniblement.

— Tout a merdé. Il fallait aller très vite pour prendre les rebelles de vitesse. Toute la Libye partait en couille. Deux hélicos sont venus du Tchad, mais l'un des deux a eu une avarie et a été obligé de se poser à Faya-Largeau. Avec un seul appareil, il était impossible de ramener les documents et les gens. La fille du général a refusé de laisser son mari. Elle est restée à la ferme avec lui.

— Les hommes du Service Action sont repartis sans elle ?

— Oui. En revanche, ils pensaient avoir tous les documents, mais apparemment ils se sont fait berner par le général.

— Et la fille ?

— Les rebelles ont coupé son mari en morceaux. Mais à elle, ils n'ont rien fait.

— C'étaient des islamistes ?

— Pas vraiment. Plutôt des dealers maqués avec des malfrats déguisés en djihadistes. Le général se fout complètement du djihad. Il veut son fric. Mais s'il faut recruter des kamikazes pour nous mettre la pression, il n'hésitera pas une seconde.

Le Président se leva et fit quelques pas vers la fenêtre. Il avait toujours la silhouette d'un jeune homme, mais quelque chose dans sa démarche raidie, dans la courbure de son dos, évoquait un vieillard.

Le directeur de la DGSE enfonça le clou :

— Il faut bien comprendre ce que nous avons en face de nous. Le général estime que vous l'avez escroqué et la vie de sa fille a été brisée le jour de l'évacuation. Ils sont devenus nos ennemis. Des ennemis prêts à tout.

Le Fonctionnaire se leva à son tour.

— Le général cessera bientôt d'être un sujet d'inquiétude.

— Qu'est-ce que tu dis ? s'étonna Yanis Calvert.

Le secrétaire général avait des cernes mauves sous les yeux.

— Le général est trop lié aux services et tu n'es visiblement pas capable de gérer ce problème comme je te l'ai pourtant demandé. J'ai donc fait appel à d'autres prestataires. Ce sera beaucoup plus simple, nous ne serons pas impliqués.

— Ce n'est pas gratuit, j'imagine.

— Rien ne l'est. Nous traitons les difficultés une à une.

— Et la fille, elle a un nom ? questionna le Président.

— Ibtissam. Nous avons de bonnes raisons de penser qu'elle prépare une opération terroriste majeure sur le sol français. Apparemment, les ruines de la ferme solaire, dont je n'ai évidemment parler à personne de l'équipe, abritent une base. Nous avons la certitude qu'un chimiste algérien recruté par Daech y est arrivé récemment. Tous nos moyens sont mobilisés pour contrer la menace.

Le Président le coupa presque.

— Et cette menace, en quoi consiste-t-elle ?

— Rien que nous ayons déjà vu. Une sorte de bombe génétique. Elle a été testée dans un petit village de Libye. Les conséquences sont terrifiantes.

— Que savez-vous d'autre ?

— Que Ibtissam est déterminée. Qu'elle est beaucoup plus dangereuse que son père. N'oubliez pas, c'est nous qui l'avons formée.

Le Président se tenait toujours debout devant la fenêtre. La nuit était tombée. Au loin derrière les arbres du parc, on apercevait les guirlandes des Champs-Élysées et, au-delà, la tour Eiffel.

Dès le lendemain du bombardement, Maxime n'avait eu qu'une envie : foutre le camp et trouver ces salauds avant qu'ils passent en France. Mais elle avait dû faire preuve de patience, laisser le temps à Yann de terminer son travail ici dans l'espoir de rassembler de nouveaux éléments. Ce qui ne s'était finalement pas avéré concluant…

Du village martyr ne montait désormais plus aucun bruit. Le soleil tombait comme une pierre derrière les montagnes brunes qui encerclaient Mourzouq. Dans quelques minutes, la température allait chuter et, pour tous ceux qui restaient dehors, la nuit serait une nouvelle bataille contre le froid. Après la chaleur écrasante de la journée, Maxime sentait comme une lame glacée glisser contre sa peau. Malgré sa veste molletonnée, elle frissonnait, mais ce n'était pas réellement à cause du froid. Elle était vidée.

Entourée par la masse compacte de son groupe, comme une meute veille sur son chef, la capitaine grelottait. La présence de ses hommes était magnétique, mais personne ne pouvait la protéger contre elle-même. Contre les démons qui la hantaient et dont elle ne pouvait leur parler, refusant d'alourdir leur fardeau. Et puis, il y avait cette chose invisible qui avait détruit les hommes, les femmes et les enfants, et qui aspirait toute sa volonté. Elle n'arrivait pas à admettre que ça avait eu lieu. Elle n'arrivait pas à se défaire de l'idée qu'il n'y avait rien à faire contre ça, que toute la force d'une armée n'y suffirait pas, qu'elle n'était qu'une aiguille de pin jetée dans un incendie. Derrière elle, elle entendait le colonel Kaky ricaner tel un soudard, en train sans doute de ressasser avec le chef de la milice les mauvais coups qu'ils avaient fomentés ensemble.

Elle échangea un regard avec Yann. Lui aussi était rongé par le sentiment d'impuissance, mais il ne voulait pas baisser les bras. Elle ferma les yeux. L'expérience avait été concluante pour les terroristes, il ne leur restait donc que peu de temps. Elle et Yann avaient beau avoir très peu d'indices, ils étaient les seuls à avoir une chance de stopper le désastre. Arrêter ceux qui avaient fait ça avant qu'ils ne recommencent, à plus grande échelle.

— Ils doivent maintenant être en route vers le nord, déclara le lieutenant.

— Pour le moment, on ne sait rien, le modéra la capitaine, qui avait elle-même eu le temps de se raisonner. On ne peut pas partir au hasard sur la base de suppositions.

Elle se leva pour s'asseoir à côté de lui. Leurs épaules se touchaient.

— J'ai activé toutes nos sources sur la côte, pour qu'elles nous alertent si elles voient quelque chose d'inhabituel. De son côté, le satellite surveille les plages, mais avec tous ces migrants, comment repérer des gens qui embarquent vers l'Europe ?

— Qui vous dit qu'ils embarquent ?

Le rire gras du colonel Kaky envahit de nouveau l'air du soir. C'en était trop. Ça faisait trop longtemps qu'elle se taisait. Maxime bondit sur ses pieds et marcha vers lui à grands pas. Les miliciens lui adressèrent un regard goguenard. Elle les ignora et se planta devant cet homme qui ne lui inspirait plus que du dégoût.

— Je sais que c'est vous qui avez dirigé le tir d'artillerie contre nous.

La mâchoire de l'officier sembla carrément se décrocher.

— Vous êtes une putain de cinglée, Barelli. Pourquoi je ferais ça, bon Dieu ?

— Parce qu'on vous l'a demandé, parce que vous travaillez pour des gens qui ne veulent pas que l'enquête continue.

— Vous déraillez.

— Je ne déraille pas, et vous le paierez cher.

Elle tourna les talons et alla reprendre sa place. Le colonel était pâle. La réputation de la capitaine Barelli la précédait. Elle ne parlait jamais à la légère. Et elle s'était déjà vengée une fois.

Les autres étaient partis se reposer, pour ne pas risquer de tomber de fatigue devant tout le monde. Il ne restait que Jade et le petit lieutenant, qui avaient appris à dormir à côté de leur écran. Ils étaient seuls avec Face Mort, l'algorithme surdoué qui, entre autres choses, scrutait sans relâche des alignements de panneaux solaires, quelque part dans le sud de la Libye, parce que c'était la seule piste qu'ils avaient pour tenter d'empêcher la catastrophe. Jade était assise en tailleur, en train de masser ses pieds nus. Elle s'étira, et le geste fit tourner le fauteuil sur son axe. Kabla, lui, était debout. Il ressemblait à un étudiant obnubilé par ses révisions. Sa chemise sortait de son pantalon d'uniforme, et il se tenait penché sur sa tablette, le front plissé, s'échinant à dresser Face Mort, comme s'il s'était agi d'un animal rétif, pour obtenir de lui des figures de plus en plus parfaites.

Mue par elle ne savait quoi, Jade se leva et, soudain, elle fut contre lui, les mains sous sa chemise, au contact de la peau de son torse mince. Il fit volte-face et se rua sur sa bouche, cherchant ses seins sous le T-shirt, une seule pensée en tête : être en elle, tout de suite. Leurs langues se trouvèrent. Sa salive à elle avait un goût de bonbon. Le petit lieutenant offrait enfin un peu de répit à son cerveau. Son corps tendu comme un arc lui faisait mal, ses gestes étaient maladroits. Il avait seulement réussi à enlever le soutien-gorge de Jade quand l'algorithme bourdonna. Quelques secondes plus tard, le son mobilisait déjà sa conscience et le rappelait à la discipline. En poussant un soupir de bête blessée, il se sépara d'elle et se reconcentra sur son écran, sans même réaliser qu'il était torse nu.

Face Mort ne s'était pas manifesté pour rien. Il avait décelé quelque chose. Jade appuya sur le bouton d'alerte puis lâcha d'une voix totalement maîtrisée :

— Ils vont arriver, rhabille-toi.

Moins d'une minute s'écoula avant que le colonel Flache fasse effectivement son entrée dans la salle, suivi de deux experts de la DT. Il s'adressa au petit lieutenant :

— Allez-y, montrez-moi.

Le jeune homme avait remis sa chemise, mais elle flottait toujours hors de son pantalon. Le rouge n'avait pas encore complètement déserté son visage.

— On a reprogrammé le drone pour qu'il suive une trajectoire aléatoire au-dessus de la ferme solaire. En branchant la caméra thermique, celui-ci est moins bruyant, alors je l'ai fait descendre jusqu'à une altitude de trente mètres. C'est un peu risqué, mais le satellite annonce des vents assez forts sur zone.

— Et Face Mort a trouvé quoi ?

— Ça.

Sur l'écran apparaissait une sorte de plaine plate et grise avec, en haut à gauche, une série de petites montagnes roses et une montagne beaucoup plus grande que les autres, d'un rouge vif.

— Voilà. C'est un graphique en 3D des températures juste sous la surface d'une zone de la ferme solaire. Celle-ci est hors service et les panneaux sont trop sales, alors ils ne fournissent plus d'électricité. C'est pour ça que presque tout est gris.

— Et les pics de couleurs ?

— L'algorithme a procédé par comparaison. Les pics roses représentent des températures typiques d'une habitation ou d'un bureau. Ce qui est plus surprenant, c'est le pic rouge.

— Qu'est-ce que ça pourrait être ?

— Moi, je pensais que c'était un générateur pour alimenter les locaux que vous voyez en rose, mais la caméra thermique a enregistré des températures vraiment élevées. Face Mort affirme que c'est un supercalculateur.

— Un ordinateur ?

— Oui, mais une machine très puissante, typique de la recherche en profilage génétique.

— Donc, vous me confirmez que, à un endroit dans le sous-sol de cette ferme solaire abandonnée, il y a un laboratoire qui fait de la recherche en génétique ?

— On sait même exactement où, sous quelle rangée de panneaux. Ça valait le coup de faire descendre le Busard très bas.

— En effet. Je crois que vous venez de retrouver la trace d'Umberto Sica, le scientifique italien qui nous avait échappé en Syrie. C'est certainement lui qu'a rejoint notre docteur en botanique, Ali Mokhtari.

Le colonel Flache s'isola un instant pour passer un appel, et revint aussitôt.

— Le directeur ne répond pas. Je prends sur moi d'envoyer une équipe. À part Barelli, qui est sur zone ?

Le chef du Service Action était resté silencieux jusque-là. Il savait que la question était rhétorique. Le groupe Barelli était le mieux placé pour y aller. Et la capitaine agissait sur ordre exprès du ministre. Pas vraiment utile d'aller au clash. Histoire d'avoir tout de même des yeux et des oreilles sur place, il posa une condition. Le colonel Kaky devait être aux commandes de l'opération.

La conversation qui suivit avec Maxime prit au colonel moins de trois minutes. Elle écouta attentivement et ne dit que deux choses. Non, elle ne partirait pas avec cette pourriture de colonel Kaky. En revanche, elle emmenait Yann Braque, lieutenant de la PJ. Il lui fallait un scientifique avec elle, pas un psychopathe.

Le colonel essayait de se contrôler, mais tout le monde l'entendit quand même gronder :

— OK, Barelli, mais bordel, vous vous prenez pour qui ? Vous faites vraiment chier, merde !

Il ne l'aurait jamais reconnu en public, mais il avait toujours eu un faible pour la jeune femme.

La ferme solaire occupait tout le fond d'une vallée perdue. Pour l'atteindre, ils volèrent d'abord entre les parois d'un colossal couloir de roche rouge. Ils avaient l'impression de plonger dans un entonnoir minéral. Foxy montra l'altimètre à Maxime. Ils étaient en train de passer sous le niveau de la mer. Puis, soudain, l'hélico déboucha sur la plaine. La lumière était différente, plus blanche, plus dure. La ferme, qui était encore distante de plusieurs kilomètres, scintillait d'une lueur aveuglante, mais au fur et à mesure que l'appareil approchait, elle apparaissait pour ce qu'elle était, une ruine, un interminable chaos de panneaux brisés, rongés par le sable et le vent, ou simplement disparus.

Maxime ne faisait pas vraiment partie de la maison, mais il y avait un principe de la DGSE qu'elle respectait : n'obéir qu'à ses propres règles. Voler aussi bas dans un hélicoptère en surcharge, au-dessus d'un terrain aussi accidenté, était pure folie, mais elle n'avait pris que quelques secondes pour peser le pour et le contre. Il était impossible de perdre trois heures en voiture alors que chaque minute qui s'égrenait les menait tous vers une catastrophe majeure.

Le colonel Kaky avait tenté de s'interposer, par pur dépit d'être laissé de côté. D'une voix avinée, il l'avait traitée de salope, et tous auraient pu en venir aux mains. Mais Maxime tenait ses hommes. Puis ça avait été au tour du pilote d'essayer de parlementer. Foxy l'avait arraché de son siège avant de prendre sa place. Et ce n'était qu'une fois tout le monde installé à bord que Maxime avait communiqué tous les renseignements fournis par Jade et le petit lieutenant. Tout ce que le drone leur avait appris.

Dès que les pales cessèrent de tourner, ils entendirent le bruit. Comme le hululement d'une bête blessée, qui s'évanouissait parfois avant de reprendre de plus belle. Ils progressèrent, enveloppés dans ce bruit cauchemardesque.

Yann Braque comprit le premier.

— Le vent s'engouffre dans les panneaux cassés. C'est lui qui hurle ainsi.

Ils ne voyaient personne, mais ils avaient un avantage. Grâce à la caméra thermique du Busard, ils savaient parfaitement où chercher. Ils se déployèrent en formation de combat de rue, pour parer à toute éventualité. Maxime avait Tek à l'œil. Il avait l'air anxieux, les yeux levés vers le ciel, comme s'il essayait de repérer leur allié. Le vent leur tapait sur le système.

— Regarde où tu marches. Le Busard sait ce qu'il a à faire.

— J'ai un pressentiment. Il s'est passé quelque chose…

— Évidemment, qu'il s'est passé quelque chose. Tu crois qu'on est là pour quoi ?

— Je veux dire quelque chose de…

Maxime ne lui laissa pas le temps de trouver son mot :

— Concentre-toi sur la mission. On fouille ce coin de fond en comble. Et on récolte des indices pour choper ces salauds avant qu'ils agissent.

— C'est juste qu'il y a des vibrations bizarres ici, persista-t-il.

Sans l'aide du drone, ils auraient pu errer pendant des heures. L'entrée du tunnel qui plongeait en pente douce vers les entrailles de la ferme était presque invisible. Seule une piste en latérite bien entretenue qui menait jusqu'à elle les mit sur la voie. Maxime posta deux hommes à l'extérieur, et le groupe commença à descendre. L'air était plus frais. Peu à peu, le hululement se fit plus faible. Dix mètres plus bas, le couloir débouchait sur une enfilade de pièces. À droite, une salle de contrôle qui avait dû être ultramoderne dix ans plus tôt. Yann Braque sur les talons, la capitaine entra. Le lieutenant se dirigea immédiatement vers l'écran placé au centre. Il s'assit et cliqua plusieurs fois. Maxime l'entendit siffler.

— Elle a l'air en ruine, mais elle fonctionne, cette putain de ferme. Regardez. C'est avec ça qu'ils pilotaient toute la production d'électricité.

Sur l'écran, les quatre cents kilomètres carrés avaient l'allure d'une peinture abstraite.

— Il y a des zones où le matériel est trop abîmé et ne fournit plus rien. C'est le centre de la vallée. Je parierais que c'est à cause du vent et du sable. En revanche, sur les flancs, vous voyez, les panneaux produisent encore du courant. Très peu, mais la surface est tellement énorme que ça fait tout de même beaucoup d'électricité. D'autant que les panneaux en pérovskite sont réputés pour être beaucoup plus conducteurs que ceux en silicium.

Maxime se pencha pour observer plus en détail. Il voyait son profil. Sous cet angle qui faisait ressortir ses pommettes saillantes, son front et la ligne des cheveux coupés très court, elle avait l'air différente, plus dure.

— Ils alimentent quoi ?

Il la regarda dans les yeux.

— Je ne sais pas. Ce qu'ils font ici.

À cet instant, ils perçurent le ronronnement de la climatisation qui s'était mise en marche automatiquement. On pouvait se permettre quelque confort, avec une forêt de panneaux grande quatre fois comme Paris… Puis ils sentirent une odeur écœurante, sans doute diffusée par les conduits d'aération.

Le directeur de la Compagnie nationale du ciment ne dirigeait plus rien depuis longtemps et il s'en accommodait très bien. Il était mal payé à ne rien faire. Cela dit, il n'était pas inutile puisqu'il prêtait le bâtiment. Lui n'occupait que le grand bureau du sixième, avec une baie vitrée qui dominait la plage de Khoms. Aux étages inférieurs coulait le flux incessant des migrants africains qui voulaient rejoindre l'Europe. Un business contrôlé par la principale milice de la ville. Un business beaucoup plus florissant que les travaux publics, surtout au beau milieu d'une guerre civile. Mais la concurrence était féroce. Quand ils quittaient leur village, les migrants avaient le choix. Il n'y avait pas qu'un seul port en Libye. Et pas qu'un seul point d'embarquement à Khoms.

Pour se faire un nom sur ce marché, il fallait toujours avoir assez de bateaux et que ça se sache. Difficile, donc, d'être très regardant sur la qualité des embarcations. En même temps, si celles-ci étaient trop vétustes, certains migrants, même au bout du rouleau, refusaient d'y monter. Or, faire venir un bateau dans lequel personne ne voulait prendre place, c'était des dizaines de milliers d'euros de perdus. Et il le savait, quelques mauvaises têtes suffisaient à semer la panique dans tout le bâtiment. Tout l'art des passeurs était finalement d'identifier à l'avance ceux qui étaient obligés d'embarquer parce qu'ils n'avaient plus aucune ressource, et de les regrouper.

Le directeur était très satisfait de pouvoir rester en dehors de ce trafic. Il était paresseux, pas très courageux, mais il avait des principes. Ce spectacle le dégoûtait. De là où il était, il voyait les esquifs s'orienter vers le large, tanguer à la première houle, dériver parfois en direction de la Tunisie. Et c'était grâce à cette vue dégagée qu'il accomplissait la seule mission que lui avait confiée la milice : observer la mer aux jumelles et repérer les rares vedettes gouvernementales qui se risquaient jusque-là, mais surtout les bateaux des ONG européennes.

Sans ses jumelles, ses journées auraient été d'un ennui mortel. Peu habile avec la technologie, il n'avait jamais réussi à désactiver l'enregistreur automatique, mais il était tout de même fier de posséder, comme disait la notice, un « dispositif optique binoculaire grossissant » avec carte mémoire intégrée. Et c'est en balayant la route qui menait à la plage qu'il vit le bus. Aussi loin que remontaient ses souvenirs, jamais il n'avait vu des migrants arriver dans un tel véhicule. Enfin un peu de nouveauté ! Quand les passagers descendirent, il scruta les visages et fut surpris. Ces gens-là avaient l'air très libyens. Des Libyens du Sud. Ils étaient tous habillés différemment, chacun avec un petit sac à dos identique, mais il y avait autre chose, quelque chose d'indéfinissable qui les faisait se ressembler.

Plus tard, il les reconnut sur la plage. Les gros bras de la milice leur garantissaient, deux par deux et à coups de crosse, une place dans les bateaux les plus sains. Ce traitement de VIP avait dû coûter cher. Intrigué, il assista à tout l'embarquement, qui dura une bonne heure. Il avait vu assez de migrants pour savoir que ces hommes et ces femmes n'en étaient pas et que seul quelqu'un de puissant pouvait organiser cela. Il regarda s'éloigner ces mystérieux voyageurs pendant un long moment. La mer était calme.

Bien sûr, il aurait pu contacter certaines autorités plus ou moins officielles, mais à quoi bon ? Il allait s'attirer des ennuis. Au lieu de ça, il décida d'appeler Paul. Il l'avait rencontré six mois plus tôt au centre-ville et ils avaient sympathisé. Paul était ingénieur de travaux publics dans un cabinet de conseil. Il cherchait des clients, et tout ce qui se passait à Khoms l'intéressait. Il était prêt à payer pour des informations. Et il était plutôt généreux. Il lui avait même offert cette paire de jumelles ultrasophistiquée pour remplacer le modèle vieillot qu'il utilisait jusque-là. Paul répondit rapidement. Comme la dernière fois, il avait l'air en pleine forme.

Maxime et Yann sortirent précipitamment de la salle de contrôle. L'odeur diffusée par la climatisation les poursuivait. Ils s'engagèrent dans le couloir, cette fois sans prendre de précautions excessives, mais en gardant le doigt sur la détente. Ils n'avaient vu personne, ni entendu aucun signe de présence humaine. Le couloir était long, ils vérifièrent chaque porte, la plupart des pièces attenantes étaient vides et semblaient n'avoir jamais servi. Ils virent d'emblée que la dernière n'était pas comme les autres. Pour l'atteindre, il leur fallut grimper une volée de marches. Ils découvrirent alors une immense paroi de Plexiglas qui séparait la salle en deux. Au-delà de la paroi, c'était la roche, et un sol en terre battue, avec un étroit rayon de lumière qui filtrait par un trou dans la pierre à environ deux mètres du sol. Il y avait aussi un homme derrière. Ou plutôt ce qu'il en restait. Sa peau était grise, presque de la même couleur que la barbe hirsute qui lui mangeait le visage et le cou. Il était assis, le dos contre le mur, son ventre jaillissant de sa chemise. Il était vêtu d'une blouse qui avait été blanche avant que ne s'y accumulent les taches de nourriture et de grosses auréoles marron : du sang séché.

Ce qui cloua sur place Maxime et Yann, ce furent les chiens. Les cadavres de chiens. Il y en avait quatre, des adultes, et on voyait aussitôt qu'ils avaient eu des liens de parenté. Leurs robes étaient semblables.

— C'est lui, nom de Dieu, c'est... c'est lui.

La capitaine, sous le choc, essayait de reprendre son souffle. Elle en bégayait. Les mots ne sortaient pas. L'émotion terrible qui s'emparait d'elle lui tordait les entrailles. Ça faisait des mois qu'elle poursuivait cet homme. La piste Fakir avait été la bonne.

Yann s'était avancé jusqu'à toucher la vitre, prenant en pleine figure le tableau d'horreur. L'individu était mort. Les animaux étaient difformes. Comme s'ils avaient été secoués par un shaker gigantesque qui avait brisé tous leurs os. Leur tête formait avec leur cou un angle obscène. Le spectacle était d'autant plus monstrueux que les chiens, après avoir à moitié dévoré l'homme, s'étaient couchés à ses pieds, dans une posture affectueuse, avant de s'éteindre à leur tour. Impossible de savoir s'ils avaient commis cette atrocité à cause de leur cerveau dévasté ou si c'était la faim qui les y avait poussés.

— C'est Umberto Sica, l'Italien que je cherche depuis six mois. C'est lui qui avait mis au point une drogue pour désinhiber les djihadistes en Syrie. J'étais sûre qu'il avait de nouveaux employeurs en Libye.

— Alors tu avais raison.

La voix du lieutenant était légèrement plus aiguë que d'ordinaire. D'un regard mécanique, il étudiait la scène de crime, en quête d'un indice au milieu de cette boucherie surréaliste. Soudain, un détail lui accrocha l'œil. Dans la main droite du mort, il y avait un objet. Ses doigts étaient refermés sur une sorte de petit cylindre gris. Il emprunta les jumelles de Maxime pour mieux voir.

— Le bras, là. Utilise le bras.

Maxime lui désignait le bras articulé de l'autre côté de la vitre. Les commandes se trouvaient le long du mur. On pouvait allonger ou raccourcir le bras télescopique, mais aussi actionner la pince qu'il portait à son extrémité. Cela demandait de la dextérité. Après quelques essais infructueux, Yann atteignit enfin la main d'Umberto Sica. Il la secoua, mais ça ne suffit pas. Il fallait tester autre chose. Avec la pince, il poussa alors le bras du scientifique vers le haut. Ce dernier résista puis céda. Grâce à la vitre, ils n'entendirent pas le craquement que dut faire l'épaule, mais tout à coup le cadavre aux allures d'épouvantail leur adressait un salut qui aurait été comique en d'autres circonstances. Le plan de Yann fonctionna à la perfection, le cylindre gris glissa de la main levée et roula sur la terre battue. Ils virent alors ce que c'était : un simple vaporisateur de poche. Ils se regardèrent sans parler, préférant ne pas mettre de mots sur ce qu'ils pensaient.

À ce moment, il y eut un bruit derrière eux. Ils se retournèrent brusquement, prêts à faire feu. Le bruit recommença. Maxime partit d'un rire aussi nerveux que silencieux. C'était un bip qui émanait d'un ordinateur posé sur une grande table de camping. Yann pianota sur le clavier et tomba vite sur ce qu'il cherchait. Il montra du doigt à Maxime la scène derrière la vitre.

— Tu vois cet appareil au milieu ? C'est un microscope monté sur un trépied. C'est comme ça qu'ils enregistraient leurs expériences. Avec un peu de chance, tout est là-dedans.

Yann farfouilla quelques instants dans le disque dur et jura :

— Merde, ils ont tout effacé !

Mais un cri de victoire suivit presque immédiatement :

— Non, en fait, j'ai une vidéo. Ils ont dû oublier de la détruire.

Il ouvrit le navigateur et cliqua. Pendant quelques secondes, l'écran resta gris, puis ils aperçurent des silhouettes. Deux hommes s'activaient sur le microscope. Le premier était

Umberto Sica, reconnaissable à sa bedaine, sa barbe de carnaval et sa blouse. L'autre était apparemment beaucoup plus jeune, mince et agile, mais l'image n'était pas assez bonne pour observer ses traits. Après ça l'Italien prenait un objet dans sa poche.

— C'est le spray. Il asperge le mur avec le putain de spray, lança Maxime.

La suite était chaotique. Le jeune faisait entrer les chiens, qui commençaient à jouer, puis il ressortait. L'Italien lui emboîtait le pas et on le voyait s'arrêter, bloqué par la vitre. Il essayait à plusieurs reprises d'actionner l'ouverture avant de frapper à coups de poing sur l'épaisse paroi de Plexiglas. Il était enfermé. En même temps, insensiblement, les couleurs de la vidéo changeaient, virant au rose puis au rouge.

— Ils augmentent la température. Le microscope est équipé d'une caméra infrarouge.

Yann avait du mal à croire ce qu'il voyait. Du mal à croire que, dans ce sous-sol, au fin fond du désert libyen, une expérience aussi cauchemardesque avait eu lieu.

— J'ai peur de comprendre ce qui va arriver maintenant, murmura-t-il.

L'écran fut soudain envahi par une sorte de brouillard qui semblait jaillir de la roche.

— Regarde les chiens, souffla à son tour Maxime, tétanisée.

Ceux-ci s'étaient figés, mais l'Italien continuait à taper désespérément du poing contre la vitre.

Le nuage tourbillonnait un instant, puis il se produisait un phénomène stupéfiant. Il semblait s'effilocher, s'enrouler autour des animaux et pénétrer dans leur corps par les naseaux. Aussitôt après, ils étaient pris de convulsions violentes, et les mouvements qu'ils tentaient pour échapper à la force qui s'emparait de leur cerveau les faisaient trébucher. Juste après, ils s'attaquaient à l'Italien, qui, à force de morsures, finissait par tomber. Ensuite, c'était la curée.

Maxime fut la première à retrouver la parole :

— Nom de Dieu, qu'est-ce que c'est que ce truc ?

— C'est ça qui a tué les gens à Mourzouq, c'est sûr.

— Mais c'est quoi ?

— Aucune idée, des sortes de nanoparticules.

— Et nous avions vu juste : elles agissent en fonction d'une cible précise. Elles n'ont rien fait à Sica.

Yann secoua la tête.

— Tu vois ces schémas, là ?

Le lieutenant lui montrait des barres colorées rangées par paires.

— Ils disent quoi ?

— Ce sont des paires de chromosomes. Il y en a trente-neuf. Je crois qu'ils ont pris un poil de chaque chien.

— Et après ?

— Ça a l'air complètement dingue, mais on dirait qu'ils ont programmé ce... brouillard en lui donnant des informations génétiques pour chaque animal. Pour que chaque particule détecte son chien. Et ses frères. Et ses cousins.

Un silence pesant s'abattit et ils entendirent, assourdi, le hululement du vent.

C'est à ce moment-là que Yann remarqua la surface noire sur le mur, de la taille d'un grand écran de télévision. L'ombre l'avait masquée jusqu'alors. En s'approchant, le lieutenant vit une poignée sur laquelle il tira. À l'intérieur, il restait une forêt de petits ossements, et l'odeur de chair brûlée prenait à la gorge. Un des squelettes de chiots était encore complet, comme agenouillé. Il referma le four doucement, avec le respect instinctif qu'on a pour une sépulture.

Presque en même temps, le téléphone de Maxime vibra. Le message était court et codé. Ils avaient une piste. Les instructions suivraient. Pas un mot, bien sûr, sur le rôle capital qu'avaient joué le désœuvrement du directeur de la Compagnie nationale du ciment de Khoms et l'infiltration méthodique d'un correspondant de la DGSE surnommé Paul. Mais cette information permit à la capitaine de sortir de sa torpeur.

— Allez, il faut charger la vidéo sur le terminal et la partager avec le CSO. Ensuite, on fout le camp. On a enfin un tuyau pour retrouver ces salauds !

Les yeux de Maxime brillaient avec une intensité folle. Ce n'était pas seulement son métier. Les mois de traque, les exécutions, les révélations du psy, tout se mélangeait, et son visage entier racontait ce qui bouillait en elle.

Yann brancha une clé USB sur l'ordinateur pour récupérer l'enregistrement. En relevant la tête, il aperçut le cadavre de l'Italien, son bras levé et, à ses pieds, le cylindre.

— Il faut les retrouver vite parce qu'ils ont tous un vaporisateur comme ça dans la poche, osa-t-il enfin formuler d'une voix blanche.

Le cliché n° 27 s'afficha à l'écran dans un silence de mort. Le satellite avait enfin dit son dernier mot. Autour de Jade, il y avait dix puissants cerveaux convoqués en urgence à la DGSE. Des experts, parmi les meilleurs du monde. Pour certains, des voitures banalisées précédées de motards étaient allées les chercher pour les ramener, sans aucun respect du code de la route. Un retraité de longue date avait même été récupéré sur une île bretonne par hélicoptère. Aucun n'avait vraiment eu le choix. En « priorité menace », les règles habituelles de politesse et le protocole volaient en éclats. Seul le résultat comptait, et la vitesse de réaction.

Il y avait là des jeunes et des moins jeunes, cumulant à eux tous un prodigieux niveau de QI. Il ne manquait toujours que le directeur. En son absence, c'était le colonel Flache qui menait la danse. Le petit lieutenant scrutait les nouveaux arrivants. Sans l'avoir jamais vu, il reconnut immédiatement Boris, le spécialiste des méduses. Le regard que ce dernier échangea avec Jade lui transperça le cœur, et il s'enfonça les ongles dans la paume à la faire saigner, bon Dieu, pour se punir d'être aussi con.

Le colonel Flache s'éclaircit la voix et lança un tonitruant :

— Bienvenue à la Direction générale de la sécurité extérieure. Merci à vous d'être venus aussi rapidement…

Il sourit pour accompagner cette note d'humour puis entra dans le vif du sujet :

— Ce qui sera dit ici est beaucoup plus que confidentiel, c'est secret défense. Vous avez signé un engagement de non-divulgation. En le violant, vous prendriez le risque d'être poursuivis devant des tribunaux militaires.

Il reprit son souffle pour accentuer son effet :

— La France a besoin de vous parce que nous sommes en guerre. Et les armes que nous affrontons, nous ne les avons jamais rencontrées.

La seule femme du groupe était toute petite et assez boulotte. C'était une mathématicienne de renommée internationale à l'université Paris-Sud, avec une spécialité rare : les stratégies génétiques aléatoires. Elle prit la parole aussitôt avec une voix de stentor :

— Vous m'avez presque kidnappée, c'est insensé. Vous vous prenez pour qui ? Dites-nous au moins pourquoi nous sommes là.

Le colonel Flache demeura tout à fait aimable. Rien de tel qu'une grande gueule pour stimuler un groupe.

— Vous êtes tous là parce que nous avons des raisons de croire que nos ennemis s'apprêtent à nous frapper avec une arme génétique.

La grande gueule rétorqua :

— Ça ne veut rien dire, une arme génétique.

Le colonel Flache la gratifia d'un sourire poli.

— Hier matin, dans le village de Mourzouq, dans le sud de la Libye, une quarantaine de personnes sont mortes. Elles avaient toutes le même ascendant génétique et les autres habitants, eux, sont indemnes. Les victimes ont toutes subi un traumatisme cérébral majeur.

Cette fois, la mathématicienne en resta bouche bée.

— Par un hasard incroyable, continua le colonel, nous avions des spécialistes sur zone. Ils ont retrouvé sur les murs de plusieurs ruelles un film plastique que des chimistes ont réussi à photographier. L'équipe s'est fait bombarder, mais avant ça, ils ont juste eu le temps de prendre vingt-sept clichés de cette substance avec chaque fois un meilleur agrandissement. Nous les avons épinglés pour avoir votre avis.

Il y eut un murmure, puis un mouvement en direction du tableau qu'il désignait. Tous les scientifiques, sauf le retraité, s'orientèrent spontanément vers le dernier cliché. Le plus choquant, réalisait chacun, c'était le côté ludique de l'objet. Ses proportions correspondaient à celle d'un frelon. Seul le dard qui prolongeait le corps avait quelque chose d'obscène en raison de son épaisseur.

— Alors, qu'en pensez-vous ?

Le colonel Flache faisait des efforts surhumains pour ne pas communiquer son angoisse aux visiteurs.

Un jeune homme en T-shirt « Strike for climate », après avoir consacré une longue minute à lire la légende de la photo, se lança avec un accent belge prononcé en montrant le dard :

— Regardez ici ! Le petit tuyau qui fait office de dard est strié. C'est peut-être une signature, qui agit comme une adresse ou un code-barres, pour s'arrimer à la cible. Le tuyau est sans doute en silicium poreux. Nous utilisons ce matériau à Louvain pour créer des médicaments administrables directement dans le cerveau.

Le colonel Flache prenait des notes.

— Mais en pratique, comment ce nano-objet peut-il se déplacer ?

— Un objet de cette taille ne consomme pratiquement pas d'énergie. Une température ambiante un peu élevée peut suffire pour alimenter ses batteries. Ensuite, son moteur va fonctionner pendant quelques minutes.

— Et sa cible, il la trouve comment ?

— La nanoparticule est programmée, c'est pour ça qu'on parle de « poussière intelligente ». Son interface cherche une interface analogue pour se coller à elle.

— Et on peut la programmer génétiquement ?

— Bien sûr, si vous connaissez le génome de la cible.

Le silence qui suivit fut brisé par le raclement d'une chaise contre le sol. Un vieil homme s'était levé péniblement. Il entreprit de rejoindre le mur. Les autres s'écartèrent avec respect et curiosité pour le laisser passer. On ne croisait pas tous les jours un prix Nobel de médecine. À force de petits pas, il finit par arriver à destination, s'installa lui aussi face au dernier cliché et sortit de sa poche un gigantesque mouchoir pour essuyer ses lunettes. Sa tête tremblait légèrement.

Le colonel Flache se plaça à côté de lui.

— Professeur, vous êtes ici pour vos découvertes sur le cancer.

L'octogénaire avait la voix encore claire.

— Moi, je crois qu'une arme génétique, ça existe déjà. Nous avons toujours traité le cancer comme on bombarde une ville qu'on veut détruire. La chimiothérapie, c'est un bombardement. Nous nous servons d'ailleurs des mêmes agents que dans les armes chimiques. Et, comme dans les bombardements, il y a beaucoup de dommages collatéraux.

Une toux sèche le secoua.

— Mais maintenant, grâce aux progrès de la génétique, nous savons que chaque cancer est unique. Nous pouvons exterminer des cellules cancéreuses spécifiques, d'une manière spécifique, chez une personne spécifique. Comme un laser. Il faut simplement construire le projectile pour transporter l'arme.

— Mais qui sait fabriquer ça aujourd'hui ? demanda le Belge.

Le vieux professeur n'avait pas l'habitude d'être interrompu. Pourtant, loin d'en prendre ombrage, il répondit :

— Les Chinois. L'Institut de génomique de Pékin est à la pointe sur ce sujet. Ils ont la technologie, la seule question est de savoir ce qu'ils vont en faire. Car, pour être plus clair, les projectiles peuvent cibler les cellules cancéreuses, mais on peut aussi les programmer pour attaquer des cellules saines. Ils n'auraient aucun problème, par exemple, à détruire des cellules rétiniennes et à rendre quelqu'un aveugle, ou des cellules de l'hippocampe pour rendre quelqu'un amnésique. Il n'y a aucune limite. On pourrait même infecter le cerveau en y introduisant de la schizophrénie synthétique, un trouble bipolaire, ou Alzheimer.

Le retraité était lancé :

— Dans l'absolu, nous serions en mesure de transporter vers la cible un virus qui amplifierait sa production de cortisol et de dopamine pour implanter chez elle une paranoïa extrême capable de transformer un chef d'État pacifiste en faucon belliqueux. Ou un virus qui stimulerait la production d'ocytocine, l'hormone de la confiance, pour saper les qualités de négociateur d'un dirigeant.

Il fit une pause, essoufflé.

— Mais enfin, les Chinois ne sont pas des fous ! s'agaça la mathématicienne.

Le professeur sourit pour la première fois.

— Fou, ça ne veut rien dire. Ils ont un plan. C'est une arme qui leur donnera la suprématie dont ils rêvent. Bien plus utile qu'une bombe. D'autant que ce genre d'agent biologique serait impossible à détecter parce qu'il n'y aurait aucune raison de le chercher. Il serait insipide, inodore et facile à diffuser. Une bouteille de parfum suffirait. Et si l'agent pathogène est conçu pour se concentrer sur l'ADN d'une personne, alors elle sera la seule à tomber malade. Personne ne suspectera rien. Le crime terroriste parfait.

Le colonel avait froid, tout d'un coup. Il n'avait pas besoin qu'on lui fasse un dessin. La DGSE s'en doutait depuis un bon moment. D'une manière ou d'une autre, les services chinois étaient impliqués.

Il soupira et lâcha, comme s'il se parlait à lui-même :

— La bonne vieille guéguerre avec les djihadistes, c'est fini.

Jade était restée silencieuse, le petit lieutenant aussi. Ce fut Boris qui prit la parole. Il avait un timbre chaud, comme celui d'un conteur d'histoires.

— Si je comprends bien, il est question d'une sorte de drone minuscule emprisonné dans un film thermosensible. Le drone est libéré au-delà d'une certaine température et son moteur lui permet de se diriger vers sa cible, qu'il repère grâce à son ADN, et à qui il injecte un poison dévastateur. C'est bien ça ?

— Exactement. Et comme vous nous l'avez déjà expliqué, ce poison n'existe pas dans la nature, intervint Georges Kabla avec une pointe d'agressivité.

Jade lui adressa un regard interrogateur. Mais le toxicologue enchaîna sans sembler remarquer quoi que ce soit :

— En effet, ce qui implique que, quelque part dans le monde, des scientifiques de haut niveau élèvent des méduses dans le but de produire ce poison, et d'en faire une arme. Sauf bien sûr s'ils cherchent un antidote.

Un silence épais s'installa dans la pièce, le temps, pour les présents, de saisir ce que cela signifiait.

Avec sa barbe de trois jours et son teint presque maladif, le petit lieutenant avait l'air d'un spectre. Il tenait grâce au café et à la jalousie. Il n'en avait pas fini avec Boris.

— C'est bien joli, tout ça, mais concrètement, ça ne nous fait pas tellement avancer !

Comme si Face Mort voulait lui reprocher son ton, il y eut deux bips. Une demande de téléchargement.

Le colonel Flache se plaça derrière l'écran en un instant. Il connaissait parfaitement le code crypté qui s'affichait. Le code de Barelli. Avant de quitter la ferme solaire, elle avait réussi à envoyer des images au satellite. Par définition, elles étaient hautement classifiées. Il était contraint de faire sortir les visiteurs. Ces derniers en verraient plus tard, peut-être, une version expurgée.

Une fois la salle évacuée, Jade lança la vidéo prise dans la ferme. Elle ressemblait à un vieux film d'horreur, la fiction en moins. Le plus effrayant, c'était le brouillard de particules qui cherchait sa cible et la pénétrait par le nez. La suite était une boucherie. Ils eurent tous la même pensée, en même temps. Si des images pareilles circulaient sur les réseaux sociaux, la panique serait indescriptible.

Le colonel se tourna vers Jade.

— Faites-moi une copie de dix secondes, pas plus, de la séquence des particules.

La jeune femme s'exécuta en un temps record. Puis son supérieur alla chercher le visiteur qui, d'apparence, était le plus insignifiant de tous. Il était vêtu d'un costume gris, d'une cravate bleue, et portait des lunettes cerclées de métal. Il n'avait pas dit un mot jusque-là. Avec sa tête étroite de souris, son allure de fonctionnaire chétif et rigide, il n'avait pas l'air sympathique du tout. Réfugié irakien depuis la première guerre du Golfe, il était docteur en neurosciences. C'était le meilleur spécialiste au monde des implants neuronaux dits « accélérateurs de conscience ».

Il se dirigea vers l'écran, le colonel sur les talons.

— Regardez ces images, mais rappelez-vous que vous avez l'interdiction d'en parler à quiconque. Sous peine de poursuites.

— Je sais, je sais, vous l'avez déjà dit.

Un petit sourire crispé semblait sculpté au burin sur ses lèvres. Jade relança la vidéo dans sa version courte. Tous les trois scrutaient le visage de l'universitaire. Seconde après seconde, ce dernier pâlissait à vue d'œil.

Il ne prononça qu'une seule phrase :

— Passez-la encore une fois.

Et, quand on le lui accorda, il se mit à commenter :

— Cet enregistrement provient d'un microscope électronique.

— Nous savons ça, mais ce qu'on voit, c'est quoi ? le coupa le colonel.

Le scientifique n'eut pas l'ombre d'une hésitation :

— Ce sont les nanoparticules qui sélectionnent leur cible et qui pénètrent par le nez.

— Mais pourquoi le nez ?

— Je ne peux émettre que des hypothèses, mais je suppose que c'est pour accéder plus vite au cerveau. Les neurones olfactifs sont en effet les plus puissants de tout le corps. Leurs axones passent du nez au cerveau en traversant la lame criblée de l'ethmoïde.

— Moins vite. La lame de quoi ?

Le colonel était perdu. L'Irakien répéta :

— La lame criblée de l'ethmoïde. C'est une paroi osseuse poreuse qui rejoint le bulbe olfactif et qui trie les informations de l'odorat.

— Ça signifie que la voie nasale est la meilleure entrée directe vers le cerveau pour les nanoparticules, s'agita le petit lieutenant.

— Tout à fait. Elles suivent les nerfs comme des rails. Elles vont droit au but et sont beaucoup plus nombreuses à l'atteindre. Le taux d'échec est bien plus faible en empruntant ce chemin.

Jade hocha la tête.

— Le nez sert en quelque sorte de turbo.

L'universitaire prit enfin le temps d'observer ces deux gamins, interloqué. Ils étaient en première ligne, dans cette horreur. Comment était-ce possible ?

Le colonel trouvait déraisonnable d'en dévoiler davantage, mais il décida de prendre le risque :

— Cette arme que vous venez de voir à l'œuvre va être utilisée en France. Nous ne savons pas où ni quand, mais elle est en route, c'est imminent.

Tandis que le visiteur accusait le coup, le colonel en profita pour faire entrer la mathématicienne. Elle était clairement furieuse et commença par une tirade sur la manière dont elle était traitée en tant que femme. Au moment où elle allait se lancer dans la longue liste des avanies que les chercheurs mâles lui avaient fait subir depuis son bac, le colonel projeta la vidéo. Son élan revendicatif fut coupé net. Elle était sous le choc.

Le colonel avait bien sûr en tête les événements de Mourzouq, mais désormais il avait besoin de certitudes. Il lui expliqua :

— Des terroristes veulent programmer ces particules génétiquement pour frapper des populations déterminées. Vous avez déjà travaillé avec nous à plusieurs reprises. Je veux savoir si c'est réalisable.

Son interlocutrice reprenait ses esprits. Elle parla d'une voix blanche :

— Il y a longtemps que l'on cherche à fabriquer des armes qui pourraient affecter les gens en fonction de leur ADN. Les Russes ont même eu le projet de diffuser en Tchétchénie des pathogènes qui auraient menacé uniquement certaines ethnies. Ce n'était pas si difficile, c'était comme inventer des vaccins.

— Ces armes ont fonctionné ?

— Seulement en laboratoire. L'unique essai vraiment concluant a été réalisé en Corée du Nord par des biologistes pakistanais. Ils se sont appuyés sur un ARN interférant.

— Précisez !

— L'ARN interférant sert à désactiver certains gènes dans le génome de l'individu ciblé. Pour mettre fin à certaines fonctions vitales, par exemple les pulsations cardiaques ou la vision. En théorie, bien sûr. Car, dans la pratique, c'est loin d'être au point.

— C'est-à-dire ?

— Les individus ne sont pas morts, mais leur fonction cérébrale a été détruite, avec de véritables mutilations dans la région cervicale.

— Quelles sortes de mutilations ?

— Ça dépend, mais beaucoup de torsions du cou.

Le colonel fouilla dans son téléphone. Il avait encore les clichés pris par Maxime dans le camion frigorifique à Mourzouq.

— Des torsions comme ça ?

— Tout à fait, bredouilla la mathématicienne.

— Et le ciblage génétique a-t-il fait ses preuves ?

— Non, jamais. C'est vrai que chaque génome est unique, comme une carte d'identité génétique, avec toutes les informations pour faire marcher l'organisme et toutes nos caractéristiques physiques, couleur des yeux, de la peau, des cheveux... Mais en fait, tous les génomes se ressemblent un peu. Alors quand les Russes ont tenté de viser les Tchétchènes, ils ont tué tout le monde.

— Et cette fois, le poison est beaucoup plus puissant, intervint l'Irakien.

La grande gueule riposta :

— Génétiquement, ça ne change rien.

Le colonel réfléchit à ces nouvelles données, mais définitivement, il avait le sentiment que quelque chose lui échappait. En effet, même si les faits tendaient à prouver que le ciblage génétique avait été une réussite en Libye, il ne saisissait pas pour quelle raison ces salauds ne frapperaient pas au hasard, pour faire le plus de victimes possible. Ça ne semblait pas logique...

Il faisait beau, à part quelques nuages filandreux à l'ouest, mais le vent soufflait et la houle secouait la barque. Elle tenait bon, son étrave peinte en bleu sombre fendait les vagues grâce à un moteur puissant. Chaque fois les embruns effaçaient un peu plus le mot *Al Nur* peint sur la coque. « La lumière », en arabe. Ibtissam respira profondément, absorbant en même temps une bouffée d'air iodé et les vapeurs d'essence. Elle se retourna. Fakir somnolait, le regard posé sur le fond de l'embarcation. Le sac de l'Algérien était lourd. Elle savait qu'il avait emporté la totalité des vaporisateurs restant après la distribution. Il ne lui avait rien dit. Elle n'avait rien osé demander. Il l'hypnotisait et cela la mettait en fureur. Chaque fois que ses yeux tombaient sur lui, il se passait en elle quelque chose d'étrange, comme si la pièce manquante d'un puzzle était enfin localisée. Un puzzle effrayant qu'elle se refusait à contempler. Elle cherchait à chasser cette sensation envahissante, en vain. Elle coulait dans ses veines.

Ils avaient tous les deux embarqué à Khoms en compagnie d'une cinquantaine de migrants. Ils étaient à présent au beau milieu de la Méditerranée, en route vers l'Italie du Sud. Pour passer le temps, elle scrutait l'horizon désespérément vide, imaginant sa mission dans le moindre détail, tentant de se concentrer sur autre chose que le mal de mer qui se faufilait dans ses tripes. Soudain, loin sur la gauche, elle discerna un point sombre qui devait être à l'arrêt. En seulement quelques minutes, en effet, ils l'avaient rejoint. Ils entendirent les hurlements. C'était un chalutier minuscule immatriculé à Malte, tellement surchargé de passagers qu'il s'enfonçait par tribord. Ceux-ci s'accrochaient par grappes. À peine la moitié portaient un gilet de sauvetage. Un premier homme les aperçut. Il sauta à l'eau et se mit à nager vers eux alors que le pilote mettait le moteur au ralenti. Ibtissam se leva aussitôt, Fakir l'imitant. Ils s'approchèrent tous les deux de lui.

Fakir lui dit :

— Remets les gaz.

Le pilote observait la dizaine d'hommes qui se débattaient pour leur survie, puis Fakir et Ibtissam. Il émit un drôle de bruit de gorge, et Fakir se contenta de répéter :

— Remets les gaz.

Moins de cinq minutes plus tard, ils ne voyaient même plus le chalutier. Les derniers cris s'étaient tus, mangés par le claquement des vagues. Dans le bateau, les gens ne se regardaient plus dans les yeux. La nuit était proche.

Le directeur de la Compagnie nationale du ciment était assis sur le grand canapé de velours de son salon, pensif. Il oscillait entre deux sentiments. D'un côté, il était flatté que Paul vienne lui rendre visite chez lui. De l'autre, il lui avait semblé déceler dans la voix de son ami un énervement inhabituel. Mais il avait si peu d'occasions de se sociabiliser qu'il ne pouvait se permettre d'en refuser une. En effet, depuis qu'il était rémunéré par une milice plutôt sanguinaire, simplement pour surveiller la mer, il avait un peu perdu de son ancienne influence. Il avait même découvert un matin sur sa façade un grand graffiti insultant : « Profiteur », et se sentait surveillé dans son propre quartier. Il avait donc recommandé à Paul d'être discret. Et il ne fut pas déçu. Le souffle fut si faible dans son dos qu'il ne le perçut presque pas, mais il manqua mourir quand une main gantée s'abattit sur sa bouche sans douceur.

— *You talk, you die.*

L'anglais de Foxy ne se limitait pas à cette formule, et il tenait à le faire savoir. Il ajouta, au creux de l'oreille du directeur :

— *You talk, I kill you.*

Le sergent était très convaincant, et le corps du Libyen se couvrit aussitôt d'une sueur nauséabonde. Il était à point.

Ce fut le moment que choisit Paul pour faire son apparition. Son sourire poli avait disparu, remplacé par un regard métallique dénué de tout affect. Paul n'était pas le consultant qu'il avait prétendu être. Son métier était d'exécuter ceux que ses chefs de la DGSE lui demandaient d'exécuter. Il y avait pourtant une bonne nouvelle dans tout ça, ce qu'ignorait le directeur. Paul était un soldat professionnel. Il ne tuait que si c'était nécessaire. Le propriétaire des lieux leva des yeux implorants vers lui, mais il était impossible de se connecter à ceux de son vis-à-vis.

Une poignée de secondes seulement s'étaient écoulées depuis l'intrusion, une éternité. Paul se pencha, et le directeur sentit son haleine mentholée. Dans son arabe impeccable, le Français lui demanda :

— Où sont vos jumelles ?

La question se fraya difficilement un chemin dans le cerveau surchauffé de l'homme et, dans d'autres circonstances, sa tête ahurie aurait eu un effet hautement comique. Paul ne céda pas à la tentation :

— Où sont vos jumelles ? Où est la carte mémoire de vos jumelles ?

Les mots ne sortaient toujours pas de la bouche de son interlocuteur.

— Au bureau ? suggéra Paul.

Le directeur se contenta d'acquiescer.

— On va les chercher.

Abasourdi, il entendit la voix de la femme. Il n'arrivait pas à y croire. Maxime pénétra dans le séjour, habillée d'un jean rapiécé et d'un pull informe. L'homme qui se tenait derrière elle avait le visage d'un loup, maigre et intense. Il faut dire que Yann Braque était au bord de la syncope. Le vol en hélicoptère depuis la ferme solaire l'avait épuisé. Ils avaient dû se ravitailler en kérosène, et l'affaire avait mal tourné. Champy, un des hommes de la capitaine, était légèrement blessé.

Celle-ci s'approcha et tira le directeur hors du canapé d'une seule traction du bras. « Elle a la force d'un homme », se dit-il bêtement, lui qui n'en avait soudain plus aucune. Et si elle ne parlait que quelques mots d'arabe, ceux-ci suffisaient amplement. D'autant que Paul continuait à se charger des messages plus précis :

— Vous allez venir avec nous. Deux hommes vont rester ici. Si tout se déroule bien, vous reverrez vos enfants vivants.

Son ton était posé, neutre, comme s'il venait d'indiquer un horaire de train.

Ils montèrent à quatre dans la voiture du directeur. Celui-ci prit le volant. Yann s'installa à son côté pendant que Maxime et Paul optaient pour l'arrière. Ces derniers profitèrent du trajet pour équiper leurs armes de silencieux. Le cliquetis qui en résulta envahit un instant l'habitacle.

Par la route du port, le bureau était à dix minutes. La nuit, l'activité était réduite. Les arrivages de migrants cessaient quelques heures et reprenaient à l'aube. Seul un milicien armé gardait mollement le portail. Il reconnut le directeur et le laissa passer avant de retourner s'allonger dans sa guérite en planches. Il ne vit donc pas Maxime, Yann et Paul se glisser hors du véhicule et contourner le bâtiment par la plage. Ils ne faisaient aucun bruit et, de toute manière, le ressac aurait couvert leurs pas.

Miraculeusement, l'ascenseur fonctionnait. Paul et son otage l'empruntèrent. Au sixième étage, la pièce était plongée dans le noir, mais le directeur trouva ses jumelles sans difficulté.

— Je les ai, bafouilla-t-il en les tendant à Paul.

Celui-ci prit l'objet et fit quelques manipulations pour dénicher le logement de la carte mémoire, après quoi il inséra cette dernière dans la fente de son propre téléphone. Un rictus fugace éclaira son visage. Les images étaient là, couvrant au total plus de sept heures d'observation.

— À quelle heure avez-vous vu le bus ?

Le directeur hésita à peine, trop content de coopérer.

— Vers 16 heures, je pense.

Paul fit défiler la vidéo. Lorsqu'il tomba sur ce qui l'intéressait, il eut un sentiment de triomphe. Il était assez formé pour savoir que le petit morceau de plastique qu'il détenait était le seul rempart qui séparait la France de l'enfer.

— On repart, lâcha-t-il.

Il avait l'air presque enjoué, et le directeur reprit espoir. Peut-être que tout allait bien se terminer. Cette fois, l'ascenseur ne marchait plus. L'escalier s'imposait. Ce ne fut qu'au troisième étage qu'ils perçurent des cris.

Postés devant la porte d'entrée trois étages plus bas, Yann et Maxime entendirent les cris très distinctement. C'étaient des cris de honte et de peur. Ils venaient de la cave. Ils auraient dû continuer à protéger le repli de Paul, mais, sans se consulter, ils prirent la même décision. Avec des précautions extrêmes, ils commencèrent à descendre un escalier mal carrelé qui conduisait au sous-sol. En bas, le sol de terre battue était jonché de détritus, apparemment les restes des repas de ceux qui vivaient ici, dans les bas-fonds de la Compagnie nationale du ciment.

Soudain, les hurlements reprirent, saturés de panique. Il n'y avait aucun doute. Il s'agissait de filles. Puis des rires gras, surexcités, suivirent. Yann et Maxime atteignirent sur leur gauche une volée de trois marches qui plongeaient encore plus bas. Ils n'avaient pas besoin d'aller plus loin. Ils apercevaient ce qui ressemblait à une salle des machines. Au fond, éclairés par une ampoule au plafond, trois hommes, torse nu, se déhanchaient au son de la musique crachotée par un téléphone. Une cannette de bière à la main, ils fredonnaient la dernière chanson d'Amr Diab, l'Égyptien à la mode. Et pour s'amuser, tout en titubant, ils vidaient leurs boissons sur trois adolescentes.

Celles-ci étaient nues, attachées par le cou au tuyau de la chaudière. Deux de leurs tortionnaires étaient des miliciens, reconnaissables à leurs cheveux tressés comme ceux du vigile au portail. Le troisième devait être un passeur. Ils n'étaient pas pressés. Les Nigérianes étaient à leur merci. Elles avaient été séparées de leurs familles longtemps avant d'atteindre Khoms. Elles n'avaient plus rien. Trois brins de paille égarés dans l'immense ruban humain qui montait vers l'Europe. Elles tremblaient et n'avaient plus, comme seule protection, que leurs mains pour dissimuler leur sexe et leurs seins. L'angoisse et l'humiliation se lisaient sur leur visage. Abasourdi par le spectacle, Yann heurta une planche posée à la verticale contre le mur. Elle tomba en faisant un bruit de tonnerre. Le passeur avait visiblement moins bu que les autres et ses réflexes étaient meilleurs. Il se rua sur son arme. La présence des trois filles fit perdre au lieutenant une ou deux secondes, le temps pour l'homme de s'emparer de sa kalachnikov.

Quand elle comprit qu'il n'y avait plus le choix, Maxime pénétra dans la pièce et s'accroupit. Le passeur était en train de mettre Yann en joue, mais elle fit feu la première. Le silencieux absorba le bruit, et sa cible fut projetée en arrière par un invisible coup de poing, la poitrine dévastée. Ses compagnons se figèrent. Le maquillage noir avait coulé sur leurs joues, la stupéfaction les faisait ressembler à des clowns sinistres. Ils levèrent leurs mains devant eux, comme des gamins pris en faute. Puis, subitement, le plus petit se saisit de l'adolescente la plus proche de lui et l'agrippa pour s'en faire un bouclier humain. D'une voix de fausset, il se lança dans une longue tirade. Yann marcha tranquillement vers la chaudière et déverrouilla la sécurité de son revolver pendant que Maxime le couvrait. Il posa le canon sur le front du milicien, impuissant, et appuya sur la détente. Maxime se chargea du troisième. Dans son métier, on faisait rarement des prisonniers. Puis elle regarda autour d'elle et trouva ce qu'elle cherchait sur un des lits de camp, les culottes et les boubous qu'elle tendit aux trois filles après les avoir libérées. Mais ces dernières se recroquevillèrent par terre, refusant de bouger.

— Il faut que tu sortes de la pièce, expliqua-t-elle à Yann.

Et en effet, quand il ne resta qu'elle, les trois adolescentes se calmèrent.

Peu de temps après, ils remontèrent tous les cinq au rez-de-chaussée. Quelques minutes seulement s'étaient écoulées. En les voyant, Paul écarquilla les yeux et secoua la tête. À présent, il fallait quitter les lieux. Ils passèrent par la plage et se serrèrent dans le véhicule du directeur. Le vigile ne se manifesta pas. C'est alors que la plus jeune des Nigérianes attrapa la main de Maxime. Elle lui tendit un morceau de papier griffonné dans une langue qu'elle ignorait. Elle le confia à Paul qui lut :

— « Mosquée ben Jaha ». C'est tout près. Je connais, il y a une ONG, là-bas. Ils recueillent les Africains qui ne peuvent plus partir. On y va, indiqua-t-il au conducteur.

Quand les adolescentes, parvenues à destination, descendirent, elles n'eurent pas un regard en arrière. Alors, ils se remirent en route vers le domicile du directeur. Là, tout le monde sortit, et Maxime entraîna le Libyen à l'écart :

— On prend la voiture. Vous avez beaucoup de chance. Il avait l'ordre de vous tuer, expliqua-t-elle en désignant Paul.

Elle ne croyait pas si bien dire. Deux jours plus tôt, au milieu de la nuit, c'était Paul qui avait écrit « Profiteur » sur la façade. Pour rendre l'exécution crédible. Il savait être efficace. D'ailleurs, à la Compagnie nationale du ciment, sans en parler à personne, il avait éliminé dans sa guérite le seul témoin de leur passage. Le milicien était mort dans son sommeil.

Le directeur ouvrit le portail qui séparait son jardin de la rue et contourna la maison par la gauche pour entrer par la cuisine. C'est en poussant la porte qu'il perçut une présence. À nouveau, une main se posa sur sa bouche, mais cette fois une douleur atroce envahit son côté gauche. La lame dentelée du couteau commando pénétra sous l'aisselle et perfora le cœur. Le directeur sentit qu'on le retenait pour qu'il ne tombe pas. Sa dernière vision fut celle d'une cicatrice rougeâtre qui serpentait vers un œil attentif.

Pour *Publico*, le plus petit et le plus jeune des quotidiens portugais, le scoop était phénoménal. La photo de mariage, magnifique et bariolée, barrait toute la une. La mariée était radieuse, le marié extasié, le père attendri, les invités hilares. Le tout au milieu d'un décor somptueux qui n'aurait pas détonné dans un western. Le titre sonnait comme celui d'un blockbuster : « Un banquier nommé "Zéphyr" ». La légende était volontairement énigmatique : « Janvier 2011, Sud libyen ». Mais pour un lecteur un peu averti, il suffisait de quelques minutes pour reconnaître l'actuel président de la République française et saisir que le cliché avait été pris juste avant le déclenchement de la guerre de Libye.

Les précisions, implacables, étaient à l'intérieur, y compris les identités des principaux personnages. Et un article séparé racontait en détail comment une banque d'affaires française, avec le soutien du colonel Kadhafi, avait financé une gigantesque ferme solaire dans le sud de la Libye en exploitant frauduleusement des fonds européens consacrés au développement de l'Afrique. Un deal passé juste avant la guerre qui allait détruire le régime du même colonel Kadhafi.

Les amateurs de calcul mental apprenaient avant les autres que le futur président venait de fêter ses vingt-huit ans. Deux petites croix rouges, visibles seulement si on regardait soigneusement, surplombaient le marié et le père de la mariée. Le premier, Marwan, avait été assassiné en 2011 par un groupuscule djihadiste, même pas un an après cet heureux événement. Mais c'était l'autre décès qui attirait l'attention. Fatik Al Charouk, le très corpulent père, était mort très récemment, une mort que le journal enjolivait de mystère. Qui l'avait tué ? Pourquoi ? Que savait-il ?

La nouvelle fit rapidement le tour du monde. Tous les ingrédients d'un croustillant scandale politico-financier étaient réunis. L'argent, le pouvoir, la guerre. Il flottait aussi un charme étrange autour de cette révélation, car la mariée avait beau offrir un sourire ravissant, des centaines de millions d'internautes sentirent leur cœur se serrer en découvrant la photo. Dans les yeux de la jeune fille, il y avait de la crainte, comme si elle avait l'intuition, au beau milieu de ce bonheur, des catastrophes à venir.

Ce fut évidemment en France que le scoop eut le plus de retentissement. Le chef de l'État annula tous ses déplacements et l'Élysée passa en mode gestion de crise. Mais les brillants cerveaux parisiens étaient secs. Vendre l'avenir en faisant croire qu'ils contrôlaient le présent, c'était leur quotidien. Changer le passé, ils n'avaient pas été formés pour ça.

Au jeu de « qui est qui », il fallut moins d'une heure pour que les citoyens identifient le tout jeune homme en costume, un peu guindé, qui lançait une œillade intense au futur président. Il avait été autrefois un collaborateur du banquier d'affaires et occupait aujourd'hui un des postes les plus influents de la République, secrétaire général de la présidence.

À la DGSE, les ordinateurs avaient commencé à mouliner dès 6 heures du matin, Face Mort en première ligne. L'algorithme ne céda pas à l'émotion ambiante. Ce n'était pas son genre. Il pointa au contraire des corrélations très factuelles. Le quotidien *Publico* était en difficulté financière, et son deuxième plus gros actionnaire était la compagnie électrique Energias de Portugal. Celle-ci était à son tour détenue à 20 % par la compagnie d'État chinoise China Three Gorges. Rien de tout cela n'était bien secret. Mais là où le paramétrage fignolé par le petit lieutenant fit des merveilles, ce fut pour un autre lien que personne n'avait établi. Dans la galaxie des modestes filiales prometteuses que couvait la compagnie d'État chinoise, il y en avait une qui ne concernait l'électricité que de très loin : Smart Flower.

Ceux qu'on pouvait prendre pour des routards bien équipés auraient dû se séparer depuis longtemps, c'était la méthode qu'ils avaient choisie. Mais, sans comprendre pourquoi, ils n'y arrivaient pas. Chacun était seul, muré dans la perte qui avait cassé sa vie. Marcher côte à côte était l'unique intimité possible. Et même ça, c'était de la folie. Les renseignements français avaient forcément leur signalement. Aussi près de la frontière italienne, la police pouvait déjà les arrêter pour contrôler leurs papiers. Heureusement, ils avaient des passeports en règle. Des passeports français fournis deux mois plus tôt par les hommes du raïs et maquillés par un graphiste.

Ibtissam et Fakir se trouvaient sur la grande corniche, à Beaulieu, quand la jeune femme apprit, en parcourant un article sur son téléphone, la mort de son père. La tempête qui la secoua la surprit elle-même. Elle l'avait renié, combattu, elle le haïssait, il lui avait pris tout ce qu'elle avait de plus cher, mais ce n'était pas aussi simple. La nouvelle lui fouaillait les entrailles. Remontaient soudain à la surface de ses souvenirs, non pas les effroyables disputes qui les avaient déchirés ces dernières années, mais les moments beaucoup plus anciens, ceux où elle le regardait dormir pendant la sieste avec l'atroce peur enfantine qu'il ne se réveille pas. C'était si loin et si proche. Ses tripes en conservaient la mémoire. Elle se rappelait même l'odeur des figues du jardin, ce jour-là.

Elle ne dit rien à Fakir. Il était concentré sur ce qu'il s'apprêtait à faire. C'était lui qui avait sélectionné les cibles de manière aléatoire, en fonction de ce qu'il appelait leur « potentiel de dislocation sociale » : les maternelles, les écoles primaires, les clubs de sport, les colonies de vacances, les hôpitaux. Chaque soldat avait un objectif et portait sur lui un vaporisateur. Dans tout le pays, les attaques auraient lieu en simultané. Il y aurait forcément des ratés, mais sans conséquence. Partout, il y aurait des morts et des vivants, et il serait impossible de comprendre pourquoi. L'arme était imprévisible, instable, et le plan était imparable parce que ce n'était pas un plan. C'était un nuage de sauterelles. Ils étaient protégés par le hasard et le chaos. Aucun lien ne pourrait être fait à temps par les autorités entre chacun des soldats d'Ibtissam. Et si l'arme n'avait jamais été testée en conditions réelles, s'ils essuyaient les plâtres comme des pilotes d'essai, des pionniers, ils étaient sûrs d'une chose, ils n'arrêteraient pas avant que les Français soient à genoux.

Quand ils arrivèrent à Nice, tout se passa très vite. Il se retourna vers elle.

— Je pars, maintenant.

Elle planta ses yeux dans les siens sans pouvoir s'empêcher d'effleurer son bras. Il devina ce qu'elle lui demandait, mais il ne fallait pas. Elle ne saurait pas où il allait. Elle ne saurait pas quelle était sa mission à lui. Il ne partagerait pas l'apocalypse avec elle. Ce qu'elle savait, en revanche, c'était qu'il avait de quoi frapper une bonne dizaine de cibles successivement. Il ne reviendrait pas. Il ne voulait pas en sortir vivant. Pourtant, elle avait besoin de lui, besoin de cette machine à tuer qui la rassurait. Elle était folle, les Français l'avaient réduite à ça. Elle le vit s'éloigner. Elle souffrait, elle était déchirée. C'était doux et terrible.

Le directeur de la Compagnie nationale du ciment avait été un piètre manager mais un bon vidéaste, et les images qu'il avait capturées valaient de l'or. Elles ne tremblaient pas et, malgré la lumière déclinante, les visages des hommes et des femmes qui descendaient du bus étaient bien nets. Yann les visionna plusieurs fois de suite pour obtenir un compte précis d'individus. Chacun d'eux pouvait déclencher une dévastation dont personne n'avait idée. Et il y avait peut-être d'autres ports de la côte où affluaient des tueurs tranquilles qui traverseraient la mer pour anéantir les ennemis de leur cheffe...

Yann s'attarda longtemps sur leur physionomie, à la recherche d'une explication. On l'avait formé à ça à la PJ. Sauf que rien de particulier ne se dégageait, rien d'agressif, rien de mortel. C'étaient les traits burinés, durs, de tous les éleveurs, de tous les paysans du monde entier. En France, ils allaient se fondre dans la foule et disparaître. Puis le lieutenant repassa la vidéo, au ralenti cette fois, pour mieux scruter leurs yeux, en quête d'une motivation, d'un déséquilibre. Il ne vit rien non plus. La loyauté totale, sans question, sans remords. Ces hommes et ces femmes savaient forcément ce qu'ils allaient faire et ils étaient en paix avec ça. Une razzia comme une autre.

Seul l'avant-dernier profil avait de quoi retenir l'attention. C'était une femme, la plus jeune de toutes. Ses cheveux étaient courts et assez clairs. Il observa son visage inexpressif, ses gestes étaient raides et son regard fixe était accompagné de clignements incessants des paupières. Les symptômes d'une schizophrénie, peut-être. Yann respira plus fort. Les terroristes avaient possiblement commis leur première erreur.

Derrière lui, Maxime faisait du ramdam. Elle n'avait pas eu besoin d'une heure pour monter un appel sécurisé avec Paris. Et pour aller plus vite, elle était en train de proposer d'utiliser la bande passante du satellite pour scanner les images. Le colonel Flache mit aussitôt le holà :

— On ne prend aucun risque, Barelli. Vous ne pouvez pas faire une copie fiable sur place. On ramène tout le monde.

— Et on ramène tout le monde comment ? rétorqua la capitaine, sceptique.

— Vous me laissez m'occuper de ça. Vous, vous protégez la carte mémoire. Vous l'avez sur vous ?

— Non, c'est le lieutenant Braque qui la visionne en boucle.

— Pourquoi en boucle ?

— Il veut apprendre les physionomies par cœur. Au cas où.

— Je vois. Au moins, vous n'êtes pas toute seule à être dingue.

— Ça, c'est sûr. Ici, c'est pas ça qui manque.

Le colonel avait raccroché.

Les instructions leur parvinrent trente minutes plus tard. Ils seraient exfiltrés à 2 heures du matin. Sur son terminal, Maxime vérifia les coordonnées GPS. C'était quelque part sur la côte, à environ dix kilomètres de leur position.

Au lieu de contourner le bureau du secrétaire général et de se jeter de tout son long sur le canapé en cuir taupe, ainsi qu'il l'avait toujours fait depuis son élection, le Président s'était arrêté bien avant la table Empire. Sa silhouette sèche se découpait sur les boiseries dorées, comme une menace. Elle n'avait plus rien de juvénile. Son regard se perdait déjà par la fenêtre. Le Fonctionnaire comprit tout de suite.

Depuis le matin, l'Élysée était en état de siège. La publication de la photo avait frappé le pays comme une décharge électrique. L'article cochait toutes les cases de la rigueur journalistique, mais il entraînait subtilement le lecteur vers une conclusion qui coupait le souffle : quelques semaines avant le début de la guerre en Libye, en 2011, un banquier français protégé par le colonel Kadhafi avait élaboré un montage financier aussi illégal que colossal autour d'une ferme solaire géante. Il avait détourné des fonds européens avant de flouer presque tous les investisseurs, sauf sa banque. Paris *intra-muros* bruissait d'invraisemblables rumeurs de coup d'État. Les gens étaient sonnés. Les réseaux sociaux vomissaient comme jamais. Bientôt, ils seraient furieux et réclameraient des têtes.

Le Président, son bras droit le savait, était capable de mimer n'importe quel sentiment. Là, il choisit d'être grandiloquent, presque dramatique. Il avait souvent étudié la diction de De Gaulle.

— C'est une crise politique majeure. La nation est terriblement secouée. Son lien avec moi est abîmé. Elle veut savoir ce qui s'est exactement passé.

Il glissa les mains dans les poches de son pantalon bleu. Les manches de sa chemise blanche étaient retroussées sur ses avant-bras bronzés de joueur de tennis. En dépit de sa petite stature, il avait une prestance incroyable.

Toujours en évitant de croiser les yeux du plus puissant fonctionnaire de France, il lâcha :

— Je dois la vérité aux citoyens, quel que soit son prix.

Le secrétaire général observa l'homme qu'il avait transformé en chef d'État. Il avait ressenti pour lui une passion qui avait emporté tout le reste. À cet instant, il ne subsistait rien de ce feu-là. Le Président ne lui parlait pas, il se parlait à lui-même.

— J'ai discuté avec le Prince ce matin.

Une sueur glacée envahit d'un coup le corps du Fonctionnaire des pieds à la tête.

Tourné de trois quarts vers la fenêtre, le Président continua, plus grave encore, en détachant chaque mot :

— Comment as-tu pu faire ça ?

Son interlocuteur demeura muet. Il avait pris des risques pour protéger le chef de l'État. C'était sa mission, sa vie. Il fallait jouer ce jeu cruel jusqu'au bout, être professionnel. C'était ça, la politique.

Le Président n'avait pas fini :

— La France ne commandite pas d'assassinat. Ce n'est pas dans ses traditions. Cela ne le sera jamais. Je ne peux pas cautionner ces pratiques.

De nouveau le ton sentencieux. Comme en apnée, le Fonctionnaire cherchait à remonter vers une certaine normalité, mais son cerveau en surchauffe n'arrivait plus à rien.

Comme s'il avait été seul sur une scène en train de tester des formules de campagne, son vis-à-vis passa en mode indigné :

— J'ai aussi échangé avec Calvert. Le Prince roule pour les Chinois. Tu te rends compte, tu t'apprêtais à vendre Javelor aux Chinois.

On entendit une porte claquer dans le bâtiment.

— Mais bon Dieu, qu'est-ce qui t'a pris ? Tu es devenu fou ?

Le chef de l'État faisait semblant de ne pas comprendre. Le Fonctionnaire étouffait, comme si l'air était soudain dix fois trop lourd. Le son qui sortit de sa poitrine évoqua un cri d'oiseau.

— Je n'avais pas le choix, je devais vous protéger, monsieur le Président.

Il perdait pied, le vouvoiement en témoignait.

— Tu ne t'en tireras pas avec des arguments aussi puérils. Devant le juge, ça ne servira à rien. Il y a des lois. Tu n'es pas au-dessus d'elles.

Le Fonctionnaire ne trouva rien à répondre, englué qu'il était dans sa loyauté. Le Président tourna les talons et se dirigea vers la porte. Avant de la franchir, il ajouta :

— J'ai obtenu qu'ils ne viennent que cette nuit, pour éviter les journalistes. Le communiqué partira demain matin.

Puis il secoua la tête et souffla :

— Comment as-tu pu m'entraîner là-dedans ?

Il pouvait compter sur la presse. Un scandale chassait l'autre. Le secrétaire général de l'Élysée commanditant un meurtre à l'étranger, c'était presque mieux qu'une faute de jeunesse du Président. Le lynchage allait changer de proie.

Dans le ciel sans nuages, la lune éclairait comme en plein jour. Beaucoup trop au goût de Maxime. Ce qui restait du phare antique, au bout de la pointe de Leptis Magna, fournissait tout juste assez d'ombre pour masquer son groupe. Comme toujours, sans se le dire, Foxy, Gonzo et Tek montaient la garde autour d'elle. Les trois autres hommes de l'équipe ne partageaient pas ce privilège. Champy, Fracas et Tera formaient le deuxième cercle. Comme au combat. Et ce n'était pas innocent. Inconsciemment, Foxy, Gonzo et Tek empêchaient Yann de se rapprocher de leur capitaine. Assis par terre à côté de Paul, le lieutenant de la PJ admirait les ruines du temple de Rome et d'Auguste qui se découpaient sur le bleu marine parfait du ciel.

Ils virent l'Écume avant de l'entendre. Les moteurs faisaient moins de bruit que le clapotis des vagues. Deux types en civil en sortirent sans un regard pour eux. Ils prononcèrent quelques mots à voix basse en croisant Paul. Celui-ci était grillé, la DGSE envoyait des troupes fraîches à Khoms.

Ensuite, ils embarquèrent tous dans le dinghy noir. Avec les armes, ils dépassaient le poids maximal autorisé, mais le Service Action n'obéissait définitivement qu'à ses propres règles. Maxime se demanda si l'*Alizé* était mouillé loin au large. Elle détestait les traversées en Écume. Elle tâta dans sa poche de poitrine la petite boîte qui abritait la carte mémoire. C'était la seule trace physique de sa mission. Lorsqu'elle fut installée à bord, la capitaine découvrit enfin les visages des membres de l'équipage et elle eut un haut-le-cœur en reconnaissant le plus âgé. Le colonel Kaky était vêtu d'un jean et sa tête était recouverte d'une capuche. À la lueur de la lune, la cicatrice sous son œil ressemblait à une lame. Où avait-il embarqué ? Et les deux agents du SA qui marchaient à l'ombre des ruines, avaient-ils reçu l'ordre de tuer le directeur ? Inutile d'espérer des réponses. Dans son métier, de toute façon, les questions sans réponse étaient les plus nombreuses, mieux valait ne pas les poser. Elle se retourna vers le colonel Kaky. Son regard était vide. Maxime frissonna. Dès qu'on s'éloignait du rivage, la brise était fraîche.

Le secrétaire général de l'Élysée n'entendait plus aucun bruit autour de lui. Depuis que le Président était sorti du bureau, c'était comme si les milliers de liens qui le reliaient à l'administration avaient été coupés. Quelques heures plus tôt, il était le copilote du pays et ses quatre téléphones sonnaient en permanence. À présent, le silence lui déchirait les tympans. Le Président l'avait abandonné, livré aux chiens. Les policiers allaient venir l'arrêter. Son cœur était brisé par la trahison, mais, au fond, il n'aurait rien fait différemment. Il ne savait rien faire d'autre. Son métier, sa vie, consistait à trouver des solutions pour protéger le chef de l'État. Son cerveau était incapable de fonctionner autrement. Il devait continuer à aider cet homme. Sa loyauté, il le découvrait enfin, était sans limites. Il avait toujours attendu l'occasion de le prouver. Tout le reste n'avait aucun sens pour lui.

Il pensa à son père. Tenta d'imaginer ce qu'il aurait fait à sa place. Mais il renonça vite. Son père avait été confronté à des choix déchirants, mais simples. Rien qui s'approchait de la perversité inhumaine de la politique à ce niveau. Alors il inspira profondément et ouvrit le tiroir de gauche du bureau Empire. Le bloc de papier à en-tête de la présidence de la République n'était presque pas entamé. Le Fonctionnaire préférait faire confiance à sa mémoire. Il griffonna quelques phrases. Sa main tremblait, mais son écriture était bien lisible. Il vérifia par acquit de conscience que le texte n'était pas ambigu et laissa le tout bien en évidence. Puis, avec la petite clé qu'il portait toujours sur lui dans son portefeuille, il accéda au tiroir de droite. Le coupe-papier en argent était une véritable œuvre d'art, un cadeau offert par un diplomate russe. La prise se terminait par un anneau orné d'une coquille.

Soudain envahi par un calme irréel, il se leva et se dirigea vers la porte. Dans le couloir, il dépassa le salon Vert plongé dans l'obscurité. L'huissier qui le vit pénétrer dans le bureau présidentiel ne réagit pas. Il l'avait vu faire le même geste des milliers de fois. Il ne remarqua pas non plus l'objet que le Fonctionnaire tenait dans le prolongement de son bras.

Le chef de l'État était en réunion de crise avec trois de ses conseillers. Ces derniers portaient tous la même chemise et les mêmes lunettes d'écaille sur leurs visages lisses. Lorsque le secrétaire général se mit face au Président, tous se tournèrent vers lui.

— Je le fais pour toi.

Puis il respira à fond et hurla :

— Tout ce que j'ai fait, je l'ai fait pour toi.

D'un seul mouvement, il s'enfonça le coupe-papier dans le cou, au niveau de la carotide. Le sang jaillit aussitôt en geysers, et les deux conseillers les plus proches furent éclaboussés. Pas un mot ne sortit de leur bouche. Ils étaient paralysés. L'horreur, ils la vivaient tous les jours, mais par procuration. Les jambes légèrement écartées, le Fonctionnaire ne tomba pas tout de suite. Il voulait regarder jusqu'au bout celui pour lequel il se sacrifiait. Et même si son cerveau n'était déjà plus assez irrigué, sa dernière certitude fut que le Président lui aussi le regardait fixement, avec un sourire moqueur. Il avait toujours aimé ce plissement élégant, fugace, à la commissure des lèvres de son patron. Il ferma les yeux et s'effondra de tout son long sur le tapis.

Le petit lieutenant détestait ne pas comprendre. Et, de temps en temps, Face Mort semblait prendre un malin plaisir à le faire tourner en bourrique. En revenant de la machine à café la veille, après une recherche sur la firme Smart Flower, il était tombé sur un de ces messages abscons, des bribes d'information qui paraissaient ne pas avoir de sens. Il s'agissait d'un morceau d'image jaunie, avec quatre lignes.

rs3737817 1 1242084 AA
i6054270 1 1246013 GG
i6019334 1 1248156 CC
i6019335 1 1243974 TT

Vingt-quatre heures plus tard, à part le fait que c'était évidemment des lignes extraites d'un génome, il était toujours à sec. Il se tourna vers Jade. Le visage de la jeune femme était plus reposé. Elle avait dormi quarante-cinq minutes. Pour la première fois, il aurait juré qu'elle était légèrement maquillée. Il essaya de ne pas regarder ses seins dont les tétons pointaient sous le T-shirt et échoua lamentablement, se demandant si elle s'en était aperçue.

Après un rapide topo, elle s'absorba dans l'énigme :

— Tu as eu ça juste en te renseignant sur Smart Flower, c'est ça ?

— Oui.

— Bon, sur chaque ligne, tu as une référence de polymorphisme nucléotidique, ensuite un numéro de chromosome, un emplacement génétique puis des bases relevées sur chaque exemplaire de chromosome. Normal, quoi.

— Et donc ?

— Et donc, rien. Vu comme ça, c'est un génome comme un autre. Mais il n'a pas abouti sur l'écran par hasard.

— Mais pourquoi Face Mort nous donnerait une info sans aucune explication ?

Elle lui décocha son sourire narquois.

— Si Face Mort fait ça, c'est que l'explication est plus secrète que l'info. Ou alors que ces lignes de génome sont inutiles...

Le petit lieutenant était piqué au vif.

— Face Mort ne sort pas de résultats inutiles. Il y a forcément une raison.

Jade se claqua le visage des deux mains, pour se motiver.

— Et s'il avait repéré une tentative d'intrusion dans un fichier classifié ?

— Comment ça ?

— Quand les fichiers informatiques confidentiel défense sont classifiés, ils sont cryptés. Mais il y a souvent des trous dans le cryptage, et certaines données restent disponibles, à condition d'avoir un logiciel spécial capable de scanner des dossiers cryptés et de piquer ce qui dépasse.

— Continue.

— On sait que Smart Flower est liée aux services de renseignement chinois. Imaginons qu'elle cherche un ADN confidentiel défense.

— Qui a un ADN confidentiel défense ?

— En vrai, pas mal de gens. D'abord tous les clandestins et les agents du SA. Et puis des militaires importants, des chercheurs dans le nucléaire et dans le spatial. Les ministres liés à la sécurité, le Président.

— Il y a moyen de retrouver le papier d'origine ? demanda le petit lieutenant.

— Possible. Ça risque d'être long, mais la DT peut regarder, si tu veux.

Les minutes brûlaient. Chacune les rapprochait de l'indicible. La guerre contre le temps, Maxime la sentait qui battait dans ses tripes. L'Écume avait mis une heure pour rejoindre l'*Alizé*, le bâtiment d'entraînement des plongeurs de la DGSE. Puis, si ses hommes avaient été contraints de patienter avant d'être pris en charge par un appareil et rapatriés avec leur matériel, Yann et elle avaient tout de suite été déposés à Malte par l'hélicoptère embarqué. Là, un Falcon affrété par le ministère de la Défense les attendait. Deux heures et demie plus tard, ils atterrirent à Villacoublay. Le comité d'accueil était venu dans un camion labo, pour gagner du temps. La carte mémoire fut immédiatement dupliquée. À leur arrivée boulevard Mortier, ils furent tout de même bloqués à la réception jusqu'à l'intervention de Yanis Calvert parce qu'ils n'avaient pas été préenregistrés sur le système de sécurité.

Face Mort se mit au travail. Pour l'algorithme de reconnaissance faciale, la tâche était simple. La vidéo réalisée par le directeur de la Compagnie nationale du ciment montrait cinquante-huit personnes qui descendaient du bus à Khoms. Elle en montrait cinquante-six sur la plage, à côté des bateaux. Le petit lieutenant réquisitionna le terminal de Jade et paramétra l'algorithme de deux manières différentes. Sur son ordinateur, ce dernier cherchait à identifier les cinquante-huit visages. Sur celui de Jade, il se connectait à tous les systèmes de vidéosurveillance du territoire métropolitain. Toutes les forces de police et de gendarmerie étaient en alerte maximale.

Yanis Calvert était gris. Les gamins de l'Élysée avaient tout gâché. Il venait d'apprendre le suicide du secrétaire général. Le château de cartes chancelait. Au cours de toutes ces années, pendant qu'ils se préparaient tous au pouvoir, c'était cet homme qui avait fait le lien au sein de la petite bande du chef.

Tout l'édifice que le directeur de la DGSE avait laborieusement bâti continuait de s'effondrer et il devait faire semblant de maîtriser la situation. C'était l'orage qu'il redoutait. Alerte terroriste, réseaux d'informateurs en lambeaux, Grand-Guignol à l'Élysée, et maintenant, la crise politique. L'opposition demandait la destitution du Président pour rupture de contrat moral. Une foutaise. Aucune chance que ça aboutisse, mais ça ajoutait au bordel ambiant. La France était un baril de poudre fendu en deux, et posé sur un volcan.

Face Mort bipa presque aussitôt. Il y avait une correspondance. La machine avait reconnu un des hommes parce qu'il figurait également, en arrière-plan, sur le cliché qui venait de faire le tour du monde, celui du mariage d'Ibtissam. Là où tout avait commencé. Il y avait peu de chances que l'algorithme découvre qu'il s'agissait du cousin-chauffeur-amoureux transi de la jeune femme, mais allez savoir.

Le second « bip » concernait Ibtissam. À côté du bus, elle était de trois quarts arrière, mais sur une photo de classe de l'université Jiao-tong de Shanghai, le logiciel l'avait aussi identifiée, inexpressive parmi les étudiantes hilares. Au-delà de la ressemblance, une autre donnée avait chatouillé l'algorithme. La jeune femme touchait une bourse pour étudier la botanique. Et celle-ci était financée par une entreprise au nom poétique : Smart Flower. Face Mort retrouva même un résumé de l'article publié par Ibtissam pour son mémoire de maîtrise. Le titre était hermétique à souhait : « Le rôle des nanoparticules autopropulsées dans les thérapies neurologiques. »

Maxime détailla la Libyenne. Elle portait un jean, des baskets et un sweat-shirt. Ses cheveux courts étaient d'un noir sombre. Son visage arrondi, avec un nez un peu fort et une bouche fine, était féminin et volontaire. *A priori* trente-cinq-quarante ans aujourd'hui.

Au bout de quelques secondes, Face Mort flouta brutalement l'écran. Un bandeau d'avertissement apparut : « Très Secret Diamant ». C'était une rubrique du « Très Secret Défense ». Les informations « Très Secret Diamant » étaient les plus confidentielles du renseignement extérieur français. Les personnes au courant se comptaient sur les doigts d'une main. Les regards se tournèrent vers le directeur, mais celui-ci ne laissa rien transparaître.

Maxime eut soudain la certitude que c'était elle, que cette femme était le cerveau de toute cette folie. Elle ne détenait aucune preuve et, pourtant, elle n'avait jamais été aussi sûre de quelque chose. Elle photographia mentalement le nez busqué de la Libyenne, son front large et sa moue boudeuse. Si son profil était classé « Diamant », c'était qu'elle avait travaillé avec les Français. Dans les services. Alors pourquoi cet enfoiré de Calvert ne le disait pas clairement ? Elle sentit la fureur s'emparer d'elle.

L'accident se produisit à Saint-Félix-de-l'Héras. La voiture quitta la route dans le virage, juste après le pont enjambant l'A75. Elle s'encastra dans un des pylônes en béton armé de la station-service en construction. Un agriculteur au volant de son tracteur assista au drame. Bouleversé, mais pas surpris. Même avant le chantier, le virage avait toujours été dangereux. La vitesse aurait dû être limitée à cinquante depuis belle lurette. Il sauta à terre et courut vers le véhicule, par réflexe, sans le moindre espoir de trouver un survivant. Au téléphone, malgré tout, il ne réussit pas à décrire ce qu'il avait vu. L'appel parvint aux pompiers de Lodève, mais les propos qui sortaient de la bouche du témoin étaient très étranges. Ils n'avaient pas de sens. Après discussion entre les brigades, ce furent les gendarmes du Caylar qui firent le déplacement.

Les secours mirent moins de vingt minutes pour atteindre les lieux. Le Scénic n'était plus qu'un froissement de métal enroulé autour du béton. Dès qu'il vit la camionnette, l'agriculteur marcha à sa rencontre sur la chaussée. Il avait l'air très agité. Mais les deux gendarmes le dépassèrent sans égard et, cent mètres plus loin, s'arrêtèrent avant de se diriger à pied vers l'épave. Elle avait plié sous l'impact. Étonnamment, l'habitacle et le châssis avaient l'air plus ou moins intacts. Il y avait du sang en petite quantité sur le pare-brise étoilé, mais les airbags avaient bien fonctionné. Les agents vérifièrent aussitôt que les deux occupants portaient leur ceinture.

Le paysan, qui les avait enfin rattrapés, leur cria sans reprendre son souffle :

— Regardez leur tête, regardez !

Le plus âgé sortit sa torche de sa poche latérale. Il pointa le faisceau vers le visage du conducteur. Son front était comme abrasé, sans doute à cause de l'airbag, mais le reste du visage était monstrueux. Toute la zone nasale semblait brûlée à l'acide et le cou, tordu. Il était impensable que le choc ait pu occasionner des traumatismes pareils. Il orienta ensuite la torche vers la passagère. Des mutilations semblables la défiguraient. Elle était vêtue d'un legging noir et d'une tunique beige, et entre ses jambes on distinguait un sac à dos éventré. Ses cheveux étaient courts, plutôt clairs. Sa peau était parsemée de petits cratères d'où s'échappaient des filets de sang mêlé d'une sorte de pus, et on voyait en haut des joues des zones où l'os apparaissait.

Le gendarme ne put que répéter :

— Nom de Dieu de nom de Dieu !

Le colonel Flache mit tout sur pause alors que le portrait de la femme occupait la totalité de l'écran. Yanis Calvert se décida alors à parler :

— Je vous présente Ibtissam Al Charouk. C'est elle qui a voulu tout ça. Tout le carnage à venir, c'est elle. Je vais vous expliquer.

Instinctivement, Maxime se recula. Elle se méfiait du directeur. Elle savait qu'il avait intrigué pour que le groupe Barelli soit déployé sur des missions presque suicidaires.

— Regardez bien ce visage. C'est celui d'une ennemie jurée de la France. Et je peux vous garantir qu'elle n'a rien d'une islamiste, bien au contraire. Je suis dans cette maison depuis plus de trente ans. Jamais je n'ai rencontré un cas pareil.

Il laissa le silence planer quelques instants avant de reprendre :

— Ibtissam Al Charouk est la fille unique de Fatik Al Charouk, *alias* « le général », *alias* « le raïs ». Il vient de mourir dans des circonstances douteuses, mais, je le dis tout de suite, la DGSE n'y a joué aucun rôle. Fatik Al Charouk nous a beaucoup aidés quand il a fallu faire tomber Kadhafi. Sa fille elle-même a été formée par nous avant de faire partie de nos rangs. Elle avait vingt-quatre ans et venait de terminer des études d'ingénieure en Chine. C'est elle qui a retrouvé le cuisinier de Kadhafi et nous a menés à lui. Je n'ai jamais su exactement comment elle avait fait. Mais je lui ai ensuite proposé de suivre un entraînement avec le SA. Elle s'en est très bien sortie. Elle était même une des meilleures. Au tout début de la guerre en Libye, cependant, il y a eu un incident. Nous avions absolument besoin de récupérer des documents confidentiels qui impliquaient la France sur un projet de ferme solaire dans le sud de ce pays. L'extraction ne s'est pas déroulée comme prévu. Avec son mari, elle a été laissée sur place par les hommes du SA. Lui a été exécuté par des djihadistes. Depuis, elle ne pense qu'à une seule chose : se venger de nous.

La voix de Yann Braque s'éleva :

— La photo qui a été publiée dans les journaux, on me l'a envoyée par WhatsApp. C'est son mariage à elle, n'est-ce pas ?

— Oui.

— Alors, pourquoi vous êtes dessus ?

— J'étais invité par celui qui est aujourd'hui le président de la République. Nous étions amis. Il était banquier, à l'époque. C'est son établissement qui avait financé le projet de ferme solaire.

Maxime plongea ses yeux dans ceux d'Ibtissam. La jeune femme lui apparaissait soudain plus proche. Elle aussi avait été trahie. La capitaine connaissait ce sentiment de dégoût et de fureur. Une part d'elle-même comprenait la Libyenne…

Fakir se sentait serein. Il n'éprouvait même plus de haine. Le moment était venu, voilà tout. Son grand-père lui avait fait lire les bons auteurs français. Une phrase l'avait marqué : « La violence est légitime pour apporter le changement. » Il ne se rappelait pas qui avait dit ça. Il se souvenait seulement du visage et de la perruque de l'auteur de cette formule.

L'Algérien sortit du métro à la station Porte de Pantin. Il était légèrement grimé, rasé avec une moustache un peu tombante qui évoquait plus Salvador Dalí qu'un terroriste moyen-oriental. En Syrie, dans le camp de Daech où il avait fait son stage de combat, ses instructeurs avaient insisté sur ce point : un seul détail insolite pouvait absorber toute la concentration d'un observateur et le priver de son jugement. La technique des prestidigitateurs.

Il se força à marcher calmement, comme un touriste un peu désœuvré. Les pavés luisaient après la pluie. Il longea le Café des concerts, profitant de cet instant unique. Il découvrait la cible, impressionné. Elle lui faisait l'effet d'un gigantesque crapaud d'argent. Un pan de la façade étincelait en réponse aux réverbères de l'allée du Zénith. Une onde de chaleur envahit aussitôt tout son corps. Il connaissait cette sensation. L'orgueil. À l'évidence, la Philharmonie de Paris était un objectif à sa mesure.

Les premiers spectateurs se pressaient déjà. Deux gamines le frôlèrent en hurlant de rire, poursuivies par leur mère, une jeune femme brune à l'air sportif, qui riait presque autant que ses filles. Toutes les trois firent une pause devant l'affiche : « Concert des familles ». Avec en grosses lettres une rodomontade d'architecte : « 2 400 places, dans l'intimité ! »

Boulevard Mortier, le temps était comme suspendu. Depuis la veille, depuis l'arrivée de la capitaine Barelli, tout le monde se tenait en alerte et les points s'enchaînaient.

Yanis Calvert se tourna vers le petit lieutenant.

— Le ministre de l'Intérieur veut une estimation du nombre de morts auquel il faut s'attendre. Vous en avez une idée ? Des centaines, des milliers ?

Ils avaient besoin d'informations aussi précises que possible, et surtout rapidement, alors Kabla sentit peser sur lui tous les regards. Il chercha l'aide de Jade, mais sa spécialité à elle, c'était la technique, pas les probabilités. Elle lui adressa un sourire d'encouragement qui se voulait comique, mais qui fleurit sur son visage comme une moue fatiguée.

— C'est impossible à évaluer à l'heure actuelle. D'après ce que sait Face Mort, se lança-t-il, nous avons cinquante-huit ennemis disséminés dans tout le pays. Ils sont arrivés en Europe par bateau, comme des migrants ordinaires. Ce sont des Libyens du Sud, des traits arabes, mais une peau sombre, on ne les remarque pas au milieu d'Érythréens ou de Tchadiens. Ils se fondent dans la masse.

— Et à votre avis, ils sont organisés comment ?

— Avec Jade, on a visionné les images prises à Khoms. On les a passées et repassées au ralenti. Leur comportement est bizarre, complètement individuel. On ne dirait pas du tout un groupe.

— À mon avis, renchérit sa complice, il n'y a aucune organisation. C'est ça, l'idée. Ils ont une arme et une cible chacun, et c'est tout. Ils n'auront aucun contact entre eux. Enfin, c'est ce que je pense.

Le colonel leva la main.

— Oui, mais nous, on a un avantage, on est capables de les identifier, même s'ils vont certainement se cacher.

— Face Mort a adressé les profils des terroristes à toutes les municipalités de France, précisa le petit lieutenant. Donc les systèmes de vidéosurveillance réagiront si l'un d'eux est filmé. En plus, il a créé pour chacun de ces salauds une photo de face et de profil. Elles seront diffusées dans tous les journaux et sur de nombreux sites.

Le directeur hocha la tête mais ne comptait pas se contenter de ça.

— Vous qui lisez dans l'algorithme, quel est le plan le plus probable d'Ibtissam ?

— Malheureusement, le pire est à envisager. Ils veulent *a priori* refaire en France ce qu'ils ont fait à Mourzouq. Mais en le multipliant par au moins cinquante-huit. Atteindre des civils au hasard, pour créer la panique. La difficulté, c'est qu'ils peuvent frapper tout de suite ou attendre des mois. S'ils veulent un effet de souffle, ils agiront tous en même temps, mais certains peuvent se planquer longtemps.

— Et ils vont frapper où ?

— On ne peut pas le déterminer. Ils ont peut-être une cinquantaine de cibles, et on ne peut rien faire..., se désola le petit lieutenant.

La migraine commençait à tambouriner dans le crâne de Maxime. Ça la prenait souvent quand elle était à l'intérieur.

Elle se massa les tempes en fermant les yeux, puis elle se retourna vers le directeur.

— Ou alors ils ont une seule véritable cible, et tout le reste est un écran de fumée.

Le silence qui suivit n'eut pas le temps de s'installer. Une porte claqua, une autre s'ouvrit avec fracas. Un sous-officier pénétra dans la salle et s'approcha presque en courant du colonel Flache. Il lui dit un mot à l'oreille.

En l'écoutant, le colonel acquiesça plusieurs fois, puis il transmit l'information :

— La gendarmerie du Caylar, dans l'Hérault, signale un accident étrange.

Maxime réagit au quart de tour :

— Montrez-nous le véhicule.

Jade établit la liaison. Les deux agents qui se trouvaient encore sur place étaient sous le choc. Le plus âgé utilisa son portable pour filmer l'intérieur de la voiture. L'image était laiteuse, mais quand il colla le téléphone au pare-brise du Scénic, les visages du chauffeur et de la passagère s'affichèrent en grand sur l'écran.

La capitaine se mordit le poing pour ne pas crier d'excitation. Ils avaient un indice.

— Putain !

Les déformations atroces avaient quelque chose de factice, comme des masques de carnaval, mais, à elle, elles parlaient.

— À Mourzouq, les blessures étaient moins marquées, mais la ressemblance est flagrante.

— La collision a dû endommager le vaporisateur, intervint Yann. Toutes les nanoparticules ont été libérées en même temps dans un espace très réduit et clos. C'est la concentration qui a causé les lésions nasales, les particules étant programmées pour atteindre le cerveau le plus vite possible. Manifestement, à cette distance, les nanoparticules attaquent tout le monde, sans sélectionner en fonction de l'ADN.

Le lieutenant interrogea les gendarmes :

— Avec la plaque d'immatriculation, vous avez pu découvrir des choses sur les occupants du véhicule ?

— Oui, on a contacté la famille du chauffeur. Celui-ci allait au Caylar. Il faisait tous les jours le trajet depuis Agde. Et il proposait souvent du covoiturage.

Maxime se passa la main dans les cheveux. Une façon de se concentrer.

— Donc, c'était facile de connaître sa destination.

— Oui, sur le site, c'était écrit noir sur blanc.

— Vous dites que l'accident s'est produit sur la D155. Pourquoi ne pas emprunter l'autoroute ?

— Il n'avait aucune raison de ne pas la prendre. Elle est gratuite. Mais comme il déposait des gens un peu partout, il venait peut-être de la quitter.

— OK, très bien. La passagère allait au Caylar... Il y a quoi, là-bas ?

— C'est une petite ville. Quelques magasins, quelques restaurants, quelques hôtels.

— C'est tout ?

— Pendant l'année, oui. Pendant les vacances, il y a le camp d'accrobranche. Avec une cinquantaine d'ados.

Jade siffla entre ses dents.

— Le Caylar dépend de l'académie de Montpellier. Les vacances commencent demain.

— Ils cherchent certainement des lieux clos, réfléchit Yann à haute voix. Dans un dortoir, le chauffage est en général programmé pour se déclencher autour de 22 heures, et à cette période de l'année, on ferme les fenêtres la nuit. Ils vaporisent quand les enfants sont de sortie.

Le colonel Flache regardait son téléphone.

— Cette semaine correspond bien. Il ne fait pas plus de 6 °C la nuit au Caylar. Ils chauffent forcément. Ça paraît plausible, mais ce ne sont que des hypothèses.

Les gendarmes étaient abasourdis. Leur quotidien était fait d'accidents de la route, de vols de bois et de braconnage. La guerre antiterroriste les dépassait complètement. Par vidéo interposée, l'un d'eux s'adressa à Yann :

— Mais pourquoi quelqu'un s'attaquerait à un camp de vacances ?

— Quand des enfants meurent, l'opinion est cassée et le pays réagit mal. C'est ce que ces gens veulent. Nous casser. La résilience face à la terreur, c'est de la foutaise pour JT.

Sur l'écran, on voyait les hommes en uniforme blanc de la PTS sceller les ouvertures du Scénic avant de placer le véhicule sur le plateau d'un camion. Afin d'inspecter l'intérieur, il fallait s'assurer que la voiture n'était pas piégée, qu'elle n'allait pas se transformer en bombe biologique.

— Ce dont on est sûrs, commenta le colonel, c'est que la passagère ne nous aidera pas beaucoup.

Ils avaient en effet encore tous en mémoire sa face ravagée. Elle n'avait jamais atteint sa cible, mais ils étaient encore plus de cinquante dans la nature, comme un essaim porteur de mort.

Quand Maxime se retourna, le directeur avait disparu.

L'enquête sur le Scénic bénéficia d'une priorité absolue. Un hangar de l'unité PTS de la gendarmerie nationale fut attribué à l'épave. Une heure plus tard, une sonde révéla que l'atmosphère de l'habitacle était saine, et le travail commença véritablement. Les autopsies des deux cadavres demanderaient, en revanche, plus de temps, même si, pour les légistes qui les prirent en charge, l'issue ne faisait guère de doute : hémorragie cérébrale massive. D'après eux, les déformations du crâne et la torsion du cou étaient très inhabituelles, mais le choc pouvait peut-être l'expliquer. L'état des fosses nasales, lui, constituait un vrai mystère.

Yann avait des contacts dans toutes les unités de France. C'était obligatoire pour un officier de la SDAT. Ce fut donc lui qui reçut le premier rapport par téléphone. Avec une information capitale :

— Le vaporisateur, il est entièrement en fibres de carbone.

Jade lui coupa presque la parole :

— C'est indétectable, même par les portiques de sécurité de dernière génération.

— Elle est ici.

Le colonel Kaky avait l'air nerveux. Il avait baissé la voix, une précaution inutile. Il n'y avait personne d'autre qu'eux dans le square Léon-Frapié. L'endroit avait beau être situé à moins d'un kilomètre du boulevard Mortier, le siège de la DGSE, il n'inspirait pas confiance. Cela étant, les deux hommes ne risquaient rien. Les deux colosses assis sur un banc étaient clairement là pour les protéger. Des gardes du corps.

Le premier était trapu. Il ressemblait à une barrique et on remarquait tout de suite ses mains énormes. C'était un Géorgien passé par la Légion. Il s'appelait Dato. Une face de brute sur un corps de lutteur. L'autre, nettement plus âgé, allait sur ses cinquante ans. Il ne présentait aucun signe distinctif. En le voyant, impossible de deviner le parcours qu'il avait suivi trente ans plus tôt : vigile au stade de football de Milići, en Bosnie-Herzégovine, il avait participé au massacre de cent quarante civils musulmans dans la ville de Zaklopača. Sans la Légion étrangère, il aurait fini sa vie en prison. Le directeur savait s'entourer.

— Je sais qu'elle est ici, répliqua ce dernier, et je sais ce qu'elle cherche.

— C'est la vraie merde.

Habillé en civil, Kaky était encore plus inquiétant. Le sweat-shirt gris accentuait son teint blême et, sous la lumière sale des réverbères qui venaient de s'allumer, la cicatrice sous son œil prenait des airs de limace répugnante.

— Toi aussi, tu sais très bien pourquoi elle est là, hein ?

Quand il n'était pas dans un contexte officiel, Yanis Calvert abandonnait son phrasé des beaux quartiers. Il parlait rude, voyou, avec un accent plus chantant, des réminiscences de son Liban natal.

Pour lui, certaines opérations étaient si secrètes qu'elles devaient rester inconnues, même de la DGSE.

— Alors, putain, dis-le-moi. Elle est là pour quoi, selon toi ?

— Pour régler ses comptes, marmonna Kaky.

Le directeur se rapprocha encore du colonel, dont le faciès obtus évoquait celui d'un tueur de la mafia.

— Pour régler ses comptes avec qui ?

Son interlocuteur déglutit sans répondre, alors Yanis Calvert éructa :

— Elle vient régler ses comptes avec toi, pauvre con ! Parce que tu as obéi à mes ordres comme un demeuré. Tu aurais pu brûler des papiers au lieu de la laisser derrière toi avec son mec. Tu te rends compte du bordel que tu as mis ? Elle est devenue complètement cinglée. Cette gonzesse, c'est une grenade dégoupillée. En plein Paris. Et putain, c'est un sacré gâchis !

Le directeur de la DGSE soupira. Il avait consacré des mois à l'opération libyenne.

— Ibtissam était une ressource de très haute valeur. Sans elle, jamais on n'aurait eu Kadhafi, en tout cas pas aussi vite.

Le 20 octobre 2011, à 11 heures du matin, un Mirage 2000D avait tiré deux bombes à guidage laser GBU-12 qui avaient explosé à basse altitude, juste au-dessus du convoi transportant le tyran, déchiquetant ses gardes du corps et faisant sauter les munitions entassées dans les véhicules. Et tout avait reposé sur une gamine de vingt-six ans plus futée que les autres qui avait cherché et compris où s'approvisionnait le cuisinier particulier de l'homme d'État, acharné à acheter le meilleur mouton pour son couscous. Elle avait alors découvert que le « Dingue » se cachait dans le deuxième district de Syrte et, le jour où il avait tenté de s'enfuir vers Qasr Abou Hadi, c'était elle qui avait prévenu les Français.

Yanis Calvert n'avait jamais formé un soldat aussi doué. Il lui avait tout appris, à commencer par ne pas se tromper d'objectif, viser haut. Puis cet imbécile de Kaky avait tout foutu en l'air. Bref, pour le directeur, Ibtissam était un cas de conscience. Et pourtant, il avait construit sa vie de manière à se retrouver le plus rarement possible dans cette situation. Dans son métier, la conscience était l'ennemie, elle pouvait servir à l'ennemi.

— Tu ne lui arrives pas à la cheville.

Le colonel blêmit encore sous l'insulte et essaya de se défendre :

— Son recrutement était top secret. Personne ne m'avait rien dit. Pour ce que j'en savais, c'était une Libyenne comme une autre, qu'on pouvait sacrifier à la mission.

— Tu as vu la photo de son mariage dans le journal ?

— Oui.

— Tu as vu qui est avec elle.

— Le PR. Et vous aussi.

— À l'époque, le Président était banquier, il avait fait affaire avec le père de la gamine, avec la bénédiction du Dingue. Tu comprends dans quel pétrin on s'est mis. Tout nous pète à la gueule. On ne va pas réussir à tout sauver. Il est déjà trop tard pour ça. Mais tu vas t'occuper d'Ibtissam. Tu piges ?

Les yeux de Yanis Calvert étincelaient de toute la violence qu'il passait ses journées à dompter afin de ressembler à un haut fonctionnaire bien sous tous rapports :

— Tu vas régler ça, tu m'entends ? Tu crois que je t'ai rapatrié pour quoi ? Tu fais le ménage et tu repars te planquer dans ton putain de trou à rats.

Le colonel se tassa un peu plus, osant à peine prendre la parole.

— J'ai fait ma petite enquête sur Ibtissam Al Charouk. On m'a en effet dit qu'elle avait été formée ici pendant deux ans, entre 2009 et 2011, et qu'elle était un excellent élément. On m'a également raconté son test de l'anguille. C'est peut-être le plus inquiétant.

Tous les agents clandestins du Service Action se confrontaient au « test de l'anguille ». Ils devaient pénétrer dans un lieu de très haute sécurité et ressortir sans se faire prendre. Cela demandait d'être créatif et d'avoir les nerfs solides. Ensuite, les meilleurs étaient mis à contribution pour perfectionner les dispositifs de protection autour des sites les plus importants comme les bases de missiles, de sous-marins, les dépôts d'armes et de munitions ou encore les institutions.

— Et alors ? tonna le directeur de la DGSE. Tu me règles ça, et vite.

Il ajouta, plus cinglant encore :

— Il n'y a pas de plan « B ».

À ce moment, son téléphone vibra. Face Mort s'était de nouveau mis en branle. Onze individus avaient été repérés par des systèmes de vidéosurveillance dans la moitié sud du pays. Onze sur cinquante-huit. C'était déjà ça. Les ordres avaient été donnés par oral. Tir à la tête, pour tuer. Ne prendre aucun risque avec la saloperie qu'ils transportaient.

Pour Yanis Calvert, il était grand temps de rentrer au bureau. Ils montèrent tous les quatre dans la voiture blindée garée devant le square. Le Bosniaque conduisait. Le directeur avait opté pour la banquette arrière avec le Géorgien. Il s'adressa à Kaky, assis à la place du mort :

— Tu te débrouilles. Et si tu as besoin de matos, tu demandes à Dato.

Le colonel était abasourdi. Sa mission le dépassait complètement, mais il n'avait pas le choix. Il fallait qu'il trouve la Libyenne et qu'il l'élimine. Avant qu'elle-même le trouve. Il perçut un léger déplacement d'air dans son dos et, dans un bref instant de panique, il ne put s'empêcher d'imaginer les mains gigantesques du Géorgien se refermant sur son cou, sa nuque se brisant comme une brindille. Et puis plus rien, le noir. Mais le garde du corps changeait simplement de position. La voix brutale du directeur s'éleva à nouveau dans le véhicule blindé :

— Tu vas prendre Dato avec toi. Il pourra t'être utile même s'il ne parle pas beaucoup le français, hein, Dato ?

Le Géorgien grogna en guise d'acquiescement. Le colonel se retourna : le visage de la brute n'exprimait rien.

On avait oublié de le prévenir que la cible était une femme. Le gendarme en jean, blouson et bonnet de coton sentit une légère montée de stress. Il vérifia que la trajectoire était bien dégagée au-delà de son objectif. Aucun passant. Il confirma dans le micro : « Dégagée ». L'oreillette lui signala que le sac à dos n'était pas très rempli. Après l'impact, le corps pouvait retomber sur le vaporisateur. Les instructions étaient claires : avant tout, empêcher les terroristes d'approcher d'un lieu communautaire. Éviter les chocs violents sur le sol ne venait qu'en second.

La cible marchait tranquillement depuis la gare vers la salle omnisports de Montbéliard. Plusieurs affiches annonçaient la finale du tournoi de basket qui devait s'y dérouler. Elle était grande, avec une très légère claudication qui lui donnait la posture d'une danseuse. Face Mort l'avait donc identifiée sans difficultés. Pas après pas, elle devenait plus réelle. Il était déconseillé de trop regarder le visage d'une cible, mais celui-ci était impressionnant. La femme avait dû être torturée ou bien elle avait souffert de la faim. Elle était émaciée, ses yeux énormes lui mangeaient la figure.

Plus que vingt mètres. Dix mètres. À cinq mètres, le gendarme qui, lui, n'avait jusque-là pas lâché d'une semelle la terroriste la doubla, laissa échapper le sac de provisions qu'il tenait à la main et se pencha pour le ramasser. La femme dévia un peu pour ne pas le percuter, offrant son profil. Le tireur pressa la détente une fois. Le « pop » du silencieux fut noyé dans le bruit de la rue. Quand la Libyenne heurta le macadam, elle était déjà morte. Moins de dix secondes plus tard, un minibus aux vitres teintées freina devant le cadavre, deux hommes en cagoule jaillirent du véhicule, sectionnèrent les lanières du sac à dos puis soulevèrent le corps. La cible était vraiment très grande, elle semblait âgée d'environ trente ans.

Quand le sac à dos fut déposé dans un caisson isotherme, le minibus avait déjà démarré en trombe. L'action avait duré un peu moins d'une minute. Il y avait bien quelques témoins, mais ils auraient du mal à décrire la scène. Le gendarme qui avait pris en charge l'exécution essayait de calmer les battements de son cœur. À ses pieds, la cible était couchée sur le ventre. Son pull s'était un peu relevé, dévoilant un dos strié de profondes marques rouges. Elle avait été fouettée.

Normalement, la DGSE aurait dû transmettre l'affaire aux services intérieurs, mais il était impossible de former assez vite un policier ou un gendarme à utiliser Face Mort. On s'occuperait plus tard de calmer les bisbilles et les problèmes d'égo.

La tension poussait chacun dans ses retranchements. Jade était sur les nerfs, le petit lieutenant, d'un calme surnaturel. Le colonel Flache était pendu à son téléphone. Il expliquait en long et en large à tous les services de l'État qu'il ne pouvait rien leur dire. En quelques heures, le GIGN, le Raid et la BRI avaient neutralisé neuf terroristes, mais, surtout, ils avaient réussi à tenir ces opérations secrètes, pour que les autres, tous les autres, tombent un à un dans la souricière. Les images volées par le directeur de la Compagnie nationale du ciment de Khoms avaient fait des miracles, elles leur avaient donné un avantage décisif.

Pourtant, Maxime et Yann étaient mal à l'aise. Tout était trop simple, trop prévisible. Soudain, Yann s'exclama :

— Putain, on ne s'est rattachés qu'aux fréquences de la police et de la gendarmerie !

— Et tu veux qu'on surveille quoi d'autre ? s'étonna la capitaine.

— Tout le reste, la sécurité civile, les hôpitaux, les pompiers, les gardes-côtes.

En général, on ne posait pas à Face Mort des questions aussi basiques. Inutile de mobiliser un algorithme surpuissant pour accéder en direct aux communications radio des services de secours. C'était du travail de bidouilleur. Le branchement ne prit donc que quelques minutes au petit lieutenant. Il fallait installer un transcripteur audio, avec un séparateur de bruit.

Dans une ville comme Paris, il se passait toujours quelque chose. Une avalanche ininterrompue de fuites de gaz, de violences conjugales ou d'ascenseurs en panne. On pouvait perdre des heures à suivre les minuscules catastrophes de la capitale. Et ils n'avaient pas des heures devant eux. Mais, une fois le logiciel opérationnel, ils comprirent très rapidement que les services de secours avaient un gros dossier sur les bras. À la Philharmonie, porte de la Villette, un court-circuit avait apparemment détraqué le système de chauffage. En soi, l'affaire n'était pas bien grave, mais depuis les attentats de 2015, les règles de sécurité s'étaient durcies. Des dizaines de véhicules se tenaient donc en alerte. Au cas où. Pour le « Concert des familles », qui se donnait chaque année à la même date, on ne prenait aucun risque.

Maxime se tourna vers Yann.

— Ça veut dire quoi ?

— Ça veut dire que la température est en train de monter dans la salle.

La capitaine apostropha alors le colonel :

— Il nous faut un hélicoptère immédiatement.

— Dans cinq minutes, s'exécuta-t-il sans discuter.

Elle se rua vers la porte en composant le numéro de Foxy. Elle allait avoir besoin de son groupe.

« La vraie récompense, ce n'est pas la souffrance de l'ennemi, c'est sa peur. » Souvent, il passait dans le cerveau de Fakir des phrases prononcées par son grand-père, un héros de l'indépendance algérienne qui avait terminé sa vie dans la misère d'un petit fonctionnaire honnête. Son grand-père, son père s'étaient battus pour rien. L'Algérie était demeurée un club de militaires corrompus, une éponge à pétrole encore plus dépendante de l'Occident que lors de la colonisation. Il était là pour eux, pour tous ceux qui s'étaient trompés et n'étaient plus là. La voix des engloutis. Il était calme. C'était sa nature. Son esprit n'était relié à aucun cœur.

Fakir leva les yeux vers les niveaux supérieurs de la salle Pierre-Boulez et se demanda à quoi ressemblerait la panique quand elle commencerait. La foule est un système chaotique. Et là, il était question de 2 400 personnes dans un endroit confiné. À Damas, son prof de physique lui avait souvent parlé de la panique, cette maladie des foules. Il avait parlé de « congélation chaude », le moment magique où la multitude n'avance plus parce qu'elle veut trop avancer, quand elle parvient au pic de densité et se suicide de terreur.

Il recompta une fois de plus les courriers. Trois. Cet événement était un modèle de diversité française. Grâce à ça, ils passaient complètement inaperçus. Même leurs vêtements étaient banals, typiques d'une classe moyenne sur la pente descendante. Ils étaient tous restés à l'intérieur. S'ils avaient quitté les lieux avant le concert, le circuit de vidéosurveillance aurait pu donner l'alerte. Il fallait se méfier de l'intelligence artificielle.

Fakir se figura les techniciens dans la salle de contrôle en train de tenter de reprendre les choses en main, et l'image le fit sourire. Rien de mieux qu'un système numérique ultracentralisé. Rien de plus fragile. Dans le fond, le plus dur avait été d'obtenir autant de places. Il avait fallu faire vite. D'année en année, les tickets s'arrachaient en quelques heures.

Les courriers avaient chacun leur vaporisateur et, en un temps record, toutes les parois avaient été contaminées. Fakir était serein, même s'il y avait des inconnues dans son plan. Dans des volumes aussi inhabituels, il ne savait pas à quelle vitesse la température allait grimper. Sa seule certitude, c'était qu'elle atteindrait le seuil de transition d'abord tout en haut. Ce serait de là que la panique viendrait. Il faudrait mettre le masque à cet instant précis.

Pendant qu'il réfléchissait, l'orchestre s'était mis à jouer un air tzigane, un duo déchirant entre une guitare et un violon. En observant ses voisins, Fakir comprit que c'était un air triste. Il n'entendit pas l'hélicoptère.

Maxime et Yann n'attendirent pas que l'hélico soit stabilisé. Ils sautèrent sur la pelouse de la Villette et se ruèrent vers l'Escalator. Le directeur de la Philharmonie, grande figure de gauche des années 1980, les guettait. Quand il les aperçut, l'homme très soigné à la longue chevelure blanche coiffée en arrière leur jeta un regard circonspect. Avec cette voix profonde qu'adoptent parfois les gens qui ont des relations, il leva ses mains magnifiques en criant :

— Surtout, ne créons pas de panique !

La capitaine sortit de la poche arrière de son jean le laissez-passer présidentiel. Elle voulait procéder dans les règles.

— Emmenez-nous à la salle de contrôle, vite !

Son ton était sans appel. Le directeur les y conduisit sans palabrer. Là, les informaticiens s'arrachaient les cheveux. Le système de chauffage leur échappait complètement.

Le chef de l'équipe était écarlate de stress.

— Ces hackers sont de vrais démons. Ils ont même pris les commandes du système hydraulique d'acoustique qui permet de rendre les portes étanches pendant le concert.

Visiblement, ces hommes étaient dans une impasse. Maxime et Yann n'avaient que quelques minutes pour réfléchir à une autre option.

— Vous avez un brouilleur de 4G ? demanda le lieutenant.

— Oui, je crois.

— Il faut l'activer sur-le-champ. Les spectateurs ne doivent rien savoir.

Maxime, elle, composa le numéro du colonel Flache. Il répondit aussitôt.

— Capitaine ?

— Est-ce que Jade et le petit gars peuvent prendre la main sur l'informatique de la Philharmonie ? Ils ont été piratés, on ne maîtrise plus rien.

— Je m'en occupe.

Elle allait raccrocher quand elle eut une autre idée.

— Est-ce que vous pouvez connecter Face Mort aux appareils de vision nocturne de mon groupe ?

— *A priori*, c'est interdit par le règlement de la maison, mais, techniquement, ça devrait pouvoir se faire.

Une fois tout ça lancé, la capitaine ne tarda pas à mettre fin à sa communication et redescendit à la billetterie, le directeur, qui s'échinait à la suivre, sur les talons. Ce dernier était à bout de souffle, mais elle ne lui laissa pas le moindre répit.

— Notre priorité absolue, c'est de savoir quelle température il fait dans la salle de concert.

Son interlocuteur écarquilla les yeux. Yann, tout en désignant l'expert de la PTS qui les avait rejoints, expliqua :

— La température, au dixième de degré près, c'est lui qui va s'en charger. Avec un thermomètre de haute précision que nous allons introduire dans les conduits d'aération.

— Mais enfin, s'écria le maître des lieux, il suffit d'interrompre le concert et de faire sortir les gens.

Yann plongea son regard de métal dans celui du directeur.

— Vous avez entendu, là-haut : le verrouillage acoustique est bloqué. À l'intérieur, il y a des assassins, des terroristes. Le système de chauffage ne s'est pas détraqué tout seul. C'est un sabotage. Et même si vous ouvrez de force les portes à la hache, vous aurez une panique générale. Le thermostat digital risque, dans ces conditions, de s'emballer et de faire monter la température pour compenser, ce qui, je vous assure, n'est souhaitable pour personne. Alors, vous faites ce qu'on vous dit, c'est compris ?

— Ils sont armés ? bafouilla son interlocuteur, prenant enfin la mesure de la situation.

— C'est bien pire que ça. Le danger est partout. C'est la salle tout entière qui est devenue une arme.

— À partir de maintenant, renchérit Maxime, ce bâtiment est un territoire militaire. Personne ne sort, personne n'entre.

On entendit une cavalcade. Le technicien de la PTS dévalait l'escalier. Il cria :

— Le thermomètre qui est installé au deuxième niveau grimpe vite. Il atteindra les 28 °C dans moins de dix minutes. Au niveau 2, il y a plus de huit cents spectateurs.

Maxime posa une main sur l'avant-bras du lieutenant et la serra. Ils étaient les seuls à savoir vraiment ce que cela signifiait. La bombe était amorcée.

— Je dois parler au général qui commande les pompiers. Tout de suite, ordonna-t-elle.

Pendant ce temps, alors que le concert battait son plein, les trois courriers regardaient Fakir. Ce dernier avait choisi un siège pour être en vue. Quand il entreprit d'enfoncer les bouchons dans son nez et ses oreilles, ils l'imitèrent aussitôt.

Le général commandant la brigade de sapeurs-pompiers de Paris était un homme plutôt petit et carré. C'était un personnage puissant, une sorte de ministre du Feu. Il n'avait aucunement l'intention de se faire bousculer par une capitaine, même légendaire, même munie d'un sauf-conduit présidentiel. En revanche, il était efficace et réagit immédiatement quand Maxime lui présenta la situation :

— Avec plus de temps, on aurait pu injecter de la mousse carbonique dans la salle pour la refroidir, mais c'est risqué, parce que ça peut occasionner des brûlures graves sur la peau. Non, si nous n'avons que quelques minutes, il faut pulvériser de l'eau, je ne vois que ça.

— Vous n'y pensez pas ! Vous ne pouvez pas faire ça. Vous ne pouvez pas les arroser.

Le directeur frisait de nouveau l'apoplexie. Il faut dire que les panneaux de bois courbes du revêtement acoustique de la salle Pierre-Boulez étaient uniques au monde. Ils avaient généré des dépassements de budget astronomiques.

Le général continua néanmoins comme s'il n'avait rien entendu :

— Nous allons introduire nos conduites d'eau à petit diamètre par les gaines du circuit électrique qui se trouvent en hauteur et faire pleuvoir de grosses gouttelettes. Ce sera sans danger et avec un effet refroidissant rapide. C'est tout ce que je suis capable de proposer, capitaine.

Derrière l'homme massif, Maxime aperçut Foxy, Tek et Gonzo qui les rejoignaient en courant. Le sergent avait bien transmis les consignes. Le cœur de son groupe était enfin là, leurs armes dans les sacs à dos. Elle se sentit rassurée. Elle aurait besoin d'eux très vite. Quand les survivants allaient sortir, les salopards se mêleraient à la foule. Certes, la BRI ou le GIGN étaient également sur place, mais elle ne faisait confiance qu'à son équipe. Son clan.

Chafik avait quinze ans à peine et, pour des raisons qui resteraient à jamais obscures, au tout début de la rhapsodie de Ravel, son génome entra en résonance forte avec les molécules de poison d'une méduse *Chironex fleckeri*. Ces molécules étaient transportées par un drone minuscule génétiquement programmé produit par une entreprise chinoise nommée Smart Flower. Celui-ci pénétra dans son cerveau par un os de la paroi nasale et y commit des ravages terribles. La température venait de dépasser les 28 °C au dernier balcon de la salle Pierre-Boulez et, juste après avoir perçu une odeur de soufre, sans vraiment l'identifier, l'adolescent fut pris de convulsions. La plupart de ses fonctions motrices furent interrompues brutalement, ce qui, par un enchaînement lié à l'inertie du système nerveux, provoqua chez lui une torsion du cou très forte qui lui brisa la première vertèbre cervicale. Mais la mort elle-même fut causée par la destruction du cerveau limbique et donc l'arrêt du cœur, de la tension artérielle et du système digestif. À ce stade, il n'était plus reconnaissable.

À ses côtés, mais environ dix secondes plus tard, sa mère, deuxième victime de l'attentat de la Philharmonie, subit le même sort. L'alignement génétique était moindre, et son cerveau limbique fut moins atteint. Sa mort fut donc un peu plus lente. Le père et ses deux filles, issues d'un précédent mariage, si on fait abstraction du traumatisme profond qui les accompagnerait toute leur vie, furent épargnés. Ils étaient physiquement indemnes.

En état de choc, le père regardait devant lui, vers la scène, dans une tentative inconsciente et dérisoire de nier ce qui venait de se produire. Puis il sentit des gouttes le frapper. Il leva les yeux, mais la pénombre l'empêchait de distinguer quoi que ce soit. La pluie fine s'accentua alors qu'un murmure montait progressivement dans l'immense salle de concert. Le père de famille était tétanisé, il ne se rendit même pas compte que, soudain, il faisait froid.

Autour de lui, sur le deuxième balcon, les gens hurlaient, surtout ceux de la rangée la plus proche de la paroi. Il y avait déjà une dizaine de visages démantibulés. Personne ne remarqua que la jeune femme assise à l'extrémité, sur un strapontin, portait des lunettes de piscine. Les bouchons incolores qui obstruaient son nez et ses oreilles étaient invisibles, comme le vaporisateur vide qui se trouvait dans sa poche, siglé d'une marque de cosmétique coréenne très tendance chez les adolescents. Deux ans plus tôt, la Libyenne avait assisté au massacre de son village du Fezzan par une milice du Nord. Une razzia à l'ancienne, pour voler les chameaux, les chèvres et les femmes. Sa famille était partie en fumée. Elle n'avait plus rien. Ibtissam lui avait donné un toit, des vivres et une arme. Elle lui devait tout, elle lui donnerait tout.

Juste devant elle, un homme très grand, atteint par le mal mystérieux, se leva d'un coup, faillit perdre son équilibre, trébucha sur une marche et bascula par-dessus le parapet, faisant une chute de douze mètres. Il ne fit aucun blessé en tombant, mais son visage de cauchemar, comme détruit de l'intérieur, se déchira tel un buvard. Les joues avaient presque disparu. Les spectateurs qui l'aperçurent se mirent à courir, déclenchant un mouvement de foule. Le corps fut piétiné dans la panique qui suivit.

Du parterre, Fakir avait observé aux jumelles l'abominable efficacité de son invention. Mais l'ennemi réagissait. Cette pluie qui, doucement, détrempait tout sonnait son échec. La température était désormais trop basse pour que le reste des nanoparticules s'échappe. Il tenta le tout pour le tout et ordonna au chauffage de repartir à fond. Il avait anticipé la coupure de la 4G et créé son propre réseau. C'était une idée brillante, mais elle se révéla au bout du compte une erreur. Jade et le petit lieutenant lui avaient en effet tendu un piège dans le cyberespace et il se prit les pieds dedans.

Les deux geeks de la DGSE étaient en embuscade. La silhouette virtuelle de Fakir enfin visible, Jade ouvrit automatiquement les hostilités. Soudain, l'Algérien n'eut plus aucune maîtrise du système informatique de la Philharmonie. Les fermetures hydrauliques des portes furent libérées alors que les témoins de l'horreur essayaient déjà de sortir. Le brouhaha et l'affolement permirent aux quatre spectateurs qui n'en étaient pas de se fondre dans la masse.

Fakir n'était pas amer. Il avait fait ce qu'il devait faire. Il avait perdu pour cette fois, mais les Français payaient tout de même le prix fort. La mystique apocalyptique, ce n'était pas son truc, mais le renoncement, non plus... D'autres viendraient après lui. Et ils réussiraient. Ce n'était qu'une question de temps. Il croyait au progrès. Il lui restait une dernière chose à faire. Une forme de sourire éclaira ses traits un peu empâtés et il lissa sa veste contre son ventre. Il allait quand même apporter sa pierre à l'édifice.

Ses mains tremblaient de manière incontrôlable. De longs cheveux mouillés recouvraient presque tout son visage, mais elle ne pensait pas à les écarter, comme si, inconsciemment, elle ne voulait plus voir. Mais rien à faire. Les images étaient là. La femme grelottait dans sa robe noire. L'eau froide l'avait sauvée, mais elle ne le savait pas encore. Elle ne parvenait pas à reprendre sa respiration, avait la sensation d'avoir une enclume posée sur la poitrine. Son cerveau tentait sans succès de donner un sens à l'enchaînement des minutes qui avaient précédé. La rhapsodie de Ravel interrompue par les hurlements, puis les convulsions de son compagnon, les mouvements spasmodiques de sa jambe quand il s'était levé, et sa chute, sans un mot, dans le noir de la salle. Elle entendait encore l'impact glaçant du corps quand il avait heurté le sol.

Les deux enfants très jeunes qui essayaient de la rattraper la regardaient, angoissés. Jamais leur mère n'avait refusé de leur prendre la main. Quand elle réussit enfin à inspirer, une plainte terrible sortit de ses tripes. Elle dura un temps infini et les enfants, affolés, s'écartèrent d'elle, comme si leur mère était soudain devenue une étrangère.

Le métier du colonel Flache consistait souvent à devoir choisir entre la peste et le choléra. Et il avait choisi. Le dossier Sauterelle avait déjà fait trop de morts. Il était impossible de laisser s'enfuir les assassins de la Philharmonie. Les tuer était un gâchis de renseignement, mais ce fut pourtant l'ordre qu'il donna à la capitaine Barelli.

En un temps record, Jade et le petit lieutenant avaient mis au point une connexion unique dans l'histoire des opérations militaires. Face Mort avait de nouveau avalé la vidéo de Khoms, mais en masquant les visages, pour que l'algorithme apprenne encore mieux les autres traits physiques des terroristes, les gestes, la courbure du dos, l'inclinaison de la tête. Puis toutes ces données furent partagées en temps réel avec les appareils de vision nocturne des hommes du groupe Barelli.

Chaque seconde comptait. Il faudrait être opérationnel quand l'évacuation de la salle commencerait. Que chacun ait pris position en couvrant un angle spécifique.

— On se fait un Djibouti ?

Tek était juste derrière Maxime. Elle sourit. Le gamin était chaud bouillant.

— On va essayer. Tu vas te poster là-bas. Sur le toit.

Elle lui montra un bâtiment circulaire de couleur rouge marqué « billetterie ».

— Tu attends les ordres au niveau du dernier « i ».

Puis elle s'approcha de Gonzo et lui désigna la Grande Halle.

— Tu te mets juste sous l'horloge.

Foxy n'avait pas besoin qu'on lui indique le chemin. Il se dirigea vers la fontaine. La capitaine, elle, se trouva un arbre qui n'était dans le viseur d'aucun de ses hommes. Elle s'installa à califourchon sur une grosse branche. Elle avait un visuel parfait sur l'Escalator.

La connexion audio avec le colonel Flache fonctionnait. Il avait la voix calme qui le caractérisait dans les situations très tendues :

— Barelli, tenez-vous prête avec votre équipe. Nous finalisons les règles d'engagement.

Dans une foule, ouvrir le feu comportait des risques énormes, il fallait des ordres très précis. Après des mois de terrain, Maxime retrouvait les règles tatillonnes de la métropole.

Le colonel continuait :

— Nous avons une caméra panoramique infrarouge face à l'issue principale. Nous verrons tous ceux qui sortent.

— OK. On sait quoi ?

— Pas grand-chose. On suppose qu'il y en a à l'intérieur, mais on n'est pas sûrs. Et on ne sait pas combien.

— Ils sont armés ?

— Pas d'armes conventionnelles en tout cas.

— Qui décide de l'ouverture du feu ?

— C'est ça, le problème. L'algorithme est le seul capable de les reconnaître. Ensuite…

— Ensuite, quoi ?

— Il faut évaluer le pourcentage de certitude.

— Qui fera ça ?

— Nos deux spécialistes, même s'ils sont juniors.

— Vous voulez dire Jade et le petit gars que j'ai vu à Mortier ?

— Ce sont les meilleurs. J'ai l'accord de l'Élysée. Vous savez ce que nous a dit le Président ?

— Non, dites-moi.

— Vous allez rire.

— Essayez toujours.

— Le PR est hostile en toute circonstance à la discrimination par l'âge. Vous pouvez croire ça ? Il fait campagne en plein attentat terroriste !

— Je vous promets, ça ne me fait pas rire. Et ça ne lui coûte rien. C'est moi et mes hommes qui allons appuyer sur la détente. D'ailleurs, n'oubliez pas de faire baisser les éclairages. Si on est aveuglés, on ne servira à rien.

— Comptez sur moi. Au fait, il y a des gars du GIGN dans le bâtiment. S'ils interviennent, ce sera uniquement à l'intérieur. Dehors, c'est vous. Vous allez traiter des cibles dans un environnement de foule. Je vous fais confiance.

Il ajouta :

— Le lieutenant Braque sera en audio avec nous. Il sera armé et pourra vous prêter main-forte. Terminé.

Maxime se cala sur la branche et régla son appareil de vision nocturne. Les salauds pouvaient sortir, elle était prête.

Les deux textes étaient puissants. Le Président prit le premier, le plus court, écrit pour le cas où l'opération de contre-terrorisme à la Philharmonie serait un franc succès des forces de sécurité. Il se positionna face au miroir et prononça ce communiqué en articulant chaque mot. Le rythme lui plaisait, en particulier une formule qui revenait comme un coup de fouet : « La France ne permettra pas ». Il se tourna vers son conseiller spécial en communication, un jeune homme maigre en T-shirt, portant une longue barbe façon Jésus-Christ.

— Tu ne crois pas qu'il faudrait ajouter « non » ?

— Tu veux dire : « Non, la France ne permettra pas » ?

— C'est ça.

— Trop théâtral. La sobriété est de mise. Tu dois apparaître comme un militaire pris dans le feu de l'action. Comme un soldat. Le premier des soldats.

Quand le conseiller s'exprimait, ses yeux s'embuaient souvent de larmes, et une étrange émotion planait dans le bureau, faisant vibrer une corde dans les tripes du chef de l'État.

— Tu dois parler leur langue. Avec des détails opérationnels. Non classifiés, évidemment. C'est ce que les gens préfèrent.

Les phrases du jeune homme le galvanisaient, et sa voix légèrement éraillée n'y était pas pour rien.

— Compétence, empathie, grandeur. C'est le triangle du pouvoir. N'en sors pas.

Ensuite, le Président s'attaqua au deuxième texte, celui sur lequel il devrait se rabattre si le nombre de victimes dépassait vingt : « La France a été frappée au cœur. Sa réaction sera précise, proportionnée, impitoyable... »

— Tu es sûr, pour « impitoyable » ? Je l'ai déjà dit après l'attentat de Dijon.

— Oui, ça fait partie de la chorégraphie présidentielle. Ça rappelle que la France est un pays qui sait aussi se défendre. Avec ça, tu peux rattraper les déçus de la démocratie parlementaire.

Le dirigeant écoutait, une posture rarissime de sa part.

— Il faut que je dise « je » combien de fois ?

— Idéalement, une seule fois. En tout cas, c'est toi qui as décidé d'engager l'opération à la Philharmonie. Il ne faut aucune ambiguïté là-dessus.

— Rafraîchis-moi la mémoire, comment se comportent les sondages, en cas d'attentat ?

Le conseiller ne consulta pas ses notes. Il connaissait tout ça sur le bout des doigts.

— Au-delà de dix victimes civiles, ta cote remonte. Celle du Premier ministre aussi. Au-dessus de vingt victimes, tu montes plus que lui.

Il y eut un bruit dans le couloir, et l'huissier introduisit le chef du commandement militaire de l'Élysée. L'officier salua le Président et lui annonça que les mesures de sécurité étaient renforcées en raison des événements en cours sur le territoire. Il ne demandait pas son avis au Président. Chacun son métier. La garde allait donc être doublée à la porte de son bureau. Il lui présenta tout de même le militaire en civil qui allait assurer sa protection pendant ses déplacements au sein du palais. C'était un homme d'environ trente ans à la peau basanée, aux cheveux assez longs.

— Et quand le secrétaire général se suicide au coupe-papier à quelques mètres de moi, ce n'est pas dangereux, peut-être ? Vous n'avez pourtant pas doublé la garde, s'agaça le dirigeant.

Personne ne releva. Le Président n'était pas réputé pour son tact.

Soudain, dans ses jumelles de vision nocturne, Maxime vit la marée humaine. Des hordes de survivants fous de terreur jaillissant du monstre de métal. Des femmes, des hommes, des enfants qui se ruaient vers l'air libre. Beaucoup de gens tombaient, poussés ou tout simplement parce que leurs jambes ne les portaient plus. Une fois dehors, certains continuaient à crier de panique, d'autres se prenaient à rire comme des fous, à tourner sur eux-mêmes tels des derviches, à dévaler l'Escalator, à courir vers les arbres. Certains s'arrêtaient pour vomir. D'autres restaient immobiles, murés dans le silence, bousculés par les plus pressés, le temps que leur corps digère tout ce que leurs yeux avaient vu. Les sirènes des ambulances hurlaient dans toutes les directions.

Maxime inspira profondément. C'était la pire des situations. Une foule en folie avec, au milieu, des tueurs qui cherchaient à passer entre les mailles du filet.

Pour tester une dernière fois la boucle radio, Maxime murmura :

— À mon commandement pour l'ouverture du feu.

La voix du colonel Flache éclata dans l'audio :

— Négatif, capitaine. Ce sera à mon commandement. Nous allons voir les mêmes images que vous en temps réel et Face Mort les analysera en direct. Feu seulement sur mon ordre.

Il y eut un grésillement.

— Barelli, vous sélectionnez la balistique.

Pendant les premières minutes, il ne se passa rien. La capitaine et ses hommes balayaient la scène surréaliste. Puis, tout à coup, l'algorithme lança deux alertes rapprochées. Ils les virent tous en même temps. Les deux hommes avaient à peu près le même âge. L'un portait un chèche couleur sable qui cachait son visage, mais ne dissimulait qu'une partie de l'horrible cicatrice qui balafrait son cou. L'autre était un Africain immense, une casquette de base-ball vissée sur la tête. L'algorithme avait enregistré leurs faciès brutaux, des masques d'indifférence. Mais s'il les identifia formellement, ce fut grâce à la façon de marcher très particulière du grand, comme s'il glissait sur le sol. Le type avait les pieds plats.

— Validation cinq sur cinq, lança le colonel d'un ton calme. À vous de gérer, Barelli.

Face Mort avait donné un code pour chaque cible. Le grand était « Cobra ». L'autre serait « Caribou ». Tactiquement, il fallait des tirs simultanés.

— Foxy, tu prends Cobra. Tek, tu as Caribou en visuel ?

— Affirmatif.

— Trajectoire nette ?

— Pas encore.

— Dis-moi.

Quatre secondes plus tard, Tek souffla :

— Trajectoire nette.

— Validation, chuchota Maxime.

— Feu à volonté, ordonna le colonel.

Foxy commença aussitôt à compter.

— Un, deux…

Il n'y eut qu'un seul claquement, et les deux Libyens furent projetés en arrière. Au milieu de la cohue, cela passa inaperçu. La foule en fuite contourna les corps comme elle contournait tous ceux qui étaient tombés avant.

La cible suivante se présenta après trois longues minutes. Face Mort hésita. C'était une femme. Elle descendait l'escalier à côté d'une famille nombreuse. Elle tenait dans ses bras un enfant de la fratrie. Une protection efficace contre les tireurs embusqués. La mère de famille, dans un état second, en portait deux autres. Les choses se compliquaient…

Une voix rocailleuse et rassurante claqua dans les écouteurs de Maxime :

— J'y vais.

Elle vit Yann entrer en action. Il marcha vers la femme. À trente mètres d'elle, le policier prit dans sa poche de blouson un brassard à croix rouge et le passa autour de son bras. À grand-peine, il fendait la foule à contresens. Il faillit chuter quand un homme large comme une barrique lui enfonça son coude dans le ventre. Le flot le tirait en arrière. Arrivé devant la mère de famille, il lui adressa un grand sourire.

— Bonjour, je suis infirmier. Je vais vous aider.

Il y avait des larmes d'épuisement dans les yeux de la jeune femme. Il la soulagea en se chargeant des deux petits. Elle se tourna alors vers la Libyenne pour récupérer le troisième. La terroriste n'ayant plus l'enfant dans ses bras, Yann vit qu'il lui manquait la main gauche. Il avait visionné la vidéo de Khoms jusqu'à la nausée. Elle était des leurs, il n'y avait aucun doute. Soudain, la Libyenne plongea sa main valide dans sa parka.

Il entendit un souffle dans son oreillette :

— Baisse-toi, bon Dieu.

Yann se laissa tomber sur le sol comme un sac, en serrant les deux enfants contre son torse. Maxime ne tira qu'une fois. Le choc du projectile éjecta le couteau en céramique à longue lame que la terroriste s'apprêtait à sortir et qui aurait pu éventrer le lieutenant.

La scène n'avait duré qu'une seconde. La mère de famille avait continué à courir droit devant elle. Elle ne pensait qu'à une chose : fuir cet endroit maudit. Quand son instinct la poussa à se retourner pour chercher des yeux l'infirmier, elle le vit agenouillé par terre avec ses deux petits. Elle ne sut jamais rien du sort de cette voisine si serviable.

Maxime ferma les yeux. L'image était là, et elle savait qu'elle ne partirait pas. Le front de la Libyenne explosait dans un geyser de sang. Encore et encore. Malgré toutes les années et toutes les missions, la capitaine ne s'habituait pas. Quand elle tuait, la deuxième victime, c'était toujours elle. Elle sentit grandir dans son ventre le vide glacé qui annonçait l'angoisse.

Tout anticiper, tout calculer, tout savoir. Puis tout oublier, vider son cerveau, se fier à son instinct. Ibtissam avait retenu la leçon. Mieux que les autres. Elle avait observé pendant des heures les allées et venues des sentinelles. Méthodiques, prévisibles. Militaires. Elle vérifia ensuite les emplacements des détecteurs de mouvement. Là encore, pas de surprise. Aucun système de sécurité ne couvrait en totalité un espace. Elle vit les failles, les trous dans le filet, les chemins de fuite.

Elle était une experte. Dix ans plus tôt, pendant sa formation à la DGSE, elle avait battu tous ses camarades au « test de l'anguille » et elle était la seule à savoir pourquoi. Ce n'était pas une affaire de technique. C'était une question d'attitude intérieure. Pour se glisser dans un lieu comme celui-ci, il fallait l'étudier longuement, jusqu'à en faire partie, être invisible, presque acceptée.

À la seconde qu'elle avait méticuleusement choisie, d'un bond aérien et précis, elle sauta par-dessus la clôture, avenue Gabriel, et retomba sur ses pieds. La terre était souple, l'herbe un peu humide. Elle sourit pour elle-même. Ils n'avaient suivi aucun des conseils qu'elle avait donnés à l'époque. Par exemple organiser des patrouilles aléatoires.

Tant mieux.

Elle imaginait facilement ce qui s'était produit trois heures auparavant, quand la décision avait été prise de déclarer l'« urgence attentat ». Le chef de la maison militaire était entré dans le bureau du PR, lui avait annoncé le doublement de la garde en lui présentant sa nouvelle protection rapprochée d'étage. Cela signifiait une chose : environ quinze nouveaux visages venaient de faire leur apparition dans les couloirs de l'Élysée. Elle serait tout simplement un de ceux-là. Se grimer pour tromper la reconnaissance faciale était un jeu d'enfant.

Ibtissam était là pour une seule raison. Le tuer. Elle n'en sortirait sans doute pas vivante et elle s'y était préparée. Mais lui mourrait à coup sûr, c'était ce qui comptait. L'arme qu'elle avait dans la poche allait changer la face du monde. Une arme qui ne faisait ni bruit, ni dommage collatéral. Une arme silencieuse d'une précision absolue, qui se dirigeait comme un missile vers une association de chromosomes unique. Elle était la première à l'utiliser. Elle était une pionnière. Elle était fière. Les djihadistes de Daech étaient des bricoleurs du dimanche, des égorgeurs de carnaval qu'on écrasait comme des punaises.

L'immense pelouse était soigneusement tondue. Les instructions étaient bien claires dans sa tête. Ne pas marcher en ligne droite, à cause des caméras installées dans les arbres en quinconce. Avec ses jumelles, elle les avait repérées l'une après l'autre. Il suffisait d'espérer qu'ils n'avaient pas non plus dissimulé des lasers noirs dans la végétation, mais apparemment, aucune de ses recommandations n'avait été prise au sérieux.

Une fois les obstacles franchis, le cœur d'Ibtissam retrouva son rythme normal. Elle se redressa avec des gestes très lents. Là-bas, tout au bout du parc, le palais de l'Élysée brillait comme un paquebot.

Maxime l'aperçut avant les autres, plus vite même que Face Mort. Au milieu du torrent humain qui n'en finissait pas de dévaler vers la dalle de la Villette, l'homme n'avait pas le physique de l'emploi. Les trois terroristes qui venaient d'être abattus étaient secs comme des coups de trique, avec des visages émaciés et une peau brune. Lui était un Blanc de type moyen-oriental. Ses épaules tombaient vers l'avant. Le manque d'entraînement physique était évident. La capitaine avait un avantage sur l'algorithme. Elle avait longtemps observé Fakir, couchée sur le toit de la banque, à Derna. Ce qui attirait l'attention, c'était la parka du suspect. Elle était trop grande d'au moins une taille. Depuis la vidéo de Khoms, il avait rasé ses cheveux et laissé pousser sa moustache. Le tatouage en forme de sauterelle était invisible sous le col relevé de sa veste, mais elle était certaine que c'était lui.

— Suspect en approche.

La voix du colonel Flache résonna dans les oreillettes.

— L'individu est une source capitale. Surnom : Fakir. Nom : Ali Mokhtari. Ne pas tirer pour tuer. Je répète. Ne pas tirer pour tuer.

La DGSE n'avait encore jamais eu de témoignage direct sur l'implication de la Chine dans le terrorisme en Europe.

Cet homme constituait donc une carte d'une valeur inestimable.

Maxime sentit son ventre se durcir d'inquiétude. Elle scrutait les traits de Fakir. Quelque chose n'allait pas. Les autres n'avaient eu au fond des yeux qu'un désir de fuite. Il était différent. Elle y lisait une détermination. Un plan. Il marchait maintenant vers un groupe de familles accueillies par le personnel de la sécurité civile qui distribuait des couvertures de survie, de l'eau et des gâteaux secs. Elle le vit prendre une inspiration puissante et elle comprit.

— Veste explosive.

Elle enchaîna aussitôt – ils avaient répété des dizaines de fois :

— À mon commandement pour feu à volonté. Gonzo, Foxy, visez les coudes. Je répète. Visez les coudes. Tek, les épaules.

Le colonel Flache ne protesta pas. Il y avait des priorités.

La capitaine commença à compter sur un rythme que ses hommes avaient dans le sang.

— À mon commandement : un, deux...

Au moment où Ali Mokhtari enfonçait les mains dans ses poches pour atteindre le détonateur, les deux projectiles de 12,7 millimètres provenant des Hécate de Foxy et Gonzo pulvérisèrent ses coudes, provoquant une rétraction réflexe du triceps qui tira les avant-bras vers l'arrière. Sous l'impact, Fakir tourna sur lui-même, ne prenant pas encore conscience de la douleur fulgurante qui s'emparait de lui, et, au même instant, les projectiles de Maxime et Tek transformèrent ses épaules en charpie. Il eut l'impression qu'une gigantesque cisaille déchirait son corps en deux. Le souffle coupé par la souffrance, il tomba à genoux. Sa parka était déchiquetée. Des fils électriques se mêlaient aux fibres du vêtement.

Les témoins ne saisissaient pas encore ce qui venait de se passer à quelques mètres d'eux, ce à quoi ils avaient échappé.

La capitaine murmura dans son micro :

— Colonel, si vous voulez lui parler, dépêchez-vous. À mon avis, il n'en a plus pour longtemps. Ses artères sont foutues.

Avec une réactivité surprenante, deux infirmiers se détachèrent du groupe de la sécurité civile et se dirigèrent vers Fakir. On devinait leurs gilets pare-balles et leurs armes sous les blouses blanches. Le colonel était bien organisé. Les ordres étaient sûrement venus de tout en haut pour que la DGSE opère à sa guise en plein Paris. Pourvu qu'on ait le temps d'obtenir quelque chose de ce salaud !

Maxime se força à respirer lentement, mais elle n'allait pas pouvoir lutter. Une fois l'action terminée, l'angoisse revenait à la charge. Par vagues. Jusqu'à la submerger. Il n'y avait rien à faire. Tout était là, au rendez-vous. L'atroce chaleur afghane. Le visage d'Oliver qui frémissait dans sa lunette de tir, Oliver qui la regardait droit dans les yeux pendant qu'elle pressait la détente, comme s'il savait. Le front d'Oliver noyé dans un geyser de sang. Elle sentit que sa main tremblait. Une sueur glacée coulait entre ses omoplates. Les larmes lui brouillaient la vue.

Jade ne marchait pas, elle bondissait. Ils avaient mené à bien leur mission, Fakir venait d'être interpellé et ses complices, abattus. Au moment où elle pensait pouvoir enfin souffler, alors que le colonel Flache avait précipitamment quitté les lieux pour aller interroger le terroriste, elle reçut un message. Aussitôt, elle s'approcha du petit lieutenant.

— On a du nouveau au sujet des quatre lignes de génome sur lesquelles tu es tombé. Grâce à la DT, on connaît la provenance du papier.

— Comment ont-ils fait ?

— Rien de sorcier. Par reconnaissance optique des caractères. Ensuite, ils ont cherché des documents similaires. Ils en ont trouvé plein.

— Alors, ça vient d'où ?

— D'un des premiers laboratoires à avoir proposé le séquençage complet du génome. À Bruxelles. À l'époque, c'était illégal en France. Et puis il fallait avoir les moyens.

— On sait qui c'est ?

La jeune femme avait décidé de le faire mariner un peu.

— Ce sont des lignes de génome très banales. Mais ils ont parcouru les archives de ce labo depuis ses débuts. Et devine quoi ? lança-t-elle avec son habituel petit air narquois.

— Allez, dis.

Elle lui mit sous le nez la photocopie d'une fiche cartonnée. En haut à gauche, à l'ancienne, on avait agrafé une photo d'identité. Le petit lieutenant la regarda attentivement et poussa un cri silencieux.

— Putain, non !

— Si, aucun risque d'erreur.

Elle semblait fière de son effet, comme si elle voulait impressionner le petit lieutenant.

— Tu vois le truc ? C'est énorme.

Un sourire d'excitation grandit sur son visage avant de disparaître brusquement : elle prenait enfin conscience de ce que cela signifiait. Les implications étaient effrayantes. Ils devaient avertir le colonel.

Il fallait le faire parler.

Le colonel Flache courait dans un long couloir gris. L'interrogatoire de Fakir allait débuter. Les médecins lui avaient administré des doses de cheval de morphine pour le faire tenir encore quelques heures. Mais il y avait peu d'espoir. Ses blessures étaient trop graves.

Au milieu de cette tension extrême, il entendit des cris derrière lui et se retourna. Jade et le petit lieutenant étaient à sa poursuite. Il ne ralentit pas pour autant, alors ils durent accélérer. À bout de souffle, ils informèrent leur supérieur de leur découverte.

Face Mort, Smart Flower, le génome du Président.

— Putain, il ne manquait plus que ça.

Il saisit son téléphone. Il devait appeler Yanis Calvert. Sur-le-champ. Mais celui-ci était aux abonnés absents. Alors, partagé entre deux urgences, le colonel contacta directement l'Élysée avant de se manifester à nouveau sur la boucle radio.

— Barelli, vous remontez dans l'hélico avec votre groupe et vous foncez à l'Élysée. Le Président est en danger. Je vous brieferai pendant le vol.

— Reçu.

— Le PR doit prononcer une allocution dans vingt minutes.

— Ils sont prévenus de notre arrivée ?

— Oui, mais pour eux, tout est normal.

Les survivants étaient tous sortis de la Philharmonie. Il commençait à pleuvoir. La dalle de la Villette ressemblait à une scène de guerre avec un hôpital de campagne et des hommes en armes partout. Face Mort n'avait pas trouvé d'autres cibles. Le trajet jusqu'au palais durerait cinq minutes, grand maximum. Pour calmer les battements de son cœur, Maxime repensa aux dernières heures. Une pièce du puzzle ne s'emboîtait pas encore. La femme au visage arrondi n'était pas à la Philharmonie. Où était-elle ? À l'Élysée ? Étrangement, Maxime avait envie de la revoir.

Le lampadaire était hors d'usage depuis longtemps, comme s'il avait renoncé à éclairer une rue jonchée d'ordures et de gravats. Noyé dans la pénombre, le Géorgien se détachait à peine sur la palissade branlante qui séparait le trottoir du terrain vague. Il fallait laisser ses yeux s'habituer à l'obscurité pour le deviner. Il ne bougeait pas, sa face de brute n'exprimant rien d'autre que la patience infinie d'une bête féroce. Ses énormes mains disparaissaient dans les poches de sa veste.

Sur le point de sortir, le colonel Kaky lança un regard par la fenêtre et aperçut Dato. Calvert avait mis sa menace à exécution. Il était bien sous surveillance. Il fit un pas en arrière sur le lino poussiéreux. Soudain son hôtel borgne de la porte de Clignancourt lui apparaissait pour ce qu'il était : une prison. Avec un tueur comme geôlier. En reculant, le colonel surprit son propre reflet dans le miroir fendu du hall. Il portait un jean et un blouson de cuir. Son crâne chauve était coiffé d'un bonnet de laine. Avec la cicatrice qui rougeoyait sous son œil, il ne dépareillait pas dans ce décor miteux. Et il n'avait pas l'air moins inquiétant que Dato. Il était simplement moins massif.

Quelques minutes plus tard, le Géorgien traversait la rue de sa démarche d'ours, agile et dangereux. Il poussa la porte de l'établissement et tendit son téléphone au colonel qui n'avait pas bougé.

— Kaky, vous êtes là ?

C'était la voix de Calvert.

— C'est moi. Vous avez mis votre bouledogue à mes trousses ?

Le directeur de la DGSE ne répondit pas.

— Je sais où elle est.

Kaky aurait sans doute préféré qu'elle aille se faire tuer ailleurs, mais puisque Calvert l'avait retrouvée…

— Elle va chercher à entrer dans l'Élysée.

— Pour quoi faire ?

— Pour abattre le Président, évidemment, lâcha son patron, excédé. Je lui ai dit de toujours viser plus haut, il faut croire qu'elle applique mes enseignements.

— Vous voulez que je l'en empêche ?

— Je ne sais pas si quelqu'un pourrait l'en empêcher.

— Vous ne voulez pas essayer ?

Calvert garda le silence un instant.

— Tu sais ce que tu as à faire. Et tu as Dato pour t'aider.

Au dernier instant, le Président ajouta le mot « ensemble » au deuxième paragraphe, pour ne pas saturer l'allocution de vocabulaire martial. Il connaissait son texte par cœur. Il le dirait en regardant les Français dans les yeux. Il vérifia une fois de plus son apparence. La cravate était sobre, le nœud bien équilibré. La petite mèche de cheveux châtains ne tombait pas sur le front. Le conseiller avait été formel.

— Tu dois avoir l'air grave et résolu. Ni effondré ni fébrile.

Il aurait un retard de cinq minutes. C'était arrangé avec les chaînes. Il fallait faire savoir que son temps présidentiel était prioritaire sur les galipettes médiatiques. En sortant de son bureau, il pensa à sa grand-mère, comme toujours avant un moment éprouvant. La seule personne qui avait pris le temps de le comprendre. Le bellâtre qu'on lui avait imposé un peu plus tôt lui emboîta le pas. Le chef de l'État ne portait aucun document. Il marchait les bras le long du corps, une autre manière de se concentrer. Il n'aurait que quelques minutes pour convaincre le pays qu'il tenait bien les commandes.

Son garde d'étage le suivit jusqu'à l'ascenseur qui menait au PC Jupiter, deux étages plus bas. La cabine était opérée par une femme en tenue d'huissier. Elle avait la peau bistre et un visage rond entouré de cheveux courts. Le Président ne lui prêta aucune attention. Il écoutait dans sa tête la musique des mots qu'il allait prononcer. Le chef d'état-major particulier et le coordonnateur national du renseignement et de la lutte contre le terrorisme attendaient déjà dans l'ascenseur. Le Président s'y engouffra sans les saluer.

Après avoir violé quelques interdictions concernant le survol de Paris, l'hélico se mit dans l'axe du boulevard Haussmann. Au téléphone, le colonel Flache avait la voix blanche :

— Elle est à l'Élysée, mais ces clowns de la présidence sont obsédés par le passage du PR à la télé.

Ils se posèrent sur la grande pelouse du palais. Avec l'excitation fébrile qui précédait l'allocution, l'événement, pourtant inédit, passa inaperçu. Maxime, Foxy, Gonzo et Tek jaillirent de l'appareil. Le chef de la maison militaire les accueillit. Il avait l'air plus que nerveux.

— Qu'est-ce que c'est que ce cirque ? Vous agissez sur quels renseignements ? aboya-t-il en direction de Maxime avec condescendance.

Elle le prit de haut, elle aussi :

— Je ne peux pas vous répondre, colonel. Vous n'avez pas les habilitations suffisantes.

L'officier était au bord de l'apoplexie.

— Vous vous rendez compte que le Président intervient dans un instant devant la France entière ?

Le plantant là, le groupe Barelli se mit à courir vers le palais. L'herbe était glissante.

L'ascenseur respectait les spécifications antiatomiques. Il n'était pas rapide. Descendre les deux étages lui prit une longue minute. Quand la cabine s'arrêta au sous-sol, le Président, toujours absorbé dans ses pensées, marmonna :

— Nous sommes arrivés.

Puis, comme s'il remarquait pour la première fois la présence des deux hommes qui l'accompagnaient, il leva les yeux vers eux. Le portillon allait s'ouvrir quand ils sentirent tous la légère odeur de brûlé. Seul le coordonnateur reconnut celle du soufre.

À aucun moment le Président n'eut peur, à aucun moment il ne cessa de répéter son discours. Il y eut juste une part reculée de sa conscience qui chercha pendant une fraction de seconde à retrouver où il avait déjà vu la femme qui se tenait à côté d'eux. Ni lui ni les deux autres ne virent le cylindre de métal gris qu'elle serrait dans son poing. Ils n'entendirent pas non plus l'infime bruit produit par le vaporisateur au moment où la poussière mortelle fut libérée, couvert par le cliquetis de l'ascenseur.

Subitement, l'effort de mémoire du Président fut balayé par un tsunami chimique. Dans son cerveau, la réaction en chaîne provoquée par les nanoparticules détruisit tout d'un seul coup. Jamais la corrélation génétique entre l'arme et la cible n'avait été aussi forte. Le corps du chef de l'État glissa vers le sol et resta en position assise. Son visage était gris comme la cendre. Toute la zone nasale semblait avoir été brûlée à l'acide. Le général mit quelques secondes à comprendre ce qui était inimaginable. Mais quand il se ressaisit, la femme en uniforme était déjà en train de donner des ordres précis dans son micro-poignet. Il fut impressionné par sa maîtrise de la situation et s'obligea à recouvrer son calme.

Elle se tourna vers eux :

— Ne bougez pas ! Déclenchez l'alarme.

Il y avait un très léger accent dans sa voix, mais le ton ne souffrait aucune réplique. Les deux hommes, qui figuraient parmi les plus puissants de France, restèrent interdits devant l'autorité qui émanait d'elle. Instinctivement, le regard rivé sur le cadavre du président de la République, ils s'exécutèrent.

Le personnel des cuisines fut le premier à se dire qu'il ne s'agissait pas d'un exercice. Aussitôt, ils évacuèrent les lieux. Ce fut en récupérant à la hâte leurs manteaux au vestiaire qu'ils découvrirent le corps d'une femme, la nuque brisée.

Le hurlement de l'alarme était obsédant. Ibtissam, elle, n'avait pas besoin de beaucoup réfléchir. Depuis son test de l'anguille, elle connaissait l'endroit par cœur, et son badge lui donnait accès à tous les recoins du palais. Maintenant qu'elle était parvenue à se défaire des deux types de l'ascenseur, elle s'engagea dans l'escalier de secours où les lourdes portes ignifugées bloquèrent un instant l'alerte stridente. Elle grimpa quatre à quatre les marches en direction du rez-de-chaussée.

Passé les premières secondes de sidération, le chef de l'état-major particulier commença à prendre la mesure de la terrible réalité. Le choc était tel que son cerveau cherchait à fuir l'irrémédiable. Il se tenait debout au-dessus du cadavre, les bras ballants. Le chef du commandement militaire arriva rapidement sur place. Lui était directement responsable de la sécurité présidentielle. Il suffoqua et, quand la respiration lui revint, il émit un hoquet étranglé qui sonnait comme un sanglot. Maxime le suivit de peu. Elle avait déjà compris de loin le sens du silence qui régnait dans le sous-sol. Elle regarda le corps. Elle avait honte. Ceux qui étaient là n'osaient pas dire un mot ni faire un geste. Tous, d'une manière ou d'une autre, avaient échoué. Ils auraient dû protéger cet homme. Il n'y avait aucun bruit. Chacun entendait son cœur battre follement à l'intérieur de sa poitrine.

Avant ce soir-là, jamais la présidence de la République n'avait été un terrain de guerre. C'était du jamais-vu dans les couloirs de l'Élysée.

Quand Maxime inspecta le vestiaire du sous-sol, elle découvrit tout de suite le corps.

— Son nom, j'ai besoin de son nom, cria la capitaine, comme pour réveiller tout le monde.

— Karima Yahid. Elle s'appelait Karima Yahid, répondit le chef du commandement militaire.

Elle remonta au rez-de-chaussée en courant et arriva devant l'huissier. Il ignorait que le Président était mort, mais le regard de Maxime le lui fit comprendre. Il se mit à trembler. Elle ne lui laissa pas de répit.

— Je veux savoir quand Karima Yahid a quitté les lieux. Et quelle sortie elle a empruntée. Vous avez les images de vidéosurveillance ?

L'huissier pianota sur son écran.

— Elles sont toutes disponibles, sauf celles de l'ascenseur.

— Vous pouvez pister le badge de Karima Yahid ?

— Oui. C'est facile.

— Montrez-moi son parcours dans le palais.

L'ordinateur avait tout gardé en mémoire à partir du vestiaire. On voyait que la femme était allée au premier étage avant de rester immobile au moins une heure devant l'ascenseur. On avait ensuite la descente au sous-sol avec le chef d'État. L'ordinateur avait noté à la seconde près l'arrêt de la cabine. Puis la remontée par l'escalier de service.

— Une fois dans la cour, elle a tourné à droite sous le porche et s'est dirigée vers la sortie rue de l'Élysée. C'est la plus proche.

Maxime se demanda ce qu'elle aurait fait à la place de l'assassin. Profiter des premiers instants de panique. S'éloigner le plus vite possible. Elle regarda de nouveau l'écran. Sept minutes s'étaient écoulées depuis que la terroriste avait appuyé sur le bouton « Stop » de l'ascenseur présidentiel.

— Après, elle a fait quoi ?

L'huissier se connecta au circuit de la rue.

— Ça, c'était il y a trois minutes, avant de prendre au nord vers la rue du Faubourg-Saint-Honoré.

— Vous pouvez la suivre encore ?

— Non, il faut le concours de la police.

Trop long… Maxime composa le numéro du colonel Flache. Il décrocha sur-le-champ.

— Flache.

— C'est Barelli. Le Président…

Elle avait du mal à prononcer les mots.

— Le Président est mort.

Il y eut un silence. Le colonel accusait le coup. Le Président n'était pas qu'un homme puissant. Il occupait le haut de la chaîne dont Maxime et lui-même constituaient de simples maillons. Lui aussi s'était planté. Ils s'étaient tous plantés.

— Elle s'est servie du même produit qu'en Libye, ajouta-t-elle. Intraçable.

— Ces salauds ont réussi leur coup, grogna son supérieur en se ressaisissant. La Philharmonie, c'était une diversion. On s'est fait avoir comme des bleus. Putain de merde !

— Colonel, j'ai besoin de Face Mort pour traquer celle qui a fait ça. Et la faire parler. Elle vient de prendre la rue du Faubourg-Saint-Honoré. On peut encore la choper. Passez-moi vos deux geeks.

— Tout de suite, réagit-il aussitôt.

Maxime expliqua la situation à Jade. Quelques secondes plus tard, Face Mort était connecté à toutes les caméras de vidéosurveillance du 8e arrondissement. Maxime pourrait suivre tout ça sur sa tablette.

Elle n'eut pas longtemps à attendre. L'algorithme retrouva la Libyenne rue Boissy-d'Anglas. Celle-ci marchait rapidement, mais sans précipitation, avec l'intention évidente d'atteindre le quartier de la gare Saint-Lazare et de se fondre dans la cohue.

Dans son bureau, sur son écran, Yanis Calvert n'en perdait pas une miette. Cette fois, c'était lui qui avait l'avantage. Il avait entraîné Ibtissam. Il connaissait ses réflexes. Elle allait se méfier des petites rues sans recul, choisir plutôt les espaces dégagés. Et il fallait faire vite, avant que Barelli ne la rattrape. Dans le plan de Calvert, personne n'arrivait jusqu'à la case « interrogatoire ». Trop dangereux.

Il composa le numéro de Dato, qui lui passa Kaky.

— Elle remonte de l'Élysée vers Saint-Lazare. Si elle fait ce que je lui ai appris, elle va longer la Madeleine par la gauche. Masquez vos visages.

Au risque de trébucher sur une trottinette ou d'être percutée par une voiture, Maxime gardait les yeux rivés sur le petit cadre noir. Ibtissam Al Charouk tourna à droite au lieu de continuer tout droit. Face Mort la perdit quelques secondes, puis la retrouva sur le trottoir du boulevard Malesherbes. Soudain, la capitaine brûlait d'envie de rattraper la Libyenne. Elle ne pouvait pas s'en tirer comme ça. La tueuse était la clé de voûte de tout ce carnage. Maxime voulait savoir. Elle n'avait pas de preuve, seulement une intuition qui la faisait trembler d'impatience. Mais tout devenait cohérent. Les services français avaient trempé dans une saloperie et commis une saloperie pire encore pour essayer de l'effacer. Le seul témoin, c'était elle, cette femme en tenue d'huissier de l'Élysée qui se déplaçait tête baissée.

Ibtissam attendit d'être devant le passage piéton pour traverser. Ne pas se faire remarquer ; professionnelle jusqu'au bout. Une fois de l'autre côté du boulevard, plutôt que de passer devant les magasins et les terrasses des cafés, en pleine lumière, elle entreprit de longer l'église. Elle se dirigeait bien vers Saint-Lazare. Il fallait intervenir maintenant. Prise d'un pressentiment, Maxime accéléra sa course. En chasse, le cœur en feu.

Il y avait peu de monde dans la contre-allée, mais la capitaine vit deux hommes qui allaient croiser la Libyenne. Ils venaient du nord. Ce qui l'alerta, c'était qu'ils marchaient ensemble, mais plus éloignés l'un de l'autre que s'ils avaient été en train de bavarder. Maxime poussa un hurlement que le bruit de la foule, des moteurs et des klaxons couvrit.

Elle n'était qu'à trois cents mètres d'Ibtissam, aussi impuissante que si elle avait habité une autre planète.

Ibtissam gardait la tête baissée pour ne pas offrir son visage aux caméras de surveillance. Du coin de l'œil, elle aperçut deux hommes venant dans sa direction. Quand ils furent proches d'elle, par réflexe, elle jeta un regard vers eux, et son ventre se transforma en glace. Elle mit une seconde de trop à faire le rapprochement entre la cicatrice rougeâtre et le danger mortel qui la guettait. Au moment où elle reconnut Kaky, il était déjà à sa hauteur et la heurtait à l'épaule. Elle pivota légèrement sous le choc, alors le deuxième homme écarta les bras comme pour l'enlacer. L'accolade ne dura qu'un instant. Puis l'homme, massif, recula en faisant mine de s'excuser avant de tourner les talons avec son complice. Ibtissam resta immobile, puis elle fléchit sur ses jambes, semblant vouloir ramasser un objet. Mais au lieu de se relever, elle s'effondra sur la chaussée.

Maxime arriva sur les lieux une minute plus tard. Paris continuait à vibrer comme si de rien n'était. Personne n'avait rien remarqué. La Libyenne était couchée sur le côté. On voyait son flanc remuer. Du pied, doucement, Maxime la fit rouler sur le dos. Le pic à glace était planté dans la veste d'uniforme. Une flaque de sang s'étalait sur le trottoir. Le géant ne lui avait laissé aucune chance. Une mousse rousse s'échappait des lèvres de la blessée en même temps que des sons indistincts. Maxime se pencha pour essayer de comprendre. C'étaient les paroles d'une chanson. Impossible de savoir qu'il s'agissait d'une très vieille berceuse que lui chantait son père, le général, enfant. Mais très vite, elle se tut, car son cœur transpercé avait cessé de battre.

Imprimé en France par CPI
en septembre 2020
N° d'impression : 160255

Composition et mise en pages
Nord Compo à Villeneuve-d'Ascq

R14397/01